KNAUR

ANDREAS WINKELMANN

MOORLAND

THRILLER

DIE ZWILLINGE

KNAUR

Besuchen Sie uns im Internet:
www.droemer-knaur.de

MIX
Papier | Fördert gute Waldnutzung
FSC® C014496

Originalausgabe März 2026

Ein Imprint der Verlagsgruppe
Droemer Knaur GmbH & Co. KG
Landsberger Straße 346, 80687 München
Dieses Werk wurde vermittelt durch die
Literarische Agentur Thomas Schlück GmbH, 30161 Hannover.

Redaktion: Regine Weisbrod
Covergestaltung: Johannes Wiebel, www.punch-design.de
Coverabbildung: Johannes Wiebel unter Verwendung
mehrerer Motive von Shutterstock.com und Adobe Stock
Satz und Layout: Adobe InDesign im Verlag
Druck und Bindung: GGP Media GmbH, Pößneck
ISBN 978-3-426-56469-1

Kontaktadresse nach
EU-Produktsicherheitsverordnung:
produktsicherheit@droemer-knaur.de

2 4 5 3 1

KAPITEL 1

1.

FEBRUAR 2026

TAG 1

Nachmittag

Der Nebel schluckte alles, aber nicht diese Schreie.

Schreie, die einem eine Gänsehaut über den Körper und den Puls höher trieben.

Toma stoppte das Fahrrad, stieg vom Sattel und setzte beide Füße auf den Asphalt. Vor seinem Gesicht stiegen Atemwolken auf. Die Luft war eisig, wie es sich Anfang Februar gehörte, das machte ihm nichts aus, Wind und Wetter gehörten zum Leben wie der eigene Herzschlag.

Seine Ohren taugten nicht mehr viel. Zu viele Schüsse und Einschläge in der Nähe. Dennoch glaubte er, sich nicht getäuscht zu haben. Toma lauschte, die Schreie wiederholten sich jedoch nicht.

Sehen konnte er so gut wie nichts. Am frühen Nachmittag war der Nebel aufgezogen, angekündigt von einem tiefroten Sonnenaufgang am Morgen. Dicht und wattig und weiß hüllte er die Landschaft um das Namenlose Moor ein und befeuchtete alles. Die Luft, die Straße, die Bäume, sogar in Tomas buschigen Augenbrauen hingen Tröpfchen.

Er wischte sie fort und danach die Nase am Ärmel der dick gefütterten Jacke in Tarnfarben ab. Über der Jacke trug er eine neongelbe Warnweste, schließlich wollte er nicht totgefahren werden. Die Straße war einspurig und kurvig, Radwege gab es nicht. Immer wieder fühlten sich Übermütige herausgefordert, ihr fahrerisches Können auf diesen Straßen zu testen – nicht wenige bezahlten es mit dem Leben.

Wie ein Hund, der die Richtung der Geräusche lokalisierte, drehte Toma den Kopf hin und her und legte ihn auf die Seite.

Nein. Da war nichts.

Dabei war er sich sicher gewesen und seine körperliche Reaktion eindeutig – die Gänsehaut verschwand nur langsam.

Das war es, was dieses Moor mit den Menschen machte. Es täuschte und trog, verwirrte und belog, bis man nicht mehr wusste, was Wahrheit war oder Märchen. Die menschlichen Sinne waren unzuverlässig und leicht zu betrügen – wenn Toma eines in seinem Leben gelernt hatte, das nun schon achtundfünfzig Jahre währte, dann das.

In diesem Augenblick forderten seine Sinne ihn auf, zu flüchten. So fest in die Pedale zu treten, wie er konnte, um aus diesem verfluchten Moor herauszukommen. Bis in seinen Heimatort Moorbach waren es nur noch fünf Kilometer und er war ein geübter Fahrradfahrer. In einer Viertelstunde würde er die Strecke schaffen.

Aber Toma war zu oft geflohen. Er wusste, wie sich Feigheit anfühlte, sobald man sich innerhalb der sicheren vier Wände befand, dem eigenen Zuhause. Dann waren Feigheit und Scham nur noch mit Lügen zu bekämpfen. *Du konntest nicht, es war zu gefährlich, du hast richtig gehandelt.*

Aber das Gewissen kannte die Wahrheit, speicherte sie für alle Zeiten und hatte Spaß daran, sie immer mal wieder hervorzukramen.

Also kämpfte er den Fluchtimpuls nieder, stieg vom Rad, klappte den Ständer aus und stellte es ab. Er ging fünf Schritte zurück in die Richtung, aus der er gekommen war. Sein Gefühl sagte ihm, dass die Schreie irgendwo hinter ihm erklungen waren.

Aber, wie gesagt, das Moor log und betrog.

Vor allem bei diesem Dreckswetter.

Rechts und links der Straße zog es sich schier endlos dahin, dieses flache, feuchte Land mit seinem niedrigen Bewuchs aus Moorbirke und Waldkiefer, der Boden bedeckt von Wollgras, Sonnentau und Moosen. Nichts war wie das Moor, dessen Boden die Seele der Vergangenheit speicherte.

Toma lauschte. Blieb reglos. Konzentrierte sich, schloss die Augen, die ohnehin nutzlos waren im Nebel.

Und riss sie auf, als er etwas hörte.

War das ein Mensch oder ein Tier?

Ein Schrei oder das Heulen eines Wolfes?

Beides war möglich, immerhin gab es den Wolfspark in der Nähe, wenngleich auch zu weit entfernt, um das Heulen der Tiere hier hören zu können, und in den vier Jahren, seitdem es den Park gab, war noch kein Wolf ausgebrochen.

Oder handelte es sich um etwas ganz anderes?

Etwas zwischen Himmel und Erde, das sich nicht so einfach erklären ließ?

Toma war Landarbeiter und ein pragmatischer Mensch, hatte jedoch die Mystik nie ganz abstreifen können, die ihm als Kind in seiner Heimat Kroatien eingetrichtert worden war. In diesem Augenblick erinnerte er sich an die Erzählungen seiner Großeltern, und die längst vergessenen Bilder, die ihn damals geängstigt hatten, erwachten zu neuem Leben.

Das war zu viel.

Niemand konnte das aushalten. Allein. Im Nebel. Hier draußen.

Toma eilte zu seinem Rad zurück.

Seine Angst erreichte in diesem Moment eine kritische Masse, zwang ihn zu Handlungen, die er später bereuen würde, gleichwohl ließ sie ihm keine Chance.

In seiner Panik stieß er das Fahrrad um und stürzte selbst darauf. Der Lenker bohrte sich ihm schmerzhaft in den Bauch. Toma rappelte sich auf, zog das Rad vom Boden und sprang in den Sattel. Er lehnte sich übers Lenkrad und legte alle Kraft in die Oberschenkel, trieb das Rad voran, als gelte es, ein Wettrennen zu gewinnen.

Der Preis für den Sieg war sein Leben.

Die eiskalte Luft zog am Gesicht entlang und kühlte es ab, während der Rest des Körpers unter der dicken Kleidung schwitzte. Toma konnte nur jeweils die nächsten zwei Meter der Straße sehen, aber das war egal, er kannte die Gegend wie sein Herz. Immer wieder warf er einen Blick zurück, glaubte, etwas hetze hinter ihm her, um die Klauen in sein Fleisch zu schlagen.

Beim Zurückschauen geriet er in die Mitte der Fahrbahn.

Als er wieder nach vorn sah, kamen Scheinwerfer auf ihn zu.

Toma schrie auf und versuchte auszuweichen, doch der Wagen erwischte ihn mit dem vorderen rechten Kotflügel.

Warum rast der so bei dem Wetter!, schoss es Toma durch den Kopf, bevor ungeheure Kräfte ihn mitsamt Fahrrad vom Asphalt rissen und an den Seitenrand katapultierten. Dort knallte er mit dem rechten Arm gegen einen Baum, scharfer Schmerz schoss ihm durch den Körper.

Toma schrie abermals.

Die Straße ragte zwei Meter aus dem Moorboden heraus und war eingefasst von tiefen Entwässerungsgräben, die vom Herbst bis zum Sommer mit Wasser gefüllt waren. In dieses braune Wasser stürzte er und ging sofort unter. Bekam Morast und Gras zu fassen, nichts davon bot Halt, die Kälte presste ihm den Brustkorb zusammen und die Atemluft hinaus, sodass er in Panik den Mund aufriss und das Wasser hineinließ.

Das Moor hineinließ.

Von ihm unbemerkt stoppte oben auf der Straße kurz das Auto.

Rote Bremslichter im Nebel.

Dann heulte der Motor auf, und im nächsten Moment schoss der Wagen davon.

2.

TAG 1
Früher Abend

Ruth Sichler parkte ihren alten Land Rover hinter dem Polizeidienstwagen.

Längst war es dunkel geworden. Aus dem Fenster der kleinen Dienststelle von Moorbach fiel Licht, gebrochen von Milliarden kleinster Wassertropfen, die wie in einem chaotischen Universum umhertanzten. Ruth Sichler mochte Abgeschiedenheit und Ruhe, doch an solchen Tagen wurde sie von einer leichten Klaustrophobie gepackt – der Nebel schien einen Raum zu schaffen, aus dem es kein Entrinnen gab. Jeden und alles hielt er dicht umschlossen.

Ihr letzter Besuch auf dieser Wache lag Jahre zurück. Bisher hatte sie Erinnerungen daran erfolgreich vermieden. Ruth Sichler hielt es für totalen Quatsch, sich seinen Erinnerungen und Dämonen zu stellen. Nur Dummköpfe begannen einen Streit, den sie niemals gewinnen würden.

Sie stieß die Autotür auf, stellte einen Fuß auf den Seitenschweller aus Chrom und zog noch einmal an der Zigarette. Drei Stück hatte sie auf dem Rückweg vom Krankenhaus in Riedberg geraucht, viel zu viel für eine Dreiviertelstunde, aber ihr war danach gewesen. Immerhin war es nicht alltäglich, dass man beinahe einen guten Freund verlor. Der Schock saß ihr in den Knochen. Sie war sechzig und wusste, der Tod lauerte hinter der nächsten Ecke, aber so ein Unfall war etwas anderes, weil er das Offensichtliche in Erinnerung rief: Es kann jeden Tag vorbei sein, einfach so, dafür braucht es keinen Grund.

Und da sollte sie sich Sorgen machen wegen der paar Zigaretten?

Sie drückte die Kippe im Ascher aus und stieg aus dem Geländewagen. Ihre grünen, gefütterten Gummistiefel waren schmutzig, der Matsch des Moores klebte noch daran. Das störte sie nicht. Wer hier draußen lebte, mit und in der Natur, war eigentlich immer schmutzig.

Schwungvoll warf Ruth die Autotür zu und ging zur Eingangstür des alten Gebäudes hinüber. Früher, als sie selbst noch mit buntem Ranzen zur Schule gelaufen war, war die Post darin untergebracht gewesen. Zuletzt hatte Frau Gutzeit die Filiale geleitet, und als sie in Pension gegangen war, hatte man sie geschlossen und der Tankstelle die Aufgaben der Post übertragen. Gute alte Zeiten, lange vorbei. Und bald sollte auch die Polizeistation verschwinden.

Jemand klopfte von innen an die Fensterscheibe.

Sven Sellmann, Polizeiobermeister, dreißig Jahre alt. Der war damals noch nicht hier gewesen, kannte als geborener Moorbacher aber sicher die Geschichte der Dienststelle. Seine Handbewegungen wirkten, als solle Ruth verschwinden, doch das konnte er wohl kaum ernst meinen, immerhin waren sie verabredet. Sie ignorierte ihn und betrat das Gebäude. Gleich rechts lag die kleine Dienststube, ein Tresen trennte Wartebereich und Schreibtische voneinander. Alles wirkte alt und abgestoßen und hielt den Geruch vergangener Jahrzehnte gefangen.

»Sie haben meinen Wagen eingeparkt«, beschwerte sich Sellmann. Eine Begrüßung war nicht notwendig, sie hatten sich bereits draußen an der Unfallstelle gesehen.

»Na und, du fährst doch jetzt eh nicht weg.«

Sie duzte ihn, er sie nicht. Damit war die Rangfolge zwischen ihnen geklärt.

»Es könnte ein Notfalleinsatz …«

»Dann fahre ich halt weg.«

»Man darf einen Polizeiwagen nicht einparken, das …«

»Nerv mich nicht. Für heute reicht es.«

Missmutig verzog Sven Sellmann das Gesicht und ließ sich zurück in den Drehstuhl fallen. Den Polizeiobermeister brauchte er Ruth gegenüber nicht rauszukehren. Sie hatte ihm mal die Ohren lang gezogen, als er mit zwölf im Dorfladen ein Duplo klauen wollte. Den Laden gab es längst nicht mehr, die Geschichte aber wirkte ewig nach. So war das auf dem Land.

»Wie geht's Toma?«, fragte Sellmann.

»Hätte schlimmer ausgehen können. Viel schlimmer. Der Arm ist zweimal gebrochen. Wird eine Weile ausfallen. Das wiederum ist schlimm für mich.«

»Sonst nichts?«

»Er wäre beinahe ertrunken. Reicht das nicht?«

»Doch, aber ich hätte gewettet, dass mehr kaputt ist. Er ist ja schon einige Meter geflogen.«

»Toma ist ein harter Hund.«

»Offensichtlich. Hat er im Krankenhaus noch was erzählt? Draußen an der Unfallstelle war er ziemlich verwirrt.«

Als sie Toma vor zwei Stunden aus dem Graben geholt hatten, war er kaum in der Lage gewesen, vernünftige Sätze zu formulieren. Er hatte starke Schmerzen und zitterte am ganzen Körper vor Kälte. Es kam einem Wunder gleich, dass er es geschafft hatte, selbst aus dem eiskalten Wasser zu kriechen und einen Notruf abzusetzen. Zum Glück waren die Handys heute wasserdicht. Geistesgegenwärtig hatte Toma zuerst 110 und dann Ruths Nummer gewählt. Zeitgleich mit Sellmann war sie zehn Minuten später am Unfallort eingetroffen, der Rettungswagen aus Riedberg hatte zwanzig Minuten länger gebraucht. In der Zwischenzeit hatten sie Toma beruhigt und mit allem bedeckt, was sie fanden. Rettungsdecken aus den Verbandskästen, Jacken, selbst Kathas muffige alte Hundedecke.

»Toma hat weder die Marke noch die Farbe des Wagens erkannt«, beantwortete Ruth die Frage. »Er hat nur die Scheinwerfer gesehen und den Motor gehört … und der klang wie jeder andere Motor auch.«

»Schade. Das hilft uns nicht weiter«, sagte Sellmann.

»Ein bisschen schon, oder? War kein ungewöhnlicher Wagen, nicht so einer wie meiner, der ist viel lauter. Ein normaler Pkw folglich.«

»Die meisten Leute fahren einen normalen Pkw. Ihr Panzer ist die große Ausnahme.«

»Hast du rumtelefoniert?«

»Mit wem sollte ich telefoniert haben?«

»Was weiß ich. Ob jemand was gesehen oder gehört hat. Ob irgendwo ein verbeulter Wagen herumsteht. Ich wüsste gern, welches Arschloch meinen Toma anfährt und dann einfach abhaut.«

»Sie glauben doch nicht, es war jemand aus dem Ort?«

»Warum nicht?«

»Weil die Leute hier so was nicht machen.«

»Leute machen alles, hier und anderswo.«

»Ich denke, wer auch immer das war, kam von auswärts.«

»Deine Naivität wird dir in deinem Job irgendwann das Genick brechen«, warnte Ruth.

»Besser so, als ständig pessimistisch zu sein.«

»Ein Pessimist ist ein Optimist mit Lebenserfahrung.«

Sven Sellmann wollte etwas erwidern, als Motorgeräusche ihn ablenkten. Ein weiterer Wagen fuhr vor die Dienststelle. Das Licht der Scheinwerfer fiel für einen Moment auf die dem Fenster gegenüberliegende Wand und die dort hängenden Bilder: Sellmann im Fußballdress. Sellmann im Kilt mit Dudelsack. Sellmann in Paradeuniform der Polizei. Er war so sehr Moorbach, wie man es nur sein konnte.

»Ja, ganz toll, jetzt bin ich komplett eingeparkt«, schimpfte er, klopfte abermals gegen das Glas und machte das gleiche Handzeichen, das schon bei Ruth nichts bewirkt hatte.

Einen Moment später ging die Außentür auf, und ein großer, schwerer Mann mit Vollbart betrat das Gebäude. Er trug einen knielangen Parka und eine schwarze Wollmütze.

Ruth kannte ihn vom Sehen, so wie sich hier alle vom Sehen kannten, einen Namen zu dem Gesicht hatte sie nicht. Sein Blick wirkte besorgt.

»Herr Mertens, wie kann ich helfen?«, begrüßte Sellmann ihn und unterließ es, auf das Parkplatzproblem hinzuweisen.

Mertens also, dachte Ruth.

»Ja … also, ich weiß nicht, vielleicht ist es übertrieben, aber …«, begann Mertens in tiefem Bariton und stockte dann, als sei er seiner Sache nicht sicher. Sein Blick wechselte zwischen Ruth und Sven. Zur Sorge gesellte sich Nervosität. Ruth bemerkte die roten Wangen und die rote Nase des Mannes. Das mochte an der kalten Luft draußen liegen. Manchmal war es aber auch ein Zeichen von zu viel Alkohol, dazu passte das aufgedunsene Gesicht. Ein mächtiger Bauch spannte den Parka, die Jeans saß mehr schlecht als recht auf einem dürren Hintern. Die braunen Lederstiefel waren schmutzig. Frischer Schmutz, der noch nicht angetrocknet war.

»Worum geht's denn?«, fasste Sellmann nach.

»Um meine Töchter … Nike und Jana. Sie sind noch nicht zurück …«

Sellmann erhob sich und kam an den Tresen.

»Erzählen Sie bitte!«, forderte er Mertens auf.

»Ja, also … Die beiden sind ins Moor gefahren, am Nachmittag, bevor der Nebel aufzog. Um Fotos zu machen. Abgesprochen war, dass sie pünktlich zum Abendessen um siebzehn Uhr wieder zurück sind …«

»Sie sind also mehr als zwei Stunden überfällig«, sagte Sellmann überflüssigerweise.

Mertens nickte. »Und es ist längst dunkel da draußen. Meine

Frau und ich, wir können uns nicht erklären, wo Nike und Jana sind. Sie sind eigentlich zuverlässig.«

»Haben Sie versucht, Ihre Töchter anzurufen?«

»Sicher, aber Sie wissen ja selbst, da draußen im Moor ist kein Empfang. Bei ihren Freundinnen sind sie nicht, das haben wir überprüft.«

»Und dort hätten sie auch Empfang gehabt«, sagte Sellmann.

»Wohin wollten die Mädchen?«, mischte sich nun Ruth ein, die keinen Meter neben Mertens stand und meinte, dessen Angst um seine Kinder riechen zu können. Wahrscheinlich war sie einfach nur sensibilisiert. Als Großmutter ihrer siebenjährigen Enkelin Hannah kannte sie diese Angst.

»Sie wollten zum Auge, da gibt's diesen Hochsitz … die beiden machen ja dauernd Fotos im Moor … Kann aber sein, dass sie noch woanders hin sind. Ich komme von dort und habe nach ihnen gerufen …«

Herr Mertens hob die Schultern und ließ sie kraftlos fallen.

»Also könnten sie überall sein«, sagte Ruth und presste die Lippen zusammen. Das Moor war riesig, und nie war es gefährlicher als im Nebel. Die Menschen glaubten, die Moor- und Wasserlöcher wären gefährlich, aber das stimmte nicht. Im Moor wurde der Nebel so dicht, dass man die Hand vor Augen nicht mehr sehen konnte, und das war in diesem Fall keine Übertreibung. Wer sich im Nebel im Moor verlief, verlor schnell die Orientierung – und erfror bei der Witterung.

»Wie sind sie hingekommen?«, wollte Sven wissen.

»Mit den Rädern.«

»Wie alt sind Ihre Töchter?«

»Achtzehn. Seit drei Monaten. Beide. Nike und Jana sind Zwillinge.«

»Und warum fahren sie ins Moor raus, wenn Nebel angekündigt ist?«, fragte Sellmann. »Das ist ziemlich dumm.«

Damit hatte er recht. Blieb man auf der Straße, war alles in Ordnung – wie sich bei Toma gezeigt hatte, manchmal nicht einmal dort –, aber rechts und links davon begann die Wildnis. Unzählige Male hatte Ruth damals ihren eigenen Kindern eingebläut, wie gefährlich das Moor sein konnte. Letztendlich ein Fehler, denn dadurch war es für sie erst interessant geworden.

»Wegen der Bilder und Videos«, sagte Herr Mertens kleinlaut. »Nike und Jana haben diesen TikTok-Kanal. Dafür brauchen sie ständig neuen – wie sagt man – Content?« Der große Mann schüttelte verzweifelt den Kopf. »Ich halte gar nichts davon, aber verbieten kann man das ja auch nicht. Und wir wissen alle, wie wenig man sich mit achtzehn Gedanken um abstrakte Gefahren macht.«

Die sind alles andere als abstrakt, dachte Ruth, behielt es aber für sich. Nicht nur aus Rücksicht auf Herrn Mertens, sondern auch auf sich selbst. Das war die beste Art und Weise, wie man Erinnerungen in Schach hielt: Man verlor kein Wort über das, was sie ausgelöst hatte.

»Wir müssen nach meinen Mädchen suchen«, flehte Mertens.

Sven Sellmann zog eine bürokratische Miene voller Bedenken und Befürchtungen, und Ruth wusste, was jetzt kam.

»Ich weiß nicht«, begann er. »Allein schon wegen der Dunkelheit ist das keine gute Idee, und dann noch der Nebel. Außerdem sind die beiden volljährig, sie müssen sich nicht ständig melden, können sich aufhalten, wo sie wollen. Da bekomme ich keine offizielle Suchaktion genehmigt. Gibt es denn überhaupt Hinweise, dass sie sich noch im Moor aufhalten?«

»Sie würden ans Handy gehen, wenn sie Empfang hätten«, sagte Mertens. »Nike und Jana mögen achtzehn sein, aber sie sind noch Kinder. Mein Gott, die beiden wohnen bei uns. Natürlich melden sie sich, wenn irgendwas ist.«

Herr Mertens war laut geworden.

»Ich verstehe Ihre Sorge«, beschwichtigte Sellmann. »Aber, wie gesagt, unter diesen Umständen kann ich keine Suche da draußen organisieren.«

Ruth rang mit sich. Nie wieder, genau das hatte sie sich damals gesagt, nie wieder, und seitdem hatte es Bestand gehabt, aber es hatte auch bislang keinen Vorfall gegeben, der sie ernsthaft auf die Probe gestellt hatte.

Jetzt schon.

Zwei Teenager. Im Moor. Bei dem Wetter.

»Wir müssen die Mädchen suchen«, sagte sie.

»Ja, aber, wie schon gesagt, ich bekomme keine offizielle Suchaktion genehmigt und ...«

»Red keinen Scheiß!«, fuhr Ruth dazwischen. »Wir trommeln ein paar Leute aus dem Ort zusammen, die sich im Moor auskennen.«

Sellmann schüttelte den Kopf. »Frau Sichler ... da draußen ist es dunkel und neblig. Wir würden diese Leute in Gefahr ...«

»Die, die ich anrufe, kennen sich mit dem Moor aus.«

»Nachts und im Nebel hilft es niemandem, sich auszukennen.«

»Ich komme mit«, beharrte Ruth. »Dann wird schon nichts passieren.«

Sie konnte sehen, dass Sellmann eine Erwiderung herunterschluckte, die ihm auf der Zunge lag, und sie wusste genau, worum es dabei ging. Natürlich kannte er die alte Geschichte von der kleinen Grit. Die Leute hier vergaßen und verziehen nichts, ihre Erinnerung glich der des Moores.

»Bitte ... wir müssen doch etwas tun«, flehte Herr Mertens.

»Das werden wir«, bekräftigte Ruth Sichler.

3.

TAG 1
Früher Abend

Sie trafen sich auf dem kleinen Wanderparkplatz am nördlichen Rand des Namenlosen Moores.

Der geschotterte Platz war mit einer hölzernen Umrandung eingefriedet, alles jenseits davon lag in der Dunkelheit. Ruth Sichler musst das Moor nicht sehen, sie konnte es spüren. Das war schon immer so gewesen. Sie spürte es nicht als Bedrohung, sondern als Bereicherung, eine Umgebung, in der ihr Geist sich ausdehnen konnte, ohne Barrieren, ohne Lärm, ohne Menschen. Oft ging sie ins Moor, um Ruhe und Ausgeglichenheit zu finden – aber nicht heute.

Eine Stunde war vergangen, seitdem Hans Mertens im Polizeipräsidium um Hilfe gebeten hatte. Ruth Sichler hatte einige Leute zusammengetrommelt, die bei der Suche nach den Zwillingen Nike und Jana halfen.

Ruths Sohn Erik und dessen Kollege Andreas Kraft waren bereits da, außerdem der Zugezogene. Ruth wusste natürlich, dass der Mann Alexander Seitz hieß, aber hier in Moorbach nannten ihn alle nur den Zugezogenen, seit er vergangenen Herbst den Hof der Horstmanns gekauft hatte, die ins Pflegeheim gezogen waren. Erik war gerade vor dem Supermarkt mit Seitz im Gespräch gewesen, als ihn der Anruf von Ruth erreichte, und der Zugezogene hatte sich spontan bereit erklärt, zu helfen.

Das gefiel Ruth nicht. Weil Seitz der Einzige war, der sich im Moor nicht auskannte. Nicht gut genug jedenfalls, um im Dunkeln darin herumzulaufen.

Mit Sellmann und Hans Mertens versammelten sie sich um die wuchtige Motorhaube von Ruths Land Rover Defender. Der alte Motor roch nach Öl und strahlte Wärme ab.

In diesem Moment fuhr ein weiterer Wagen auf den kleinen Wanderparkplatz. Darin saßen Hartmut Wolter und Malte Tönsing, zwei Männer der Kreisjägerschaft. Beide waren ebenfalls sofort bereit gewesen, bei der Suche zu helfen. An Wolters Wagen war hinten an der Hängerkupplung eine große Stahlkiste befestigt, in der er totes Wild transportierte.

Damit waren sie nun zu acht. Mehr brauchten sie nicht, da es kaum Wege gab hier draußen. Selbst eine Hundertschaft der Polizei hätte hier in Reihe hintereinander marschieren müssen.

»Ich fasse noch einmal zusammen, was wir wissen«, begann Sven Sellmann. Er trug seine Polizeiuniform mit einer gefütterten privaten Jacke darüber. »Nike und Jana wollten zum Auge, das ist vier Kilometer westlich von hier, aber das wisst ihr ja selbst. Sie sind am Nachmittag aufgebrochen, seitdem hat ihre Familie nichts mehr von ihnen gehört. Ich habe in der Polizeidirektion in Riedberg angefragt wegen einer offiziellen Suchaktion, aber aufgrund von Dunkelheit und Nebel halten die Verantwortlichen das für zu gefährlich und wollen bis morgen warten … Im Übrigen sehe ich das auch so.« Sven warf Ruth einen vorwurfsvollen Blick zu.

»Morgen kann es zu spät sein«, übernahm Ruth. »Die Temperatur fällt über Nacht auf zwei Grad minus, ohne Schutz erfrieren die Mädchen. Ihr kennt euch im Moor aus, deshalb habe ich euch angerufen. Von hier aus führen vier Wege zum Toten Auge, die an unterschiedlichen Stellen auf den Weg treffen, der um das Auge herumführt. Ich schlage vor, wir teilen uns in vier Gruppen auf, jede Gruppe übernimmt einen Weg. Bleibt zusammen, und weicht nicht von den Wegen ab.«

»Die Telefone funktionieren hier nicht, und Funkgeräte habe ich nicht«, fügte Sven an. »Wir müssen also rufen, um uns zu verständigen. Ohnehin sollten wie die ganze Zeit rufen, damit die Mädchen uns hören können. Die Sicht ist ja praktisch null.«

»Und diese Lampe da an Ihrem Kopf, die können Sie vergessen«, sagte Ruth zu dem Zugezogenen.

»Aber die hat ein sehr starkes Licht«, entgegnete Seitz und tippte gegen die moderne Stirnlampe.

»Und das ist besonders schlecht, weil Sie damit eine Lichtwand vor sich aufbauen. Deshalb schaltet man im Auto bei Nebel kein Fernlicht an, das lernt man schon in der Fahrschule.«

»Ja, schon, aber man schaltet die Nebelscheinwerfer an.«

»Weil die sich knapp über dem Boden befinden, wo der Nebel nicht hinkommt.«

Alexander Seitz nahm die Stirnlampe vom Kopf und band sie sich ans rechte Schienbein.

»Besser?«, fragte er.

»Keine Ahnung, werden wir gleich sehen. Sie kommen mit mir, damit Sie nicht im Moor verloren gehen.«

»Aye, aye«, sagte der Zugezogene und hob die Hand zum Kopf, als wolle er salutieren.

»Herr Mertens, Sie kommen mit mir«, sagte Sven.

Die beiden Jäger bildeten ein Team, Erik und Andreas ein viertes. Damit gab es in jedem Team mindestens eine Person, die sich im Moor auskannte.

Ruth nahm derweil ihren Sohn beiseite. »Sei vorsichtig«, warnte sie. »Nicht einmal ich fühle mich bei einem solchen Wetter wohl im Moor.«

»Und ich dachte, du fühlst dich da immer wohl. Keine Angst, ich passe schon auf. Was glaubst du, was passiert ist?«

Ruth zuckte mit den Schultern. »Sie werden sich verlaufen haben. Hoffen wir, dass sie klug handeln und nicht kopflos herumirren.«

»Könnte Tomas Unfall etwas damit zu tun haben?«, fragte Erik.

»Weiß ich nicht. Toma stand unter Schock und hat starke Schmerzmittel verabreicht bekommen, so richtig zuverlässig war er also nicht, als ich mit ihm gesprochen habe. Was hast du eigentlich mit dem Zugezogenen zu tun?«

»Mama … er hat einen Namen. Alexander Seitz. Ich will ihn für meinen Unterricht gewinnen. Schließlich hat er einen interessanten und ungewöhnlichen Beruf. Außerdem ist er nett.«

»Nett ist die kleine Schwester …«

»Ja, ja, ich weiß schon, suchen wir nach den Mädchen. Pass auf dich auf.«

Erik gab ihr einen Kuss auf die Wange und ging zu Andreas Kraft hinüber. Die beiden waren Kollegen an der Gesamtschule in Riedberg und befreundet. Erik unterrichtete an der Hauptschule, Andreas am Gymnasium. Er lebte mit seiner Frau im Neubaugebiet von Moorbach. Die Grundstückspreise waren hier viel günstiger als in der Stadt.

Sven Sellmann trat auf Ruth zu. »Sollen wir?«

Er wirkte unglücklich, stand nicht wirklich hinter der Aktion, wusste aber, dass er sich nicht dagegen sperren konnte. Sellmann lebte hier. Die Menschen würden ihm nie verzeihen, sollten die Mädchen draußen im Moor erfrieren. Niemand interessierte sich dann noch für irgendwelche Vorschriften.

»Danke, dass du an Bord bist«, sagte Ruth. »Ich weiß, es ist schwierig für dich.«

»Schon okay. Ich hoffe nur, niemandem passiert etwas.«

»Sie sind alle erwachsen und freiwillig hier«, erwiderte Ruth.

»Ja, und die Zwillinge sind auch erwachsen und auch freiwillig hier.«

»Heutzutage ist niemand mit achtzehn erwachsen«, sagte Ruth. »Schon gar nicht, wenn Social Media nach Bildern verlangt.«

»Wenn was schiefgeht, fällt das auf mich zurück. Spielt keine Rolle, dass ich privat hier bin – meine Vorgesetzten werden mich dafür an den Pranger stellen.«

»Aber niemand hier in Moorbach. Weil du das Richtige tust. Das vergessen die Menschen nicht – und ich auch nicht.«

Sven Sellmann nickte. Vor wenigen Wochen hatte er im Dorfgemeinschaftshaus seinen Dreißigsten gefeiert und war damit halb so alt wie Ruth, aber auch er wusste, dass die Menschen umgekehrt nicht vergaßen, wenn man einen Fehler machte. Das Leben auf dem Lande war genauso eng wie frei. Ein Widerspruch, der sich kaum erklären ließ.

Ruth nickte ihm noch einmal zu, dann teilten sie sich wie besprochen in vier Gruppen auf und starteten die Suche nach den Mertens-Zwillingen.

Nach wenigen Metern waren alle im Nebel und in der Dunkelheit verschwunden.

»Unheimlich«, sagte der Zugezogene.

»Ist was anderes, als sich einen Krimi im Fernsehen anzuschauen. Bleiben Sie dicht hinter mir.«

»Damit ich nicht im Moor versinke und für immer verschwinde?«, fragte Seitz.

»Im Moor können Sie nicht versinken. Das sind Ammenmärchen.«

»Ach. Und warum nicht?«

»Weil der Schlamm im Moor eine größere Dichte hat als unser Körper. Sie würden immer wieder an die Oberfläche gedrückt werden. Stecken bleiben können Sie aber schon, so ungefähr bis zur Brust.«

Während sie nebeneinander hergingen, flackerte das Licht der Stirnlampe an Seitz' Schienbein hin und her.

»Tja, das ist ernüchternd«, sagte er. »Ich fand die Vorstellung immer sehr … gruselig.«

»Springen Sie in ein Wasserloch, davon gibt es hier mehr als genug, da können Sie dann ertrinken, das ist gruselig genug. Und mich nervt dann das Licht nicht mehr.«

Ruth, die größer war als der Zugezogene und längere Beine hatte, schritt kräftig aus. Seitz musste sich offensichtlich anstrengen, um ihr zu folgen. Er nervte sie jetzt schon. Mit seinen Sneakern und der modischen Daunenjacke, die sicher warm hielt, hier draußen aber fehl am Platz wirkte.

Sie tauchten in den Pfad ein, der zum Auge führte. Der war kaum schulterbreit, sodass sie nun hintereinandergehen mussten.

»Verdammt, machen Sie das Licht aus«, fuhr Ruth ihn an. »Ich sehe nichts.«

Er gehorchte.

Vor Ruths Gesicht stiegen Atemwolken auf. Die Temperatur fiel, und an den dürren, knorrigen Ästen der Büsche gefroren die Wassertropfen zu Eis.

Irgendwo im Nebel riefen die Männer nach den Zwillingen. Die Rufe schallten aus allen Richtungen herüber, mal lauter, mal leiser, aber immer vom Nebel gedämpft. Ruth glaubte, Sven Sellmann heraushören zu können. Er hatte eine tiefe, kräftige Stimme.

»Man nennt Sie die Fährtenleserin, nicht wahr?«, sagte der Zugezogene hinter ihr.

»Woher haben Sie das denn?«

»Ich lebe jetzt seit vier Monaten in Moorbach, da bekommt man so einiges mit.«

»Schön für Sie.«

»Die Leute sagen, niemand kennt sich im Moor besser aus als Sie …«

Ruth blieb stehen. Es klang so, als wolle der Zugezogene noch etwas anfügen, und sie konnte sich vorstellen, was das sein würde.

»Lassen Sie die Quatscherei und rufen Sie nach den Mädchen«, fuhr sie den Mann heftiger an, als es nötig gewesen wäre. Sie wusste kaum etwas über ihn, aber für den Fall, dass er zu der Sorte Menschen gehörte, die gern tratschte, war es besser, ihm schon hier die Grenzen aufzuzeigen.

Er warf ihr einen Blick zu, den sie nur schwer deuten konnte. Eingeschüchtert war er jedenfalls nicht.

4.

TAG 1
Abend

Die ersten Schritte fielen schwer. Es war kalt und feucht, und die Muskeln wehrten sich. Das kannte Malia Gold schon. Sie brauchte drei bis vier Kilometer, um warm zu werden, erst dann würde es leichter werden.

Die Musik half. Linkin Park feuerte »Emptiness Machine« durch die In-Ear-Kopfhörer, ein Song, der Malia motivierte wie kaum ein anderer. Sie konzentrierte sich auf ihre Atmung und den tanzenden Lichtkegel der Stirnlampe vor sich auf dem Schotterweg. Neben ihr zog sich der Fluss durch die Dunkelheit, an dessen Ufer sie lief – sieben Kilometer hin und auch wieder zurück. Rundkurse mochte sie lieber, aber für heute musste das hier reichen.

Die Entscheidung, doch noch Laufen zu gehen, hatte sie spontan erst vor einer halben Stunde getroffen. Alle Kartons in ihrer neuen Wohnung waren ausgepackt, die wenigen Sachen eingeräumt, es hatte nichts mehr zu tun gegeben, und ihr war aufgefallen, wie kalt und leblos sich die Wohnung anfühlte. Sie war oft genug umgezogen, um zu wissen, dass es am Anfang immer so war. Aus Betriebsamkeit wurde Traurigkeit, aus Eifer Frust. Dann kamen die Zweifel an der Entscheidung, der eigenen Courage, in diesem Fall noch heftiger als sonst. Weil dies nicht irgendein Umzug war. Sondern ein Zurück in eine Vergangenheit, mit der sie eigentlich nichts mehr zu tun haben wollte.

Laufen half.

Immer.

Schritt und Atmung, Schritt und Atmung. Wenn doch nur alles so einfach wäre. Eine grundlegende Fähigkeit, in der frühen Kindheit erlernt und perfektioniert, nichts, worüber sie noch groß nachdenken musste. Schritt und Atmung, so lange, bis der Kopf frei wurde und die ewige rotierende Gedankenschleuder darin pausierte.

Malia wusste, sie sollte sich heute nicht verausgaben. Der morgige Tag am neuen Arbeitsplatz würde anstrengend werden, sie alle Energie dafür brauchen, aber es musste sein, weil sie sonst nicht würde schlafen können. Der Kompromiss war, es nicht zu übertreiben. Keine zweiundzwanzig Kilometer, keinen Halbmarathon, nur die knapp fünfzehn, ausreichend, um ihre Muskulatur zu ermüden und der Schleuder den Stecker zu ziehen.

Schritt und Atmung.

Februar.

Ein neues Jahr lag vor ihr.

Sie hatte es wahr gemacht und die Vorsätze umgesetzt.

Ihr neues Leben begann.

Was nicht hieß, dass die alten Gedanken verschwanden. Die folgten ihr zuverlässig, wohin sie auch ging, aber das war in Ordnung. Irgendwann musste man erkennen, verstehen und akzeptieren, dass es keinen echten Neuanfang gab. Der menschliche Körper war kein Koffer, den man komplett entleeren und neu packen konnte. Das Fassungsvermögen dieses Koffers war unendlich, es blieb alles drin, für immer, wie groß und schwer die neuen Gepäckstücke auch sein mochten.

Schritt und Atmung lenkte ab.

Der Job lenkte ab.

Der Weg am Fluss entlang war schön, selbst im Februar und in der Dunkelheit. Im Licht der Straßenlaternen glitzerte das träge dahinfließende Wasser. Einige Enten paddelten darin herum. Auf der anderen Seite rauschte der städtische Verkehr Richtung Feierabend, in den Häusern brannte warmgelbes Licht als Zeichen von Sicherheit und Behaglichkeit. Malia hatte es schon immer geliebt, in der Dunkelheit zu laufen. Es war ein merkwürdiger Zwiespalt. Einerseits gaben die erleuchteten Fenster der Wohnungen und Häuser ihr zu verstehen, dass sie nicht dazugehörte, andererseits nährten sie ihre Sehnsucht danach, irgendwo anzukommen. Und dann lief sie doch weiter. Kilometer um Kilometer.

Schritt und Atmung.

Der Takt ihres Lebens.

Der sie nun nach Riedberg geführt hatte.

Dreißigtausend Einwohner. Eine ruhige Kreisstadt. Die Verbrechen überschaubar. Kein Ort für eine großartige Karriere. Sie war aus anderen Gründen hier. Nach fünfzehn Jahren auf der Flucht hatte sie die Sache mit dem Koffer verstanden. Man konnte vor einer Gefahr flüchten, aber niemals vor sich selbst.

Weil man alles dabeihatte, immer.

Weil es keinen echten Neuanfang gab.

Was Malia in Riedberg suchte, war Ruhe. Bis sie die gefunden hatte, lief sie. Unter Schritt und Atmung wichen die Dämonen der Vergangenheit zurück, und sie musste sich nicht ständig fragen, ob ihre Existenz auf einem Mord beruhte oder nicht.

Malia Gold lief.

5.

TAG 1
Abend

»Ich hoffe, wir finden sie«, sagte Andreas Kraft.

Er ging hinter Erik Sichler.

Sie hatten den längsten Weg zum Toten Auge und legten einen Zahn zu, um möglichst zeitgleich mit den anderen Gruppen dort anzukommen. Anfangs führte der Weg noch am Feldrand entlang, verwandelte sich dann aber in einen schmalen Trampelpfad zwischen morastigen und nassen Flächen hindurch. Hier befanden sie sich im wiedervernässten Teil des Moores, der unter Naturschutz stand. Überall gab es kleinere und größere Wasserlöcher, die sie in der Dunkelheit nicht sehen konnten, geriet man hier vom Weg ab, konnte es rasch gefährlich werden.

»Wenn die Mädchen noch im Moor sind, werden wir sie finden«, antwortete Erik. Er spürte, dass seine Stimme langsam rau wurde. Das Rufen nach Nike und Jana in der kalten Luft setzte dem Hals zu. Er hatte das Gefühl, Eiskristalle einzuatmen.

»Es ist ziemlich dumm, bei dem Wetter hierherzukommen«, sagte Andreas, »nur um ein paar Fotos für Social Media zu schießen. Ich habe die beiden für klüger gehalten.«

»Wie gut kennst du sie?«, fragte Erik, ohne den Blick von den zwei Metern Weg zu nehmen, die er vor sich erkennen konnte. Erik wusste, dass die Mertens-Zwillinge an der Gesamtschule Riedberg auf dem Gymnasium waren.

»Nicht wirklich gut. Sie fallen natürlich auf. Ich habe sie das eine oder andere Mal in Vertretung unterrichtet. Ziemlich aufgeweckt und clever, die beiden. Und man kann sie echt nicht auseinanderhalten. Manchmal hatte ich den Eindruck, sie können ihre charakterlichen Eigenheiten gleichschalten, um andere zu täuschen.«

»Echt? Na ja, würde ich wahrscheinlich auch machen, wenn ich einen eineiigen Bruder hätte. Kann ja lustig sein.«

»Oder manipulativ.«

»Oder das … Warte mal.«

Erik blieb abrupt stehen.

»Was ist?«

»Hast du das nicht gesehen?«

»Was soll ich gesehen haben?«

»Da vorn … Da ist doch gerade jemand über den Weg … oder etwas.«

Sofort riefen die beiden die Namen der Zwillinge in den Nebel, der sie bereitwillig aufnahm und verschluckte. Sie lauschten auf Antwort, hörten aber nur die leisen Stimmen der anderen Gruppen, die ebenfalls nach Nike und Jana riefen.

»Wenn das die Mädchen waren, würden sie doch antworten«, flüsterte Andreas. »Vielleicht hast du dich getäuscht?«

Erik schüttelte den Kopf. Er war sich sicher: Da war etwas über den Weg gehuscht, an der Grenze seines Sichtfelds, sodass er es gerade noch hatte wahrnehmen können.

»Ein Tier?«, fragte Andreas.

»Ich weiß nicht … Ja, kann sein … Hast du es denn nicht gesehen?«

»Ich bin hinter dir. Außer deinem Rücken sehe ich nichts.«

Erik versuchte, Dunkelheit und Nebel mit den Augen zu durchdringen, was nicht möglich war. Ein paar Meter neben dem Weg könnte jemand stehen, und sie würden es nicht mitbekommen. Ein verdammt unangenehmes Gefühl war das.

»Okay, lass uns weitergehen.«

Erik mochte das Moor nicht besonders, freiwillig kam er so gut wie nie hierher. Aber es war selbstverständlich für ihn, sich an der Suchaktion zu beteiligen, schon allein für seine Mutter. Vor ungefähr zehn Jahren hatte man sie gebeten, bei einer Suchaktion nach einem kleinen Mädchen zu helfen. Und wie Ruth nun mal war, hatte sie alles an sich gerissen und die Verantwortung übernommen. Das Mädchen hatten sie nicht gefunden. Erik ahnte, wie Ruth sich jetzt fühlen musste.

Ihm selbst flößte die Situation Angst ein. Er musste an Hannah denken, seine siebenjährige Tochter, die er über alles liebte. Die Schattenseite der Liebe war die Sorge, das hatte Erik schnell erkannt, schon damals, als er seine Frau Caro kennengelernt hatte, mit Hannah aber noch viel intensiver, weil sie auf Caros und seinen Schutz angewiesen war. Wie konnte man ein so zartes Leben beschützen vor einer Welt, wie sie nun einmal war? Mit all den Klauen und Reißzähnen.

Erik rief nach Nike, dann nach Jana, um sich abzulenken.

Sie waren jetzt eine halbe Stunde unterwegs und müssten bald das Auge erreichen. Aber was erhofften sie sich eigentlich davon? Wenn die Mertens-Zwillinge dort waren, wussten sie auch, wie sie aus dem Moor herauskamen.

»Da!«, rief Andreas und zeigte nach vorn. »Jetzt habe ich es auch gesehen.«

Erik diesmal nicht, weil er in Gedanken gewesen war. »Konntest du etwas erkennen?«

»Nein, nur eine Bewegung. Etwas Dunkles im Nebel. Aber es war definitiv kein Reh oder so.«

»Scheiße, das macht mir Angst«, sagte Erik.

»Frag mich mal. Ich habe richtige Gänsehaut. Von oben bis unten.«

»Denkst du, was ich denke?«, fragte Erik.

»Keine Ahnung, was denkst du denn?«

»Dass es noch einen anderen Grund für das Verschwinden der Mädchen geben kann. Vielleicht haben sie sich gar nicht verlaufen.«

»Ein Verbrechen?«

Erik nickte.

»Hier draußen im Moor? Bei dem Wetter? Unwahrscheinlich.«

»Du weißt nichts von dem Unfall, oder?«

»Was für ein Unfall?«

»Toma wurde am Nachmittag auf der L33 von einem Wagen angefahren. Er ist im Krankenhaus.«

»Scheiße. Ist er schlimm verletzt?«

»Ein gebrochener Arm, er hatte Glück. Aber was, wenn dieser Unfall etwas mit dem Verschwinden der Mädchen zu tun hat? Das Auto soll sehr schnell unterwegs gewesen sein.«

»Deshalb auch die Unfallflucht, meinst du?«

»Liegt nahe, oder?«

»Jedenfalls ist es nicht auszuschließen. Aber dann wäre der Täter nicht mehr hier im Moor.«

»Wer weiß. Ich …«

Über das, was da auf dem Weg lag, wäre Erik beinahe gestolpert, weil er sich in diesem Moment zu seinem Freund umgedreht hatte. Er stieß sich das Schienbein an einer Metallkante und schrie auf – mehr vor Schreck denn vor Schmerz.

»Ein Fahrrad«, sagte Andreas. »Die Mädchen sind doch mit dem Fahrrad hierhergekommen, nicht wahr?«

6.

TAG 1
Abend

»Wo kommst du her?«

»Meine Sache«, sagte Laurence und wollte sich an seiner Mutter vorbei ins Haus drängeln.

Dass sie ihn an der Tür abpasste, nervte ihn total. Sonst kümmerte sie sich doch auch nur um ihren Scheiß. Warum ausgerechnet heute nicht?

»Was ist mit dir?«, hakte seine Mutter nach.

Erst jetzt bemerkte er, dass sie nach Alkohol roch. Und wie sie wieder aussah! Diese schlabberigen Klamotten, zig Jahre alt und ausgewaschen, das Haar ungemacht, und dann dieser abschätzige Blick, als könne sie nicht glauben, ihn in die Welt gesetzt zu haben.

»Du siehst aus, als … ich weiß auch nicht … Hast du was angestellt?«

»Lass mich in Ruhe. Mir ist kalt. Ich will duschen.«

Mit diesen Worten ließ Laurence seine Mutter stehen und lief hastig die Treppe hinauf. Sie rief ihm etwas hinterher, doch er hörte schon nicht mehr auf sie.

Er warf seinen Rucksack mit der Ausrüstung aufs Bett, zog sich aus und ging hinüber ins Bad.

Laurence fror fürchterlich. Schon auf der Rückfahrt mit dem Fahrrad hatte er am ganzen Körper gezittert. Kälte und Feuchtigkeit waren ihm tief in die Knochen gefahren. Dazu die Wut und die Enttäuschung. Vielleicht war sein Zittern auch Letzterem zuzuschreiben.

Wie hatte er nur so dumm sein können, sich Hoffnungen zu machen?

Er wusste doch, wie es lief. Wie es immer lief.

Als das warme Wasser seine Gefäße weitete, zog ein unangenehmes, fast schon schmerzhaftes Kribbeln durch seinen Körper. Laurence drehte das Wasser heißer und hielt es aus. Dachte an ihre Gesichter, die Angst und den Schmerz darin …

»Laurie, nicht so lange. Gas ist teuer!«, rief seine Mutter von unten.

Für Gas war kein Geld da, für Alkohol schon. Das hätte er am liebsten zurückgeschrien, ließ es aber bleiben. Seine Mutter interessierte ihn einen Scheiß, er hatte längst begriffen, dass sie nie so sein würde, wie er sie sich wünschte. Eine weitere Enttäuschung, nichts anderes.

Er stellte das Wasser aus, stieg aus der Dusche und trocknete sich ab.

Dabei fiel sein Blick in den Spiegel an der Tür. Durch den Beschlag sah er sich nur als Schemen, aber auch dieser Schemen war unförmig. Zu dick um die Hüfte und Taille, zu schmal an den Schultern, zu klein. Kein Fitnesstraining der Welt würde aus ihm einen Athleten formen, es lohnte sich nicht, mit den anderen gleich nach der Schule ins Gym zu pilgern. Niemand würde je seinem Körper huldigen, er selbst nicht und erst recht kein Mädchen. Die machten sich nur lustig über ihn.

Laurence warf sich den Bademantel über, ging in sein Zimmer hinüber, schloss die Tür ab, ließ sich vor den PC fallen und stülpte sich die Kopfhörer über die Ohren. Sofort dröhnte »Shame« von Sutcliff Jugend auf ihn ein. Auf seinem Handy ließ er das Video dazu laufen. Er verließ die reale Welt und begab sich in die andere, die besser zu ihm passte. Wo er in den Foren Gleichgesinnte fand, die ihn verstanden, seine Gefühle teilten und wussten, was es hieß, missachtet zu werden.

Und sie waren schon da, warteten auf ihn, wollten, dass er erzählte, wie es gelaufen war. Vorhin, gleich nach der Schule, hatte er ins Forum geschrieben, was er am Nachmittag vorhatte. Dass jetzt der richtige Tag und Zeitpunkt gekommen sei, weil sie ihn lange genug verarscht und gedemütigt hatten.

Jetzt wollte die Community Bilder und Worte, die seine Behauptung stützten. Er durfte nicht auch noch hier als Versager dastehen, deshalb schrieb er hemmungslos auf, was seinen Kopf in diesem Moment füllte. All die Bilder und Gefühle, Geräusche und Gerüche, es war alles da, so, als würde es in diesem Augenblick wieder und wieder geschehen.

So grausam es war, verschaffte es ihm doch Lust und Befriedigung.

Und während er schrieb, fiel sein Blick immer wieder auf die Bilder auf der Fensterbank.

Er hatte sie online zusammengetragen und die schönsten ausgedruckt.

Zum Glück gab es viele Bilder von den Mertens-Zwillingen.

7.

TAG 1
Abend

»Hier … hier … hier …«

Ruth Sichler zählte.

Zwischen jedem »Hier« vergingen drei Sekunden.

Genug Zeit, um den vorangegangenen Ruf abklingen zu lassen, aber nicht zu lang, damit die Dringlichkeit deutlich wurde. Die wichtigste Botschaft lag in der andauernden Wiederholung.

Genauso hatte sie es ihren Kindern beigebracht.

Die Dreier-Regel.

Wenn ihr euch im Moor verlauft, geratet nicht in Panik, bleibt, wo ihr seid, und ruft immer wieder »hier« im Abstand von drei Sekunden, für drei Minuten. Dann pausiert ihr drei Minuten, bevor ihr von vorn beginnt.

An der gedämpften Stimme konnte Ruth ihn zwar nicht erkennen, aber Erik war der Einzige, der die Regel kannte, folglich war es ihr Sohn, der auf sich aufmerksam machte.

»Schneller!«, trieb Ruth den Zugezogenen an und eilte voraus, ohne weiterhin Rücksicht auf ihn zu nehmen. Seitz würde schon mithalten können, immerhin war er zwanzig Jahre jünger als sie.

Es konnte nur einen Grund geben, warum Erik auf diese Art rief: Er und Andreas hatten die Mädchen gefunden – oder eine von beiden. Ruth hoffte, dass sie unverletzt waren, vielleicht nur unterkühlt und verängstigt. Nicht jede dieser Geschichten musste schlecht ausgehen, oder?

Ruth wurde immer schneller, konnte sich nicht bremsen. Ihr Herz pochte wild in der Brust. Sie war lange nicht mehr gerannt, und die

Zigaretten trugen ihren Teil zu der mangelnden Fitness bei. Wenn sie wollte, konnte Ruth noch immer Stunden durchs Moor wandern, ohne zu essen oder zu trinken, das machte ihr nichts aus, ihr Körper war schon immer genügsam gewesen. Das Rennen aber setzte ihr zu.

Unterdes rief Erik weiter, ließ die dreiminütige Pause allerdings aus. Er wusste ja, dass sich die anderen Gruppen in der Nähe befanden und schnell reagieren konnten. Die Pause war gedacht, um Stimme und Kraft für den Fall zu schonen, dass man über einen sehr langen Zeitraum rufen musste.

Bald traf Ruth auf den Weg, der um das Tote Auge herumführte, jenen sechs Quadratkilometer großen See im Herzen des Naturschutzgebiets. Ruth bog links ab in Richtung der Rufe. Wassertröpfchen verfingen sich in ihren Wimpern und behinderten die Sicht zusätzlich – es war, als würde sie durch Diamanten schauen.

Und dann stand da plötzlich jemand auf dem Weg.

Ruth konnte nicht mehr stoppen, prallte auf die Gestalt. Erschrocken schrien sie beide auf, blieben aber auf den Beinen.

Es war Andreas Kraft. Eriks Freund.

»Was habt ihr gefunden?«, rief Ruth aufgeregt.

»Hier entlang«, antwortete er. »Erik ist dort geblieben. Es ist nicht weit.«

Andreas lief voraus, Ruth folgte. Der Lehrer war gut trainiert, unterrichtete Sport und Englisch. Nach zehn Metern tauchte Erik aus Dunkelheit und Nebel auf.

Ruth spürte das Bedürfnis, ihn zu umarmen. Sie hatten schon immer ein Verhältnis zueinander gehabt, das viel Körperkontakt zuließ. Umarmungen, kleine Küsse, neckische Knuffe. Mit keinem anderen Menschen konnte Ruth das so wie mit Erik. Also schloss sie ihn kurz in die Arme. Egal, was die anderen dachten.

Erik ließ es zu und wies dann mit dem Kinn nach links hinüber. »Da.«

Ruth sah sofort, was er meinte.

Neben dem Weg lag ein Damenrad. Pink. Mit einem Metallkorb auf dem Gepäckträger. Der Lenker ragte in den Weg hinein, der hintere Reifen lag zum Teil in einem flachen Wasserloch.

»Nur das eine?«, fragte Ruth.

»Nur das eine ... und von den beiden Mädchen keine Spur«, antwortete Erik.

»Hallo?«, kam es aus dem Nebel, und einen Augenblick später tauchte Sven Sellmann auf, dicht gefolgt von Hans Mertens.

»Was habt ihr?«, fragte Sellmann.

Sie musste ihm nicht antworten, er konnte das Fahrrad sehen. Hans Mertens ebenfalls.

»Das gehört Nike ... wo ist sie? Wo sind meine Mädchen ... Nike! Jana!«

Er schrie ihre Namen in die Dunkelheit und wollte vom Weg direkt ins Moor laufen.

Erik packte ihn an der Schulter. »Beruhigen Sie sich. Wir werden sie finden.«

Ruth verließ den Weg und ging einige Schritte vor. Der Boden war hier weich und von Wasser gesättigt, aber nicht morastig, sie sank kaum ein. Wer nicht wusste, worauf er achten musste, fand in diesem Boden kaum oder keine Spuren, Ruth aber wusste, worauf sie achten musste. Die meisten Menschen reagierten instinktiv, wenn sie sich durch solche Landschaften bewegten. Sie nutzten Erhöhungen, Grasbüschel, kleine Erd- oder Torfhügel, auf die sie treten konnten, ohne einzusinken. Dort galt es, nach Spuren zu suchen.

Ruth bückte sich.

Das schmalblättrige Wollgras, das bald zu blühen beginnen würde, war hier eine der am häufigsten vorkommenden Pflanzen. Es wuchs selbst im niedrigen Wasser und bildete kleine Inselchen, auf die man treten konnte. Noch waren die Stängel niedrig und nicht gefroren, das würde erst gegen frühen Morgen geschehen. Ruth fand keine abgeknickten oder zertrampelten Stängel, bei keinem der Büschel.

»Was gefunden?«, fragte Sellmann, der ihr gefolgt war.

»Nein, aber das sagt auch etwas aus. Jemand, der in Ruhe geht, nutzt die Erhöhungen und hinterlässt Spuren. Jemand, der kopflos flüchtet, tritt einfach ins Wasser oder auf den feuchten Boden, und diese Spuren verschwinden schnell wieder.«

»Sie meinen, das Mädchen war in Panik?«, fragte Sellmann.

»Ja, das meine ich.«

»Das sind nur Mutmaßungen. Es kann auch ganz anders gewesen sein. Vielleicht ist ein Mädchen mit dem Fahrrad gestürzt, ihre Schwester kam ihr zu Hilfe, sie sind auf dem Weg weitergegangen und haben sich verlaufen.«

»Und warum liegt das Fahrrad dann noch hier?«

Sellmann sagte nichts.

Auch das Moor schwieg. So, wie es das immer tat. Das Moor war ein Bewahrer von Geheimnissen, keines gab es freiwillig preis, man musste danach suchen, das wusste Ruth nur allzu gut.

»Wo ist eigentlich Alexander?«, rief plötzlich Erik.

Sellmann und sie gingen zu der Gruppe zurück.

»Ich weiß nicht. Vorhin war er noch hinter mir.«

»Scheiße, das kann doch nicht wahr sein«, stieß Sellmann aus. »Was ist denn hier los?«

Ruth ging rasch zurück, bis sie auf den Weg traf, der um das Tote Auge herumführte. Dort hielt sie sich rechts, denn aus der Richtung war sie gekommen. Sie verfluchte sich dafür, den im Moor unerfahrenen Neuling zurückgelassen zu haben, aber eigentlich konnte auf den paar Metern doch nichts passieren. Der Mann hätte einfach nur dem Weg folgen müssen.

Sie rief nach ihm – und bekam eine Antwort.

»Hier … ich bin hier.«

Er kam ihr entgegen, und auf den ersten Blick erkannte Ruth, was passiert war.

Der Mann war klitschnass.

»Ist alles in Ordnung?«, fragte sie.

»Ja, schon, mir ist nur verdammt kalt … ich bin in ein Wasserloch gefallen.«

»Herrje. Warum sind Sie nicht auf dem Weg geblieben, wie ich es gesagt habe?«

»Weil ich glaubte, etwas gesehen zu haben, und es waren ja nur ein paar Schritte, aber dann … Diese Pfütze war tiefer, als ich dachte …«

»Sie hätten ertrinken können.«

»Wäre ich auch fast … aber jemand hat mir geholfen.«

»Was? Wer?«

Seitz zuckte mit den Schultern. »Ich weiß es nicht. Jemand hat mich bei den Schultern gepackt und mich aus dem Wasserloch gezogen.«

»Aber Sie müssen den doch gesehen haben.«

»Das ging alles so schnell … Es war ein Mann, keine Frage, groß, kräftig … Und er hat eine Fellmütze getragen.«

»Eine Fellmütze? Und dieser Mann ist einfach weggegangen?«

»Das hat mich auch gewundert. Ich habe noch hinterhergerufen, aber der hat sich nicht einmal umgedreht.«

8.

TAG 2
Morgen

Malia Gold warf einen gehetzten Blick auf die Uhr im Cockpit des Wagens. Sie kam zu spät. Und das am ersten Tag.

Weil sie noch keine Mitarbeiterkarte für die Schranke zum Parkplatz der Polizeiinspektion hatte, suchte sie nach einem Stellplatz in der Nähe, fand aber keinen. Es war wie verhext – wie immer, wenn die Zeit drängte.

Warum hatte sie auch auf den letzten Drücker aufbrechen müssen?

Sie wusste, warum. Weil sie diesen Erregungszustand brauchte, um richtig zu funktionieren. Um aufgeweckt und fokussiert zu sein. Und gerade für das bevorstehende Gespräch mit ihrem neuen Chef erschien ihr das wichtig.

Da!

Endlich ein freier Platz.

In drei Zügen zwängte Malia ihren Suzuki S-Cross in die Parklücke, zog den Schlüssel ab und wollte aus dem Wagen springen. Lautes Hupen ließ sie die Tür wieder zuziehen. Um ein Haar hätte der Paketlieferwagen sie abgefahren.

»Holy shit!«, stieß Malia aus.

Vor dem zweiten Versuch warf sie einen Blick in den Rückspiegel und wartete, bis die Straße frei war.

Sie nahm die warme schwarze Bomberjacke vom Rücksitz, zog sie im Laufen an und verriegelte den Wagen per Funkbedienung. Ihr Herz schlug schnell und dumpf in der Brust. Das wäre fast schiefgegangen. Sie musste sich beruhigen, runterkommen, ein Zuviel an Erregung war nicht gut.

Ihr Ex-Mann hatte ihr zu Beginn ihrer Beziehung ein Buch mit dem Titel »Wenn du es eilig hast, geh langsam« geschenkt. Sie hatte nur die ersten dreißig Seiten gelesen und sich nicht einmal die zu Herzen genommen, weil es ihrer Persönlichkeit zuwiderlief, langsam zu sein. Malia hatte zu spät verstanden, dass dieses Geschenk ein Manipulationsversuch gewesen war – einer von vielen, die im Zusammenspiel mit seiner narzisstischen Persönlichkeit die Beziehung gekillt hatten.

Jetzt, da es zu spät war, zügelte sie ihre Schritte und versuchte, so zu gehen, als hätte sie alle Zeit der Welt.

Und das war anstrengend. Sie lief lieber.

Dichter, morgendlicher Berufsverkehr rauschte an ihr vorüber. Der Winddruck eines Trucks wirbelte ihr schulterlanges Haar durcheinander, in dessen Sitz sie zehn Minuten vor dem Spiegel investiert hatte.

Malia schloss kurz die Augen und schluckte den nächsten Fluch herunter.

Gab es Drei-Wetter-Taft eigentlich noch?

In einer Lücke im Verkehr überquerte sie die Fahrbahn und nutzte auf der anderen Seite ein verspiegeltes Fenster des Polizeigebäudes, um ihr Haar einigermaßen wieder in Ordnung zu bringen.

Dann klingelte sie, nannte durch die Gegensprechanlage ihren Namen und wurde eingelassen.

Ein freundlicher junger Mann überprüfte ihren Ausweis und begleitete sie durchs Treppenhaus in die erste Etage.

»Sie fangen neu an bei uns?«, fragte er.

»Ja, mein erster Tag.«

»Woher kommen Sie?«

»Hier und da. Ich war beruflich viel unterwegs.«

»Und was zieht Sie hierher?«

»Ich habe gehört, hier gibt's den besten Döner der Republik«, drückte sich Malia um die Wahrheit.

Der Mann lachte lauthals auf. »Sorry, aber ich fürchte, nicht einmal damit können wir dienen … So, da sind wir.« Er stoppte vor dem Büro des Dienststellenleiters.

»Aber wenn Sie mal Restauranttipps brauchen, bin ich gern behilflich. Ich bin Jörn Möller.«

»Vielen Dank, Jörn Möller. Vielleicht komme ich darauf zurück.«

Der Kollege verschwand ins Erdgeschoss, und Malia fragte sich, ob das ein Flirtversuch gewesen war.

Im Vorzimmer des Dienststellenleiters empfing sie die Assistentin. Laut Türschild Anne Aures.

»Frau Gold, wie schön.«

Anne war groß und schlank und hatte eine offene Ausstrahlung. Malia mochte sie sofort.

»Sorry, ich bin ein paar Minuten zu spät«, entschuldigte sie sich bei ihr.

Anne Aures winkte ab. »Macht gar nichts. Polizeirat Wankemüller ist nämlich krank, er hat vor fünf Minuten angerufen. Ich hätte den Termin abgesagt, dachte mir aber, dass Sie schon auf dem Weg sind.«

»Ach, wie schade«, sagte Malia und sank innerlich in sich zusammen. Die ganze Aufregung umsonst. So richtig gut geschlafen hatte sie die letzte Nacht nicht, trotz der späten Laufeinheit. Immer wieder hatte sie versucht, das Gespräch zu visualisieren und ihre Antworten vorzubereiten.

»Und jetzt?«

»Ich schalte Sie erst einmal frei, händige Ihnen alles aus, was Sie brauchen, und dann schicke ich Ihnen die Fakten zu einem Fall auf Ihr internes Mailkonto. Der Fall ist ganz frisch, erst in der Nacht reingekommen, und Herr Wankemüller hat gesagt, Sie sollen sich vorerst darum kümmern. Leider habe ich nicht viel Zeit, weil ich einige Termine neu organisieren muss … Tut mir leid, alles etwas hektisch heute.«

Zehn Minuten später hatte Malia alle notwendigen Informationen zu ihrem ersten Fall, Passwörter und Berechtigungen für die Dienstelle, einen neuen Dienstausweis und ein Laptop mit Dellen im Deckel.

»Ist freigeschaltet, damit müssten Sie sofort loslegen können. Jetzt muss ich Sie leider auch schon wieder rausschmeißen«, sagte Anne Aures und lächelte entschuldigend.

»Gibt es ein Büro für mich?«, wollte Malia wissen.

»Noch nicht, aber im Lauf der Woche sollte es fertig werden. Die Leute von der Hausverwaltung haben's nicht ganz geschafft, da sind auch so viele krank im Moment … die Grippe geht um. Stecken Sie sich bloß nicht an.«

»Ich versuch's.«

»Wenn die Gefahr vorüber ist und wir einen Moment Zeit haben, stelle ich Sie den Kolleginnen und Kollegen vor, aber im Moment halten wir, wenn es geht, ein wenig Abstand.« Frau Aures zuckt entschuldigend mit den Schultern.

»Schon okay, wir holen das nach.«

Und schon stand Malia auf dem Gang und fühlte sich ein wenig verloren.

Was für ein interessanter Start in den neuen Job.

Es war nicht so, dass sie mit Hektik nicht umgehen konnte, und Personalnot war mittlerweile nicht mehr die Ausnahme, sondern der Standard, aber ein wenig mehr Eingewöhnungszeit hätte sie sich gewünscht. Jetzt stand sie da mit einem verbeulten Laptop unterm Arm, auf dem ihr erster Fall auf sie wartete, und wusste nicht einmal, wo sie sich damit beschäftigen sollte.

Ein älterer Mann in grauem Pulli schlurfte mit Akten in der Hand den Gang hinunter.

»Gibt es hier eine Cafeteria?«, fragte Malia ihn.

»Erdgeschoss links, Gang runter, rechts, bis zum Ende.«

»Vielen Dank.«

Der Mann schlurfte in großem Bogen an ihr vorbei und wandte das Gesicht ab. Seit Corona waren die Menschen empfindlicher, wenn es um ansteckende Krankheiten ging.

Malia fand die Cafeteria ohne Probleme.

Wobei der Begriff Cafeteria übertrieben war.

Weiße Wände, weiße Decke, graue Stühle und Tische, eine Yuccapalme in der Ecke, immerhin grün und kräftig. Zwei Automaten für Kaffee und Snacks. Die Fenster gingen auf den Innenhof mit Parkplatz und boten einen tristen Blick auf Beton, Pflaster und Autos. Niemand hielt sich in dem Raum auf.

Malia zog sich einen Kaffee und ein oranges Balisto – die mochte sie am liebsten –, setzte sich an einen Tisch und legte den verbeulten Laptop ab.

Bevor sie ihn aufklappte, hielt Malia einen Moment inne. Dieser Achtsamkeitskram war ja längst nicht mehr in und sowieso nicht ihr Ding, dennoch hatte sie sich vorgenommen, sich darin zu üben, seitdem sie an der Volkshochschule einen Kurs begonnen und abgebrochen hatte.

Da war er also, der Neuanfang, und er wollte ausgiebig betrachtet werden.

Neue Dienststelle, neue Kollegen, neue Wohnung, neues Leben. Kein Mann mehr, kein Haus, keine privaten Verpflichtungen. Mit sechsunddreißig noch einmal von vorn beginnen war kein Ding, oder? Das ging vielen so. Malia hatte sich vorgenommen, all das zu genießen, es wertzuschätzen und nicht als Katastrophe zu begreifen. Denn das war es nicht. Sie hatte es so gewollt. Die Scheidung, den Umzug, die neue Stelle, nichts davon hatten die Umstände oder irgendjemand für sie entschieden. Nein, es war ihr Leben, und sie bestimmte fortan allein darüber.

Malia klappte mit Schwung den Laptop auf, startete ihn und loggte sich in die Datenbank der Dienststelle ein. Es dauerte ein paar Minuten, bis sie das Programm verstanden und den Ordner mit dem neuen Fall gefunden hatte.

Sie klickte ihn an.

Schon nach wenigen Sätzen schoss ihr Wärme in Wangen und Ohren, und sie begriff, dass es so einfach nicht werden würde mit ihrem neuen Leben. Sie las die Namen von Ortschaften und Örtlichkeiten, die sie nie vergessen hatte, und fragte sich, was das Schicksal ihr damit sagen wollte. Dass Prokrastination ein Zeichen von Schwäche war und Schwäche immer bestraft wurde? Eher früher als später?

Wenn ja, war das unfair, denn sie war kein Mensch, der Dinge aufschob – bis auf diese eine Sache. Vor fünfzehn Jahren hatte sie in einem emotionalen Ausnahmezustand eine überhastete Entscheidung getroffen, die ihr Leben seitdem prägte. Diese eine Sache wollte sie in ihrem neuen Leben angehen, aber langsam, nicht rennend.

Das schien der Fall jedoch nicht zuzulassen.

Zwei junge Frauen. Gestern Nachmittag im Namenlosen Moor verschwunden. Am frühen Morgen war eine Suchaktion gestartet. Geleitet wurde sie von Polizeihauptmeisterin Söke Thom. Ihre Mobilnummer fand sich in der Akte.

»Okay«, sagte Malia laut zu sich selbst. »Wenn das dein neues Leben sein soll, dann soll es so sein.«

9.

TAG 2
Morgen

»Du siehst aus, als wärst du die halbe Nacht unterwegs gewesen.«

Erik Sichler stand vor dem Badezimmerspiegel und versuchte, einen vorzeigbaren Menschen aus sich zu machen. Eine unlösbare Aufgabe nach der Nacht, die hinter ihm, hinter ihnen allen lag.

»Sehr witzig«, erwiderte er.

Seine Frau Caro umarmte ihn von hinten und presste sich an ihn. Das fühlte sich gut an, zumal er die Kälte aus dem Moor selbst unter der warmen Daunenbettdecke nicht wirklich losgeworden war. Gegen Mitternacht waren er und seine Mutter auf den Hof zurückgekehrt, müde, durchgefroren, frustriert. Das Fahrrad war das Einzige geblieben, was sie gefunden hatten. Keine weitere Spur von den Mertens-Zwillingen. Eine Katastrophe, das Ganze.

Erik drehte sich zu seiner Frau um. »Herrje, wie kannst du so großartig aussehen, während ich mich äußerlich immer mehr einem Yeti annähere?«

Caro trug ihr blondes Haar halblang und schaffte es jeden Morgen in Rekordzeit, wie aus dem Ei gepellt aufzutreten, auch wenn sie sich nebenbei um Hannah kümmerte. Erik vergrub das Gesicht an ihrem Hals und küsste sie dort. Am liebsten wäre er wieder mit ihr unter die Bettdecke gekrochen, doch das ließ der Alltag nicht zu.

»Wie geht's dir denn?«, fragte sie.

»Ich habe so gut wie gar nicht geschlafen … Die Zwillinge gehen mir nicht aus dem Kopf.«

»Ich muss auch die ganze Zeit an sie denken. Hoffentlich geht es ihnen gut.«

»Das hoffe ich auch, aber …«

»Sprich es nicht aus. Es reicht, wenn wir die gleichen Gedanken haben.«

Erik nickte. Er war jetzt zweiunddreißig Jahre alt und hatte sein gesamtes Leben in Moorbach verbracht, nur zum Studium war er fort gewesen. Gezählt hatte Erik sie nicht, aber in dieser langen Zeit waren einige Menschen im Moor verloren gegangen, ein ungewöhnliches Ereignis war die Sache mit den Zwillingen also nicht. Leichtsinn und Dummheit bezahlte man oft mit dem Leben, das galt für die Wildnis noch viel mehr als für das urbane Leben.

»Ich bin froh, heute erst zur zweiten Stunde in die Schule zu müssen«, wich Erik dem Thema aus.

»Eigentlich müsstest du dir freinehmen.«

»Geht nicht, weißt du ja.«

»Ich weiß. Das war ein bisschen viel für einen Tag gestern. Erst der Unfall mit Toma, dann die Zwillinge … Glaubst du, beides hat miteinander zu tun?«

»Das kann Zufall sein, und zum Glück ist es Sache der Polizei, das herauszufinden.«

»Und deiner Mutter.«

»Tja, das wohl auch«, bestätigte Erik seufzend. »Hast du mit ihr gesprochen? Wie geht es ihr?«

»Sie ist tough, du kennst sie ja. Aber die Sache mit Alexander Seitz setzt ihr zu, das kann man sehen. Sie macht sich Vorwürfe … Nicht auszudenken, wenn der Mann ertrunken wäre.«

Erik ahnte, wie seine Mutter sich fühlte. Die alten Geschichten, die in diesem Haus nie angesprochen wurden, kamen jetzt hoch. Nicht nur bei ihr, auch im Ort, und wenn es erst einmal die Runde machte, dass bei der Suchaktion, die Ruth gegen den Willen der

Polizei durchgesetzt hatte, beinahe jemand ums Leben gekommen war, würden in der Gerüchteküche alte Gerichte erneut heiß gemacht werden. Die Sache mit der kleinen Grit hatte im Dorf niemand vergessen, auch wenn es schon zehn Jahre zurücklag.

»Ist er ja nicht«, sagte er nun. »Ich rede mit ihr, sobald ich Zeit habe.«

»Klar, aber erst mal kommst du zum Frühstück runter. Hannah sitzt parat, und deine Mutter kommt sicher auch gleich.«

»Wenn ihr mit meinem Anblick leben könnt.«

»Ich hab dich schon in schlimmerem Zustand gesehen.«

»Wann das?«

»In der Nacht von Hannahs Geburt hast du ausgesehen wie Nosferatu nach einem Alkoholexzess.« Caro verpasste ihm einen Klaps auf den Hintern und verließ das Bad.

»Ich liebe dich für deine bildhaften Vergleiche«, rief er ihr nach.

Erik blickte sich im Spiegel an. Seufzte. Rasch versuchte er, die Frisur mit Wachs in Form zu bringen. Sein volles, langes Haar war schon immer widerspenstig gewesen. In die schwarze Farbe mischten sich nach und nach graue Härchen, ziemlich früh, wie er fand. Er fragte sich, ob sein Vater auch früh ergraut war und ob er dieses Gen von ihm geerbt hatte. Die Frage war sinnlos, weil er niemals eine Antwort darauf bekommen würde, wegwischen konnte Erik sie dennoch nicht. Das Schicksal seines Vaters war der Ballast dieser Familie.

»Papi, Frühstück, ich hab Hunger, komm endlich!«, rief Hannah mit ihrer hellen Stimme von unten.

Erik wusch sich die Hände und verließ das Badezimmer.

Caro, Hannah und er lebten im Obergeschoss des riesigen Sichlerhofs, seine Mutter und Toma unten, wobei die beiden getrennte Wohnungen hatten. Auf die Dachschrägenfenster hatte sich über Nacht Frost gelegt, und als Erik die blinden Fenster bemerkte, fragte er sich, ob man bei den Temperaturen eine Nacht im Freien überleben konnte.

Wahrscheinlich nicht, es sei denn, man schaffte es, sich irgendwie warm zu halten.

Bevor Erik die Küche betrat, scheuchte er diesen Gedanken beiseite und bemühte sich um ein Lächeln.

»Hey, wo ist denn das kleine hungrige Monster?«, rief er.

Hannah saß bereits am Tisch, einen Löffel in der Hand, vor sich eine Schale, gefüllt mit ihrem Lieblingsmüsli. Sie hatte Caros blondes Haar geerbt, und es war zu einem Zopf geflochten, der bis in den Nacken reichte. Caro schaffte sogar zwei perfekte Frisuren, er nicht mal eine.

»Guten Morgen, Papi!«, rief sie. »Mama nimmt mich in die Schule mit.«

Erik küsste sein Kind auf die Stirn. Sie war warm und roch gut. »Schule ist nicht gut für Kinder. Vielleicht hilfst du besser deiner Oma auf dem Hof, jetzt, wo Toma im Krankenhaus ist.«

»Jaaaa!«, machte Hannah, und Erik fing sich einen anklagenden Blick von Caro ein, die Kaffee in die Becher goss.

»Kommt gar nicht infrage«, sagte sie streng.

»Ich fürchte, wir müssen auf deine Mutter hören.«

»Und auf mich«, kam es von der Tür, und Ruth betrat die große Küche, in deren Mitte der Esstisch aus Eichenholz stand, an dem zwölf Menschen Platz fanden. Über dem Tisch hingen vier Kupferlampen, in deren Licht die dicke Holzplatte warm zu glühen schien.

Ruth küsste die Kleine auf die Wange. »Schule ist das Allerwichtigste, hörst du?«

Hannah nickte. Wenn ihre Oma etwas sagte, zweifelte sie es niemals an.

»Danke, dass du das Frühstück gemacht hast«, sagte Ruth zu Caro. »Ich wäre beinahe nicht aus dem Bett gekommen. Die Kälte sitzt mir noch in den Knochen.«

»Ist doch kein Problem. Komm, setz dich, trink einen Kaffee.«

»Wie geht es Onkel Toma?«, fragte Hannah, als sie alle am Tisch versammelt saßen und es besonders auffiel, dass ein Stuhl leer blieb, der sonst immer besetzt war.

»Ganz gut, denke ich«, antwortete Ruth. »Ich fahre gleich ins Krankenhaus und schaue nach ihm. Vielleicht kann ich ihn schon mitnehmen.«

»Das kann ich mir nicht vorstellen.« Erik schüttelte den Kopf. »Der Unfall ist erst ein paar Stunden her.«

»Und du bist neuerdings Arzt?« Ruth schaute ihn über den Rand der Kaffeetasse an.

»Nein, aber ich verfüge über genug gesunden Menschenverstand, um solche Entscheidungen den Ärzten zu überlassen.«

»Und genau deshalb haben wir ein Gesundheitssystem, das uns alle kränker macht statt gesünder.«

»Ich bin nicht krank«, verkündete Hannah.

Erik strich ihr über den Kopf. »Darüber sind wir alle sehr froh. Was hast du in der ersten Stunde?«

»Unterricht beginnt heute erst in der zweiten Stunde«, versetzte Hannah. »Sagt meine Klassenlehrerin.«

»Na gut. Was hast du in der Zweiten?«

»Mathe bei Frau Sichler.«

»Und magst du Mathe bei Frau Sichler?«

»Nur, wenn sie mir eine Eins gibt.«

»Wenn du dich anstrengst, gibt sie dir bestimmt eine Eins«, sagte Caro. Sie unterrichtete an der Grundschule in Moorbach und war Hannahs Klassenlehrerin in der dritten Klasse. Bei einer Schule mit vier Klassen ließ sich das nicht vermeiden.

Hannah nickte, stopfte sich den Mund mit Müsli voll und kaute.

Erik, Caro und Ruth warfen einander Blicke zu. Sie hätten gern über die vergangene Nacht gesprochen, das ging aber nicht, ohne der Kleinen Angst zu machen.

»Kommst du klar ohne Toma?«, fragte Erik und schnitt ein weniger heikles Thema an.

»Wenn es überhaupt einen guten Zeitpunkt für den Unfall gibt, dann jetzt«, antwortete Ruth, während sie eine Scheibe Toast mit Butter bestrich und mit Käse belegte. »Ist ja nicht so viel zu tun im Februar.«

»Du hast meine Frage nicht beantwortet.«

»Ich komme klar.«

»Wenn du mich brauchst, kann ich am Nachmittag einspringen«, bot Erik an.

Die körperliche Arbeit empfand er als gute Abwechslung zum Lehrerjob.

»Danke. Aber es geht schon. Vielleicht wirst du ja wieder mitsuchen müssen.«

»Was musst du suchen, Papa?«

Erik nahm ihre Nase zwischen Zeige- und Mittelfinger, tat so, als würde er sie abkneifen, und sagte: »Deine naseweise Nase, kleiner Hase.«

Hannah lachte.

Das Festnetztelefon klingelte.

Ruth stand auf, ging zur Anrichte hinüber und nahm den Hörer ab.

Erik beobachtete sie und erschrak.

10.

TAG 2
Vormittag

Die Musik war laut.

Wieder Linkin Park mit »In the End«.

Die Fahrt von Riedberg nach Siedenburg dauerte fünfundvierzig Minuten, eine Reise in Malia Golds Vergangenheit. Sobald die Stadt im Rückspiegel verschwand, begann übergangslos das Land. Die dichte Bebauung endete am Ortsschild von Riedberg und machte Feldern, Wiesen und Äckern Platz. Die Häuser waren älter und standen einsamer, hauptsächlich waren es Höfe. Tief und grau lag der Himmel über einer Landschaft, die der Frost über Nacht weiß gefärbt hatte. Laublose Eichen drängten an den Rand der Landstraße, schwarz, stumm und bedrohlich.

In den vergangenen fünfzehn Jahren hatte sich nicht viel verändert.

Malia stellte die Musik aus, um ihre Gedanken auf den Fall zu fokussieren. Bisher hatte sie nur wenige Informationen.

Am Nachmittag des Vortags waren in der Nähe von Moorbach zwei Achtzehnjährige verschwunden. Nike und Jana Mertens. Zwillinge, wie Malia vermutete. Der Vater hatte am frühen Abend eine Vermisstenanzeige bei der örtlichen Polizeidienststelle aufgegeben, eine erste Suchaktion von Anwohnern war ergebnislos verlaufen. Man hatte eines der Fahrräder gefunden, mit denen die Mädchen unterwegs gewesen waren.

Familie Mertens lebte in Siedenburg, einem Nachbarort von Moorbach. Beide Ortschaften lagen unmittelbar am großen Namenlosen Moor.

Dort waren die Mädchen verschwunden.

Malia hatte es zum Grundsatz ihres Handelns gemacht, so lange positiv zu bleiben, bis die Fakten nichts anderes mehr zuließen. Zwei junge Frauen, die im Moor verschwanden, verhieß allerdings nichts Gutes.

Sie rief Polizeioberkommissarin Thom an, deren Nummer sie vor der Abfahrt in ihr Handy eingespeichert hatte. Frau Thom leitete als Zugführerin den Suchtrupp vor Ort und war Malia unterstellt.

Söke Thom meldete sich mit rauer, kräftiger Stimme.

Malia stellte sich vor und fragte dann direkt: »Gibt es etwas Neues?«

»Nein. Ich habe zwanzig Leute da draußen, zusätzlich zehn Freiwillige aus dem Ort, aber bis auf das Fahrrad haben wir nichts gefunden. Allerdings ist das auch ein scheißschwieriges Gelände.«

Ich weiß, hätte Malia antworten können, unterließ es aber.

»Wir suchen in einem Moor, größtenteils wiedervernässt, es gibt kaum Wege. Außerdem ist es noch immer neblig, deshalb müssen wir äußerst vorsichtig vorgehen und kommen nur langsam voran. Ich schlage vor, einen Hubschrauber mit Wärmebildkamera anzufordern, der könnte loslegen, sobald sich der Scheißnebel aufgelöst hat.«

»Okay, machen Sie das. Was ist mit den Handys der Mädchen?«

»Darum kümmert sich die technische Ermittlerin. Allerdings … draußen im Moor gibt es keinen Empfang. Wenn die Mädchen noch dadrin sind, werden wir nicht mehr erfahren, als dass sich die Handys irgendwo in der Nähe aus dem Netz ausgeloggt haben.«

»Glauben Sie, dass sie noch dort sind?«

Söke Thom zögerte einen Moment. »Kann ich nicht sagen. Bei den Anwohnern, die uns unterstützen, klingt es so, als seien die beiden Schwestern zuverlässig. Jedenfalls machen sich alle größte Sorgen.«

»Verstehe. Kann ich Ihnen im Moment behilflich sein? Wenn nicht, spreche ich erst einmal mit den Eltern. Die sind nicht an der Suche beteiligt, oder?«

»Sie wollten, ich habe das aber nicht zugelassen. Sie sind außer sich, und es ist zu gefährlich, sie in diesem Zustand im Moor herumlaufen zu lassen.«

»Das haben Sie richtig entschieden. Rufen Sie mich bitte an, wenn es Informationen gibt … und ich hoffe, wir lernen uns bald kennen.«

Damit beendete Malia das Gespräch. Den letzten Satz hatte sie rasch hinterhergeschoben, weil sie das Gefühl hatte, vorher zu direkt und dominant gewesen zu sein. Das passierte ihr leider immer mal wieder.

Malia gab Gas. Die Landstraße wand sich zwischen den kahlen Feldern dahin und erklomm alsbald einen sanften Höhenzug. Diese natürliche Barriere hielt seit ewiger Zeit alles Wasser zurück und hatte das Moor erst möglich gemacht. Irgendwo tief im Boden gab es eine wasserundurchlässige Lehmschicht, sodass es auch nicht versickern konnte – ideale Voraussetzungen für Moorbildung.

In der Viertausend-Seelen-Ortschaft Siedenburg lenkte das Navi Malia in die Gartenstraße 12. Eine typische Wohnsiedlung mit Häusern aus den Zweitausendern. Friesen- oder Niedersachsenstil, rote Klinker, große Garagen und Grundstücke, gepflegt. In diese Welt gelangten Verbrechen nur über die Fernsehbildschirme. Klar, Abgründe gab es auch hier, aber um die musste sich nur selten bis gar nicht die Kripo kümmern.

Das waren Familiensachen, die in der Familie geregelt wurden. Malia kannte das nur zu gut.

Vor der Nummer 12 standen drei Fahrzeuge, darunter ein Lieferwagen der Blumenhandlung Mertens. Die Flanke war mit einem großen Blumenbild beklebt. Der Aufdruck auf der Tür verriet, dass sich der Laden am Bahnhof in Riedberg befand. Da es keinen weiteren Stellplatz gab, parkte Malia hundert Meter die Straße runter und ging zum Haus der Mertens zurück. Dabei beobachtete sie die Fenster der Nachbarhäuser. Zweimal wackelten Gardinen bei dem hastigen Versuch, sich zurückzuziehen, hinter einem Fenster ragte ein Gesicht auf, das nicht verschwand. Menschen wie dieser ungenierte Beobachter nährten das Gerücht, auf dem Land – und vor allem in kleinen Orten wie Siedenburg – könne nichts geheim gehalten werden, und teilweise stimmte das. Die Menschen hier wussten tatsächlich vieles voneinander, aber dieses Wissen blieb im Ort, drang nicht hinaus. Sie bewahrten ihre Geheimnisse.

Malia klingelte bei der Nummer 12.

Ein Mann öffnete vorsichtig die Tür. Er war groß und dünn, hatte dünnes rotes Haar und einen intensiven Blick. Malia schätzte ihn auf Anfang fünfzig. Er trug einen schwarzen Rollkragenpullover, eine schwarze Stoffhose und schwarze Lederschuhe, mindestens Größe achtundvierzig.

»Gold, Hauptkommissarin aus Riedberg«, stellte sie sich vor und zeigte ihren neuen Dienstausweis. »Ich bin mit den Ermittlungen zum Verschwinden von Nike und Jana Mertens betraut.«

Der Mann warf einen Blick zurück ins Haus, trat dann einen Schritt vor und zog die Tür hinter sich zu, ohne sie ins Schloss schnappen zu lassen.

»Ich bin Richard Haberloh, der Pastor der Gemeinde.«

Er streckte die Hand aus, und Malia ergriff sie. Sie war groß und weich und warm.

»Die Mertens sind vollkommen aufgelöst und kaum noch belastbar. Ich hoffe, Sie kommen nicht mit schlechten Nachrichten.«

Seine Stimme war wie seine Hand. Man konnte sich darin wohlfühlen und verlieren.

»Leider gibt es keine Neuigkeiten, weder schlechte noch gute. Da mir der Fall erst vor einer Stunde zugeteilt wurde, bin ich hier, um mit den Eltern zu sprechen.«

»Ich bin froh, das zu hören«, sagte der Pastor und gestattete sich ein kleines Lächeln, das die kleinen freundlichen Falten in den Augenwinkeln vertiefte. »Können wir das Gespräch vielleicht um ein paar Stunden verschieben? Hans und Erika geht es gerade wirklich nicht gut.«

»Ich fürchte nicht. Ich werde behutsam vorgehen.«

Sie hätte ihn einfach beiseiteschieben und auf ihre Rechte als Polizeibeamtin pochen können, aber dadrinnen saßen Menschen, die sich um ihre Kinder sorgten. Die hatten kein Interesse an Kompetenzgerangel.

»Hören Sie«, hob der Pastor an.

Eine Satzeröffnung, die Malia nicht mochte, weil sie einem Befehl gleichkam und meistens einleitete, was man nicht hören wollte.

»Die Mertens sind eine gottesfürchtige Familie, und wir waren gerade noch ins Gebet vertieft. Daher sind sie im Moment sehr verletzlich.«

»Ich werde sicher niemanden verletzen«, hielt Malia dagegen. »Und ich möchte jetzt mit Frau und Herrn Mertens sprechen.«

Der Pastor fixierte sie. »Kenne ich Sie von irgendwoher?«, fragte er.

»Ich bin neu hier.«

»Ich vergesse nie ein Gesicht, schon gar nicht ein so besonderes wie Ihres. Sind Sie sicher, dass wir uns noch nie begegnet sind?«

»Ganz sicher. Wollen wir?« Sie zeigte auf die Tür.

Der Pastor nickte lächelnd, öffnete ihr die Tür und führte sie in ein großes Wohnzimmer.

Schon lange hatte Malia keine solche Schrankwand aus Eiche mehr gesehen; dunkel, mächtig und erdrückend, die offenen Fächer vollgestellt mit Nippes. Davor saßen auf einer grünen Couch Frau und Herr Mertens.

Malia hatte feine Antennen für Stimmungen, und in diesem Wohnzimmer schlugen sie sofort Alarm. Klar, die Eltern waren tief besorgt und verängstigt, aber das war es nicht allein. Sie wirkten auch eingeschüchtert. Der Pastor hatte von einer gottesfürchtigen Familie gesprochen. Ein Begriff, den Malia nicht mochte. Sollte man Furcht haben vor seinem Gott?

Bevor sie zu Wort kam, übernahm der Pastor es, sie vorzustellen. Die Eheleute erhoben sich. Herr Mertens trat auf Malia zu. Seine Augen waren rot vom Weinen.

»Wo sind unsere Mädchen?«, fragte er mit zitternder Stimme.

»Das weiß ich nicht. Aber ich bin hier, um es herauszufinden.«

»Dann hat man sie noch nicht gefunden?«

»Vor ein paar Minuten habe ich mit der Leiterin der Sucheinheit gesprochen. Sie sagt, es gibt keine neuen Informationen, die Suche wird aber fortgesetzt, und sie fordert einen Hubschrauber an, da das Gelände unübersichtlich und schwer zugänglich ist.«

Malia hörte selbst, wie gestelzt und offiziell sie klang. Die Mertens brauchten etwas anderes als den üblichen Beamtenduktus, das war ihr klar.

»Können wir uns setzen?«, bat sie. »Ich würde mich gern mit Ihnen über Ihre Töchter unterhalten.«

Die Mertens sackten zurück auf das samtgrüne Sofa, der Pastor nahm auf einem Sessel Platz, Malia auf dem anderen. Kaum saß Richard Haberloh, schlug er die langen Beine derart übereinander, dass das rechte Knie eine Barriere zu Malia bildete. Dann lehnte er sich zurück und verschränkte erneut die Arme vor der Brust. Der Mann konnte so freundlich dreinschauen, wie er wollte, seine Körpersprache war eindeutig: Er wollte Malia nicht hier haben.

Auf dem Tisch entdeckte sie ein Foto.

»Darf ich?«, fragte Malia.

Frau Mertens reichte ihr das Bild. Es steckte in einem goldverzierten Bilderrahmen.

»Ihre Töchter sind eineiige Zwillinge?«

»Ja.«

»Auf dem Foto sieht es so aus, als könne man sie nicht auseinanderhalten. Aber ich vermute, Sie können es.«

Über Frau Mertens' Gesicht huschte ein Lächeln. »Meistens. Aber die beiden schaffen es, auch uns hinters Licht zu führen. Nike ist die Ältere. Jana hat sich Zeit gelassen, sie ist erst zwanzig Minuten später zur Welt gekommen und beinahe auch erst am nächsten Tag, da haben nur fünf Minuten gefehlt.«

»Welche ist Nike?«

»Links auf dem Bild.«

»Wie alt waren die beiden bei dieser Aufnahme?«

»Sechzehn. Das Bild wurde auf unserer Silberhochzeit gemacht, deshalb die schicke Kleidung.«

Malia betrachtete das Foto genauer.

Die Zwillinge trugen identische Kleidung. Schwarze, eng anliegende Röcke, dunkle Strumpfhosen, weiße Blusen, dazu locker gebundene schwarze Krawatten. Sie hatten schulterlanges blondes Haar, einen hellen Teint, ovale, sehr hübsche Gesichter und waren schlank.

Nike stand seitlich zur Kamera, während Jana sich gegen ihren Rücken lehnte und ein Bein anwinkelte. Nike hatte die Hände in James-Bond-Pose, so als hielte sie eine Pistole, sie schaute mit coolem Blick in die Kamera. Jana hingegen hatte die Arme um ihren Bauch geschlungen und lachte.

»Wirklich hübsche Mädchen«, sagte Malia. »Sie gehen noch zur Schule, nehme ich an?«

»Ja, im Frühjahr stehen die Abi-Prüfungen an«, antwortete Herr Mertens.

»Wo gehen sie zur Schule?«

»In Riedberg, es ist das einzige Gymnasium in der Gegend.«

Malia ließ das Foto sinken und schaute die Eltern an. »Warum sind Ihre Töchter gestern ins Moor gefahren?«

Frau Mertens senkte den Blick und schüttelte den Kopf.

»Ich hätte das nicht zulassen dürfen«, begann Herr Mertens. »Eine Dummheit, bei Nebel ins Moor zu fahren, nur um ein paar Fotos zu machen. Aber die beiden haben sich ja nichts sagen lassen, wenn es um Social Media ging. Davon verstehen wir nichts, sagen sie dann immer. Ich hätte es trotzdem verbieten müssen.«

Sein Blick huschte zum Pastor, der still und stumm dasaß wie ein Richter, der sich bereits ein Urteil gebildet hatte.

»Social Media? Dafür wollten sie Fotos machen?«

»In unserer Kirche haben wir ein Programm, mit dem wir versuchen, den Kindern beizubringen, wie man diesen Versuchungen widerstehen kann«, dozierte da Haberloh los. »Wir sind nicht von gestern, der gesellschaftliche Druck, gerade unter Jugendlichen, ist uns bewusst. Dennoch machen wir Fortschritte, auch bei Nike und Jana, aber es ist noch ein weiter Weg.«

»Wo bei Social Media sind Ihre Mädchen denn unterwegs?«, fragte Malia an Frau und Herrn Mertens gerichtet. Sie hatte nicht vor, den Pastor in das Gespräch einzubinden. Es sei denn, er hatte etwas Vernünftiges beizutragen. Für dummes Zeug hatte Malia keine Zeit.

»Nike und Jana haben diesen Kanal – Moormaid – bei TikTok. Dafür brauchen sie dauernd neue Bilder und Videos«, erklärte Frau Mertens.

Malia zog ihr Handy aus der Innentasche der Jacke und rief TikTok auf. »Moormaids, ja?«

»Singular. Moormaid«, antwortete der Pfarrer.

Bevor Malia den Kanal aufrufen konnte, ging eine Nachricht auf ihrem Handy ein. Sie stammte von Söke Thom.

Bitte sofort herkommen. Dringend!

Dazu Koordinaten für den Treffpunkt.

11.

TAG 2
Vormittag

Andreas Kraft fühlte sich leer und ausgelaugt.

Jeder Schritt, jede Bewegung war anstrengend. Wenn es möglich gewesen wäre, wäre er im Bett geblieben und hätte sich die Decke über den Kopf gezogen. Doch diese Art der Problemverdrängung funktionierte nur bei kleinen Kindern, nicht bei Erwachsenen.

Also packte er seine Sporttasche für den Sportunterricht und dachte mit Grausen an fünfundzwanzig unmotivierte Jugendliche, die keinen Bock hatten auf das, was er ihnen beibringen musste.

Und das war bei Weitem nicht das Schlimmste.

Was ihm am meisten zusetzte, war die bleierne Stimmung zwischen Anja und ihm. Diese wortlose Anklage allein mit Blicken. Andreas wusste, seine Magenschmerzen rührten allein daher.

Mit der Sporttasche am langen Arm schleppte er sich in die Küche und ließ sie dort fallen.

Anja stand mit einer Tasse Kaffee am Fenster und starrte hinaus. Der Himmel war grau, der beginnende Tag trüb. Die Uhr an der Wand tickte gnadenlos. Seine Frau reagierte nicht auf das Geräusch der fallenden Tasche, blieb reglos, bis sie die Tasse an die Lippen führte und trank.

Andreas sehnte sich danach, sie in die Arme zu schließen, doch der Abstand war zu groß. Und wahrscheinlich war in der letzten Nacht eine Kluft daraus geworden, die nicht mehr zu überbrücken war. Und das war seine Schuld, allein seine Schuld.

»Wie hast du geschlafen?«, fragte er leise.

»Gar nicht.«

Sie starrte weiterhin hinaus, feuerte ihre Antwort ab wie einen Giftpfeil. Und natürlich traf er. Denn auch ihre Schlaflosigkeit war seine Schuld.

Andreas trat auf die Kaffeemaschine zu, um sich ebenfalls einen Kaffee rauszulassen. Früher einmal hatte entweder Anja ihm oder er ihr einen mitgemacht. Früher war gar nicht so lange her. Ein paar Wochen. Mehr nicht. Mehr Zeit war nicht nötig gewesen, um Herzen zu brechen, Vertrauen zu zerstören und aus diesem neuen Haus, ihrem Traumhaus, einen Gefrierschrank zu machen.

Als der Vollautomat laute Geräusche von sich gab, empfand Andreas sie als wohltuend. Unmittelbar danach setzte die dröhnende Stille wieder ein.

Anja wusste, wie sehr ihn das mitnahm. Sie war von ihnen schon immer die gewesen, die besser schweigen konnte.

»Wir müssen doch reden«, versuchte er, das Eis zu brechen.

Den Blick stur aus dem Fenster gerichtet, nickte seine Frau. Vielleicht wäre dies ein guter Moment, hinüberzugehen und sie zu umarmen, aber er traute sich nicht. Er hatte sich noch nie getraut, etwas zu tun, was sie nicht mochte, das war auch vorher schon so gewesen. Wenn sie es wollte, konnte Anja unnahbar sein.

Sie drehte sich um. »Dann lass uns reden. Was hast du vor?«

Diese Vehemenz überforderte ihn. »Ich … ich weiß nicht …«

»Ja, das habe ich mir gedacht. Weißt du eigentlich, was du aus mir gemacht hast? Ist dir eigentlich klar, in welche Richtung unser beider Leben gerade läuft … und zwar mit Hochgeschwindigkeit?«

»Anja, bitte …«

Sie schloss kurz die Augen und atmete tief ein. »Okay. Wir brauchen einen Plan, an den wir uns beide halten. Und zwar ganz genau. Jedes Wort, jede Handlung, alles, was außerhalb dieses Hauses geschieht, muss darauf abgestimmt sein.«

»Ich weiß nicht, ob …«

»Hör auf!« Anja schrie.

In der Grabesstille des Hauses hallten ihre Worte wider.

»Ich will nicht mehr hören, was du alles nicht weißt. Du weißt nicht, wie das passieren konnte, du weißt nicht, was in dir vorgegangen ist, du weißt nicht, was du tun sollst … du weißt gar nichts. Deshalb tust du ab jetzt, was ich dir sage. Damit wir irgendwie aus dieser beschissenen Situation rauskommen … Und wenn wir das geschafft haben, bin ich weg.«

Nicht mit ihren Worten, sondern mit ihrem Blick zerstörte sie das letzte bisschen Hoffnung in ihm. Er liebte sie noch immer, sie ihn aber nicht. Vielleicht hatte sie das nie.

»Punkt eins: Du fährst wie üblich in die Schule, ich lasse mich in der Praxis krankschreiben. Du gibst den unbeschwerten Sonnyboy, ich rufe diesen Autohändler an.«

Sie zog die Karte aus der Hosentasche, die am gestrigen Nachmittag noch im Türfach ihres Wagens gesteckt hatte. Dauernd bekam man solche Kärtchen an die Scheibe gesteckt. *Kaufe Ihren Wagen zum Bestpreis. Auch beschädigt.* Andreas warf sie nie einfach so fort, legte sie immer erst in den Wagen, um sie zu Hause in den Müll zu geben. Niemals hätte er gedacht, je einen diesen dubiosen Händler anrufen zu müssen.

»Und dann hoffen wir, dass er mir glaubt und den Wagen kauft.«

»Und wenn nicht?«

»Dann kommt Plan B.«

»Und wie soll der aussehen?«

Anja setzte ihn darüber ins Bild, was sie sich in der zurückliegenden, schlaflosen Nacht überlegt hatte.

»Das klappt nicht«, entgegnete Andreas.

»Doch, wird es. Weil es klappen muss. Oder willst du jetzt schon aufgeben?«

Darüber nachgedacht hatte Andreas. Warum nicht einfach zur Polizei gehen und alles zugeben? Noch war das möglich, auch wenn es ernste Konsequenzen nach sich ziehen würde. Doch alles, was Anja gerade vorgeschlagen hatte, würde es noch viel schlimmer machen.

»Nein, will ich nicht«, sagte Andreas und senkte den Kopf.

»Gut. Dann machen wir es so.«

12.

TAG 2
Vormittag

Malia Gold raste zu dem Treffpunkt und stellte ihren Suzuki am Straßenrand ab. Dort parkten bereits vier Polizeidienstfahrzeuge sowie ein Rettungswagen, alle Warn- und Blaulichter leuchteten hektisch. Malia empfand die Atmosphäre als bedrohlich und unheimlich, und als sie aus dem Wagen stieg, glaubte sie, das Moor riechen zu können. Trotz der Kälte roch es würzig und holzig, mit einem dezenten Anklang von Verwesung. Der Nebel begann sich vom Boden her langsam aufzulösen.

Polizisten in Uniform sperrten die Straße ab, ließen Malia aber passieren, nachdem sie ihren Dienstausweis vorgezeigt hatte.

»Wer ist Söke Thom?«, fragte sie den Beamten, der sie kontrolliert hatte.

Er zeigte auf eine große, kräftige Frau mit langem blonden Haar, das zu einem Pferdeschwanz gebunden war. Sie sprach gerade mit einem Mann in Zivilkleidung.

Malia eilte auf sie zu, zog den Reißverschluss ihrer Jacke bis unters Kinn. Sie fror. Nicht nur wegen der kühlen Temperaturen, sondern auch, weil sie schlimme Nachrichten erwartete.

»Frau Thom? Ich bin Hauptkommissarin Malia Gold.«

Sie reichten sich die Hände. Söke Thoms Hand war kalt und rau, ihre blauen Augen blickten ernst, dennoch sah sie aus wie eine Frau, die gern und häufig lachte.

»Was ist passiert?«

Söke Thom fasste Malia an der Schulter und führte sie ein Stück von dem Mann fort, mit dem sie sich unterhalten hatte.

»Ich habe lieber geschrieben, statt anzurufen, weil ich ja wusste, dass Sie bei den Mertens sind. Und warum Sie herkommen sollten, habe ich aus dem gleichen Grund nicht dazugeschrieben.«

»Sie haben die Leichen gefunden«, stellte Malia fest. Einen anderen Grund konnte es nicht geben.

Doch Söke Thom schüttelte den Kopf. »Nein. Eines der Mädchen. Lebendig. Und wir haben sie auch nicht gefunden. Sie ist von selbst wiederaufgetaucht.«

Malia erfuhr, dass eines der beiden Mertens-Mädchen vor gerade einmal vierzig Minuten aus dem Moor zurückgekehrt war. Allein. Durch Zufall war einer der an der Suche beteiligten Anwohner an dieser Stelle auf die Landstraße getroffen, weil er sich verlaufen hatte. Der Mann hatte sich gerade auf den Weg ins Dorf machen wollen, als das Mädchen aus dem Nebel auf ihn zukam. Hier auf der Landstraße hatte man Empfang, daher war es ihm gelungen, einen Notruf abzusetzen.

»Der?« Malia zeigte auf den Mann, mit dem Söke Thom gesprochen hatte.

»Genau. Sein Name ist Seitz. Alexander Seitz.«

»Und wo ist das Mädchen?«

»Im Rettungswagen. Sie hat eine Kopfverletzung.«

»Weiter nichts?«

»Kann ich nicht sagen. Der Rettungsarzt ist mit ihr beschäftigt, seitdem er vor fünf Minuten eingetroffen ist.«

»Was hat sie gesagt?«

»Eigentlich nichts. Sie ist verwirrt und spricht zusammenhanglos. Nicht einmal ihren Namen konnte sie uns sagen, wir wissen also nicht, ob es sich um Nike handelt oder Jana.«

»Okay. Vielen Dank, dass Sie mich sofort informiert haben. Der Herr, der sie gefunden hat, soll sich zur Verfügung halten, ich spreche erst einmal mit dem Notarzt.«

Malia ging zum Rettungswagen hinüber. Die seitliche Tür stand offen. Im hell beleuchteten Innenraum waren drei Personen in der üblichen Kleidung von Rettungssanitätern beschäftigt. Auf der Trage lag das Mertens-Mädchen. Sehen konnte Malia sie aber nicht.

Sie stellte sich bei einer Sanitäterin vor und erfuhr, dass die Notfallversorgung noch im Gange war. Eine starke Unterkühlung habe man bereits feststellen können, zum weiteren Zustand der Patientin, insbesondere zu der Kopfverletzung, könne man noch keine Angaben machen. Sie war ansprechbar, aber verwirrt. In wenigen Minuten würde man sie ins Kreiskrankenhaus nach Riedberg fahren.

Malia bedankte sich und zog ab. Im Moment störte sie hier nur. Mit dem Mädchen würde sie hoffentlich später im Krankenhaus sprechen können.

Was mochte hier passiert sein? Zwei Mädchen verschwanden, eines tauchte verletzt wieder auf, nachdem es eine eiskalte Nacht im Moor verbracht hatte. Hatten die beiden einen Unfall gehabt? Waren sie angegriffen worden? Malia konnte sich noch kein Bild machen, aber es war klar, dass es kein gutes Zeichen war, wenn das zweite Mädchen nicht aufgetaucht war.

Der Mann, der den Notruf abgesetzt hatte, stand etwas verloren herum, also ging Malia zu ihm hinüber.

»Mein Name ist Malia Gold. Hauptkommissarin aus Riedberg. Ich bin zuständig für diesen Fall und würde gern mit Ihnen sprechen.«

»Freut mich. Alexander Seitz.«

Seitz trug einen in die Jahre gekommenen dunkelgrünen Parka, Jeans, hellbraune, gefütterte Stiefel und war circa eins achtzig groß. Eine braune Wollmütze hielt den Kopf warm, das Haar darunter war braun. Die braunen Augen wirkten müde, der Dreitagebart ließ ihn verwegen wirken, die Nase tropfte, er wischte sie mit einem Taschentuch ab.

»Malia Gold. Schöner Name«, sagte er.

»Danke«, erwiderte Malia etwas perplex, fand das Kompliment in dieser Situation eher unpassend. »Sie haben das Mädchen gefunden?«

»Nein, das kann man so nicht sagen. Sie ist mir in die Arme gelaufen. Ich befand mich einfach zur richtigen Zeit am richtigen Ort, und das auch nur, weil ich mich zuvor im Moor verlaufen hatte. Mich von meiner Suchgruppe zu entfernen und hier auf die Straße zu treffen, war nicht geplant.«

Seitz hatte eine angenehm tiefe Stimme.

»Sie kennen sich also nicht im Moor aus?«

»Ein wenig, aber dieses wenige geht in dem Nebel schnell verloren. Schon gestern Abend wäre ich um ein Haar ertrunken, heute beinahe verloren gegangen. Vielleicht sollte ich mein Glück nicht überstrapazieren und dem Moor vorerst fernbleiben.«

»Aber Sie sind von hier?«

»Ich lebe in Moorbach, allerdings noch nicht lange, kaum ein halbes Jahr.«

»Aha, das erklärt einiges. Um das Moor wirklich zu kennen, braucht es Jahre.«

»Und Sie kennen es?«

Malia setzte zur Antwort an, behielt sie dann aber doch für sich. »Da Sie zuerst auf das Mädchen getroffen sind … hat sie etwas gesagt?«

Seitz schüttelte den Kopf und wischte sich abermals die Nase ab. »Ja, sie hat gesprochen, aber zusammenhanglos … und wirr.«

»Inwiefern?«

»Na ja, sie hat gesagt, sie wolle ihre Schwester wecken, da sie zur Schule müssten. Dann bekam sie plötzlich Angst und behauptete, ihr Lehrer würde sie verfolgen. Aber da war niemand.«

»Ihr Lehrer?«

»Ja, fand ich auch merkwürdig.«

»Wie hat das Mädchen auf Sie gewirkt?«

»Außer verwirrt und ängstlich, meinen Sie? Hm …« Seitz dachte nach. »Desorientiert. Nicht sie selbst. Zudem hatte sie ziemlich viel angetrocknetes Blut im Gesicht und an der Kleidung. Überhaupt war ihre Kleidung verdreckt. Was das angeht, sah sie so aus wie ich gestern Abend.«

»Ich verstehe nicht …«

»Ich bin während der Suche in ein Wasserloch gefallen. Und das war ziemlich morastig … und kalt.«

»Okay, jetzt kann ich es mir vorstellen. Zum Glück ist Ihnen nichts passiert.«

»Ja, aber wie gesagt, ein drittes Mal teste ich mein Glück nicht aus.«

»Können Sie mir noch etwas sagen? Jede …«

»Kleinigkeit hilft«, beendete Seitz den Satz für Malia und lächelte.

»Ganz genau. Sie kennen sich aus.«

»Nicht wirklich. Und das gilt für beides. Viel mehr kann ich nicht beitragen. Dass wir gestern Abend eines der Fahrräder der Mädchen gefunden haben, wissen Sie wahrscheinlich bereits. Und dass mich jemand aus dem Wasserloch gezogen hat, um dann einfach im Nebel zu verschwinden, wohl auch …«

»Moment. Was? Wie war das?«

»Sie wissen nichts davon?«

»Ich bin gerade erst mit dem Fall betraut worden und habe noch zu wenige Informationen.«

»Verstehe. Also: Jemand hat mich aus dem Wasser gezogen, mich am Rand liegen lassen und ist dann verschwunden. Und ich bin nicht leicht, fünfundachtzig Kilo, bestimmt zwei mehr mit nasser Kleidung.«

»Hat die Person vielleicht zum Suchtrupp gehört?«

»Nein.«

»Ganz sicher?«

»Wir waren nur zu acht, deshalb ja, ich bin mir sicher.«

»Können Sie sie beschreiben?«

»Männlich, aber das ist eine Mutmaßung, wegen der Körperkraft. Groß. Und sie trug eine dieser Fellmützen mit Ohrenklappen. Die halten wunderbar warm.«

»Kann ich mir vorstellen. Leider hilft Ihre Beschreibung nicht viel weiter.«

»Aber denken Sie nicht auch, dass der Mann durchaus verdächtig wirkt?«

»Im Moment weiß ich noch nicht, was ich davon halten soll, aber natürlich muss ich mit der Person sprechen.«

»Als Erstes sollten Sie mit der Frau sprechen, die da drüben gerade ankommt. Sie hat die Suche organisiert und kennt hier jede und jeden.«

Malia drehte sich um. Ein alter Land Rover Defender mit Seilwinde an der Front hielt an der Polizeiabsperrung.

Ihr Herz rutschte ihr in die Hose.

»Haben Sie Zeit, mir die Stelle zu zeigen, wo das Fahrrad lag?«, fragte Malia.

»Jetzt sofort?«

»Sicher. Wir haben keine Zeit zu verlieren.«

»Also gut, ich müsste nur …«

»Kommen Sie. Mein Wagen steht da drüben, lassen Sie uns hinfahren.«

13.

TAG 2
Mittag

Ruth Sichler war sauer.

Man hatte sie abgewiesen.

Eine große blonde Polizistin in Uniform namens Thom war der Meinung gewesen, Ruths Hilfe sei bei der Suche nach den Zwillingen nicht länger notwendig. Ohnehin wurden alle Zivilisten abgezogen, weil ein Hubschrauber mit Wärmebildkamera das Moorgebiet scannen würde, sobald der Nebel sich verzogen hatte. Und man müsse verhindern, dauernd Falschmeldungen durch herumlaufende Freiwillige zu generieren.

Nun war Ruth keine Frau, die sich einfach abweisen ließ.

Zwanzig Minuten später war sie zurück an der Polizeiabsperrung, diesmal aber nicht allein.

»Hörst du den Helikopter?«, fragte sie ihren Begleiter beim Aussteigen.

Der schüttelte den Kopf.

»Kannst du auch nicht, weil er abgezogen ist. Wie ich es prophezeit habe. Der Hochnebel hält sicher noch zwei Stunden. Keine Chance für die Piloten. Komm mit.«

Sie winkte den Mann zu sich, trat erneut vor die Absperrung und verlangte, Söke Thom zu sprechen.

»Sie schon wieder?«, fragte die Beamtin.

»Der Nebel geht so schnell nicht weg, das weiß man, wenn man im Moor lebt«, sagte Ruth. »Deshalb habe ich Hilfe mitgebracht. Das ist Hartmut Wolter. Er ist Jäger und hier im Moor für die Kitz-Rettung zuständig.«

»Für die was?«

Hartmut räusperte sich und trat aus Ruths Schatten. »Für die Kitz-Rettung. Ich scanne unterschiedliche Flächen hier im Moor, bevor sie gemäht werden, damit die Mähmaschinen die Kitze nicht verletzen oder gar töten. Die flüchten nämlich nicht, wenn sie von ihren Müttern zurückgelassen werden. Die bleiben an Ort und Stelle, bis die Mutter zurückkehrt, komme, was da wolle. Und oft kommen eben Mähmaschinen.«

»Ja, okay, aber wie soll mir das helfen?«, fragte die Beamtin und wirkte überfordert.

Wieder so eine, die sich hier nicht auskennt, aber so tut, als hätte sie alles im Griff, dachte Ruth.

»Ich scanne die Flächen mit einer Drohne mit Wärmebildkamera. Das geht schnell, ist kostengünstig, hocheffektiv und geht auch bei dem Wetter.«

Söke Thom schaute von Hartmut zu Ruth und wieder zurück. »Und Sie haben die Drohne dabei?«

Hartmut Wolter nickte. »Mit vollgeladenen Akkus für mindestens eine Stunde.«

»Und der Nebel stört nicht?«

»Nein. Mit meiner M3T-Drohne habe ich beim optimalen GSD eine Flughöhe von fünfzig Metern – der Nebel ist schon höher.«

»Aber das abzusuchende Gebiet ist sehr groß«, gab die Beamtin zu bedenken.

»Im Schnitt schaffe ich in zwanzig Minuten zehn Hektar. Hier kann ich sogar schneller sein, wegen der Größe des Suchobjekts. Ein Kitz rollt sich auf meist nicht mehr als dreißig Zentimeter zusammen und ist deshalb schwierig zu finden – wenn ich einen Menschen suche, sieht das anders aus. Der ist viel größer.«

»Verfügt die Drohne nur über die Wärmebildkamera oder auch über eine normale Kamera?«

»Sie hat eine hochauflösende zweite Kamera.«

Ruth war der Sinn dieser Frage sofort klar, Hartmut wohl nicht, der war viel zu sehr damit beschäftigt, mit seinem teuren Spielzeug anzugeben. Eine Wärmebildkamera nützte nichts, wenn der Körper kalt war. Und die Gefahr, dass das zweite Mertens-Mädchen bereits tot war, bestand durchaus.

»Na dann!«, sagte Söke Thom und klatschte in die Hände. »Beugen wir uns über die Karten und legen den Suchbereich fest.«

»Ich habe sehr detailliertes Kartenmaterial des Moores auf dem Laptop. Besseres gibt es nirgends.«

»Super, holen Sie Ihr Gerät, wir legen sofort los.«

Hartmut Wolter ging zurück zum Wagen und öffnete die Kofferraumklappe.

»Frau Sichler, vielen Dank für die Unterstützung«, sagte die Beamtin.

»Sie müssen sich nicht bedanken, immerhin geht es hier um unsere Leute. Wir würden auch ohne die Polizei nach den Mädchen suchen.«

»Ja, natürlich. Aber zusammen schafft man mehr, nicht wahr.«

»Wie geht es dem Mädchen?« Ruth war nicht an Geplänkel interessiert.

»Sie ist auf dem Weg ins Krankenhaus nach Riedberg. Über ihren Zustand kann ich nichts sagen.«

»Denken Sie, es handelt sich um ein Verbrechen?«

»Auch dazu kann ich nichts sagen. Da müssen Sie die leitende Ermittlerin fragen.«

Hartmut Wolter kam mit zwei schwarzen Kunststoffkoffern zurück. »Ich wäre dann einsatzbereit.«

»Du musst in der Nähe des Hochsitzes beginnen«, wies Ruth ihn an. »Mertens hat gesagt, dorthin wollten die Mädchen, und das Fahrrad lag nicht so weit entfernt. Wenn ich du wäre, würde ich vom Hochsitz aus in konzentrischen Kreisen …«

»Ähm … Entschuldigung«, unterbrach Söke Thom Ruth. »Schon aus rechtlichen Gründen muss ich darauf bestehen, dass ich die Suchaktion leite.«

»Kennen Sie sich hier aus?«

»Dafür habe ich ja jetzt Herrn Wolter.«

»Aber selbst Herr Wolter kennt sich nicht so gut aus wie ich.«

»Mag sein, aber es wird schon gehen. Noch einmal vielen Dank, doch Sie müssten den abgesperrten Bereich bitte verlassen.«

Ruth traute ihren Ohren nicht. Diese Polizistin war ja wirklich dreist. Die wüsste nichts von Hartmut und seinen Fähigkeiten, wenn Ruth ihn nicht hergebracht hätte. Auch Hartmut selbst wäre nicht auf die Idee gekommen, seine Drohne für die Suche einzusetzen. Es ging im Leben nicht nur darum, was man selbst wusste und konnte, viel wichtiger war, wie man die Fähigkeiten verschiedener Menschen miteinander vernetzte. Darin war Ruth schon immer gut gewesen. Deshalb schätzte sie auch jeder hier im Ort.

Die Polizistin entfernte sich mit Hartmut im Schlepptau.

Ruth kam hier im Moment nicht weiter, und auch wenn es ihren Stolz kränkte, trat sie den Rückzug an. Oder besser: wechselte das Schlachtfeld.

Es gab weitere Personen, mit denen sie reden musste.

14.

TAG 2
Mittag

Das Moor hatte viele Gesichter.

Jetzt, da sich die Sonne stellenweise durch die Hochnebeldecke kämpfte, zeigte es eines seiner schönsten.

Über den tiefer liegenden Stellen lagen noch Nebelschwaden, während darüber sterbende Eiskristalle in den Büschen und Birken glitzerten. Dunst stieg aus den schwarzen Wasserlöchern empor, und wenn man dem Gesang der Vögel glauben durfte, stand der Frühling in den Startlöchern. Das Licht war bezaubernd und erzählte eine andere Geschichte als die, die hier gerade im Gange war. Wie alles im Moor war dieses Licht trügerisch.

»Nicht so schnell«, sagte Alexander Seitz.

Er lief hinter Malia her und war bereits außer Atem. Malia hingegen machte das Tempo nichts aus. Von dem kurzen Lauf gestern Abend spürte sie nichts mehr in den Beinen.

»Was hat Sie nach Moorbach geführt?«, fragte sie.

Die Fahrt hierher hatte nur zehn Minuten gedauert. Den Wagen hatte Malia auf dem kleinen Wanderparkplatz stehen lassen, von dem aus tags zuvor die privat organisierte Suchaktion gestartet war.

»Abgeschiedenheit und Ruhe«, antwortete Seitz. »Und das Moor.«

»Wieso das?«

»Aus beruflichen Gründen.«

»Und was machen Sie beruflich?«

»Ich bin Schriftsteller.«

Malia blieb stehen, um dem Mann einen kleinen Erholungsmoment zu verschaffen. »Jetzt sagen Sie bitte nicht, Sie schreiben Krimis.«

Alexander Seitz lächelte. »Doch, ich schreibe auch Krimis. Ich kann aber verstehen, wenn Sie als Kommissarin Vorbehalte haben. Und um ein Argument schon zu entkräften, bevor Sie es anbringen: Ich schreibe Fiktion. Realität ist dabei oft ein Hindernis. Gerade in der Ermittlungsarbeit.«

»Wie schön, dass Sie das selbst so sehen.«

»Warum auch nicht? Wie jeder Beruf folgt auch der des Schriftstellers kommerziellen Interessen. Sie mögen nicht an erster Stelle stehen, sind aber wichtig. Und Tatsachengeschichten über polizeiliche Ermittlungsarbeit würden sich eben nicht gut verkaufen.«

»Hat das mal jemand versucht?«

»Ich jedenfalls nicht, und ich habe es auch nicht vor.«

»Aber Sie stecken gerade mitten in einer Ermittlung. Finden Sie das langweilig?«

»Na ja, ich sitze nicht neben Ihnen in einem schmucklosen Büro mit einer toten Zimmerpflanze auf dem Fensterbrett, während Sie auf einen Bildschirm starren, Formulare ausfüllen oder telefonieren.«

»Das kommt auch vor, da gebe ich Ihnen recht. Aber wie Sie es gerade selbst erleben, gibt es auch diese Seite.«

Malia lief weiter.

»Mögen Sie Ihren Beruf?«, fragte Seitz und folgte ihr.

»Ich gehe sogar so weit, zu sagen, ich liebe ihn. Mal mehr, mal weniger, aber ich liebe ihn.«

»Warum?«

»Weil ich es schon als Kind geliebt habe, Geheimnissen auf die Spur zu kommen. Nein, warten Sie … nicht nur auf die Spur. Ich gehe ihnen auf den Grund, finde heraus, wo sie wurzeln, welche Nahrung sie brauchen, um zu gedeihen.«

»Und sind Sie gut darin?«

»Ich denke schon. Ich gebe mein Bestes. Und Sie?«

»Das gilt auch für mich. Übrigens ist dort vorn die Stelle, an der ich ins Wasser gefallen bin … glaube ich zumindest.«

Seitz zeigte nach rechts auf ein Wasserloch. Dunst stieg darüber auf. Das Moorwasser war zu warm, um durch diese eine kalte Nacht zu gefrieren. Schwarz wie ein Spiegel lag das Loch da, drum herum wuchsen Moose, niedrige Sträucher und Krüppelbirken, in denen noch die Frostkristalle glitzerten. Hinter dem Loch erhob sich die Landschaft leicht, bevor sie zum See hin wieder abfiel.

»Glauben Sie es oder wissen Sie es?«

Seitz zuckte mit den Schultern. »Für mich sieht hier alles gleich aus.«

Malia ging zu dem Wasserloch hinüber. »Und wo war das Fahrrad?«

»Da drüben. In der Nacht war es von hier aus aber nicht zu sehen, dafür war es zu neblig.«

»Ich befürchte, jemand von der Suchtruppe hat es mitgenommen?«

»Ja, der Vater … das war nicht gut, oder? Wegen der Spuren.«

»Nein, das war nicht gut. Ist jetzt aber auch egal. Von wo kam die Person, die Sie aus dem Wasser gezogen hat?«

»Von dort.«

Seitz zeigte auf die Anhöhe. Dort gab es keine Wege, nur Moose, Gräser, Büsche und weiter hinten sehr dicht stehende Birken.

»Sicher?«

»Ja.«

Malia dachte nach. Wer auch immer eingegriffen und Seitz gerettet hatte, war durch das Moor gekommen und wieder darin verschwunden. Folglich musste es sich um jemanden handeln, der sich hier auskannte. Das schränkte den Personenkreis ein.

»Glauben Sie, die Person könnte etwas mit dem Verschwinden der Mädchen zu tun haben?«, fragte Seitz.

»Wie gesagt, für so eine Einschätzung ist es noch zu früh.«

»Aber wenn dieser Mann den Zwillingen etwas angetan hat, warum rettet er dann mich?«

»Es steht nicht fest, dass den Zwillingen etwas angetan wurde«, hielt Malia dagegen.

»Na ja, das Mädchen hat eine schwere Kopfverletzung.«

»Die von einem Unfall herrühren könnte. Warum haben Sie ausgerechnet hier gesucht?«

»Laut Herrn Mertens waren die Zwillinge auf dem Weg zum Toten Auge. Da gibt es einen imposanten Hochsitz, an dem die Mädchen Fotos machen wollten. Und dieser Weg führt dorthin.«

Davon hörte Malia zum ersten Mal, und sie fragte sich, warum Söke Thom es ihr nicht berichtet hatte. Auch in der Fallakte war das Tote Auge nicht erwähnt. Streng genommen handelte es sich dabei auch noch nicht um eine Akte, sondern um eine Sammlung erster Informationen.

»Gut, dann schaue ich mich dort einmal um. Sie können gern zurückgehen.«

»Kann ich mitkommen?«

»Warum?«

»Weil es mir offensichtlich nicht bekommt, allein durchs Moor zu laufen.« Seitz grinste schief, was äußerst sympathisch wirkte. Da steckte ein kleiner Junge hinter dem Gesicht eines Erwachsenen.

»Okay, kommen Sie mit. Ich will ja nicht verantwortlich sein dafür, dass Sie hier spurlos verschwinden.«

»Im Moor kann man nicht versinken, wussten Sie das?«

»Wer hat Ihnen das erzählt?«

»Ruth Sichler, die Frau, die vorhin mit dem alten Rover an der Polizeiabsperrung gehalten hat. Kann es eigentlich sein, dass Sie vor ihr geflüchtet sind?«

»Wie kommen Sie darauf?«

»Keine Ahnung … es wirkte eben so.«

Malia musste zugestehen, dass Seitz über eine gute Beobachtungsgabe verfügte. Sie ging nicht darauf ein, sondern zügig voran.

Seitz gab sich Mühe, mitzuhalten. »Sie haben einen furchtbaren Schritt am Leibe.«

»Standardgeschwindigkeit«, erwiderte Malia.

»Trainieren Sie?«

»Ich laufe.«

»Marathon, oder was?«

»Ganz genau.«

Bald erreichten sie das Ufer des Toten Auges. Der See lag vollkommen still und ruhig, eine leichte Nebelschicht schwebte einige Zentimeter über der Wasseroberfläche. Im schräg einfallenden Sonnenlicht wirkte das Wasser tiefschwarz, was, so hatte Malia es gelernt, zu dem ungewöhnlichen Namen geführt hatte. Das jenseitige Ufer war von Wald eingefasst, dort gab es trockenen Sandboden, auf dem Eichen, Birken, Eschen und wenige Buchen wuchsen.

Malia atmete tief ein.

Diesen Anblick hatte sie nie vergessen, er war nur vergraben gewesen unter all den Erinnerungen, die damit verbunden waren.

»Wunderschön«, sagte Seitz ehrfürchtig. »Waren Sie schon einmal hier?«

»Warum fragen Sie?«

»Weil Sie so sicher hergefunden haben.«

»Wir sind einem Weg gefolgt, das ist nicht so schwer.«

Es war still am Toten Auge. Ein Silberreiher glitt über den See. Seine breiten Schwingen verursachten kein Geräusch. Vorhin hatte Malia den Helikopter gehört, jetzt nicht mehr, vielleicht war es weiter oben doch noch zu neblig.

»Da drüben ist der Hochsitz«, sagte Seitz und zeigte nach links.

Unweit des westlichen Ufers ragte das Ungetüm aus dem flachen Boden.

Ein zehn Meter hohes, massives Holzgestell mit einer geschlossenen Kanzel aus schwarz gebrannten Holzbrettern, die wie der Schützenturm eines uralten Panzers wirkte, nur unterbrochen von Schießscharten. Eine stabile Leiter führte zwischen den vier Beinen zur Kanzel hinauf, ein flaches Dach schützte vor Regen.

In der ebenen Landschaft wirkte der Turm ungeheuerlich fehl am Platze. Er beherrschte die Szenerie wie ein dunkles, bedrohliches Mahnmal. Von dort oben, das wusste Malia, hatte man einen hervorragenden Weitblick über die Moorebene, und aus dem nahen Wald kam in der Dämmerung Rot- und Damwild, um Gräser zu fressen.

»Spektakulär, nicht wahr?«, sagte Seitz.

»Ziemlich beeindruckend. Haben Sie gestern Abend dort nachgeschaut?«

»Ja, haben wir. Herr Mertens war zwar zuvor schon allein hier und hatte keine Spur von seinen Töchtern gefunden, aber wir wollten nichts unversucht lassen. Da ich total durchnässt war und fror, konnten wir aber nicht lang bleiben. Es ist auch gar nicht sicher, dass die Mädchen hier gewesen sind. Mertens glaubt nur, dass der Hochsitz das Ziel war. Vielleicht waren sie auch ganz woanders unterwegs.«

»Das Fahrrad lag hier in der Nähe«, gab Malia zu bedenken.

»Ja, das lag hier.«

»Gehen wir mal rüber.«

Malia ging zügig voran und suchte sich einen Pfad durch das stellenweise kniehohe Gras. Der Boden war hier trocken, sie sanken nicht ein. Malia unterließ es, nach Spuren zu suchen. Gestern Nacht war ein Trupp von acht Personen durch das Gras gestapft, natürlich gab es abgebrochene Halme und Abdrücke. Sollten welche von den Mädchen dabei sein, würden sie das sowieso nicht herausfinden.

Der Hochsitz schien größer zu werden, je näher sie ihm kamen, und als sie davorstanden, wirkte er sogar noch einschüchternder.

»Da hat sich jemand Mühe gegeben, das Ding zu bauen«, sagte Seitz.

Malia behielt den Namen der Person, die sich Mühe gegeben hatte, für sich.

»Wer vom Suchtrupp war oben?«, fragte sie.

»Der Polizist.«

Malia nickte. Aus der Falldatei wusste sie, dass Seitz von Polizeiobermeister Sven Sellmann sprach.

Sie packte die dritte Sprosse, setzte den rechten Fuß auf die erste und zog sich hoch. Die Leiter bestand aus Rundhölzern, die nicht etwa vernagelt, sondern mit Sachverstand ineinandergesteckt waren. Sie wackelte ein wenig, schien aber stabil genug zu sein. »Warten Sie hier, ich bin gleich wieder da.«

Acht Sprossen führten hinauf zu einer Klappe im Boden der Kanzel. Die Klappe war heruntergelassen. Malia drückte sie mit Hand und Schulter auf und erklomm die Kanzel. Dort ließ sie die Klappe zu Boden fallen. Es knallte laut, und aus den tiefen Gräsern stieg schnatternd ein Entenpärchen auf. Durch die Schießscharten konnte Malia sie sehen. Wenn sie sich nicht täuschte, handelte es sich um die schokoladenbraune, selten gewordene Moorente mit ihrem charakteristischen leuchtend weißen Unterschwanz.

Der Blick von der Kanzel war so grandios, wie Malia ihn in Erinnerung hatte. Von keiner anderen Stelle im Moor, außer der Hohen Warth, konnte man so weit schauen, und jetzt, da die Sonne mehr und mehr durch den Hochnebel brach, breitete sich vor ihr eine verzauberte Landschaft aus, die man in dieser Gegend nicht erwartete.

»Alles klar da oben?«, rief Seitz.

Malia nickte nur, obwohl sie wusste, dass er es nicht sehen konnte. Sie war zu ergriffen, um sprechen zu können. Das kleine Mädchen von damals übernahm ihr Inneres, füllte sie aus, und Malia spürte Tränen aufsteigen. Sie hätte nicht sagen können, wie viele Nächte sie hier oben verbracht hatte, ein Dutzend waren es sicher gewesen. Nur an die wenigsten konnte sie sich erinnern, denn nur die waren es wert. Das Flüstern zwischen ihnen, die Nähe, wie es sie nur hier oben gegeben hatte. Manche Menschen brauchten einen bestimmten Ort, um sich öffnen zu können, um zu sein, wer sie tief in ihrem Herzen immer schon waren. Zwischen Malia und ihrem Vater war es so gewesen. Hier oben, und nur hier, waren sie Vater und Tochter gewesen, eine Einheit, die sich blind verstand, weil sie von einem Blut war.

Und wenn du ganz, ganz still bist, hörst du das Moor. Wie es wispert und raunt, wie es seine uralten Geschichten erzählt, die kein Mensch mehr kennt, weil alle längst tot sind, die dabei waren. Aber das Moor vergisst nichts. Du musst nur hinhören, dann teilt es sein Wissen mit dir.

Obwohl sie die Vorstellung faszinierend fand, hatte die fünfjährige Malia das Moor nie gehört. Die Stimme ihres Vaters schwang dagegen noch immer in ihren Ohren nach.

Entgegen der Anweisung kletterte Seitz ebenfalls die Leiter empor und machte den besonderen Moment kaputt. Egal, sie war hier, um zu ermitteln. Es half den Mertens-Zwillingen nicht, wenn sie in Erinnerungen schwelgte.

Malia wischte sich mit dem Ärmel der Jacke die Augen trocken, bevor Seitz neben sie trat.

»Das ist fantastisch«, sagte er leise.

»Ja, aber es gibt hier oben nichts, was uns weiterbringt. Lassen Sie uns zurückgehen.«

Zugegeben, das klang brüsk, aber Malia wollte mit einem Mal nur noch weg von hier.

Sie drehte der Landschaft den Rücken zu, ließ sich auf die Kante der Öffnung sinken und setzte die Füße auf die oberste Sprosse. Von hier oben hinunterzuschauen, konnte beängstigend sein, besonders, wenn man wie sie unter leichter Höhenangst litt.

Sie klammerte sich fest und machte sich an den Abstieg.

»Was ist das?«, fragte Seitz.

Malia sah zu ihm hinauf.

Seitz stand mit in den Nacken gelegtem Kopf da und starrte zu einem Spalt zwischen den Holzbohlen hinauf, die das Dach der Kanzel bildeten.

»Da liegt was«, sagte er.

Malia kletterte in die Kanzel zurück.

Sie sah, was Seitz meinte.

»Sieht aus wie …«

»Eine Kamera oder so«, vervollständigte er. »Die kann gestern schon dort gelegen haben, da war es dunkel. Ich habe sie nur entdeckt, weil die Sonne von oben draufscheint.«

»Okay, wie kommen wir dran?«, fragte Malia.

Um vor Regen zu schützen, war das Dach größer als die Plattform. Durch den Überstand war es geradezu unmöglich, hinaufzuklettern. Vor allem für sie.

»Ich versuch's«, sagte Seitz. »Im Klettern bin ich ganz gut.«

»Nein, viel zu gefährlich. Die Feuerwehr soll mit einer Leiter kommen.«

»Ach was, das dauert doch viel zu lange.«

Seitz schob den Oberkörper durch die Schießscharte, bevor Malia ihn davon abhalten konnte. Es dauerte einen Moment, bis er mit den Händen Halt fand, doch dann zog er sich mit einem Ruck empor, und seine Beine baumelten in der Luft.

»Holy shit«, entfuhr es Malia. Wenn das schiefging, würde man sie dafür verantwortlich machen. Zwar war der Boden durch das hohe Gras weich, ohne Blessuren würde ein Sturz aber dennoch nicht bleiben.

Seitz stöhnte. Seine Beine baumelten nach wie vor in der Luft, er schien Schwierigkeiten zu haben, sich auf das Dach zu ziehen.

»Warten Sie, ich helfe Ihnen.«

Malia schob sich so weit wie möglich durch die Schießscharte und packte Seitz' Fuß. »Drücken Sie sich ab!«

Das tat er, und Malia musste sich mit aller Kraft dagegenstemmen. Aber es klappte. Seitz konnte auf das Dach klettern.

Malia hörte ihn oben poltern, dann erschien sein Auge über dem einen Zentimeter breiten Spalt zwischen den Bohlen.

»Das ist eine GoPro!«, rief er.

»Okay, stecken Sie sie ein und kommen Sie da wieder runter.«

»Die Batterie scheint leer zu sein.«

»Darum kümmern wir uns später. Kommen Sie verdammt noch mal runter.«

»Alles klar, keine Panik. Wow, der Ausblick ist von hier sogar noch beeindruckender.«

Malia musste sich zusammenreißen, um den Mann nicht anzuschreien. Es bereitete ihr geradezu körperliche Schmerzen, ihn da oben zu wissen.

Da erschien sein Kopf an der Kante des Daches. Auf dem Bauch liegend hatte er sich bis dorthin vorgeschoben.

»Hier, nehmen Sie«, sagte er und streckte ihr die GoPro entgegen.

Malia nahm sie ihm ab und ließ sie in ihrer Jackentasche verschwinden.

»Kann ich irgendwie helfen?«, fragte sie.

Alexander Seitz antwortete nicht. Er sah sich um, rutschte zu den Seiten des Daches und wieder zurück, bevor er sie kopfüber unglücklich anlächelte.

»Ich fürchte, ich komme hier nicht wieder runter. Können Sie vielleicht doch die Feuerwehr rufen?«

15.

TAG 2
Mittag

Ruth war in ihren Land Rover gestiegen und nach Riedberg gefahren, um Toma aus dem Krankenhaus abzuholen. Dort angekommen, zog sie eine Parkkarte an der Schranke, stellte den Wagen ab und ging mit langen, kräftigen Schritten auf den Eingang zu. An der Information erfuhr Ruth, auf welche Station man ihn aus der Notaufnahme verlegt hatte. Sie machte sich auf den Weg dorthin und erfragte die Zimmernummer am Schwesternzimmer. Eine junge Frau mit sehr langen Wimpern und sehr bunten Nägeln tat dort Dienst.

»Es tut mir leid, jetzt ist keine Besuchszeit«, beschied sie freundlich.

»Kann schon sein, aber jetzt bin ich hier und möchte Toma Novak besuchen.«

»Sind Sie eine Angehörige?«

»Ja«, sagte Ruth selbstbewusst, obwohl das offiziell nicht stimmte. Doch andere Angehörige hatte Toma nicht. Die waren alle im Krieg getötet worden.

»Wenn Sie eine Stunde in der Cafeteria warten …«

»Ganz sicher nicht«, fuhr Ruth der jungen Frau in die Parade. Sie war nicht gewillt, sich an diesem Tag ein zweites Mal abweisen zu lassen. »Sagen Sie mir die Zimmernummer, oder ich klappere jedes einzelne Zimmer ab.«

»Es ist gerade Visite.«

»Ist doch prima. Visite kommt aus dem Lateinischen und bedeutet besuchen, nichts anderes habe ich vor. Also?«

»Arztvisite, meine ich. Währenddessen dürfen wir keinen Besuch zulassen.«

»Gut, dann suche ich eben selbst.«

Ruth wandte sich ab. Links begann ein langer Gang, von dem die einzelnen Zimmertüren abgingen. Sie steuerte die erste davon an und hatte die Klinke schon in der Hand, als die Krankenschwester ihr nachrief, dass Herr Novak auf der elf liege.

»Danke«, sagte Ruth.

Nummer elf war ein Doppelzimmer, auf dem Toma allein lag.

Ruth hatte ihn niemals zuvor krank erlebt. Toma war immun gegen Grippe und Erkältung und Corona, nicht aber gegen Alkohol und Autokotflügel. Ganz automatisch war Ruth immer davon ausgegangen, dass Toma sie überleben würde, so, wie er den Balkankrieg überlebt hatte. Ihn jetzt derart verletzlich in diesem reinweißen Bettzeug zu sehen, versetzte ihr einen kleinen Schock.

Das Leben konnte chaotisch sein. Es nicht kontrollieren zu können, machte ihr Angst.

»Wie geht's?«, fragte sie und blieb am Fußende des Bettes stehen.

Toma war erfreut, sie zu sehen. Man musste ihn aber kennen, um das mitzubekommen. Die Mimik in seinem braunen, von Falten zerfurchten, unrasierten Gesicht gab nicht viel preis. In Tomas Leben hatte es eine Zeit gegeben, in der es überlebenswichtig gewesen war, sich zu verschließen. Anderen keine Gefühle zu offenbaren. Das war er nie wieder losgeworden. Vielleicht verstanden sie sich deshalb so gut.

»Sechs bis zwölf Wochen«, sagte Toma. »Der Arzt sagt, es dauert sechs Wochen bis zwölf Wochen, bis ich wieder voll einsatzbereit bin.«

»Das ist Mist«, sagte Ruth.

»Wie soll das denn gehen auf dem Hof? Das geht doch nicht ohne mich.«

»Nein, geht es nicht. Aber Erik wird einspringen, und was wir nicht schaffen, bleibt eben liegen. Und du wirst doppelt so viel arbeiten müssen, wenn du wieder fit bist.«

Toma nickte. »Auf jeden Fall. Und ich brauche nur sechs Wochen.«

Ruth kannte diesen stolzen kroatischen Mann lange genug, um zu wissen, dass er nichts anderes von ihr hören wollte. Kein Mitleid, keine Beschwichtigungen. Er gab sich selbst die Schuld daran, dass es zu dem Unfall gekommen war und er nun lange ausfiel, also musste er auch die Konsequenzen tragen. Natürlich würde Ruth dafür sorgen, dass keine Arbeit liegen blieb, sie selbst würde doppelt so hart arbeiten, aber davon würde Toma nichts mitbekommen.

»Kann ich dich nach Hause mitnehmen?«, fragte sie.

»Auf gar keinen Fall«, kam es von hinten.

Ruth drehte sich um und sah sich mit einem großen, hageren Mann in Arztkittel konfrontiert. Er sah sie von oben herab an. Seine Schläfen waren grau, seine Mundwinkel bitter.

»Sagt wer?«

»Ich. Dr. Probst. Herr Novak hat eine doppelte Unterarmfraktur, die wir operieren mussten. Er wird eine Weile eine Schiene tragen und später eine langwierige Reha absolvieren müssen. Eine Woche werden wir ihn noch hierbehalten, denke ich.«

»Das kann er wohl selbst entscheiden.«

»Darf ich fragen, wer Sie sind?«

»Ruth Sichler.«

»Die Ehefrau von Herrn Novak?«

»Nein, die Arbeitgeberin.«

Dr. Probst lachte trocken auf. »Gut, dann wäre das ja geklärt. Herr Novak bleibt hier, und Sie verlassen jetzt bitte meine Station. Wir haben keine Besuchszeit, und Sie haben überdies meine Mitarbeiterin bedroht.«

Jetzt musste Ruth lachen. »Bedroht? Das ist ja wohl maßlos übertrieben.«

»Muss ich mich wiederholen?« Es klang nicht wie eine Frage.

»Herr Doktor«, kam es von Toma. »Kann ich noch einen Moment mit Frau Sichler sprechen?«

Dr. Probst nickte. »In Ordnung. Aber künftig halten Sie sich bitte an die Besuchszeiten.«

Er verließ das Zimmer und zog die Tür hinter sich zu.

»Ich nehme dich trotzdem mit«, beharrte Ruth.

»Lass gut sein«, sagte Toma. »Ich habe viel zu große Schmerzen, um heute schon mitzukommen. Vielleicht morgen … oder übermorgen.«

»Gut, dann komme ich morgen wieder.«

»Das musst du nicht, auf dem Hof gibt es genug zu tun.«

»Red kein dummes Zeug. Natürlich komme ich.«

Toma nickte und druckste herum.

»Was ist los?«, fragte Ruth.

»Gestern Abend … ich war nicht ganz nüchtern«, sagte er leise.

»Das weiß ich. Oder glaubst du, ich hätte das nicht gerochen. Außerdem bist du nie nüchtern, wenn du vom Treffen mit den Jägern kommst.«

»Vielleicht wäre es nicht passiert, wenn …«

»Hör auf!«, unterbrach Ruth ihn. »Wer auch immer das Auto gefahren hat, ist schuld, und wir werden ihn finden. Übrigens ist gestern noch etwas passiert im Moor.«

»Was?«

Ruth berichtete ihm von den verschwundenen Zwillingen.

»Heute früh ist eines der Mädchen wiederaufgetaucht. Sie soll schwer verletzt sein, wahrscheinlich ist sie mittlerweile auch hier im Krankenhaus. Und jetzt sucht Hartmut mit seiner Drohne nach dem anderen Mädchen.«

»Hartmut ist wieder gesund?«

»War er krank?«

»Für gestern Abend hat er sich krankgemeldet.«

»Als ich ihn vorhin in seiner Tierarztpraxis abgeholt habe, sah er gesund aus … wenn auch ein wenig lustlos. Ich konnte ihn aber überreden, zu helfen.«

»Die Schreie«, stieß Toma mit brüchiger Stimme aus.

»Welche Schreie?«

»Ich weiß, ich war nicht nüchtern, aber auch nicht betrunken genug, um mir irgendwas einzubilden … Bevor mich das Auto angefahren hat, bin ich kurz vom Rad gestiegen, weil ich Schreie im Moor gehört habe.«

»Bist du dir sicher?«

Toma nickte.

»Vielleicht war es ein Reiher. Die können mitunter wie Menschen klingen, vor allem im Nebel.«

»Daran habe ich auch gedacht … oder an einen Wolf. Aber jetzt, wo du das mit den Mädchen erzählt hast … Vielleicht solltest du mit der Polizei darüber sprechen.«

»Das werde ich«, sagte Ruth. »Und ich bin mir sicher, die kommen auch noch bei dir vorbei, wenn sie davon hören. Kannst du wirklich nichts zu dem Wagen sagen?«

Toma schüttelte den Kopf. »Das ging so schnell, ich hab nicht einmal die Farbe erkannt.«

»Okay, macht nichts. Das ist jetzt nicht deine Sorge. Du ruhst dich aus, damit du schnell wieder fit bist. Der Hof braucht dich.«

»Morgen geht es bestimmt schon besser.«

»Morgen komme ich wieder. Möchtest du den Fernseher nutzen? Dann kümmere ich mich gleich darum.«

»Danke, das wäre schön.«

»Kein Problem. Und wenn ich Fragen habe, rufe ich dich an, dein Handy hast du hier, oder?«

»Ja, im Nachtschrank. Du kannst mich Tag und Nacht anrufen.«

Ruth nickte. Das mit dem Anrufen war eine Finte, damit Toma sich gebraucht und nicht krank und abgeschrieben fühlte.

»Brauchst du sonst irgendwas?«, fragte sie.

»Im Moment nicht.«

Ruth wollte sich schon verabschieden, als ihr noch etwas einfiel. »Gestern, auf dem Jägertreffen, war Jürgen da auch dabei?«

Toma schüttelte den Kopf. »Der kommt nur noch selten. Legt sich immer mit allen an. Ich mag ihn ja, aber die anderen nicht.«

»Aber ihr habt euch in der Hohen Warth getroffen, oder?«

»Ja, wie immer. Warum fragst du?«

»Nur so. Ruh dich aus. Ich kümmere mich um den Fernseher.«

Mit einem Nicken verabschiedete Ruth sich.

Mehr brauchte es zwischen ihnen beiden nicht.

Das war schon immer so gewesen.

Auf dem Gang kam ihr die Schwester entgegen.

»Ich lasse Herrn Novak noch hier«, sagte Ruth. »Passen Sie gut auf ihn auf, bitte. Ich brauche ihn noch.«

Lächelnd nickte die Schwester ihr zu.

16.

TAG 2
Früher Nachmittag

Malia Gold fuhr ihren Wagen auf den geschotterten Hof und stellte den Motor ab.

Bei dem Haus handelte es sich um einen alten Resthof aus dunklem Eichenfachwerk und roten Ziegelsteinen. Er war in den letzten Jahren renoviert worden. Weiße Sprossenfenster mit Dreifachverglasung harmonierten mit einer zweiflügligen, grün-weißen Eingangstür. In der Mitte des großen Hofes ragte fünfzehn Meter hoch ein noch kahler Walnussbaum auf, der mächtige Stamm eingefasst von einer runden Holzbank. Malia konnte sich vorstellen, dass dies im Sommer ein schöner Schattenplatz war.

Das Haus gehörte Alexander Seitz. Der Schriftsteller saß neben ihr auf dem Beifahrersitz.

Es war peinlich gewesen für ihn, durch die Feuerwehr vom Dach des Hochsitzes gerettet werden zu müssen. Da es dort keinen Handyempfang gab, hatte Malia bis zur Straße laufen müssen, um Söke Thom anzurufen, die wiederum die Feuerwehr informiert hatte. Selbst der kleine Mannschaftswagen konnte die schmalen Moorpfade nicht befahren, daher waren zwei Mann mit einer langen Leiter zu Fuß vom Wanderparkplatz aufgebrochen. Über eine Stunde hatte es gedauert, Seitz von dem Dach herunterzuholen.

»Das wird mir ewig nachhängen«, sagte der Schriftsteller.

»Kann schon sein. Die Menschen hier auf dem Lande vergessen nicht.«

»Danke für die aufbauenden Worte, Frau Kommissarin.«

»Wenn's hilft: Ich werde dafür sorgen, dass Sie keine Rechnung von der Feuerwehr bekommen.«

»Wie großzügig.«

»Na ja, wenn Sie nicht aufs Dach geklettert wären, hätte ich sowieso Hilfe rufen müssen, um die Kamera da herunterzuholen.«

»Also bin ich Ihr Held?«

»Ich neige nicht zu Übertreibungen.«

»Schade.«

»Wollen wir reingehen und nach dem Akku schauen?«

»Ja, klar. Es kann aber einen Moment dauern. Seit dem Umzug habe ich noch nicht alle Kartons ausgepackt.«

»Das ist okay«, sagte Malia und zog den Zündschlüssel ab.

Sie war sehr neugierig darauf, zu erfahren, was sich auf der GoPro befand, doch der Akku war restlos leer. Noch auf dem Dach des Hochsitzes, als sie auf die Feuerwehr gewartet hatten, hatte Seitz vorgeschlagen, zu ihm zu fahren, da er mit einem Ersatzakku aushelfen könne – außerdem brauchte er eine Mitfahrgelegenheit. Malia hatte zugestimmt. Die Alternative wäre gewesen, nach Riedberg ins Präsidium zu fahren, was deutlich länger gedauert hätte, und sie wusste nicht, ob es dort einen baugleichen Akku gab. Seitz hingegen war sich sicher, einen solchen zu besitzen.

»Wie lange wohnen Sie schon hier?«, fragte Malia.

»Vier Monate. Und deshalb möchte ich schon vorab um Entschuldigung bitten. Drinnen ist es nicht besonders aufgeräumt.«

»Kein Problem, ist ja schließlich keine Wohnungsbesichtigung.«

Die ehemalige große Einfahrt in das Hallenhaus war verglast, in der Mitte befand sich die Eingangstür. Seitz schloss auf und führte Malia auf die Diele. Die drei Meter hohe Decke war durchzogen von massiven dunklen Eichenbalken, freies Fachwerk diente rechts und links als Raumteiler. Es war schummrig, durch die kleinen Butzenfenster fiel nur wenig Licht herein, und die Sonne stand auf dem anderen Giebel. Auf den ersten Blick waren keine Details des großen Raumes ersichtlich.

Seitz ging voran, räumte eilig ein paar Unterlagen vom Tisch und ließ sie in einem Karton verschwinden.

»Setzen Sie sich doch, Frau Kommissarin«, bat er dann.

»Sie müssen mich nicht ständig so nennen. Frau Gold ist vollkommen ausreichend.«

»Ich mag aber den Klang«, sagte Seitz.

Malia mochte den Klang auch, sie war nur keine Freundin davon, Titel zu verwenden, um sich Autorität zu verschaffen.

»Ihre Entscheidung«, sagte sie.

»Na dann … Möchten Sie einen Kaffee oder einen heißen Tee, Frau Kommissarin? Ich bin total durchgefroren von der langen Wartezeit auf dem Dach.«

»Kaffee wäre toll«, antwortete Malia. »Aber suchen Sie doch erst einmal nach dem Akku.«

»Die Maschine macht den Kaffee, ich suche den Akku. Milch und/oder Zucker?«

»Schwarz.«

Seitz schaltete die Maschine an, und Malia schaute sich um.

Die Diele hatte die Größe von Malias neuer Zweizimmerwohnung in Riedberg und schien der zentrale Raum des Hauses zu sein – vielleicht auch der einzige, den Seitz benutzte. Es gab eine kleine, aber voll ausgestattete Küche, einen Schreibtisch mit Computer, eine Couch, auf der ungemachte Bettwäsche lag, ein langes Bücherregal sowie einen Fernseher an der Wand. Außerdem ein beleuchtetes Aquarium. Überall stand oder lag etwas herum, hauptsächlich Bücher, aber auch Zeitschriften und Loseblattsammlungen. Entweder beherrschte Seitz das Chaos, oder er besaß nicht die Fähigkeit, dagegen anzukämpfen.

»So. Kaffee kommt gleich. Ich denke, die Fotosachen müssten sich in einem dieser Kartons befinden. Moment … ich hab's gleich.«

Alexander Seitz wandte sich einem Stapel Kartons zu, der leicht schief neben einem wuchtigen Holzschreibtisch stand.

»Leben Sie allein hier?«, fragte Malia und ging zu dem Aquarium hinüber.

»Ja«, kam es aus einem der Kartons, in dem Seitz' Kopf gerade steckte. »Sieht man das?«

»Was sind das für Fische?«, wich Malia einer Antwort aus.

Sie ging vor dem Aquarium in die Hocke. Das Becken war an den Seiten und hinten dicht bepflanzt, in der Mitte bot es ausreichend Platz zum Schwimmen. Dort tummelten sich platt gedrückte blaue Fische mit langen Flossen. Sie waren höher als lang und wirkten grazil. »Die sehen faszinierend aus.«

»Das sind Skalare«, antwortete Seitz.

Malia fiel auf, dass es nur diese Fische gab, keine anderen. »Und warum halten Sie gerade die?«

Seitz kam zu ihr. »Sie erinnern mich an Menschen.«

»Was heißt das?«

»Skalare fressen andere Fische, die kleiner sind als sie selbst. Gegenüber größeren sind sie aber friedlich.«

Malia kam aus der Hocke hoch und sah Seitz an. »So sehen Sie die Menschen? Die kleineren Schwächeren sind Opfer, die von den großen Starken gefressen werden?«

»Sie nicht?«

»Die Schwachen könnten sich verbünden.«

»Wann haben sie das je getan? Sie laufen den Starken hinterher, unterwerfen sich in der Hoffnung, dadurch zu überleben, und begreifen nicht, dass ihr Todesurteil in ihrem Verhalten liegt.«

»Das klingt sehr düster.«

Seitz zuckte mit den Schultern. »Nicht unbedingt. Die Natur geht so vor. Aus ihrer Sicht macht es Sinn, nur die Starken weiterkommen zu lassen.«

»Und was sind Sie?«

»Na ja, ich lebe noch. Im Übrigen gibt es einen weiteren Aspekt, der mich an den Skalaren fasziniert.«

»Und der ist?«

»Sie sind Opportunisten. Egal, welchem Umfeld sie ausgeliefert sind, sie passen sich an. Kann ich nicht sicher siegen, bleibe ich besser friedlich. Treffe ich auf Unterlegene, versorge ich mich mit Nahrung.«

»Mögen Sie Opportunisten?«

»Das spielt keine Rolle, weil es eine moralische Erwägung ist. Und wenn ich überleben will, steht Moral im Weg. Hier ist der Akku.«

Seitz reichte Malia das kleine quadratische, schwarze Teil.

»Er müsste aufgeladen sein. Ich hole den Kaffee.«

Malia zog die GoPro aus ihrer Manteltasche, nahm den leeren Akku aus dem Batteriefach, steckte den von Seitz hinein und drückte den Einschaltknopf.

Das Gerät meldete sich mit einem Piepton.

»Ist geladen«, bestätigte Malia.

»Bitte schön, Frau Kommissarin, Ihr Kaffee. Setzen Sie sich doch.«

Seitz stellte zwei Becher auf dem Tisch ab, schob ein paar Bücher beiseite und zog einen Stuhl zurück.

Malia legte ihre Jacke ab und setzte sich.

»Darf ich auch schauen?«, fragte Seitz.

Er grinste. Durch Bart, Schlafmangel und beginnende Erkältung schimmerte ein kleiner, frecher Junge hindurch.

»Eigentlich nicht. Es handelt sich um eine offizielle Ermittlung, und Sie sind Zivilist. Aber im Moment bin ich auf Ihr Know-how angewiesen, daher mache ich eine Ausnahme. Sie sind zu Stillschweigen verpflichtet, das ist Ihnen klar?«

»Natürlich.«

»Na dann.«

Malia deutete auf den Stuhl neben sich. Seitz sank darauf und schob sich eine Brille auf die Nase, die auf dem Tisch gelegen hatte. Dann tranken sie von dem Kaffee. Malia genoss, wie sich die Wärme in ihrem Körper ausbreitete. Das Koffein konnte sie ebenso gut gebrauchen. Dass nach der zurückliegenden schlechten Nacht der Tag so rasant beginnen würde, war ein Hammer. Sie hatte nicht eine Minute bekommen, sich einzugewöhnen.

»Das ist total aufregend«, sagte Seitz. »Hoffentlich gehört die Kamera nicht einem Jäger, und wir bekommen bloß äsendes Damwild zu sehen.«

Da war es erneut, das aufgeregte Gesicht eines kleinen Jungen hinter dem eines erwachsenen Mannes. Das war sympathisch, aber Malia interessierte sich auch für das, was unter dem Tisch passierte. Gesichter können lügen, Körpersprache eher selten. Seitz' rechter Fuß wippte in schnellem Rhythmus auf und ab. Ein Zeichen für Aufregung und in diesem Kontext angebracht. Zudem zeigten die Fußspitzen gerade unter den Tisch, nicht nach rechts oder links, was auf einen Fluchtimpuls hingedeutet hätte. In diesem Moment schien Seitz sich wohlzufühlen, obwohl sich eine Ermittlungsbeamtin in seiner Privatsphäre, seinem Zuhause befand.

»Warum sollte ein Jäger die Kamera aufs Dach legen?«, fragte Malia. »Aber schauen wir mal.«

Der Bildschirm der GoPro war recht klein und die Darstellungsqualität nicht besonders hoch. Kleinigkeiten und Einzelheiten würde selbst Malia mit ihren guten Augen kaum erkennen können, aber für eine erste Durchsicht musste es reichen.

Zunächst war das Bild verwackelt, dann stand es plötzlich still und zeigte eine Person von hinten auf einem Fahrrad. Diese Person trug eine vanillefarbene dicke Winterjacke, darüber einen schwarzen Rucksack. Unter einer Wollmütze schaute langes blondes Haar hervor.

»Eines der Mädchen«, kommentierte Seitz leise.

Mehrmals verschwand das Mädchen im Nebel, tauchte dann aber wieder auf. Es wirkte so, als wäre das Verhalten abgesprochen, um eine bestimmte Stimmung zu erzeugen. Gefahr. Mystik. Suspense.

Fahrt nicht ins Moor, ihr könntet dort verschwinden.

Vielleicht war das die Botschaft, die die Mädchen verbreiten wollten. In Anbetracht der Umstände wirkte es makaber.

Auf der Tonspur befand sich nur das Rauschen des Fahrtwindes.

»Sie sind auf einer Asphaltstraße unterwegs«, sagte Seitz. »Vielleicht ja sogar dort, wo der Unfall passiert ist.«

Malia stoppte die Wiedergabe. »Was für ein Unfall?«

Seitz berichtete, gestern Nachmittag sei ein Mann auf einem Fahrrad auf der L33 angefahren worden. Man hatte ihn ins Krankenhaus nach Riedberg gebracht.

»Woher wissen Sie davon?«

»Erik Sichler hat es mir erzählt.«

»Sie kennen Erik Sichler?«

»Nicht wirklich. Wir haben uns gerade vor dem Supermarkt unterhalten, als seine Mutter, Ruth Sichler, angerufen hat, um einen Suchtrupp für die Zwillinge zu organisieren. Natürlich habe ich mich sofort bereit erklärt, zu helfen. Erik hat mich in seinem Wagen mitgenommen und mir von dem Unfall erzählt. Nur deswegen war seine Mutter auf der Polizeidienststelle hier in Moorbach und hat mitbekommen, wie Herr Mertens seine Töchter vermisst gemeldet hat.«

»Wissen Sie auch, wer angefahren wurde?«

»Ein gewisser Toma. Der Mann arbeitet wohl auf dem Sichlerhof.«

Malia nickte und versuchte, sich nichts anmerken zu lassen. Das ging ihr alles viel zu schnell, und doch wusste sie, dass sie die Entwicklung nicht stoppen konnte. Sie hatte fünfzehn Jahre zwischen sich und ihre Vergangenheit gebracht, aber das Schicksal – oder was auch immer – benötigte nur wenige Stunden, um diese Jahre zu negieren.

»Von wem wurde der Mann angefahren?«, fragte Malia.

»Weiß man nicht. Unfallflucht. Ich wundere mich, dass Sie darüber nicht informiert sind.«

»Dafür war noch keine Zeit.« Malia fühlte sich Seitz gegenüber im Hintertreffen. Nicht nur war er an der Suche nach den Zwillingen beteiligt gewesen, bevor Malia überhaupt von deren Verschwinden erfahren hatte, auch war er im Moor jemandem mit Ohrenklappenmütze begegnet, der es vorzog, unerkannt zu bleiben. Und nun setzte er sie auch noch über diesen Unfall ins Bild – zudem hatte er Ruth und Erik Sichler kennengelernt.

»Ich kümmere mich später darum«, fügte sie an und wollte die Wiedergabe starten, hielt dann aber inne. »Ab hier schaue ich besser allein.«

Malia musste dem Mann nicht erklären, warum. Er verstand auch so, dass möglicherweise gleich ein Verbrechen zu sehen sein würde.

Seitz lehnte sich zurück und betrachtete das Aquarium.

Die Fahrradszene dauerte keine zwei Minuten, dann gab es einen Cut. In der nächsten Szene sah man den kleinen Wanderparkplatz im Moor, von dem aus die gestrige Suchaktion gestartet und die Feuerwehrleute mit der Leiter losgelaufen waren. Eines der Mädchen stand neben dem Fahrrad, die behandschuhten Hände auf dem Lenker, und blickte in die Kamera. Weiße Nebelsuppe hüllte sie ein.

Nike – oder Jana – winkte kurz.

»Wow, heute ist es echt gruselig hier draußen. Bei Nebel ist das Moor ein fantastischer Ort, wie aus einem Fantasyfilm, das werden safe total gute Bilder heute.«

Schnitt.

Das Mädchen hatte laut und deutlich gesprochen. In ihrer Stimme schwang Vorfreude und Spannung mit. In ihrer Aufregung war sie noch hübscher als auf dem Foto, das Malia vor ein paar Stunden im Wohnzimmer der Mertens angeschaut hatte.

»Schauen Sie bitte mal«, sagte Malia und hielt Seitz die Kamera hin. »Ist das der Zwilling, der vorhin aufgetaucht ist?«

»Das Mädchen trug andere Kleidung«, sagte Seitz.

»Welche?«

»Eine dunkle Jacke, normale Jeans.«

»Okay … danke.«

Den folgenden Abschnitt schaute Malia wieder allein an. Aus einer flachen Moorlandschaft mit Gräsern schälte sich aus dem Nebel eine Gestalt. Erst als sie sich der Kamera näherte, konnte man Details erkennen. Es war eines der Mädchen. Sie trug einen bodenlangen roten Umhang mit Kapuze, der vorne offen war und ihren halb nackten Körper entblößte. Unter dem Umhang trug sie lediglich einen schwarzen Bikini zu kniehohen schwarzen Stiefeln. Um den Hals lag ein weißes Fell, ihr langes blondes Haar fiel locker darauf. In der rechten Hand trug das Mädchen eine langstielige Axt. Sie bewegte sich lasziv mit übersteigertem Hüftschwung auf die Kamera zu.

Das Ganze hatte etwas von einem Wikingerfilm.

»Moormaid«, flüsterte Malia.

»Bitte?«, fragte Seitz.

»Die beiden Mädchen haben einen TikTok-Kanal, auf dem sie sich Moormaid nennen. Dafür sind die Bilder und Videos.«

»Okay, das erklärt, warum sie ins Moor gefahren sind.«

Ungefähr zwei Meter vor der Kamera blieb das Mädchen stehen und fiel aus ihrer Pose. Die Spannung wich aus ihrem Körper, und man konnte sehen, dass sie fror.

»Wie war das?«, fragte sie.

»Nicht schlecht«, antwortete der andere Zwilling hinter der Kamera. »Aber besser, wir machen noch ein Take.«

»Ich friere mir den Arsch ab.«

»Apropos Arsch ... wir brauchen noch eine Aufnahme von hinten ohne Umhang und ...«

Das Gespräch brach ab, und das Mädchen vor der Kamera blickte verwirrt zur Seite.

»Was war das?«, hörte man sie fragen.

»Keine Ahnung, ich ...«

Erneut ein Geräusch, diesmal lauter, sodass Malia und auch Seitz es ebenfalls hören konnten.

»Scheiße«, flüsterte der Schriftsteller.

Malia wusste, was er meinte. Ihr lief eine Gänsehaut über den Körper. Es hatte sich angehört, als ob in der Nähe der beiden Mädchen ein wildes Tier brüllte. Nur gab es im Moor keine Tiere, die derart brüllen konnten.

»Lass uns abhauen«, sagte das Mädchen im Wikingerkostüm, dann brach die Aufnahme ab.

Damit war der Film aber noch nicht zu Ende.

Es war die nächste und letzte Szene, die Malia Gold in Schockstarre zurückließ.

17.

VIDEOAUFNAHME

»Schnell … beeil dich, da rauf … großer Gott, was ist das nur … was ist das nur …«

Nike lief voraus, die GoPro in der Hand, aber sie achtete nicht mehr darauf, was sie filmte.

Panik hatte sie fest im Griff. Angst saß ihr wie ein Parasit im Nacken.

Ihre Schwester Jana war dicht hinter ihr – zumindest glaubte Nike das, sehen konnte sie sie nicht, dafür war der Nebel zu dicht. Sie wollte sich aber auch nicht umdrehen, um nach ihr zu schauen. Denn irgendwo hinter ihnen war etwas … oder neben ihnen, vor ihnen, es schien überall zu sein, verfolgte sie, kam immer näher … und dann diese entsetzlichen Schreie.

Sie rannten um ihr Leben, und nur weil Nike und Jana sich im Moor gut auskannten, war es Nike gelungen, den Weg zum Hochsitz zu finden. Einem Monstrum gleich tauchte er aus dem Nebel auf, und auch wenn er in diesem Moment furchterregend wirkte, hielt Nike darauf zu. Der Turm war ihre Rettung.

Was auch immer hinter ihnen her war, im Moor waren sie ihm schutzlos ausgeliefert.

Nike erreichte die Leiter, die zwischen den vier Beinen des Hochsitzes nach oben führte. Sie packte nach der ersten Stufe, hielt inne und sah sich um.

Nebel, weiß und grau und undurchsichtig.

Wo war Jana?

Großer Gott, wo war Jana?

Sie hätte sie niemals zurücklassen dürfen.

»Jana!«, schrie Nike in die Nebelwand.

Dann hielt sie den Atem an und lauschte.

Eben waren da noch Geräusche gewesen, jetzt war es mucksmäuschenstill. Eine Stille, wie sie sie oft erlebt hatten hier im Namenlosen Moor, aber nie hatte sie Nike solche Angst eingejagt.

»Jana!«, rief sie abermals.

Da schoss etwas aus dem Nebel auf sie zu.

Ihre Schwester. Das rote Gewand wallte hinter ihr auf. Sie war total verdreckt an den Knien, am Bauch und an den Armen. Das Haar klebte nass und schmutzig am Kopf. Das Gesicht war eine angstverzerrte Fratze.

»Schnell, komm her«, rief Nike, streckte die Hand aus, ließ aber die Leiter nicht los.

Irgendwas war hinter Jana im Nebel.

Es huschte umher, ohne sich zu zeigen.

Jana packte ihre Hand. Trotz der Kälte und der knappen Kleidung schwitzte sie am ganzen Körper. Ihr Atem ging heftig, sie war nicht in der Lage, zu sprechen.

»Da oben sind wir in Sicherheit«, stieß Nike hervor. »Wir schließen die Klappe und harren aus, bis es weg ist.«

Jana nickte nur.

Mit laufender GoPro in der Hand kletterte Nike als Erste die hölzerne Leiter hinauf. Oben angekommen, drückte sie die schwere Holzklappe auf. Sie schien lange nicht mehr bewegt worden zu sein, war schwergängig und quietschte in den Scharnieren. Es gab ein Seil, mit dem man verhindern konnte, dass die Klappe umschlug, doch Nike konnte es nicht halten, es rutschte ihr aus der Hand, und die Klappe schlug mit einem lauten Knall auf den Boden der Kanzel – ein Knall, der sicher weithin zu hören war.

Nike kletterte auf die Kanzel und drehte sich sofort zu ihrer Schwester um. Unbewusst filmte sie die ganze Zeit weiter. Jana er-

klomm Stufe für Stufe, hatte aber kaum noch Kraft. Und dann verfing sich auch noch der Umhang an dem rauen Holz.

»Nein … bitte …!«, schrie Jana. »Hilf mir, ich stecke fest.«

»Komm hoch, komm hoch, komm hoch!«, rief Nike und streckte die Hand aus. »Nur noch drei Stufen … Lass den verdammten Umhang da … Nun komm schon.«

Aber Jana war derart in Panik, dass sie nicht daran dachte, den Verschluss des Umhangs an ihrem Hals zu öffnen. Stattdessen zog und zerrte sie daran.

»Jana, komm!«

Was auch immer sie verfolgte, war nun unter dem Turm. Nike konnte es nicht wirklich sehen, aber es war da, huschte wieder durch den Nebel. Das konnte doch kein Mensch sein, oder?

Ein reißendes Geräusch, dann war Jana frei.

Doch im selben Moment packte etwas nach ihrem rechten Bein und zog sie mit einem Ruck hinunter. Jana war darauf nicht vorbereitet und nicht in der Lage, sich an der Leiter festzuhalten.

Sie starrte Nike an, streckte die Hand aus und fiel hinunter. Unten schlug sie mit dem Rücken auf dem weichen Grasboden auf.

»Neeeeeeiiiiiin!«, schrie Nike. »Lass sie in Ruhe … hau ab!«

Unfähig, wieder hinunterzuklettern, filmte Nike durch die Bodenöffnung der Kanzel. Dabei konnte sie nur die Beine und einen Teil des Oberkörpers ihrer Schwester sehen, Schultern und Gesicht befanden sich außerhalb ihres Sichtfeldes.

Etwas packte Jana.

Ein Ruck ging durch ihren Körper, und sie verschwand ein Stück weiter aus Nikes Sichtfeld.

Jana schrie und strampelte mit den Beinen.

Noch ein Ruck, dann noch einer – und schließlich verschwand sie gänzlich.

Nike verfiel in Schockstarre.

Und aus dem Nebel gellte der entsetzliche Schrei ihrer Schwester.

KAPITEL 2

1.

TAG 2
Früher Nachmittag

In der Nähe des Krankenhauses von Riedberg gab es keinen freien Parkplatz, also stellte Malia Gold ihren Wagen auf dem Taxistreifen ab. In dieser Stadt schien sie mit Parkplätzen kein Glück zu haben.

Kaum war sie ausgestiegen, kam ihr auch schon der erste Taxifahrer entgegen. »Hey, hier ist für Taxis reserviert. Du kannst hier nicht parken«, blaffte er los.

Malia mochte solche Gespräche nicht. Sie kosteten Zeit, Nerven und Energie, die besser woanders eingesetzt werden konnte, außerdem war sie in Eile.

Also zog sie ihren nagelneuen Dienstausweis hervor. »Polizei. Dies ist eine offizielle Ermittlung, und ich darf hier parken.«

»Echt? Mordermittlung und so?«

»Tut mir leid, ich habe keine Zeit für Erklärungen.«

»Kein Problem, Lady, ich sag meinen Kollegen Bescheid, damit die keinen Ärger machen. Fang du die bösen Jungs.«

Malia bedankte sich bei dem jungen Mann und eilte auf das Eingangsportal des Krankenhauses zu. Sie freute sich über die Reaktion des Taxifahrers, normalerweise verteidigten die ihre Parkplätze mit Zähnen und Klauen.

Die letzten Meter rannte Malia. Seitdem sie zusammen mit Alexander Seitz das Video angeschaut hatte, spürte sie eine große innere Unruhe. Noch wusste sie nicht viel über diesen Fall, aber eines schon: Die Zwillinge hatten keinen Unfall gehabt. Jemand hatte sie draußen im Moor angegriffen. Die Zeit drängte, deshalb war Malia zunächst zum Krankenhaus geeilt, bevor sie im Präsidium die Ermittlungen in Gang brachte. Wenn zu diesem Zeitpunkt jemand helfen konnte, dann Nike Mertens.

Nachdem Jana unter dem Hochsitz verschwunden war, hatte es einen Cut gegeben. In der nächsten Einstellung saß Nike Mertens allein in der Kanzel und blickte in die Kamera. Ihr Gesicht war verweint, das Haar klebte nass an den Wangen. Sie hatte so etwas wie eine Abschiedsrede hinterlassen.

»Jana ... sie ist schon vor einer Stunde verschwunden ... Jetzt ist es still im Moor ... aber ich traue mich nicht runter ... Ich denke, ich werde die Kamera aufs Dach werfen ... denn wenn ich sie hier unten liegen lasse, findet sie vielleicht die falsche Person. Mama ... Papa, es tut mir leid, wir hätten nicht ins Moor fahren dürfen ... es tut mir so leid ... Ich hab euch lieb ...«

Cut.

Schwarzer Bildschirm.

Die Worte und Bilder gingen Malia nicht mehr aus dem Kopf. Was hatten die Mädchen da draußen erlebt? Wer hatte sie verfolgt?

Sie musste unbedingt mit dem Zwilling sprechen, der ins Krankenhaus eingeliefert worden war, das hatte Vorrang vor allem anderen.

An der Rezeption gab Malia sich abermals als Kommissarin zu erkennen und fragte nach Nike Mertens. Sicher sein konnte Malia sich nicht, glaubte aber, dass es Nike war, die ins Krankenhaus gebracht worden war. Immerhin hatte sie das Video gedreht und immer wieder nach ihrer Schwester Jana gerufen. Und da Jana noch in dem Wikinger-Kostüm gesteckt hatte, als sie unter dem Hochsitz angegriffen worden war, musste es sich um Nike handeln.

Malia, die Fahrstühle mied, lief durchs Treppenhaus eilig in die dritte Etage. Ein wenig außer Atem kam sie dort an. Kaum hatte sie die Station betreten, entdeckte sie die Eltern der Zwillinge. Sie unterhielten sich auf dem Gang mit einer Ärztin.

Malia ging zu ihnen und stellte sich der Ärztin vor.

»Wie geht es Ihrer Tochter?«, wandte sie sich an die Mertens.

»Sie ist verwirrt und verängstigt und kann sich kaum an etwas erinnern«, antwortete Herr Mertens.

»Ist es Nike oder Jana?«, fragte Malia.

»Nike«, bestätigte Frau Mertens.

»Kann ich mit ihr sprechen?«

Die Ärztin nickte. »Sie ist ansprechbar. Die Kopfverletzung wurde versorgt, sie hat eine leichte Gehirnerschütterung erlitten, war unterkühlt, ist ansonsten aber in Ordnung. Überanstrengen Sie sie aber bitte nicht.«

»Das werde ich nicht. Können Sie sagen, woher die Kopfverletzung stammt? War es ein Unfall oder ein Angriff?«

Die Ärztin schüttelte den Kopf. »Das kann ich nicht sagen. Die Wunde befindet sich zwei Zentimeter unterhalb des Haaransatzes an der Stirn. Sie ist drei Zentimeter lang und musste genäht werden. An der Stelle und in der Ausprägung kann sie sehr wohl von einem Schlag oder einem Sturz stammen. Wir haben kleine Holzsplitter in der Wunde gefunden.«

»Ist die Verletzung der Grund, warum sie sich kaum erinnern kann?«

»Das ist sehr wahrscheinlich. Oft kann man sich nach einer Gehirnerschütterung nicht erinnern, was kurz vor, während oder nach dem Unfall geschehen ist.«

»Wie lange hält die Amnesie an?«

»In der Regel weniger als vierundzwanzig Stunden.«

»Okay, vielen Dank.« Malia wandte sich an die Eltern. »Zeigen Sie mir das Zimmer? Sie können gern mit reinkommen.«

Die Mertens führten Malia den Gang hinunter.

»Wo ist Jana?«, fragte die Mutter. »Nike konnte uns nicht sagen, wo ihre Schwester ist.«

»Das wissen wir noch nicht. Aber wir tun alles, um sie zu finden.«

»Was ist denn nur passiert?«

Malia blieb stehen. »Ihre Tochter konnte Ihnen also gar nichts erzählen?«

Herr Mertens schüttelte den Kopf. »Sie ist wirklich sehr verwirrt …«

Malia musste nicht lange darüber nachdenken, ob sie den Mertens schon jetzt von dem verstörenden Video berichten sollte. Irgendwann würden sie das tun müssen, aber nicht hier und jetzt auf dem Flur des Krankenhauses.

»Okay, versuchen wir es noch einmal gemeinsam«, sagte sie stattdessen und betrat das Krankenzimmer.

Nike Mertens lag dort allein. Sie wirkte verloren und verletzlich, das schmale Gesicht war blass, auf der Stirn klebte ein großes weißes Pflaster.

Frau Mertens eilte ans Bett. »Möchtest du etwas trinken, mein Schatz?«

Nike schüttelte den Kopf und starrte Malia an.

»Ich bin Kommissarin Malia Gold von der Kripo Riedberg. Ich bin hier, um herauszufinden, was Ihnen im Moor passiert ist. Meinen Sie, Sie können mir ein paar Fragen beantworten?«

»Wo ist Jana?«, fragte Nike.

»Du musst viel trinken«, sagte Frau Mertens und hielt ihrer Tochter ein Wasserglas vor den Mund.

Nike schob es beiseite. »Ich will jetzt nichts trinken. Wo ist Jana?«

»Können Sie sich an die zurückliegende Nacht erinnern?«, fragte Malia.

Nike schüttelte den Kopf. »Ich weiß noch, dass wir ins Moor

gefahren sind, mit den Rädern … Ich kann mich an den Wanderparkplatz erinnern, da haben wir ein kurzes Video gemacht …«

»Und dann?«

»Ich weiß es nicht … Ich denke die ganze Zeit darüber nach, aber ich weiß einfach nicht mehr, was danach passiert ist.« Tränen liefen ihre blassen Wangen hinab.

»Die Erinnerungen kommen wieder«, sagte Malia. »Das ist nach einer Kopfverletzung nicht unüblich.«

»Aber ich muss wissen, wo Jana ist! Meine Eltern wollen es mir nicht sagen. Ihr ist doch nichts passiert, oder?«

Malia erinnerte sich an den entsetzlichen Videoausschnitt, in dem Jana in ihrer mittelalterlichen Verkleidung auf dem Boden unter dem Hochsitz lag und Stück für Stück im Nebel verschwand. Doch, ihr war etwas zugestoßen, das ließ sich nicht leugnen, aber diese Info behielt sie für sich.

»Wir suchen nach Jana«, wich Malia einer ehrlichen Antwort aus. »Haben Sie eine Vorstellung, wo wir sie finden könnten?«

»Also ist sie noch im Moor?«

»Das wissen wir nicht. Können Sie mir sagen, warum Ihre Schwester und Sie gestern bei schlechtem Wetter ins Moor aufgebrochen sind?«

»Weil es genau das richtige Wetter war.«

»Um Fotos für TikTok zu machen?«

»Vor allem Videos. Bei Nebel und Kälte hat das Moor eine ganz besondere Ausstrahlung …«

»Vor allem ist es sehr gefährlich«, fuhr Herr Mertens dazwischen.

»Das war also allein eure Entscheidung?«, schaltete Malia sich ein. »Ihr wart dort mit niemandem verabredet oder so?«

Nike schüttelte vorsichtig den Kopf. »Nein, es ging uns nur um Content für TikTok. Wir haben da einen erfolgreichen Kanal, und uns waren die Videos ausgegangen.«

»Womit filmt ihr? Mit dem Handy?«

»Auch, ja. Aber wir hatten die GoPro dabei, weil wir ein bisschen was Episches machen wollten. Das geht damit besser.«

»Und wer filmt?«

»Das ist immer unterschiedlich. Während der Fahrt mit den Rädern hatte ich die GoPro.«

»Wissen Sie, wo die Kamera ist?«

Nike dachte nach. Ihre Lider flatterten, die Unterlippe zitterte.

»Ich … ich weiß es wirklich nicht … da ist nur Nebel … das kann doch nicht sein, wieso weiß ich es nicht mehr …«

Frau Mertens nahm die Hand ihrer Tochter und streichelte sie.

»Passen Sie auf, wir machen Folgendes«, sagte Malia. »Ich lasse meine Telefonnummer hier, und Sie rufen mich an, sobald die Erinnerung zurück ist. Ich bin sicher, das dauert nicht lange. Ist das okay für Sie?«

Nike nickte schniefend und nahm das Taschentuch entgegen, das ihre Mutter ihr reichte.

Malia verabschiedete sich und bat Herrn Mertens, kurz mit vor die Tür zu kommen.

»Ich würde gern mit Ihnen und Ihrer Frau reden, habe aber jetzt keine Zeit. Fahren Sie später zurück nach Moorbach?«

»Nicht sofort. Wir haben eine Blumenhandlung am Bahnhof, da muss ich gleich hin. Wir haben nur einen Mitarbeiter, und der kann das nicht den ganzen Tag allein schaffen. Wir schließen um achtzehn Uhr, dann mache ich die Kasse, so gegen neunzehn Uhr sind wir zurück. Meine Frau bleibt hier bei Nike.«

»Okay, dann rufe ich Sie an. Geben Sie mir bitte Ihre Handynummer.«

Das tat Herr Mertens, dann kehrte er zu seiner Frau und seiner Tochter zurück.

Malia eilte mit dem Handy am Ohr den Gang hinunter. Nach zweimaligem Klingeln meldete sich die Assistentin Anne Aures, und Malia erfuhr, was sie wissen musste.

Sie drückte den Taster an der Wand, mit dem sich die schwere Stationstür öffnen ließ.

Als sie aufschwang, trat ihr von der anderen Seite jemand entgegen.

Malia erstarrte. Die andere Person ebenso.

Ihre Blicke trafen sich.

»Du?«, stieß Ruth Sichler aus.

»Hallo … Ruth«, sagte Malia mit rauer Stimme.

Das Wort Mama brachte sie nicht heraus.

2.

TAG 2
Früher Nachmittag

»Sag mal, hast du mich gerade gefilmt?«

Laurence Floß ließ das Handy schnell in der Sporttasche verschwinden. Er zog die gelbe Kunststofftrinkflasche hervor und klappte den Deckel zurück.

»Was?«

»Tu nicht so blöd«, fuhr Carmen ihn an. »Du hast mir doch gerade auf den Arsch gefilmt.«

»So ein Quatsch.«

Laurence, der sich nicht traute, Carmen anzuschauen, setzte die Trinkflasche an die Lippen und trank einen Schluck Wasser.

»Gib mir dein Handy.« Carmen streckte fordernd die Hand aus.

Er ließ die Trinkflasche sinken und schüttelte den Kopf.

Carmen schnellte vor und wollte in seine Sporttasche greifen. Laurence schob sie mit dem Fuß tiefer unter die Holzbank und rutschte nach vorn, sodass sie nicht an die Tasche herankam.

»Du bist so ein kranker Nerd!«, fuhr Carmen ihn an.

Eine Freundin kam zu ihr. Die farblose Laura, neben der Carmen noch mehr glänzen konnte.

»Was ist denn?«

»Dieser Wichser hat mir auf den Arsch gefilmt und will das Video nicht löschen.«

»Hab ich nicht.«

»Floß, du krankes Schwein, jeder hier weiß, wie du drauf bist. Lösch das Video.«

Laurence sah zu Laura auf. Da sie ihm egal war, schaffte er es, ihr in die Augen zu sehen. »Bist du neidisch, weil ich nicht deinen fetten Arsch gefilmt habe?«

»Okay, das reicht … Entweder du gibst es mir, oder ich melde das bei Herrn Kraft.«

»Tu, was du nicht lassen kannst.«

Carmen und Laura sahen noch einen Moment böse auf Laurence herab, dann stampfte Carmen wutentbrannt einmal quer durch die Sporthalle, in der die elfte und die zwölfte Klasse gerade zwei Sportstunden hintereinander absolvierten. Wieder einmal war der Stundenplan total durcheinander, weil Lehrpersonal fehlte, also hatte man kurzerhand zwei Klassen zusammengesteckt. Die Folge war ein heilloses Durcheinander in der Sporthalle, beinahe jeder machte, was er wollte. Der Sportlehrer Herr Kraft hatte das nicht unter Kontrolle. Deshalb war es für Laurence kein Problem gewesen, sich auf der Bank auszuruhen, während die anderen Volleyball spielten.

Laurence hasste Sport in Gruppen.

Aus den Augenwinkeln beobachtete er, wie Carmen mit Herrn Kraft sprach und dabei auf ihn zeigte. Laura stand immer noch vor ihm, daher hatte er keine Chance, ungesehen an sein Handy zu kommen.

»Was stimmt nicht mit dir?«, fragte Laura.

»Geh zurück zu deinen dämlichen Freundinnen und lass mich in Ruhe.«

Carmen kam mit Herrn Kraft im Schlepptau zurück.

Mit in die Hüften gestemmten Armen baute sie sich vor ihm auf. Ihr nackter Bauchnabel schaute zwischen der hautengen Teveo-Hose und dem bikiniartigen Sportoberteil hervor. Laurence konnte nicht anders, als hinzusehen.

»Laurence, hast du Carmen beim Spiel gefilmt?«, wollte Herr Kraft wissen. Er wirkte nicht besonders motiviert, das herauszufinden, konnte aber wohl nicht anders, als ihrem Vorwurf nachzugehen. Laurence hasste den Sportlehrer, er war immer auf der Seite der Mädchen.

»Totaler Quatsch«, nuschelte Laurence, ohne dem Lehrer ins Gesicht zu schauen.

»Er soll sein Handy herzeigen«, verlangte Carmen.

»Das muss er nicht«, sagte Kraft.

»Wieso denn nicht? Er hat meinen Arsch gefilmt, ich will, dass er das Video löscht.«

»Informelle Selbstbestimmung, du blöde Kuh«, sagte Laurence. Jetzt schaute er zu Carmen auf. »Das Lehrpersonal hat gar nicht das Recht, mein Handy einzusehen. Das darf nur die Polizei, und das auch nur nach Beschlagnahme.«

»Gut informiert, Laurence«, sagte Herr Kraft. »Dann solltest du auch wissen, dass du Carmens Privatsphäre verletzt, wenn du sie ohne ihre Einwilligung filmst, und dass das zur Strafverfolgung führen kann. Hast du sie gefilmt oder nicht?«

»Habe ich nicht. Die glaubt doch nur, dass jeder auf ihren Arsch abfährt.«

Carmen lief rot an, sie kochte vor Wut.

»Ich habe keine Lust auf den Kinderkram«, sagte Kraft. »Laurence, aufs Spielfeld, na los. Und du auch, Carmen.«

Damit wandte er sich ab und kehrte zu der Gruppe zurück, die in der anderen Hallenhälfte Barrenturnen übte.

»Das wirst du bereuen«, zischte Carmen Laurence zu, drehte sich um und ging aufs Spielfeld.

Laurence schob seine Sporttasche noch tiefer unter die Bank und stand auf. Natürlich konnte er nicht auf Carmens Seite spielen, also schlurfte er zu der anderen Mannschaft hinüber. Die Blicke der Schülerinnen und Schüler ließen ihn unmissverständlich wissen, dass er auch dort nicht willkommen war. Alle hatten das Schauspiel mitbekommen, und auch wenn viele von ihnen Carmen für eine eingebildete Bitch hielten, mochten sie ihn noch weniger.

Laurence stand am unteren Ende der Beliebtheitsskala. Das war schon immer so gewesen.

»Verpiss dich!«, fuhr Helge ihn an und drehte den Volleyball in den Händen. Der große, blonde Helge mit der Figur eines Athleten, der immer im Muskelshirt am Sportunterricht teilnahm. Direkt nach der Schule ging er wie viele andere auch ins Gym. Helge war cool, smart und schlau und konnte jedes Mädchen haben. Er schaute Carmen genauso auf den Arsch wie alle anderen, aber bei Helge war es ihr recht. Da machte sie nie einen Aufstand.

»Herr Kraft sagt …«, begann Laurence.

Ansatzlos warf Helge ihm den Ball ins Gesicht. Das ging so schnell, dass Laurence nicht dazu kam, ihn irgendwie abzuwehren. Schmerz explodierte in seinem Gesicht, und er fiel auf den Hintern.

Alle lachten.

Carmen wieherte wie ein Pferd.

»Schaut den Loser an!«, rief sie dabei.

Helge baute sich direkt vor Laurence auf. »Noch Fragen? Geh irgendwohin und üb Rolle rückwärts. Hier spielst du jedenfalls nicht mit.«

Blut tropfte aus Laurence' Nase auf seine weißen Shorts direkt in seinen Schritt.

»Jetzt hat das Mädchen auch noch seine Tage«, rief Carmen und zeigte mit dem Finger auf ihn.

Wieder lachten alle.

Laurence bekam mit, wie der Sportlehrer einen schnellen Blick herüberwarf, sich dann aber lieber um ein Mädchen am Barren kümmerte.

»Let's go!«, rief Helge, lief auf das Spielfeld und eröffnete die nächste Partie.

Laurence hielt sich mit Daumen und Zeigefinger die Nasenlöcher zu, stand mühsam vom Boden auf, nahm seine Sporttasche und verschwand in die Umkleidekabine. Dort war er allein.

Aus der Toilette holt er Papier und steckte es sich in die Nasenlöcher. Dann blieb er einige Minuten mit in den Nacken gelegtem Kopf sitzen und wartete darauf, dass die Blutung aufhörte. Aus der Halle drangen leise Geräusche herüber. Die anderen hatten Spaß, spielten miteinander, lachten wahrscheinlich noch immer über ihn.

Laurence holte sein Handy hervor und schaute sich das letzte Video an. Carmen am Netz. Sie sprang, ihre Muskulatur spannte sich unter der hautengen, dünnen Hose. Sie klatschte in die Hände, feuerte ihre Teamplayer an, ihr langer Pferdeschwanz schwang von einer Seite zur anderen.

Laurence hasste und begehrte sie zugleich.

Natürlich nahm sie ihn nur als Loser wahr, als Spinner, als den Typen, der in Chemie, Physik und Mathe Einsen schrieb, vor Gruppen oder Schülerinnen aber keinen geraden Satz herausbrachte. Sie ließ keine Chance aus, ihn zu demütigen.

Laurence spielte das Video wieder und wieder ab, dann verschob er es in einen geschützten Ordner mit dem Namen:

Todesliste.

3.

TAG 2
Nachmittag

»Beide Handys sind sozusagen im Moor verloren gegangen.«

Die technische Ermittlerin der Polizeiinspektion in Riedberg hieß Ida Sophie Rossmann, war achtundzwanzig Jahre alt, klein, drahtig, hatte ein rundes, freundliches Gesicht und trug ihr Haar als Pixie-Cut. Ihre Brille mit dem grünen Gestell wirkte riesig auf dem kleinen Gesicht. Die hellblauen Augen dahinter waren hellwach und flink.

Sie stand vor der Batterie an Bildschirmen, die zu einem Halbkreis aufgestellt ihren Arbeitsplatz bildeten. Dazwischen lag eine geöffnete Tüte Pistazienkerne mit leeren Schalen davor.

Auf einem der Bildschirme zeigte sie Malia Gold, wo die Handys der Mertens-Zwillinge zuletzt in Funkmasten eingeloggt waren. »Es gibt diesen einen in Siedenburg, dann einen weiteren in Moorbach, hier, in dem waren beide Handys zuletzt aktiv und verschwanden am Nachmittag des gestrigen Tages um 14:17 Uhr in den nicht abgedeckten Bereich … und sind bisher nicht wiederaufgetaucht.«

Ida Sophie Rossmann erklärte mit ruhiger Stimme und zeigte immer wieder mit dem Finger auf relevante Stellen in der digitalen Karte.

»Wie groß ist der Bereich ohne Handyempfang?«, fragte Malia.

Die technische Ermittlerin legte eine rote Schraffierung darüber. »Riesig. Unfassbar eigentlich, und das mitten in Deutschland.«

Malia sah, was sie meinte. Beinahe das gesamte Namenlose Moor war nicht durch Mobilfunk abgedeckt, nur im Bereich der Durchfahrtsstraßen gab es Stellen mit Empfang. Und natürlich in den Orten, die das Moor umgaben. Moorbach, Siedenburg, Kirchlohe und Beekefeld.

In Moorbach, das wusste Malia, lebten zweitausend Einwohner, in Siedenburg viertausend, sechstausend in Kirchlohe und dreitausend in Beekefeld. Die Samtgemeinde Kirchlohe hatte folglich fünfzehntausend Einwohner.

»Dann finden wir die Handys also nicht«, sagte Malia ernüchtert.

»Nur, wenn sie sich irgendwo wieder ins Netz einloggen. Dann bekommen Sie sofort Bescheid.«

»Danke.« Malia dachte nach. »Gab es gestern Nachmittag eventuell Auffälligkeiten in dem Bereich um Moorbach herum? Notrufe zum Beispiel?«

»Ja, einen Polizei- und Rettungswageneinsatz wegen eines Verkehrsunfalls um 16:25 Uhr.«

»Wie wurde der Unfall gemeldet?«

»Über die Leitzentrale. 110. Handyanruf. Von dort.«

In der Karte ploppte ein pulsierender roter Punkt an einer Stelle im Moor auf, die Malia kannte.

»Der Anrufer hatte Glück, er war gerade im abgedeckten Bereich nahe der Straße.«

»Das bedeutet, Sie können herausfinden, ob zum Zeitpunkt des Unfalls am Unfallort noch weitere Handy angemeldet waren?«

»Ja, das kann ich. Sobald ich die Daten habe, bekommen Sie sie.«

»Ich habe noch zwei andere Sachen, die sehr dringend sind.«

»Raus damit.«

Malia legte die GoPro auf dem Schreibtisch ab. »Auf der Speicherkarte befindet sich ein Film, der zeigt, wie die beiden Mädchen im Moor auf der Flucht sind. Er ist verstörend. Ich habe ihn bisher nur auf dem kleinen Display der Kamera anschauen können. Eventuell sind Informationen darauf, die mir entgangen sind. Vor wem die Mädchen geflüchtet sind, zum Beispiel. Und natürlich die Metadaten.«

»Ich schaue es mir an. Was ist die zweite Sache?«

»Es gibt da diesen TikTok-Kanal der beiden verschwundenen Mädchen. Ich hatte noch keine Zeit, einen Blick darauf zu werfen, und fürchte, ich komme so schnell auch nicht dazu. Können Sie oder eine andere Kollegin oder ein Kollege das übernehmen?«

»Klar, dafür bin ich hier. Ich mach das. Wonach suchen wir?«

»Nach auffälligen Kommentaren. Hassbotschaften. Drohungen. Eventuell digitales Stalking.«

»Okay. Sobald ich den Film unter die Lupe genommen habe, mache ich mich dran – und ich versuche, noch eine Kollegin hinzuzuziehen.«

Malia war begeistert von Ida Sophie. Sie zauderte nicht und schien effizient und motiviert zu sein.

»Wenn Sie sonst noch etwas brauchen … Ich kann mit Kriminalrat Wankemüller reden«, sagte Malia.

»Alles klar. Lassen Sie bitte Ihre Handynummer da, dann verteile ich sie an alle, die an dem Fall arbeiten. Hier haben Sie meine.«

Während Malia Idas Nummer abspeicherte und sie dann anrief, fragte Ida Sophie: »Was hat Sie nach Riedberg verschlagen?«

»Familiäre Bande«, gab Malia zu. Nach der Begegnung mit ihrer Mutter im Krankenhaus war es an der Zeit, sich dieser Wahrheit zu stellen.

»Also nicht die Liebe?«

»Nein, es sei denn, man schließt die Liebe zum Bruder mit ein.«

»Warum nicht. Besser als gar keine. Aber wie auch immer, wir brauchen hier dringend neue Leute. Im letzten Jahr sind sechs Ermittler in den Ruhestand gegangen. Wo waren Sie vorher?«

»Ach, ich bin beruflich viel herumgekommen«, wich Malia der Antwort aus.

»Klingt spannend. Ich freue mich auf die Zusammenarbeit mit Ihnen.«

»Ich freue mich auch. Ich hätte mir nur gewünscht, dass es nicht gleich auf diese Art losgeht.«

»Kann man sich leider nicht aussuchen.«

Malia verabschiedete sich und ging in die Cafeteria. Ein Büro hatte sie noch immer nicht zugewiesen bekommen, und sie brauchte einen Moment für sich, um eine Strategie zu entwickeln. Wieder herrschte gähnende Leere in dem schmucklosen Raum. Die Automaten surrten leise vor sich hin.

Malia packte das belegte Brötchen aus, das sie auf der Fahrt hierher beim Bäcker gekauft hatte. Ihr Magen knurrte. Es war bereits vierzehn Uhr vorbei, und sie hatte bis auf das Balisto am frühen Morgen noch nichts gegessen.

Umgeben von Kaffee- und Brötchenduft, klappte sie den Laptop auf. Sie wollte loslegen, schaffte es aber nicht. Dies war der erste ruhige Moment, seitdem sie Ruth begegnet war, und sofort verschaffte sie sich Raum, wie sie es immer getan hatte: überbordend, beherrschend, dominant.

Dabei hatten sie nur einige Worte miteinander gesprochen.

Ruth hatte wissen wollen, was Malia in Riedberg im Krankenhaus machte. Malia hatte geantwortet, sie sei beruflich hier, habe aber gerade keine Zeit für ein Gespräch.

Dann war sie gegangen.

Geflüchtet, würde Alexander Seitz es nennen.

Und er hatte recht. Ja, sie war vor ihrer eigenen Mutter davongelaufen. Nach all den Jahren hätte es doch leichter sein müssen, eine Brücke zu bauen, und sei sie nur provisorisch. Nichts da. Die alten Muster und Verhaltensweisen waren immer noch da.

Malia hatte gespürt, wie ihre Mutter ihr hinterhergestarrt hatte. Erst als sie allein im Treppenhaus gewesen war, hatte Malia wieder atmen können. Als hätte sie einen Herzanfall erlitten, hatte sie sich an die Wand gelehnt, auf die Oberschenkel abgestützt und tief ein- und ausgeatmet.

Verdammt, war das schwer.

Worauf hatte sie sich nur eingelassen?

Wie hatte sie glauben können, die Zeit habe irgendwas verändert?

Schließlich waren die Rätsel nach wie vor ungeklärt.

Jemand hustete in der Tür zur Cafeteria.

Erschrocken sah Malia auf.

Da stand ein leicht übergewichtiger, großer Mann in Jogginghose, Kapuzenjacke, Turnschuhen mit dickem Schal um den Hals.

»Herr Wankemüller«, stieß Malia hervor.

Sie kannte ihren neuen Chef von den Online-Meetings, die sie während des Bewerbungsverfahrens absolviert hatten. Allerdings hatte er da immer ein weißes Anzughemd mit Krawatte getragen.

»Bleiben Sie sitzen«, sagte er mit rauer Stimme, als Malia aufstehen wollte. »Und kommen Sie mir bloß nicht zu nahe – ich habe die Pest … oder Schlimmeres.«

Er hustete, dann schnäuzte er sich die Nase. »Meine Frau macht mir die Hölle heiß, wenn sie erfährt, dass ich ins Büro gefahren bin.«

»Von mir erfährt sie es bestimmt nicht.«

»Das freut mich zu hören. Ich bin nämlich nur Ihretwegen hergekommen. Ich gehöre ins Bett.«

»Das hätten Sie für mich nicht tun müssen.«

»Besser ein persönliches Willkommen im Team aus vier Metern Entfernung als gar keines am ersten Arbeitstag. Also, herzlich willkommen.«

»Vielen Dank.«

»Und dann gleich eine Entschuldigung hinterher. Das mit dem Büro ist meine Schuld, ich habe mich nicht rechtzeitig gekümmert.«

»Schon okay.«

»Nein, ist es nicht. Solange ich krank bin, können Sie meines nutzen.«

»Ihres?«, fragte Malia überrascht nach.

»Na sicher doch, warum nicht. Ist ja auch nur ein Büro.«

»Okay … aber kann sein, dass ich für einige Zeit besser draußen in Moorbach aufgehoben bin.«

Wankemüller verzog das Gesicht und hustete erneut. »Auch deswegen habe ich mich aus dem Bett geschlichen, als meine Frau zum Einkaufen gefahren ist. Was wissen Sie bisher?«

»Ich schätze, die Zwillinge wurden angegriffen. Ein Mädchen konnte fliehen, das andere nicht.« Malia berichtete von dem Video auf der GoPro. »Die Bilder sind ziemlich beängstigend«, schloss sie.

»Das klingt alles nicht gut und nach einem Fall, der schnell groß und intensiv werden könnte. Kommen Sie damit zurecht?«, fragte Wankemüller.

»Sie wissen ja, dass ich bereits verschiedene Ermittlungen geleitet habe.«

»Ja, ich weiß, so meinte ich es auch nicht. Die Pest, die ich gerade habe, viruliert hier in der Belegschaft. Wir hatten nämlich eine kleine interne Feier zur Verabschiedung einer Kollegin vor zwei Wochen. Wahrscheinlich haben sich da viele angesteckt. Kurz gesagt, ich kann Ihnen gerade keinen Partner oder Partnerin an die Seite stellen. Wenn es ganz blöd läuft, müssen wir Personal von außen dazuholen.«

»Ich melde mich, wenn das nötig wird. Habe ich Ihr Okay, um in Moorbach vorübergehend eine Außenstelle einzurichten? Ich würde gern Frau Rossmann mitnehmen.«

Wankemüller nickte. »Tun Sie das. Nicht schlecht für den ersten Tag in der neuen alten Heimat, nicht wahr.«

»Ich hätte es mir ein wenig ruhiger gewünscht, aber keine Sorge, ich komme zurecht.«

»Da habe ich keine Zweifel. Ich weiß ja, was Sie anderenorts geleistet haben und wozu Sie fähig sind. Ihr alter Chef sagt, Sie sind zäh, diszipliniert und zielorientiert.«

»Das ist nett von ihm, aber er übertreibt.«

»Ich weiß nicht. Er hat Sie nur sehr ungern gehen lassen. Bisher habe ich Sie das nicht gefragt, aber warum wollten Sie nicht dort bleiben?«

»Es wurde Zeit für eine Veränderung«, antwortete Malia. »Und Sie wissen ja, ich stamme aus der Gegend.«

»Ja, ich weiß, aber warum zurückkehren?«

Malia lächelte kryptisch. Es würde zu lange dauern, das zu erklären – und eigentlich ging es Wankemüller auch nichts an.

»Nun gut«, sagte der. »Ich sollte mich wieder ins Bett legen.«

»Das sollten Sie. Möchten Sie direkt von mir informiert werden?«

»Das wäre schön. Bis bald. Und viel Erfolg. Finden Sie das Mädchen.«

»Werde ich. Gute Besserung.«

Polizeirat Wankemüller hob die Hand und verschwand.

Kurz darauf stand die technische Ermittlerin in der Cafeteria.

»Der Chef sagt, Sie wollen mich draußen in Moorbach haben?«

»Wenn es für Sie okay ist.«

»Klar, endlich ein bisschen Abwechslung. Aber haben die da draußen schnelles Internet?«

»Ich frag nach.«

»Wann geht's los?«

»Sobald ich mit dem Beamten vor Ort die Details geklärt habe. Wie ist es bei Ihnen zeitlich möglich?«

»Ich sag mal, morgen Vormittag könnte ich von dort aus arbeiten.«

»Klingt super.« Malia reckte einen Daumen in die Höhe.

»Übrigens … die Zwillinge haben vorgestern ihren letzten Post abgesetzt. Ist ganz interessant.«

Malia öffnete den Moormaid-Account auf ihrem Handy und schaute sich den Post an.

Dabei handelte es sich um einen Zusammenschnitt. Das Video zeigte eines der Mädchen vor verschiedenen Stellen im Moor und war mit gruseliger Musik unterlegt. Die Zwillinge schienen Spaß daran zu haben, mit alten Mythen zu spielen. Sie sprachen von mysteriösen Erscheinungen im Moor, von alten Hexenritualen, die seit Hunderten von Jahren dort abgehalten wurden, von Schatten, die einen verfolgen, und davon, dass nicht jeder, der ins Moor geht, auch wieder herausfindet.

»Die Geister, die ich rief …«, sagte Malia.

»Habe ich auch gleich gedacht.«

»Aber die beiden machen das gut. Bildqualität, Bildfolge, Musik, Stimmung, Text und Sprache … ja, das ist wirklich unheimlich und emotional.«

»Und wahrscheinlich haben sie damit eine Nische gefunden – was heutzutage bei Social Media ja kaum noch möglich ist. Ihr Erfolg gibt ihnen jedenfalls recht. Sie sind auf dem Weg zu fünf Millionen Likes.«

Malia ging durch den Kopf, welchen Preis die Mertens-Mädchen dafür gerade zahlten. Denn es war nicht unwahrscheinlich, dass ihr erfolgreicher Auftritt bei TikTok etwas mit dem Angriff und dem Verschwinden von Jana Mertens zu tun hatte.

»Ich bin froh, dass Sie mit im Boot sind, das wird helfen.«

Frau Rossmann trat einen Schritt vor und streckte die Hand aus. »Ida«, sagte sie. »Wenn du magst.«

»Klar, sehr gerne. Malia.«

Sie schüttelten sich die Hand.

»Dann lass uns mal loslegen, Ida. Dieser Fall wird uns einiges abverlangen.«

4.

TAG 2
Nachmittag

Die alte Kate stand seit 1580 an diesem Platz am Rande des Namenlosen Moores und schaffte sicher noch einmal hundert Jahre, solange niemand Hand an sie anlegte. Fachwerkhäuser brechen nicht zusammen, aber sie verändern sich, und die alte Kate hatte im Laufe der Jahrhunderte dem Wind ein wenig nachgegeben. Den Stürmen im Herbst ausgeliefert, stand sie ungeschützt auf freier Fläche, und da der Wind hier meist aus westlichen Richtungen blies, neigte sie sich gen Osten.

Windschief war der richtige Ausdruck.

Neben der Scheune, die später erbaut worden war, wirkte die Kate klein und hutzelig. Die Scheune bestand aus alten, sonnenverbrannten Brettern, das Dach war mit roten Ziegeln eingedeckt. Ein alter Maschendrahtzaun, der das Grundstück einfriedete, versank zum Teil in hohem Gras.

Der alte grüne Mitsubishi Outlander mit dem Tragegestell auf dem Dach und dem Kuhfänger an der Front parkte neben dem Haus. Im Zwinger lief ein alter Jagdhund auf und ab. Er hatte Ruth Sichler längst bemerkt. Sie hatte ihren Wagen am Straßenrand gestoppt, um sich zu sammeln, bevor sie dem Bewohner der Kate auf die Pelle rückte.

Die Begegnung im Krankenhaus war ein Schock gewesen für Ruth. Nach all den Jahren Malia ausgerechnet dort zu treffen, so unvorbereitet, so plötzlich, hatte wie ein Erdbeben an ihren Fundamenten gerüttelt. Ruth war nicht fähig gewesen, mehr als die eine Frage herauszubringen, was Malia dort mache. Kein *Hallo,* kein *Schön, dich zu sehen.*

Mehr als fünfzehn Jahre waren vergangen, seitdem sie ihrer Tochter zuletzt gegenübergestanden hatte. Damals beide in blinder Wut, aufgebracht, nicht in der Lage, ein vernünftiges Wort miteinander zu reden.

Es schien sich nichts geändert zu haben.

Ruth wusste, ihre Tochter war Kriminalbeamtin, und dass sie nun in Riedberg im Krankenhaus auf der Station auftauchte, auf der Nike Mertens lag, ließ nur einen Schluss zu: Sie ermittelte in dieser Sache. Und das hatten die Mertens ihr bestätigt. Nachdem Ruth für Toma Fernsehen und Telefon organisiert hatte, hatte sie in der Cafeteria einen Kaffee getrunken und draußen eine Zigarette geraucht, bevor sie noch einmal ins Krankenhaus zurückgekehrt war, um mit Nikes Eltern zu sprechen. Bei dem Gespräch war sie dann nicht mehr bei der Sache gewesen.

Ruth hasste es, von den Ereignissen überfahren zu werden. Die Sache mit den Zwillingen war schlimm, aber da konnte man etwas tun, handeln, vorangehen.

Mit Malia war es etwas anderes.

Malia führte Ruth ihr Versagen vor Augen.

Und das schmerzte.

Bei der alten Kate tat sich etwas.

Wahrscheinlich hatte der Hund den Bewohner alarmiert, und nun trat er vor die Tür und sah sich um. Natürlich entdeckte er den Land Rover sofort.

Jürgen trug, was er immer trug. Eine olivfarbene Hose von Fjällräven, ein rot kariertes Hemd, darüber eine blaue Daunenjacke. Der Kopf war unbedeckt, die kahle Platte gut sichtbar, aber Ruth wusste, wenn Jürgen im Moor unterwegs war, trug er immer eine Mütze.

Deshalb war sie hier.

Sie musste wissen, ob er es gewesen war.

Da er sie nun entdeckt hatte, konnte sie ihren Beobachtungsposten aufgeben. Ruth legte den Gang ein, gab Gas und bog auf den schmalen Zufahrtsweg zur Kate ab. Der Weg war unbefestigt und voller Schlaglöcher. In der Mitte erhob sich die Grasnarbe. Mit einem normalen Pkw kam man hier nur schwer weiter.

Sie stoppte an der Grundstückseinfahrt, zehn Meter hinter dem Mitsubishi.

Als sie ausstieg, bellte der Jagdhund im Zwinger.

»Rex, halt die Fresse!«, fuhr Jürgen ihn lautstark an.

Der Hund gehorchte sofort.

»Hallo, Jürgen«, sagte Ruth.

Es war gar nicht so schwer, aber bei Malia hatte sie diese Worte nicht herausgebracht.

»Überraschender Besuch«, antwortete Jürgen.

»Ist das so? Oder hast du nicht eher mit mir gerechnet?«

»Sollte ich? Ist doch noch gar nicht wieder Zeit.«

Jürgen fixierte sie aus schmalen Augen mit dicken Tränensäcken darunter. Er war unrasiert, die Haut am Hals war schlaff geworden in den letzten Jahren. Seit damals hatte er sich sehr verändert, aber die Ähnlichkeit mit seinem Bruder war noch immer vorhanden. Das Alleinsein hier draußen tat ihm nicht gut, doch er wollte es so, hatte jedes Angebot ausgeschlagen, auf den Hof zu ziehen.

Die kleine Kate mit dem einen Hektar großen Grundstück gehörte zum Sichlerhof, auch wenn sie weit entfernt lag. Früher hatte sie den Arbeitern im Moor als Unterkunft gedient.

»Darf ich kurz reinkommen? Es gibt da etwas, über das ich mit dir sprechen muss.«

»Klar, für dich hab ich doch immer Zeit.«

Das klang ironisch und war wohl auch so gemeint. Jürgen hatte für niemanden Zeit außer für sich selbst. Einen schlimmeren Eigenbrötler gab es nicht.

Jürgen verschwand in die Kate, und Ruth folgte ihm. Der Jagdhund ließ sie nicht aus dem Blick, blieb aber ruhig.

In der Kate war es düster, und es roch muffig. Das Haus war nicht isoliert, überall zog es durch, und wahrscheinlich gab es undichte Stellen im Dach. Ruth wäre nicht überrascht, wenn Jürgen hier zusammen mit Schimmelsporen lebte.

An der Garderobe im Flur entdeckte Ruth, weshalb sie hier war.

Eine Fellmütze mit Ohrenklappen.

Daneben hingen eine alte grüne Wachsjacke und eine dünne Daunenjacke. Auf dem Boden standen schmutzige Gummistiefel und halbhohe Arbeitsschuhe. Die Tür zu dem kleinen Raum, den Jürgen als Büro nutzte, stand offen. Ruth konnte den Waffenschrank sehen. Ein altmodischer Schrank mit Glasscheiben, den noch ihr Großvater hatte anfertigen lassen. Natürlich genügte er nicht den modernen Sicherheitsansprüchen, doch das störte Jürgen nicht. Er bewahrte drei Jagdgewehre und eine Pistole darin auf. Immer, wenn Ruth diese Waffen sah, musste sie an damals denken und bekam ein schlechtes Gewissen.

Sie hörte Jürgen in der Küche mit Geschirr hantieren und folgte ihm.

Der Raum war kuschelig warm. Beheizt wurde er durch einen alten Holzherd, auf dem man auch kochen konnte. Ein schwarzes Monstrum aus Eisen, das über die Jahre den Dielenboden durchgebogen hatte. Das gewaltige Abzugsrohr stieß durch die Decke ins unbewohnte Dachgeschoss. Neben dem Ofen war Brennholz aufgestapelt.

»Kaffee? Ich hab frischen gemacht.«

»Warum nicht.«

Der Blick durch das einzige Fenster des kleinen Raumes ging aufs Moor hinaus. Hier war es noch trocken und locker bewachsen mit Waldkiefer, Moorbirke und allerlei Gräsern. Der Boden stieg zu einer leichten Erhöhung, dahinter begann das vernässte

Naturschutzgebiet. Von hier aus war der Weg für die Moorarbeiter kurz gewesen, die das Land damals unter unvorstellbarer Plackerei nutzbar gemacht hatten.

»Wie läuft's auf dem Hof?«, fragte Jürgen und reichte Ruth einen Becher Kaffee.

Setzen wollte er sich offenbar nicht.

»Muss ja. Die Sache mit den Textilfüllungen läuft ganz gut an, und die Dämmstoffindustrie springt auch auf den Zug auf.«

Jürgen trank von seinem Kaffee und schüttelte den Kopf. »Hätte dein Großvater auch nicht gedacht, dass man mit Rohrkolben Geld verdienen kann.«

»Tja, die Zeiten ändern sich.«

»Sollten sie aber nicht.«

»Was sonst? Soll immer alles bleiben, wie es ist?«

»Warum nicht? Ich schaue in die Welt hinaus und sehe nichts besser werden.«

»Du schaust nicht in die Welt. Du schaust ins Moor.«

»Das ist meine Welt. Und wenn ihr alles vernässt, um Rohrkolben für Klamottenfüllungen anzubauen, verändert ihr sie.«

»Ja, zum Besseren.«

»Sagen immer die, die Geld damit verdienen. Dass ihr das Erbe der Männer mit Füßen tretet, die das Land erst urbar gemacht haben, schert euch nicht.«

Ruth seufzte. Sie wusste, dass sie mit Jürgen über dieses Thema nicht sprechen konnte. Er widersetzte sich allen Argumenten, wie gut sie auch sein mochten. Er war schon immer ein Ewiggestriger gewesen.

»Deswegen bin ich heute nicht hier.«

»Sondern?«

»Warst du gestern Abend im Moor unterwegs?«

Jürgen zuckte mit den Schultern. »Wie immer.«

»Hast du jemanden aus einem Wasserloch gerettet?«

»Gerettet? Ich hab ihn da rausgezogen. Irgendwann hätte er es auch allein geschafft. So tief ist das Loch nicht. Wer war das überhaupt?«

»Ein Zugezogener. Du musst doch mitbekommen haben, dass wir da draußen nach jemandem gesucht haben? Warum hast du nicht geholfen, wenn du schon da warst?«

»Wer sagt, dass ich nicht geholfen habe?«

»Also wusstest du Bescheid, warum wir im Moor unterwegs waren?«

Jürgen trat mit seinem Kaffeebecher vor das Fenster und schaute hinaus. »Du und die Leute, ihr habt Namen gerufen. Jana und Nike. Also habt ihr nach den beiden gesucht. Wieder mal welche, die sich im Moor verlaufen haben, und das auch noch bei Nebel. Die Dummen sterben nicht aus, oder? Natürlich habe ich die Augen offen gehalten. Woher weißt du eigentlich, dass ich es war?«

»Wegen deiner Mütze. Der Mann, den du aus dem Wasser gezogen hast, hat sie beschrieben. Ich wusste sofort, das konntest nur du gewesen sein.«

»Und habt ihr die Mädchen gefunden?«

»Eines ist am Vormittag aufgetaucht, das andere wird noch vermisst. Die Polizei ermittelt. Es könnte sich um ein Verbrechen handeln.«

»Dann tauchen die also bald hier auf?«

»Warum sollten sie? Niemand weiß, dass du da draußen warst.«

»Und warum bist du hier? Weil du weißt, wozu ich fähig bin?«

Jürgen drehte sich zu Ruth um. Sein Blick hatte etwas Feindseliges, es kostete Ruth Kraft, ihm standzuhalten.

»Weißt du etwas von den Mädchen?«, fragte Ruth.

»Du stehst in meiner Küche, in meinem Haus, trinkst meinen Kaffee, den ich dir aus Gastfreundschaft angeboten habe, und wagst es, diese Frage zu stellen.«

»Ich will doch nur wissen …«

»Du denkst, ich könnte etwas mit deren Verschwinden zu tun haben. Nur deswegen bist du hier.«

»Ich komme sonst auch, um nach dir zu sehen.«

»Einmal im Monat. Ich weiß. Aber nicht heute. Heute traust du mir zu, jungen Mädchen etwas anzutun.«

»Das habe ich nicht gesagt …«

»Aber gedacht.«

»Auch nicht gedacht. Aber ich finde dein Verhalten merkwürdig. Warum bist du einfach abgehauen, nachdem du dem Zugezogenen aus dem Wasser geholfen hast?«

»Weil ich genau das hier vermeiden wollte. Weil ich wusste, was du denkst. Er hat es einmal getan, er kann es wieder tun.«

Ruth seufzte. »Weißt du, Jürgen, vor mir musst du dich nicht rechtfertigen. Aber vor der Polizei wirst du es müssen. Und die wird dein Verhalten verdächtig finden.«

»Also verrätst du mich?«

Ruth schüttelte den Kopf. »Das muss ich gar nicht. Wenn du hörst, wer die Ermittlungen führt, weißt du auch, warum.«

»Aha. Und wer?«

»Malia.«

Jürgens Gesicht versteinerte. »Sie ist hier?«

»Ich habe sie im Krankenhaus in Riedberg getroffen, als ich nach dem verletzten Mädchen sehen wollte.«

Jürgen schüttelte den Kopf. »Ist das zu fassen … nach all den Jahren. Was will sie? Die alten Geschichten ausgraben?«

»Glaube ich nicht.«

»Was glaubst du dann? Du weißt doch, wie sie ist.«

»Wie ist sie denn?«

Jürgen deutete mit dem Kinn den Flur hinunter zur Haustür. »Wie Rex da draußen. Eigentlich total lieb und zutraulich, aber wehe, du gibst ihm eine Aufgabe. Dann vergisst er alles andere und ist nur noch darauf fixiert, so lange, bis er die Aufgabe erfüllt hat. Er würde eher sterben als versagen. Ich glaube nicht, dass deine Tochter so weit geht, aber ja, sie hat etwas von einem Jagdhund.«

»Trotzdem weiß sie nichts von damals.«

»Und du glaubst, das wird so bleiben?«

»Wer soll es ihr verraten?«

Jürgen fixierte Ruth. Sein abschätziger Blick machte ihr Angst.

»Ich sicher nicht«, sprach Ruth aus, was eigentlich selbstverständlich war.

»Meinst du etwa, deine Tochter ist zurückgekehrt, weil sie dich so sehr liebt? Nein, sie ist hier, um Antworten auf die Fragen zu bekommen, wegen derer ihr euch damals gestritten habt.«

»Fünfzehn Jahre verändern einen Menschen«, gab Ruth zu bedenken.

Jürgen nickte. »Da gebe ich dir recht … und manchmal reicht auch eine Nacht.«

»Es tut mir leid …«

»Lass es. Dafür ist es zu spät. Ich will mit alledem nichts zu tun haben. Lasst mich einfach alle in Ruhe.«

5.

TAG 2
Nachmittag

Malia Gold fuhr nicht auf direktem Weg wieder nach Moorbach.

Der kurze Umweg in Riedberg und die Viertelstunde, die das Treffen dauern würde, waren notwendig – jetzt, da sie Ruth über den Weg gelaufen war.

Sie stellte den Wagen auf dem Parkplatz für das Lehrpersonal ab, lehnte sich an die Motorhaube und ließ sich die Sonne ins Gesicht scheinen. Das tat gut, vertrieb aber nicht die Gedanken. Alles, was die Ermittlungen betraf, bekam sie geordnet und strukturiert, nicht aber das Private.

Umso wichtiger war dieses Gespräch.

Sie hatte kaum fünf Minuten gewartet, da kam Erik auf sie zu. Leger, locker, sportlich. Ein junger Lehrer, der liebte, was er tat. Bestimmt kam er gut an bei seinen Schülerinnen und Schülern. Er suchte etwas in seinem Portemonnaie, steckte es aber weg, als er sie erreichte.

Sie fielen sich in die Arme und hielten sich fest. Wortlos, eine Minute lang, erst dann hatte Malia das Gefühl, die Verbindung sei wiederhergestellt. Ihr letztes Treffen lag drei Monate zurück.

»Hab dich vermisst, kleiner Bruder«, sagte sie.

»Tut gut, dich zu sehen, große Schwester.«

Er drückte sie noch einmal, und sie nahm sein dezentes Parfum wahr.

»Du siehst gut aus«, sagte Malia.

»Danke. Mir geht's auch gut. Und was ist mit dir?«

»Sehe ich nicht gut aus?«

»Du siehst bombastisch aus. Aber wie geht's dir?«

»Jetzt gerade bestens … weil ich dich wiederhabe.«

»Sag mal, du hast nicht vielleicht fünfzig Euro dabei?«

»Du pumpst mich an?«

»Ja, tut mir leid. Unsere Schulleiterin hat morgen Geburtstag, und gleich kommt der Blumenstrauß, den ich ihr als Überraschung auf den Tisch stellen möchte … Ich hab bloß kein Geld dabei, und die nehmen nur Bares.«

Malia schaute in ihre Geldbörse und fand tatsächlich einen Fuffziger.

»Mein letzter«, sagte sie und reichte ihn Erik.

»Danke. Du bekommst ihn so schnell wie möglich zurück.« Er steckte den Schein ein. »Sag mal, wolltest du nicht erst nächsten Monat deine neue Stelle antreten?«

»Die hatten schon jetzt dringenden Bedarf, also bin ich hier. Und es geht gleich richtig zur Sache.«

»Was meinst du?«

»Die Mertens-Zwillinge.«

»Nike und Jana? Das ist dein Fall?«

»Seit heute Früh. Und ich habe Ruth getroffen. Im Krankenhaus.«

»Mist … das hatten wir uns anders vorgestellt. Mit ein bisschen mehr Vorlaufzeit. Wie ist es gelaufen?«

»Tja … sie weiß jetzt, dass ich hier bin. Gesprochen haben wir nicht miteinander.«

»Das kriegen wir schon hin, ich versprech's dir.«

»Du hast dir viel vorgenommen, kleiner Bruder. Die Bretter, die du dafür bohren musst, sind dick.«

»Hey, ich bin ein Sichler. Ich habe vielleicht nicht deinen oder Mamas Dickkopf, aber dafür kann ich diplomatisch sein. Ich will, dass wir wieder eine Familie sind.«

»Das wäre schön …«

»Gibt es etwas Neues von den Zwillingen?«, fragte Erik. Er spürte immer den richtigen Zeitpunkt, um das Thema zu wechseln.

Malia berichtete ihm, was im Laufe des Tages vorgefallen war. »Du warst gestern Abend bei der Suchaktion dabei, hat mir Alexander Seitz erzählt.«

»Du hast ihn schon kennengelernt?«

»Ja. Er war es, dem Nike Mertens einfach so über den Weg gelaufen ist. Was hältst du von ihm?«

»Von Alexander?« Erik dachte nach. »Ich mag ihn. Endlich mal jemand im Ort, mit dem man über etwas anderes als das Moor sprechen kann.«

»Wie war das mit der Suchaktion?«, hakte Malia nach.

»Der Schriftsteller wäre fast ertrunken, sonst ist nicht viel dabei herausgekommen. Und Mama macht sich Vorwürfe. Sie hätte bei ihm sein sollen, als es passierte, war es aber nicht. Sie ist vorausgelaufen und hat ihn zurückgelassen. Aber ist ja zum Glück nichts passiert.«

»Weil ein Unbekannter ihn aus dem Wasserloch gezogen hat«, sagte Malia. »Wer kann das gewesen sein?«

Erik zuckte mit den Schultern. »Keine Ahnung. Ich dachte an Onkel Jürgen, aber warum sollte der einfach abhauen.«

»Onkel Jürgen …«, wiederholte Malia nachdenklich. »Den hatte ich fast vergessen. Bisschen merkwürdig war der immer schon.«

»Und das ist in den vergangenen fünfzehn Jahren nicht besser geworden. Ich sehe ihn kaum noch, aber Mama fährt einmal im Monat zur alten Kate.«

»Wenn sie will, kann sie sich um die Familie kümmern.«

»Das tut sie immer, wirklich.«

»Ja, sicher. Verschieben wir das auf später. Ich muss jetzt in Moorbach eine Außenstelle einrichten. Sobald die Presse Wind bekommt, und das wird sie, geht hier die Post ab. Zwei bildhübsche junge Frauen, noch dazu Influencerinnen, verschwinden im gruseligen Moor, besser geht's nicht für die Schlagzeilen.«

»Soll ich ein Treffen bei uns auf dem Hof vorbereiten?«

»Wir alle?«

»Ich weiß, wir wollten uns Zeit lassen, aber genau deshalb bist du doch wieder hier, nicht wahr?«

»Ich bin wegen deiner Familie und dir zurückgekommen.«

Erik lächelte. »Du kannst dir vielleicht etwas vormachen, mir aber nicht.«

»Ich mache mir nichts …« Malia brach ab. Sie verfiel in alte Muster, und das hatte sie in ihrem neuen Leben doch nicht mehr tun wollen. »Okay, versuch es, aber ich kann nichts versprechen. Wenn sich der Fall so weiterentwickelt, werde ich rund um die Uhr arbeiten müssen.«

»Okay, ich kümmere mich darum und … Ah, da kommen die Blumen.«

An der Straße parkte ein Lieferwagen mit der Aufschrift »Blumen Mertens«. Ein junger Mann mit rotem Haar kam auf Erik zu und übergab ihm den Strauß.

»Frau Mertens sagt, er kostet fünfundvierzig Euro«, nuschelte er.

»Der Rest ist für dich«, sagte Erik und reichte ihm Malias Fünfziger. Der junge Mann bedankte sich und ging zu seinem Wagen zurück.

»Blumen Mertens?«, fragte Malia. »Die Eltern von Jana und Nike?«

»Ja, ich hab den Strauß schon vor einer Woche bestellt und …«

Ein Schrei ließ Erik verstummen. Er war weithin zu hören und klang alarmierend.

Sie sahen sich auf dem weitläufigen Parkplatz um.

»Das kam von dort«, sagte Malia und zeigte auf den Unterstand für die Fahrräder der Schülerinnen und Schüler.

Zu sehen war zunächst nichts, bis jemand hinter dem Unterstand hervorgerannt kam. Ein Junge, vielleicht siebzehn Jahre alt. Er schien in Panik zu sein.

Eine Gruppe Jugendlicher folgte dem Flüchtenden. Vier Jungs, zwei Mädchen im gleichen Alter.

»Helge, Carmen … kommt hierher, die anderen auch!«, rief Erik der Gruppe zu.

Der verfolgte Junge flüchtete zu Malia und Erik und brachte sich hinter ihnen in Sicherheit. Er hatte Flecken im Gesicht, die sich später blau verfärben würden.

»Was ist hier los?«, fragte Erik mit einer Stimme, die Malia nicht von ihrem Bruder kannte. Er konnte also streng sein, wenn es sein musste. Mit den Blumen in der Hand wirkte es dennoch merkwürdig.

»Der Wichser fotografiert Mädchen im Sportunterricht«, rief der Junge, den Erik mit Helge angesprochen hatte.

Helge schien ziemlich wütend zu sein. »Und weil er die Fotos nicht löschen will, kriegt er, was er verdient.«

»Ihr alle bekommt Ärger, das kann ich euch versprechen. Sechs gegen einen, ihr seid wahre Helden.«

Der verletzte Junge wagte sich aus seiner Deckung hervor.

»Die wollen mich umbringen«, sagte er. »Die haben mein Handy … und Helge hat ein Messer.«

»Du hast ein Messer?«, fragte Erik.

»Der Wichser lügt«, schrie Helge empört. »Das ist sein Messer, ich habe es ihm gerade abgenommen.«

»Du gibst mir jetzt sofort das Messer und das Handy«, forderte Erik und machte einen Schritt auf Helge zu. Der Schüler war einen Kopf größer als er, kräftig und hatte sich offensichtlich nicht unter Kontrolle.

»Sonst was?«, fragte Helge. »Bekomme ich Blumen von Ihnen?«

Malia zog ihren Dienstausweis und trat vor. »Kripo Riedberg. Hauptkommissarin Gold. Entweder Sie kommen der Forderung von Herrn Sichler nach, oder ich nehme Sie vorläufig fest wegen Diebstahl und Angriff mit einer Stichwaffe.«

Malia konnte sehen, wie Helges Wut verpuffte.

»Aber das ist doch sein Messer. Außerdem hat er angefangen«, versuchte er sich zu verteidigen. »Darf der jetzt etwa einfach so die Mädchen fotografieren, oder was?«

»Darf er nicht, und ihr könnt das dem Lehrpersonal melden, aber Selbstjustiz geht ja wohl gar nicht«, setzte Erik dagegen. Er hielt noch immer die Hand ausgestreckt. »Messer und Handy, na los.«

Helge rückte beides heraus.

»Du weißt, dass Messer hier verboten sind. Das wird ein Nachspiel für euch haben.«

»Ach, und für ihn nicht, oder was?« Helge deutete mit dem Kinn auf sein Opfer.

»Los, haut ab jetzt, bevor doch noch jemand verhaftet wird«, drohte Erik.

Die Jugendlichen suchten das Weite. Helge drehte sich ein paarmal um und warf vergiftete Blicke zurück. Es war nicht schwer, vorauszusagen, dass diese Sache noch nicht ausgestanden war.

»Jetzt zu dir, Laurence. Stimmen die Vorwürfe?«, fragte Erik an den Schüler gewandt.

»Nein. Die suchen nur einen Grund, mich fertigzumachen.«

»Das ist also nicht dein Messer?«

»Nein!«

»Und du kannst mir problemlos den Fotoordner deines Handys zeigen?«

»Klar.«

Erik gab ihm das Handy und sah den Jungen auffordernd an. Der zögerte nicht lange, wischte und tippte auf dem Handy herum und hielt es Erik schließlich hin. Malia war gespannt, was ihr Bruder nun tun würde. Er wusste sicher, dass es nicht korrekt war, ins Handy des Schülers zu schauen.

»Okay«, sagte Erik. »Steck es weg. Noch einmal: Wem gehört das Messer?«

»Mir nicht.«

»Das werden wir zu klären haben. Hast du noch Unterricht?«

»Nein, ich war auf dem Weg nach Hause.«

»Dann geh jetzt auch auf direktem Weg dorthin. Und morgen meldest du dich in der ersten großen Pause bei mir im Lehrerzimmer, verstanden?«

Laurence nickte, steckte sein Handy ein und verschwand.

»Wow«, stieß Malia aus. »Hier geht's ja schlimmer zu als bei mir im Dienst.«

»Du machst dir kein Bild«, sagte Erik frustriert. »Solche Dinge passieren jeden Tag. Ich liebe meinen Beruf wirklich, aber dieser Scheiß ist ein echter Wermutstropfen. Den Kids geht zunehmend das Gefühl für Recht und Unrecht verloren. Glaub mir, Helge fühlt sich absolut im Recht und wird sich keines Besseren belehren lassen.«

»Tja, vielleicht ist er es ja sogar.«

»Schwierig zu sagen, und ich finde das sicher auch nicht heraus. Vor allem deshalb, weil ich dafür keine Zeit habe.«

»Kleiner Bruder, du hast mein Mitleid. Aber ich muss jetzt wieder los.«

»Kein Problem. Ich komme dich in deiner Außenstelle in Moorbach besuchen. Hoffentlich findet ihr das zweite Mädchen.«

»Ich tue alles dafür … und du stell die Blumen ins Wasser.«

6.

TAG 2
Später Nachmittag

»Was für einen Internetanschluss haben Sie hier?«

»Glasfaser. Richtig schnell.« Polizeiobermeister Sven Sellmann schien stolz darauf zu sein.

Sellmann war groß, hatte einen kleinen Bauch, wirkte kräftig, stabil und gesund. Er trug das blonde Haar oben lang und an den Seiten kurz rasiert, dazu einen blonden Bart. Er hatte etwas von einem Wikinger.

Malia war gerade erst in Moorbach angekommen. Mittlerweile war es fünfzehn Uhr vorbei, in etwas mehr als zwei Stunden ging die Sonne unter, ihnen lief die Zeit davon. Sobald es dunkel wurde, mussten sie die Suche nach Jana Mertens einstellen. Während der Fahrt hatte Malia mit Söke Thom gesprochen. Die hatte ihr von der Drohnensuche durch einen ortsansässigen Jäger berichtet, die allerdings keinen Erfolg gebracht hatte. Später, als der Hochnebel sich aufgelöst hatte, habe auch der Helikopter das Moor mehrfach ergebnislos gescannt. Sie und ihre Leute würden noch bis Einbruch der Dunkelheit weitermachen. Söke Thom hatte den Vorschlag gemacht, morgen Suchhunde einzusetzen.

Es war einen Versuch wert.

Malia schaute sich in der Dienststelle des Kollegen Sellmann um. »Für die Dauer der Ermittlungen im Fall der Mertens-Zwillinge richte ich hier eine Außenstelle ein. Ich brauche einen Raum und zwei Schreibtische. Es darf aber nicht so öffentlich sein wie hier.«

»Wie bitte? Was?«

»Sie haben mich schon verstanden, oder?«

»Ja, aber … hier? In Moorbach?«

»Ja, hier in Moorbach. Nach Riedberg ist es jedes Mal eine Dreiviertelstunde Fahrt, die Zeit kann man besser nutzen. Gibt es einen weiteren Raum, den wir nutzen können?«

»Na ja … es gibt hinten noch das alte Postlager, aber …«

»Zeigen Sie mal.«

Seufzend schnappte sich Sellmann einen Schlüssel vom Schlüsselbrett und ging voran. Seine Schultern spannten das Diensthemd. »Gibt es denn irgendwas, was ich wissen müsste?«

»Sobald wir die Sonderermittlungsgruppe eingerichtet haben, reden wir.«

»Sonderermittlungsgruppe?« Sellmann blieb stehen und sah sie skeptisch an. »Dann gehen Sie davon aus, dass die Zwillinge …«

»Ja. Der Raum. Bitte«, unterbrach Malia ihn.

Sellmann ging bis ans Ende des Flures und schloss die Tür auf. Dahinter lag ein sehr großer, lang gestreckter Raum von vielleicht hundert Quadratmetern. Es war eiskalt darin. An der Westseite gab es drei Fenster, auf denen zu dieser Jahreszeit gerade die Sonne stand. Das Licht in dem Raum war schön, auch wenn der Staub von Jahrzehnten darin tanzte. Bis auf einige Regale an den Wänden und vier Schreibtische mit Stühlen, die Kopf an Kopf dastanden, war der Raum unmöbliert.

»Perfekt«, stieß Malia aus.

»Aber es ist schmutzig hier. Werden sich die Ermittlungen denn so lange hinziehen, dass sich der Aufwand lohnt?«

»Der Aufwand lohnt sich dann, wenn beide Mädchen wieder wohlbehalten bei ihren Eltern sind, finden Sie nicht?«

»Ist ja Ihre Entscheidung.«

»Ganz genau. Lassen Sie hier bitte sauber machen. Morgen Vormittag kommt die Technik und richtet sich hier ein. Ich benötige eine Kaffeemaschine, eine Auswahl an Getränken, Müsli, Hafermilch, Kekse … ach ja, und Pistazien.«

»Pistazien?«

»Ja, aber die in Schalen.«

»Bin ich jetzt Ihr Laufbursche, oder was?«

»Natürlich nicht. Ich bitte Sie um Ihre Hilfe.«

»Und die bekommen Sie im Rahmen meiner Zuständigkeit. Einkaufen gehört nicht dazu.«

Sellmann ging in sein Dienstbüro hinüber. Malia folgte ihm und fragte sich, ob sie zu forsch gewesen war.

»Gut, dann erledige ich das selbst. Haben Sie eigentlich keine Kollegin oder Kollegen?«

»Eigentlich sollte ich auch längst weg sein«, sagte Sellmann. »Noch bis Ende des Monats, dann ist hier dicht. Einsparmaßnahmen.«

»Und wohin gehen Sie?«

»Kirchlohe. Da wird eine neue Dienststelle mit sechs Beamten eingerichtet.«

Sellmann ließ sich an seinen Schreibtisch fallen, öffnete eine der Schubladen, holte einen Schlüssel hervor und gab ihn Malia. »Damit können Sie nun kommen und gehen, wie Sie möchten. Herzlich willkommen in Moorbach.«

»Vielen Dank.« Malia wandte sich ab. »Finden Sie bitte jemanden, der den Raum drüben reinigt«, rief sie im Weggehen. »Und stellen Sie die Heizung auf volle Pulle.«

»Aber in diesem Raum gibt es keinen Internetanschluss. Der ist nur vorn im Büro.«

»Darum kümmere ich mich.«

Malia verließ die Dienststelle, zückte ihr Handy und trat vor die Polizeiwache in die noch wärmende Sonne. Mit dem Handy am Ohr lief sie auf und ab, auf der Straße fuhren einige Wagen vorbei, neugierige Blicke taxierten sie. Längst dürfte sich in diesem Kaff herumgesprochen haben, was vorgefallen war – vor allem aber, wer die Ermittlungen leitete. Ihr Name dürfte genauso große Wellen schlagen wie das Verschwinden der Zwillinge. Die Menschen spekulierten gern darüber, wie es in anderen Familien zuging. Das war immer leichter, als in die eigene zu schauen.

Ida nahm ab. »Gut, dass du anrufst«, rief sie aufgeregt ins Handy.

»Ich bin in der Polizeiwache von Moorbach, es gibt hier einen geeigneten Raum. Im Gebäude liegt ein Glasfaseranschluss, aber nicht in dem Raum selbst.«

»Kein Problem. Kann ich überbrücken.«

»Okay, bring alles mit, was du brauchst, hol dir Hilfe, wenn du es nicht allein schaffst. Ich habe meinen Rechner schon dabei, aber ein zusätzlicher stationärer wäre wohl angebracht.«

»Alles klar. Das meiste habe ich schon vorbereitet. Aber es gibt da etwas, das du dir anschauen solltest. Und zwar jetzt sofort.«

»Erzähl.«

»Ist wirklich einfacher, du schaust es dir an. Auf dem Moormaid-Kanal.«

»Okay, warte einen Moment.« Malia stellte Ida auf Lautsprecher, wechselte zu TikTok und öffnete den Kanal von Nike und Jana Mertens.

Sie schaute sich das Foto an, und der Schock fuhr ihr tief in den Körper. »Holy shit«, entfuhr es Malia.

»Ja, sieht übel aus«, pflichtete Ida ihr über den Lautsprecher bei.

»Von wann ist das?«

»Online gestellt wurde es vor einer halben Stunde. Ich habe das Bild überprüft und konnte erkennen, dass es nachts aufgenommen wurde. Links oben gibt es ein kleines Stück Himmel, und der ist dunkel. Es stammt wahrscheinlich von gestern.«

Malia musterte das verstörende Foto genauer.

»Die Kamera muss sich ungefähr einen halben Meter über dem Boden befunden haben«, erklärte Ida. »So weit schaut der Körper heraus. Welches Mädchen ist das?«

»Jana«, sagte Malia.

Jana Mertens steckte bis zur Körpermitte im Moor. Sie streckte die Arme rechts und links aus und klammerte sich an den Gräsern und Moosen fest. Ihr Bauch war nackt, die Brüste gerade so vom Bikinioberteil bedeckt. Auf dem Kopf trug sie die Kapuze des Umhangs, auf den Schultern lag das ehemals weiße, jetzt verschmutzte Kunstfell. Tränenspuren zogen sich durch ihr Gesicht, die Augen waren weit aufgerissen, sie hatte offenbar große Angst.

»Das ist grausam«, sagte Malia leise.

Sie sah die Mertens in ihrem Wohnzimmer vor der Anbauwand aus Eiche sitzen und ahnte, was dieses Foto mit ihnen machen würde. Es gab Schocks, von denen man sich niemals erholte.

»Ich will mir gar nicht vorstellen, was das Mädchen durchmachen muss. Meinst du, sie lebt noch?«, fragte Ida.

»Davon gehe ich aus, bis das Gegenteil bewiesen ist.«

»Ist dir die Caption aufgefallen?«

Bisher hatte Malia nicht darauf geachtet.

Die Bildunterschrift bestand lediglich aus einer kurzen Frage.

Wer bin ich?

»Merkwürdig«, sagte Malia nachdenklich.

»Als ich das las, dachte ich sofort, dass diese Frage an uns gerichtet ist«, sagte Ida. »Eine Art Herausforderung. Der Täter will, dass wir seine Identität herausfinden.«

»Kann schon sein«, sagte Malia. »Können wir das Foto noch geheim halten?«

»Nee. Schau dir die Kommentare an. Weit über vierhundert, dazu fünftausend Likes, und es wurde dutzendfach geteilt. Der Kanal ist beliebt, das Foto längst viral unterwegs, selbst wenn wir den Kanal jetzt sperren lassen, ist es zu spät.«

Malia, die bislang nur Augen für das Foto gehabt hatte, klickte nun auf die kleine weiße Sprechblase mit den drei Punkten darin.

Mindestens ebenso erschreckend wie das Foto selbst waren die Kommentare dazu. Niemand schien es ernst zu nehmen, das war allerdings auch kein Wunder, da bisher niemand den wahren Hintergrund kannte. Zudem hatten die Zwillinge den Erfolg des Kanals auf ähnlichen Bildern aufgebaut. Auf die Follower musste es so wirken, als gingen sie nun einen Schritt weiter, um noch mehr Menschen für sich zu interessieren. Oder besser, um den Algorithmus auf sich aufmerksam zu machen.

Die Follower hielten das Bild für den üblichen TikTok-Spaß, und die Meinungen gingen von *»krasses Foto«* über *»kranker Shit«* bis zu *»phänomenal«* und *»lieb's«*. Malia scrollte nur ein wenig hinunter und fand dabei einen einzigen Kommentar anderer Art. *»Dein Ernst? Ist dir klar, welche Fantasien du damit auslöst?«*

»Übrigens hat der Kanal in der Mehrzahl männliche Follower«, sagte Ida. »Das ist bei solchen Angeboten mit unterschwelliger Erotik aber üblich.«

Malia flog über die anderen Beiträge der Mertens-Zwillinge und sah, was ihre Kollegin meinte. Die Bilder und Videos waren gut gemacht, keine Frage, und auf manchen trugen die Mädchen aufwendige Kleidung, aber die allermeisten zeigten viel nackte Haut.

»Das verändert alles«, sagte Malia. »Und es besteht die Möglichkeit, dass es noch mehr solcher Aufnahmen gibt, vielleicht schlimmere. Wir müssen den Kanal sperren lassen.«

»Ich kümmere mich darum.«

»Gut. Und ich hoffe, du hast kein Problem mit Überstunden. Du müsstest auch rasch die älteren Beiträge der Zwillinge durchforsten und nach eventuellen Stalkern suchen.«

»Du glaubst, wir finden den Täter online?«

»Würde dich das überraschen?«

»Ich habe es bisher nur einmal erlebt, dass ein Täter aus dem virtuellen Raum in die Realität wechselte. Kommentare abzusetzen, und das auch noch aus der Anonymität, ist etwas anderes, als wirklich zu handeln.«

»Stimmt schon, aber wir dürfen keine Ermittlungsrichtung vernachlässigen. Haben die Mädchen gestern online angekündigt, ins Moor zu fahren?«

»Nein, nichts dergleichen.«

»Wurde das Foto von einem der Handys der Mädchen gepostet?«, fragte Malia.

»Wurde es. Von Jana Mertens' Handy. Und in diesem Moment kann ich dir auch sagen, wo es eingeloggt war.«

Ida gab ihr die Koordinaten durch.

»Den Ort kenne ich. Ich kümmere mich drum. Bleibt es bei morgen früh in Moorbach?«

»Klar. Ich packe schon zusammen.«

Malia ging noch einmal in die Dienststelle zurück. »Sellmann, ich brauche Sie. Im Rahmen Ihrer Zuständigkeit. Sofort.«

7.

TAG 2
Später Nachmittag

Zum ersten Mal in seinem Leben hatte Andreas Kraft Angst davor, nach Hause zu kommen. Unter dieser Angst zog sich die knapp einstündige Fahrt scheinbar endlos in die Länge, und in jeder Minute drehten seine Gedanken sich im Kreis auf der Suche nach einem Ausweg. Er sah keinen. Jedenfalls keinen, den er zu gehen bereit war. Noch nicht.

Sein Magen schmerzte, und er war verschwitzt, als er das Neubaugebiet von Moorbach erreichte. Nette kleine, bezahlbare Häuschen mit ehrlichen Menschen, die gern Zeit in ihren Gärten verbrachten, die Ruhe hier schätzten, keine ständige Aufregung brauchten. Menschen wie Andreas selbst. Deshalb waren Anja und er hierhergezogen. Und jetzt wandelte sich alles. Weil er schwach geworden war.

Andreas grüßte die Lührsens, die gerade mit dem Hund spazieren gingen. An anderen Tagen hätte er auf einen kurzen Schnack gehalten, heute fühlte er sich dazu nicht in der Lage.

Anjas Wagen stand noch so im Carport, wie sie ihn abends zuvor eingeparkt hatte – die Front versteckt. Den Wagen zu sehen, versetzte ihm einen weiteren Dämpfer, seine Angst wuchs noch an.

Er stellte seinen Golf dahinter ab, stieg aus, ging zur Haustür, schloss auf und fühlte sich dabei wie beim Gang zum Schafott.

Anja wartete in der Küche. In der stillen Küche. Saß einfach dort am blank geputzten Tisch, die Hände gefaltet, als hätte sie den ganzen Tag dort verbracht.

Das hatte sie natürlich nicht.

»Hallo«, sagte Andreas, ließ seine Tasche geräuschlos zu Boden gleiten und wollte aus den Sportschuhen schlüpfen.

»Die kannst du gleich anbehalten«, sagte Anja.

»Warum? Ich würde gern duschen.«

»Kannst du später tun. Der Autohändler meldet sich nicht, also kommt jetzt Plan B, bevor es dafür zu spät ist. Hast du mit irgendjemandem gesprochen?«

»Ich war in der Schule, natürlich habe ich …«

»Du weißt, was ich meine.«

Andreas senkte den Blick. »Nein, darüber nicht.«

»Gut. Wir warten noch, bis es dunkel wird. Lass uns bis dahin noch einmal alles ganz genau durchsprechen und auf Fehler abklopfen … die können wir uns nicht erlauben.«

Andreas setzte sich zu ihr an den Tisch und nahm ihre Hände. Sie ließ es geschehen.

»Anja, bitte, lass uns noch einmal über alles reden. Es muss für uns beide doch einen anderen Weg geben.«

Ganz langsam entzog sie ihm ihre Hände. »Ja, es gibt einen anderen Weg. Anders, als wir ihn uns vorgestellt haben, als wir ihn uns damals versprochen haben vor dem Traualtar … Einen Weg für dich und einen für mich. Unser gemeinsamer Weg endet, sobald wir das hier hinter uns gebracht haben und Gras über die Sache gewachsen ist.«

Andreas starrte sie an und suchte nach seiner Frau. Sie war nicht mehr da.

»Also: Bis zur Hohen Warth braucht man mit dem Wagen circa fünfundzwanzig Minuten …«, begann Anja, noch einmal Plan B durchzugehen.

8.

TAG 2
Später Nachmittag

Malia hatte Vollgas gegeben, wo es ging, und so erreichte sie den Ort knapp zwanzig Minuten, nachdem Ida ihr die Koordinaten durchgegeben hatte. Da der TikTok-Post dreißig Minuten zuvor abgesetzt worden war, war mittlerweile fast eine Stunde vergangen.

Vor einer Stunde hatte jemand an diesem Ort das Handy der verschwundenen Jana Mertens benutzt.

Malia war klar, dass die Person längst nicht mehr hier war. So dumm konnte man nicht sein, vor allem, wenn man vorher bedacht hatte, die Handys der Mädchen auszuschalten. Es musste also einen Grund geben dafür, dass sie das Handy ausgerechnet hier benutzt hatte. Ein spezifischer Grund fiel Malia sofort ein: Jana war tot, und sie würde sie hier finden.

Der Parkplatz vor dem verfallenen, weiß verklinkerten Gebäude war von trockenem Unkraut überwuchert. In allen Ecken und windgeschützten Bereichen häufte sich Laub. Aus den Beeten ragten die Skelette blattloser Büsche und Bäume auf wie tote Krallen, und selbst in den Dachrinnen hatten sich kleine Birken angesiedelt. Das graue Schindeldach war vermoost. Alle Fenster im Untergeschoss waren mit Holzplatten vernagelt.

Das Moorbad Birkenau hatte seine Blütezeit in den Siebziger- bis Neunzigerjahren gehabt. Malia wusste nicht, warum es nicht mehr betrieben wurde, aber sie konnte sich noch gut daran erinnern, dass dieser Lost Place Mitte der Zweitausender, in ihrer Jugendzeit, ein beliebter Treffpunkt für Teenager gewesen war. Allerdings nur im Sommer. Im Winter war dies ein trister, bedrückender und unheimlicher Ort – zumal, wenn man ihn mit dem Fahrrad erreichen musste.

Auf dem Dachfirst tummelte sich eine Krähenschar. Als Malia die Autotür zuwarf, stoben sie krächzend davon. Ihre Hand wanderte zur Dienstwaffe.

Ja, sie ging davon aus, dass hier niemand war, sicher konnte sie sich jedoch nicht sein. Es gab einen Täter, und der führte mehr im Schilde, als den Mertens-Mädchen Leid zuzufügen. Er suchte die Öffentlichkeit. Suchte Anerkennung. Oft war es dieser Tätertypus, der immer weiter und weiter machte.

Malia schaute auf die Uhr. Halb vier vorbei. In anderthalb Stunden würde es dunkel werden.

Sie wartete weitere fünf Minuten, bis der Polizeiwagen angerast kam und ebenfalls auf dem Parkplatz des Moorbads stoppte. Sven Sellmann sprang heraus. »Wir brauchen unsere Waffen?«

Sellmann war noch nicht über den Post und alles Weitere informiert, dafür war vorhin keine Zeit gewesen, das holte Malia jetzt nach. Sie zog ihr Handy hervor und zeigte ihm das Bild.

Er schlug sich die Hand vor den Mund, nahm sie herunter und fragte: »Ist das echt?«

»Wahrscheinlich schon.«

»Sie wird gefangen gehalten und misshandelt?«

»Ja. Und wer immer das tut, hat Janas Handy an genau diesem Ort eingeschaltet, um den Post abzusetzen. Danach hat er es sofort wieder ausgeschaltet.«

Das Gesicht des Wikingers nahm einen grimmigen Ausdruck an. »Scheiße, ich hab's befürchtet. Dann brauchen wir wohl wirklich unsere Waffen.«

Er zog seine ebenfalls hervor, ließ sie aber vorerst gesichert, so wie Malia auch.

»Was haben Sie befürchtet?«, wollte Malia wissen.

»Dass mehr dahinterstecken könnte.«

»Und warum?«

»Ist so ein Gefühl. Erst der Unfall mit Toma, und in der gleichen Zeit sind ja auch die Mädchen im Moor verschwunden.«

»Hat sich niemand gemeldet wegen des Unfalls? Es passiert ja mitunter, dass ihr schlechtes Gewissen die Unfallflüchtigen am nächsten Tag einholt.«

Sellmann schüttelte den Kopf. »Nee, niemand. Hab ich auch nicht mit gerechnet. Hier im Ort macht so was keiner.«

»Kennen Sie die Mädchen und die Familie Mertens?«

»Nicht wirklich. Die kommen aus Siedenburg und hatten mit der Polizei bisher nichts zu tun. Jedenfalls nicht direkt.«

»Was soll das bedeuten?«

»Ach, es gab da mal so eine Anzeige …«

»Gegen die Mertens?« Malia wurde hellhörig.

»Nein, gegen die Freikirche, der die Mertens angehören. Jemand hat deren Pastor angezeigt.«

»Wie heißt der Mann?«, fragte sie.

»Richard Haberloh.«

»Herr Haberloh ist also nicht der offizielle Pastor von Moorbach?«

»Doch, irgendwie schon. Seitdem die evangelische Kirche in Siedenburg und Moorbach aus Kostengründen dichtgemacht hat und man für den Gottesdienst nach Kirchlohe fahren muss.«

»Wann ist das passiert?«

»Vor sieben Jahren, glaube ich. Die Freien haben dann die Kirche gepachtet und machen es nun in Eigenregie. Die allermeisten kommen wohl, um Fahrtkosten zu sparen.«

»Und warum wurde Richard Haberloh angezeigt?«

»Angeblich soll er versucht haben, die Kinder seiner Kirchenmitglieder zu sehr mit seinem Glauben zu indoktrinieren. Es hieß, er manipuliere Minderjährige und misshandele sie psychisch.«

»Von wem kam die Anzeige?«

»Unbekannt. Und wir konnten die Vorwürfe auch nicht bestätigen. Ist also alles im Sande verlaufen, aber im Zuge der Befragungen, die wir natürlich durchführen mussten, habe ich auch die Mertens befragt.«

»Die Zwillinge auch?«

»Nein, die wollten das nicht, deshalb haben ihre Eltern es nicht zugelassen, und Sie wissen ja, wie das ist, wenn Sie erst eine gewisse Verstandesreife überprüfen lassen müssen, um das durchzusetzen. Hat sich dann ja auch zerschlagen.«

»Wie alt waren die Zwillinge damals?«

»Das liegt drei Jahre zurück, also fünfzehn. Meinen Sie, das hat etwas hiermit zu tun?«

»Das kann ich nicht sagen, aber solche Informationen sind natürlich wichtig, auch wenn sie später zu nichts führen. Suchen Sie später bitte diese Anzeige raus und schicken Sie sie mir als Mail.«

»Mach ich. Und wie gehen wir hier vor?«, fragte Sellmann und deutete mit dem Kinn auf das Gebäude.

»Kennen Sie sich hier aus?«, wollte Malia wissen.

Er zuckte mit den Schultern. »Es gab zwei Einsätze wegen Vandalismus in den letzten Jahren. Einmal musste sogar die Feuerwehr ausrücken, um einen Brand zu löschen. Ein wenig kenne ich mich also aus.«

»Sie sind nicht aus Moorbach, oder?«

»Doch. Warum?«

»Ach, nur so.«

Sellmann mochte fünf bis sieben Jahre jünger sein als sie selbst, aber Malia konnte sich nicht erinnern, ihm früher einmal begegnet zu sein. Allerdings waren fünf Jahre unter Schülern viel.

»Wir bleiben zusammen«, entschied Malia. »Suchen uns einen Zugang und schauen uns um.«

»Glauben Sie denn, hier ist jemand?«

»Jetzt wahrscheinlich nicht mehr, aber der Täter muss hier gewesen sein.«

»Vielleicht versteckt er das andere Mädchen hier.«

»Dann wäre er dumm, das Handy hier zu benutzen. Kommen Sie!«

An der Vorderseite gab es keinen Zugang zu dem weitläufigen und verschachtelten Gebäude. An der Rückseite entdeckten sie jedoch eine Glastür, deren Holzplatte herausgetreten war. Nachdem sie ins Gebäude geschlüpft waren, verständigten sie sich nur noch mit Zeichen.

Sellmann ging voran, Malia folgte. Ihr Kollege machte das gut, wie aus dem Lehrbuch, zudem war er vorsichtiger, als Malia vermutet hätte. Sie hätte in ihm eher einen Draufgänger vermutet.

Im Inneren des ehemaligen Heil- und Moorbads herrschte schummriges Zwielicht, und Malia empfand die Atmosphäre als bedrückend. Alle Möbel und Einrichtungsgegenstände waren lange entfernt. Stattdessen gab es jede Menge Staub, Laub, Spinnweben und Graffitis an den weißen Wänden. Man konnte hier erfahren, wer im Dorf doof war, wer es mit wem trieb, welcher Fußballverein der beste war und dass es angebracht war, die Polizei zu ficken. Das Übliche also. Dort, wo zu früheren Zeiten die Heilanwendungen stattgefunden hatten, waren die Räume rußgeschwärzt.

»Hier war das Feuer«, erklärte Sellmann. »Wir haben nie herausgefunden, wer es gelegt hat. Aber wer auch immer es war, hat vorher 'ne Menge Holz als Zunder herbeigeschafft. Wahrscheinlich für ein Lagerfeuer, das dann außer Kontrolle geraten ist.«

Plötzlich ein Geräusch irgendwo hinter ihnen.

Beide fuhren herum. Sellmann riss seine Waffe hoch.

Malias Herz schlug schneller, ihr Sinne waren geschärft, sie war extrem angespannt.

»Das kam von dort, oder?«, sagte sie leise.

Sellmann nickte und ging voran, die Waffe nach vorn gerichtet.

Das Untergeschoss verfügte über einen Anbau, in dem ein Therapiebecken untergebracht war. Da es keine Fenster gab, war es darin schon duster, nur durch verschmutzte Oberlichter in der Decke fiel ein wenig Licht herein. Sellmann zog eine Taschenlampe aus seinem Ausrüstungsgürtel und schaltete sie ein.

Sie sahen gerade noch, wie ein Waschbär durch eine Lücke in der Holzplatte im Fensterrahmen nach draußen verschwand.

Sellmann atmete laut aus und senkte die Waffe. »Verfluchte Biester«, sagte er.

Dann lenkte er den Lichtkegel auf das Schwimmbecken. Es war zehn Meter lang, vier Meter breit und einen Meter tief. Die blauen Kacheln waren blass geworden in all den Jahren, viele herausgeschlagen oder zersplittert. Im Becken lag jede Menge Laub, außerdem Müll wie Bierdosen, Getränkeflaschen, leere Konservendosen und andere Dinge, die es für einen netten Abend hier brauchte.

»Was ist das?«, fragte Sellmann und ließ das Licht zu einem Gegenstand in der Luft wandern.

Von der niedrigen Hallendecke hing in knapp zwei Metern Höhe an einem dünnen roten Faden eine langstielige Axt. Sie wirkte fehl am Platze und zugleich aufdringlich, als solle sie unbedingt entdeckt werden.

Malia schaute sie sich genauer an.

Der Holzgriff war schmutzig vom Gebrauch. Der Axtkopf unecht. Malia tippte ihn an. Er bestand aus Plastik und war hohl. Der rote Faden war um den Stiel geknotet, unter der Hallendecke war der Faden mit einem Stück Panzertape befestigt. Ohne Steighilfe, die es hier nicht gab, kam man dort nicht heran.

»Merkwürdig«, sagte Malia. »Diese unechte Axt hatten die Mädchen mit im Moor für ihre Aufnahmen.«

»Und warum hängt sie jetzt hier?«, fragte Sellmann.

Malia zog ihr Handy hervor und machte ein paar Aufnahmen.

Was, wenn die Person, die Nike und Jana Mertens angegriffen und Jana entführt hatte, den Post bewusst aus dem Grund von diesem Ort aus abgesetzt hatte, um die Ermittlungsbehörden hierherzulocken?

»Lassen Sie uns den Rest auch noch absuchen«, sagte Malia schließlich.

Das taten sie in der nächsten halben Stunde, fanden aber nichts weiter. Schon gar nicht Jana Mertens. Davor hatte Malia Angst gehabt, dass der Täter sie hierherlockte, um ihr die Leiche des Mädchens zu präsentieren.

Am Ende holte Malia die Axt von der Decke und durchtrennte die Schnur. Dafür zog sie Latexhandschuhe an. Leider passte die Axt nicht in die Asservatenbeutel, die sie dabeihatte.

»Es wird schon dunkel, wir sollten zurückfahren«, sagte Sven.

Sie verließen das ehemalige Moorbad und stiegen in die Autos. Bei einem Blick auf ihr Handy stellte Malia fest, dass sowohl Erik als auch Herr Mertens versucht hatten, sie zu erreichen. Sie wählte zuerst Erik an, während Sellmann schon vom Hof rollte, doch ihr Bruder ging nicht ran.

Danach zögerte sie, Mertens zurückzurufen.

Malia konnte sich denken, was er wollte. Entweder hatten die Mertens den Post auf dem Moormaid-Kanal selbst entdeckt, oder jemand hatte sie darauf aufmerksam gemacht. Natürlich mussten sie außer sich sein vor Sorge, kaum vorstellbar, was das mit ihnen machte. Nur leider würde Malia ihnen mit einem Rückruf diese Sorge nicht nehmen können.

Sie entschied, es auf später zu verschieben, und gab Gas, um Sellmann einzuholen. Dunkelheit legte sich übers Moor, und sie hatte keine Lust, allein hier draußen zu sein.

9.

TAG 2
Früher Abend

Andreas Kraft gab auf der langen Geraden Gas, seine Hände klammerten sich ans Lenkrad, die Bäume am Straßenrand verschwammen in Geschwindigkeit und Dämmerung, die Reflektoren der Begrenzungspfosten zwinkerten ihm zu, und Andreas dachte, wie einfach es doch wäre.

Ein bisschen am Lenkrad drehen. Es gab keine Leitplanken hier. Die mächtigen Eichen würden den Aufprall einfach wegstecken. Dann wäre alles vorbei. Die ganzen Sorgen. Zumindest für ihn. Vielleicht sollte er es tun. Denn selbst wenn sie aus dieser Sache ungeschoren herauskamen, stand zu befürchten, dass es irgendwann wieder passierte. Dass er wieder schwach werden würde. Weil er einfach so war, wie er war.

Andreas brach der Schweiß aus. Die Muskeln in seinem rechten Bein verkrampften sich, er hielt die Geschwindigkeit, knapp neunzig, so schnell fuhren hier alle, selbst bei einbrechender Dunkelheit. In fünfzig Metern kam eine besonders dicke Eiche. Keine Chance, das zu überleben.

Aber vielleicht besser doch hundert fahren?

Er fixierte den Baum an, der rasch näher kam.

Dann stieg er auf die Bremse. So hart, dass es ihn in den Gurt warf und die Reifen eine kurze Bremsspur auf dem Asphalt hinterließen. Andreas hielt das Lenkrad fest, ging von der Bremse, um dann erneut, aber weniger heftig draufzutreten, bis der Wagen stand. Schließlich lenkte er ihn mit beiden rechten Rädern in den Seitenstreifen, schaltete das Warnblinklicht ein und stellte den Motor ab.

Stille, bis auf das Ticken des Blinkers, das ihm in diesem Moment unfassbar laut vorkam.

Sein Herz wummerte.

Andreas wusste, er musste jetzt funktionieren, musste sich an den Ablauf halten, durfte keine Fehler machen. Anja würde ihm das nie verzeihen. Vielleicht, so glaubte er, hätten sie ja doch noch eine Chance, wenn er das hier vernünftig durchzog.

Er legte den Gurt ab und stieß die Tür auf. Stieg aus. Sah sich um. Niemand sonst war in diesem Moment hier unterwegs, er war allein im Moor.

Diese Stille!

Beinahe friedlich, trotz des Kampfes in ihm.

Entgegen allen Umständen schaffte Andreas es, sich für einen kleinen Moment zu entspannen. Er schloss die Augen, atmete tief ein und aus. Okay, der Moment, in dem er geglaubt hatte, alles beenden zu müssen, war vorbei und würde nicht wiederkommen. Jetzt tat er eben, was getan werden musste, weil das Leben so funktionierte. Weil alle so lebten.

Er öffnete die Augen, seine Hand glitt in die Jackentasche, griff nach dem Gefrierbeutel, zog ihn hervor. Er betrachtete die Haare darin. Ganz schön viele, sie würden wohl reichen.

In dem Moment nahm er das Licht wahr.

Scheiße!

Von hinten näherte sich ein Wagen. Er war vielleicht noch dreihundert Meter entfernt.

Hektisch umrundete Andreas seinen Wagen bis an den rechten Kotflügel, ging in die Hocke, öffnete den Beutel und begann, die Haare zu verteilen. Klemmte sie in die aufgebrochenen Spalten und Risse.

Der Wagen kam näher, viel schneller, als es Andreas lieb sein konnte. Schweiß brach ihm aus. Er schnitt sich die Fingerkuppe an einer spitzen Plastikkante auf.

»Mist!«, fluchte er und steckte sich den Finger in den Mund, um das Blut abzulecken.

Und dann war der Wagen auch schon da. Nicht weit dahinter näherte sich ein weiterer. Andreas kam aus der Hocke hoch, ließ den Beutel verschwinden, in dem noch Haare enthalten waren, und sein Herzschlag setzte einen Moment aus, als er erkannte, dass es sich um einen Polizeiwagen handelte.

Sven Sellmann saß am Steuer.

Der Polizist von Moorbach schaltete Warnblinklicht und Einsatzleuchte auf dem Dach ein, hielt unmittelbar hinter Andreas' Wagen und stieg aus.

»'n Abend«, grüßte er. »Was ist passiert?«

»Ja, ich … ich glaube, es war ein Reh oder so … das ging so schnell …«

»Alles klar. Warten Sie mal einen Moment …«

Der Polizist ging dem zweiten Wagen ein paar Schritte entgegen und sprach mit der Frau am Steuer, die Andreas nicht kannte. Die fuhr weiter, und Sellmann kam auf ihn zu.

»Sie bluten.«

Andreas hatte die Wunde am Finger vergessen, sein Blut tropfte zu Boden.

»Ach ja … Nein, das ist nichts … ich hab nur nachsehen wollen …«

»Wo haben Sie das Reh erwischt?«

»Vorne rechts. Mit dem Kotflügel.«

Der Polizist kam um den Wagen herum und begutachtete den Schaden.

»Ich seh schon, überall Wildhaare, ziemlich klare Sache. Haben Sie Fotos gemacht für die Versicherung?«

»Ich … Nein, ist ja gerade erst passiert.«

»In welche Richtung ist das Reh gelaufen?«

»Nach … Zurück, ja, genau, es ist zurückgelaufen.«

»Also da lang?«

Der Polizist zeigte nach rechts.

»Ganz genau. Ich hab's nur schemenhaft gesehen, ging alles viel zu schnell.«

»Ja, hier im Moor muss man schon langsam fahren, um das zu verhindern. Ich gehe ein paar Schritte, um zu schauen, ob das Reh da irgendwo liegt und sich quält. Fotografieren Sie doch Ihren Wagen … und stoppen Sie die Blutung.«

»Alles klar, mach ich, danke, alles klar.«

Der Polizist schaltete eine Taschenlampe ein, sprang über den Wassergraben und stapfte durch das trockene Gras davon.

Andreas nahm ein Taschentuch aus dem Seitenfach der Tür und wickelte es sich um den blutenden Finger. Dann versuchte er, mit einer Hand ein paar Fotos zu machen, was sich als schwierig herausstellte.

Der Polizist kam nach wenigen Minuten zurück.

»Sie sind sicher, dass es dorthin gelaufen ist?«

»Ja, denke schon.«

»Hm, da sind weder Spuren noch ein verletztes Reh. Gut, ich informiere den Jagdpächter, der wird sich morgen früh darum kümmern. Da kann man jetzt nichts machen. Sie sind Andreas Kraft, der Lehrer, nicht wahr?«

»Ja, richtig, ich war gestern bei der Suchaktion dabei.«

»Ich erinnere mich.«

»Gibt es schon Neuigkeiten über die Mädchen?«

In dem Augenblick, da die Frage heraus war, bereute Andreas schon, sie gestellt zu haben. Wie musste das in dieser Situation auf den Polizisten wirken?

»Ein Mädchen ist heute in der Früh aufgetaucht.«

In Andreas' Ohren begann es laut zu piepen. Ein plötzlicher Tinnitus, der seinen Kopf zum Platzen bringen wollte.

»Alles in Ordnung?«, fragte der Polizist.

»Ja, ja, alles okay, es ist nur … mein erster Wildunfall.«

»Einmal ist immer das erste Mal«, sagte der Polizist. »Der Wagen ist ja noch fahrtüchtig. Kommen Sie allein nach Hause, oder brauchen Sie Hilfe?«

»Danke, das bekomme ich hin.«

»Gut. Ich nehme den Unfall gleich in der Dienststelle auf, am besten holen Sie morgen bei mir die Wildschadenbescheinigung für die Versicherung ab. Schönen Abend noch.«

Sellmann wollte in seinen Dienstwagen einsteigen.

»Geht es dem Mädchen gut?«, rief Andreas ihm hinterher.

»Sie ist mit einer Kopfverletzung nach Riedberg ins Krankenhaus gekommen, mehr weiß ich nicht.«

Sellmann zog die Tür zu, stellte Warnblinker und Einsatzlicht ab, gab Gas und fuhr davon.

Andreas stand noch lange da und starrte dem Polizeiwagen nach.

10.

TAG 2
Früher Abend

Als sie Moorbach erreichte, ging bei Malia ein Anruf von einer Nummer ein, die ihr nicht bekannt war.

Alexander Seitz war dran, der Schriftsteller.

»Ich will nicht stören, Frau Kommissarin, aber ich habe mich im Laufe des Tages mit dem TikTok-Kanal der Mertens-Mädchen beschäftigt und bin da auf etwas gestoßen.«

»Ich kenne den letzten Post bereits«, entgegnete Malia.

»Den meine ich nicht.«

»Und was meinen Sie dann?«

»Das würde ich Ihnen gern zeigen. Ich weiß, Sie haben wenig Zeit. Es dauert auch nur ein paar Minuten und scheint mir wichtig zu sein.«

»Okay … ich bin in fünf Minuten bei Ihnen«, sagte Malia und legte auf.

Eigentlich hatte sie keine Zeit für den Schriftsteller, aber sein eigenmächtiges Engagement weckte ihr Interesse. Wahrscheinlich wurde Seitz von einer Art beruflichen Neugier angetrieben. Hoffentlich verschwendete sie nicht ihre Zeit mit dem Besuch bei ihm.

Als sie auf den Hof seines Hauses fuhr, trat er mit den Händen in den Taschen vor die Tür. Seitz trug eine olivfarbene Cargohose und ein kariertes Flanellhemd.

»Das ging schnell«, begrüßte er sie. Sein Lächeln wirkte ansteckend, sein Haar war zerzaust.

»Ich war sowieso auf dem Weg.«

»Manchmal passt es einfach, nicht wahr? Kommen Sie rein, Frau Kommissarin. Ich habe gerade schwarzen Tee gekocht. Mögen Sie eine Tasse?«

Malia, die von der Suche in dem ehemaligen Moorbad ein wenig durchgefroren war, nahm das Angebot dankend an.

Die Diele war schummrig beleuchtet. Auf dem Tisch stand ein aufgeklappter Laptop, daneben lagen einige Blatt Papier, die vollgekritzelt waren.

»Arbeiten Sie an einem neuen Buch?«, fragte Malia, während Seitz Tee einschenkte.

»Eigentlich arbeite ich immer an einem neuen Buch, heute aber nicht. Diese Sache mit den Mertens-Mädchen hat mich nicht losgelassen, deshalb habe ich ein bisschen recherchiert. Ich hoffe, Sie empfinden das nicht als übergriffig.«

»Wer weiß, vielleicht hilft es ja weiter. Tatsächlich bin ich bisher nicht dazu gekommen, mir den Kanal der Mädchen genauer anzuschauen.«

Seitz schien erleichtert. »Bitte, setzen Sie sich doch«, sagte er und schob einen Stuhl zurecht.

»Sie kennen sich mit Recherchen aus, nehme ich an?«, fragte Malia.

»Kann man so sagen. Online findet man heute ja so gut wie alles.«

Seitz ließ sich vor den Laptop sinken und verschob ihn so, dass Malia mit auf den Bildschirm schauen konnte. Sie saßen dicht beieinander, und Malia roch das holzig-rauchige Parfum des Schriftstellers. »Wie geht es dem Mädchen?«, fragte er.

»Ganz gut. Leider erinnert sie sich an nichts«, antwortete Malia. »Im Moment ist sie keine große Hilfe, aber ich hoffe, das ändert sich schnell.«

»Der neue Post auf dem Kanal ist wirklich erschreckend«, sagte Seitz. »Wissen Sie schon mehr darüber?«

»Sie werden verstehen, dass ich mit Ihnen nicht über die laufenden Ermittlungen sprechen kann«, sagte Malia.

»Klar, verstehe ich.«

»Ich bin aber gespannt, was Sie gefunden haben.«

Seitz rief den Kanal auf. »Ich gebe zu, bei TikTok kenne ich mich nicht besonders gut aus«, sagte er. »Aber man findet sich schnell ganz gut zurecht. Die Mädchen machen tolle Fotos und Videos mit einem ganz eigenen Look und bedienen mit dem Moorthema eine Nische, die ich so nicht noch einmal auf TikTok gefunden habe. Damit erklärt sich sicher auch der Erfolg – und mit Freizügigkeit.«

Seitz scrollte durch die Standbilder. Es war kaum eines dabei, auf dem keine nackte Haut zu sehen war.

»Mich haben aber weniger die Videos und Bilder interessiert, sondern wie die Nutzer und Follower darauf reagieren.«

»Und wie reagieren sie?«, fragte Malia, die dazu bereits von Ida etwas erfahren hatte.

»Größtenteils positiv. Natürlich gibt es auch negative Kommentare, Hater sind auch darunter. Da geht's in die Richtung Sexismus und so. Ein Follower ist besonders auffällig, der Kanal nennt sich Moorhexe und verwendet als Profilbild das Bild einer Hexe mit langer Nase. Moorhexe wirft den Mädchen immer wieder vor, Klischees zu bedienen, Männer verrückt zu machen, dem Feminismus keinen Gefallen zu tun und so weiter. Auch interessant ist ein anderer Account. Der nennt sich LaFlos.«

Seitz rief den Account LaFlos auf.

Darauf waren lediglich einige Dutzend Landschafts- und Tieraufnahmen zu sehen, Follower hatte er nur fünfzehn. Das Profilbild zeigte einen stacheligen Kaktus.

»Der Account ist wie bei der Moorhexe so gehalten, dass man nicht weiß, wer dahintersteckt«, sagte Seitz.

»Und was ist interessant daran?«

»LaFlos kommentiert nicht die Videos der Mädchen, sondern antwortet auf die Kommentare anderer User. Immer auf die gleiche Art und Weise. LaFlos verteidigt die Mertens-Mädchen. Lobt sie. Hetzt gegen User, die den Kanal nicht mögen. Ich habe Hunderte solcher Kommentare gefunden. Und jetzt schauen Sie sich diesen an.«

Seitz rief die Kommentarfunktion zu einem Video auf. Das Video hatte dreihundertdrei Kommentare. Einer der Kommentare lautete:

»Komm doch mal mit mir ins Moor, ich kenne da eine schöne einsame Ecke für uns beide.«

LaFlos hatte darauf geantwortet:

»Du bist es nicht wert, dass Moormaid dir antwortet. Verpiss dich.«

Ein weiterer Kommentar lautete:

»Mehr als nackte Haut hast du wohl nicht zu bieten, oder? Voll langweilig hier.«

Auf diesen Kommentar gab es zwölf Antworten.

Eine Antwort kam von LaFlos.

»Sie sind die schönsten Mädchen der Welt.«

»Da ist wohl jemand verliebt«, sagte Malia.

»Möglich. Vor allem aber kennt er die Mertens-Mädchen.«

»Woraus schließen Sie das?«

»Weil aus dem Kanal nicht hervorgeht, dass es sich um zwei Mädchen handelt. Es ist immer nur ein Mädchen zu sehen, wahrscheinlich haben sich die Zwillinge abgewechselt, eine vor, eine hinter der Kamera, aber sie geben sich nicht als Zwillinge zu erkennen. Nirgends, auch nicht im Text. Und der Kanal heißt ja auch Moormaid. Singular.«

»Das ist in der Tat interessant. Ist mir noch gar nicht aufgefallen, aber ich habe auch nur kurz reinschauen können. Meinen Sie, die Mädchen wollten geheim halten, dass sie Zwillinge sind?«

»Zumindest sieht es danach aus. Und LaFlos hat geschrieben, sie sind die schönsten Mädchen der Welt. Er muss sie folglich kennen, mindestens aber ihr Geheimnis. Aber er hat das nur einmal gemacht. Aus seinen anderen Kommentaren geht nicht hervor, dass er von den Zwillingen weiß.«

»Haben Sie die alle durchgeschaut?«

»So viele ich schaffen konnte. Der Teufel versteckt sich immer in den Details, nicht wahr?«

»Ob er da wirklich steckt, muss sich erst noch herausstellen. Aber ich danke Ihnen sehr für Ihre Hilfe. Ich gebe das an unsere technische Ermittlerin weiter, vielleicht findet sie heraus, wer hinter LaFlos steckt.«

»Lassen Sie es mich wissen, wenn ich wieder helfen kann. Ich finde den Fall sehr interessant.«

»Nicht, dass Sie noch ein Buch darüber schreiben.«

»Kann man nie wissen. Sagen Sie, ich koche mir gleich etwas zum Abendessen. Wenn Sie mögen …«

»Tut mir leid, aber ich muss weiter. Leider habe ich noch keinen Feierabend.«

»Ja, natürlich, war auch nur eine spontane Idee.« Er wirkte enttäuscht.

»Vielleicht ein andermal«, schob Malia hinterher.

Seitz war ihr sympathisch, und sein Interesse an dem Fall schien ernsthafter Natur zu sein. Es gab immer wieder Menschen, die der Polizei bei den Ermittlungen helfen wollten, viele davon wollten sich aber vor allem aufspielen. Nur selten kam etwas Zielführendes dabei herum.

Seitz begleitete Malia zu ihrem Wagen. »Wie gesagt, lassen Sie mich wissen, wenn ich helfen kann. Jeder Krimiautor ist ein verhinderter und/oder verkannter Kriminalist.«

»Ist das so?«

»In meinem Fall trifft es jedenfalls zu. Leider bin ich schon zu alt, um mich noch bei der Polizei bewerben zu können … oder können Sie ein gutes Wort für mich einlegen?«

»Ich fürchte, das würde nichts nützen«, sagte Malia, startete den Motor, fuhr um den Walnussbaum und rollte vom Hof. Im Rückspiegel sah sie, dass Seitz ihr hinterherschaute und zum Abschied kurz die Hand hob.

11.

TAG 2
Abend

Malia fuhr auf direktem Weg nach Siedenburg zu den Mertens. Mit den Eltern der Zwillinge musste sie ohnehin noch sprechen, jetzt, nach dem Post, umso dringender.

Dort angekommen, stellte Malia fest, dass das Haus der Mertens dunkel war. In der Auffahrt parkte kein Wagen. Vielleicht hatten sie ihre Pläne geändert und waren beide bei ihrer Tochter im Krankenhaus. Das wäre verständlich. Malia zog ihr Handy hervor, rief die Mertens an und bereitete sich innerlich auf ein schwieriges Gespräch vor. Sie ließ es lange klingeln, doch niemand nahm das Gespräch an.

Malia trommelte auf dem Lenkrad herum, überlegte, was sie sonst noch tun könnte. Sie wusste, wenn sie jetzt in den Feierabend ging, würde sie nicht schlafen können. Ohnehin kam sie mit fünf bis sechs Stunden Schlaf die Nacht aus.

Sie entdeckte eine Mail des Kollegen Sellmann und öffnete sie. Im Anhang befand sich die Anzeige gegen Richard Haberloh, den Pastor der Freikirche von Moorbach. Immerhin hatte Sellmann das sofort erledigt, obwohl er sich doch anfangs so sperrig gegeben hatte. Wahrscheinlich war es einfach nicht in Ordnung gewesen, ihn zum Einkaufen zu schicken. Malia war so im Flow des Falls gewesen, dass sie es übertrieben hatte.

Sie las die Anzeige.

Eine unbekannte Person warf Haberloh vor, Kinder und Jugendliche im Rahmen seiner Arbeit als Geistlicher einer Freikirche zu manipulieren, sie durch psychischen Druck gefügig zu machen und emotional zu missbrauchen. Wer auch immer ihn angezeigt hatte, sprach von einer Drohkulisse, Einschüchterung, Machtmissbrauch. Da standen eine Menge Schlagworte, in die Tiefe ging die Anzeige allerdings nicht. Sie stammte vom 20. Dezember 2023.

Ein Ermittlungsverfahren hatte es nicht gegeben. Den Mann nun im Zusammenhang mit den verschwundenen Mädchen damit zu konfrontieren, war nicht unproblematisch. Da schwangen Vermutungen mit, so ungeheuerlich, dass immer etwas davon zurückbleiben würde, sollte die Öffentlichkeit davon Wind bekommen.

Merkwürdig war die Bitte am Schluss der Anzeige, nicht herausfinden zu wollen, von wem die Anzeige kam, weil dieser Person ansonsten Gefahr drohe.

Malia ließ das Handy sinken und starrte auf das dunkle Haus der Familie Mertens. Haberloh und seine abweisende Haltung an der Haustür da drüben waren ihr gut in Erinnerung. Es sollte für eine Ermittlung keine Rolle spielen, ob man einen Menschen mochte oder nicht, und Malia versuchte, stets objektiv zu bleiben, am Ende war aber auch sie nur ein Mensch. Haberloh hatte sich auffällig verhalten, dazu diese Anzeige. Grund genug für einen Anfangsverdacht und um ein Gespräch mit ihm zu führen.

Also fuhr Malia zurück nach Moorbach, wo Haberloh lebte.

Schon aus einiger Entfernung sah sie den Blumenlieferwagen der Mertens am Straßenrand parken. Haberloh stand am Beifahrerfenster. Er trug die gleiche Kleidung wie gestern. Wie es aussah, redete er auf jemanden im Wagen ein, wahrscheinlich Hans und Erika Mertens. Er gestikulierte, und je länger Malia hinsah, desto mehr bekam sie den Eindruck, dass sie sich stritten.

Schließlich schüttelte Haberloh den Kopf und trat von dem Fenster zurück.

Der Lieferwagen mit dem großen Blumenbild auf der Seite fuhr zügig davon.

Haberloh verschränkte die Arme vor der Brust und sah ihm lange nach, bevor er seinen Blick über die Straße gleiten ließ, Malias Wagen entdeckte und innehielt. Malia glaubte nicht, dass er sie darin erkennen konnte. Aber vielleicht hatte er sich ihren Wagen gemerkt, mit dem sie am Vormittag bei den Mertens gewesen war.

Jedenfalls ließ er die Arme sinken und trat vor, den Blick weiterhin auf ihr Auto gerichtet. Seine Körperhaltung wirkte bedrohlich. Die Füße schulterbreit auseinander, die Arme angespannt, die Hände zu Fäusten geballt, der Kopf vorgereckt. So sah ein Mann kurz vor einem Angriff aus.

Malia stieß die Autotür auf.

»Herr Haberloh … auf ein Wort!«, rief sie, ohne allzu weit auf den Mann zuzugehen. Sie glaubte zwar nicht, dass er eine Beamtin angreifen würde, wollte aber rasch ins Auto flüchten können, sollte sie sich täuschen.

»Keine Zeit«, sagte Haberloh.

»Es ist aber wichtig.«

»Noch mal: Keine Zeit. Versuchen Sie es morgen.«

Haberloh drehte sich um, ging ins Haus zurück und schloss die Tür hinter sich. Kurz darauf erlosch das Licht hinter den Fenstern.

Malia überlegte, ob sie ihm folgen sollte, entschied sich aber dagegen. Haberloh schien aufgebracht, wahrscheinlich würde ein Gespräch in diesem Zustand ohnehin nichts bringen.

Ihr Telefon klingelte, und sie erschrak.

Erik.

»Hey, Brüderchen.«

»Hast du Feierabend?«

»Ein wichtiges Gespräch noch.«

»Kannst du's nicht auf morgen verschieben? Und stattdessen mit uns zu Abend essen?«

»Ruth ist auch da, nehme ich an?«

»Klar, aber wenn du heute nicht kommst, hat sie allen Grund, es dir krummzunehmen. Die Hürde wird mit jedem Tag höher, den du in Moorbach bist, dich aber nicht auf dem Hof blicken lässt. Ich habe sie gefragt, sie ist einverstanden.«

Sofort waren die alten Argumente da, die Malia schon seit Jahren nutzte. *Ruth kann ja auch auf mich zugehen. Sie hat das damals doch alles forciert. Nicht ich, sondern sie muss sich entschuldigen.*

Sturköpfige Argumente, die nichts änderten. Nur leider war den Sichlers die Sturköpfigkeit angeboren – außer Erik, dem nicht.

»Na los, gib dir einen Ruck. Wir machen Spaghetti, und Hannah möchte dich gern mal wieder knuddeln.«

»Okay«, sagte Malia. »Bin gleich da.«

Sie legte auf. Im ersten Moment war da Euphorie, im nächsten Angst. Fünfzehn Jahre. Nichts war mehr wie damals. Aber der Grund für das Zerwürfnis war noch da. Würde auch nie verschwinden. Heute Abend durfte er keine Rolle spielen, wenn der Versuch, Normalität herzustellen, nicht sofort in einem Fiasko enden sollte. Das wollte Malia Erik und seiner Familie nicht antun. Und war sie nicht genau deshalb zurückgekehrt? Um einen Neuanfang zu wagen. Um wieder ein lebendiger Teil dieser Familie zu werden.

»Okay«, sagte Malia in die Stille des Wagens. »Du schaffst das.«

Sie fuhr los und dachte an die Mertens. Richard Haberloh musste bis morgen warten, aber den Eltern der Zwillinge war sie mindestens einen Anruf schuldig.

Also wählte sie die Nummer.

Herr Mertens nahm ab.

»Warum gehen Sie denn nicht ans Telefon?«, rief Mertens lautstark. »Ist etwas mit Jana?«

Malia wich aus, fragte ihn, wo er sei.

»Wir sind auf dem Weg nach Hause«, sagte Mertens.

Das stimmte wohl, da sie ja gerade bei Haberloh aufgebrochen waren.

»Kommen Sie direkt aus dem Krankenhaus?«

»Ja, wir waren so lange bei Nike, wie es ging.«

Warum lügt er?, fragte sich Malia. Sie hielt es für klüger, ihn nicht direkt darauf anzusprechen. Menschen, die beim Lügen ertappt wurden, reagierten meist mit Ausflüchten.

»Dieses Bild … von Jana …«, sagte Mertens. »Was passiert da nur? Was ist mit ihr? Sie müssen doch etwas wissen! Können Sie sich nicht vorstellen, dass wir verrückt sind vor Sorge!«

Malia entschuldigte sich bei ihm und erklärte, dass sie noch keine neuen Erkenntnisse darüber habe, wo Jana war. Sie fragte, ob ihnen der Name LaFlos bei TikTok etwas sagte, und hörte, wie Mertens mit seiner Frau sprach.

»Nein, sagt uns nichts … Wie geht es denn jetzt weiter?«

Weil ihr nichts Besseres einfiel, sagte sie, dass unter Hochdruck in alle Richtungen ermittelt werde, und das stimmte ja auch, klang aber selbst in ihren Ohren nach abgenutzter Phrase.

Sie versicherte Herrn Mertens, sich unverzüglich zu melden, sollte es etwas Neues geben, dann beendete sie das Gespräch und bekam sofort ein schlechtes Gewissen.

Die Mertens kamen um vor Sorge um ihre Tochter Jana, und Malia war drauf und dran, Feierabend zu machen. Aber es ging nicht anders. Sie musste eine Pause einlegen, um morgen wieder zu funktionieren, außerdem konnte sie in der Nacht ohnehin nichts ausrichten.

Und dennoch … es schmerzte.

12.

TAG 2
Abend

Er lauerte in der Dunkelheit seines Hauses.

Spähte durchs Wohnzimmerfenster auf die Straße hinaus.

Dort saß die Kommissarin in ihrem Wagen. Sie schien zu telefonieren, denn ihr Gesicht war von kaltblauem Licht angestrahlt.

Das Licht des Teufels.

Es war der große Irrtum der Menschheit, den Teufel in loderndem Höllenfeuer zu vermuten. Vielleicht war er einmal dort gewesen, aber jetzt nicht mehr. Heutzutage steckte er in dem kaltblauen Licht von Smartphone und Computer.

Haberloh ärgerte sich darüber, das Gespräch mit der Kommissarin verweigert zu haben. Sein Rückzug ins Haus musste für sie wie eine Flucht gewirkt haben – und wer flüchtete, hatte etwas zu verbergen. Aber sonst wäre die Situation eskaliert, weil er seine Wut nicht länger hätte zähmen können.

Das blaue Licht in dem Wagen erlosch, das Telefongespräch schien beendet.

Schon am frühen Vormittag, als sie bei den Mertens geklingelt und er die Tür geöffnet hatte, war ihm diese drahtige, trainierte Frau mit dem dunkelblonden Haar, dem energischen Kinn und den hellwachen braunen Augen suspekt gewesen. In ihr schlummerten Abgründe, und Menschen mit Abgründen waren gefährlich. Sie fochten einen Kampf aus. Den Kampf zwischen Erinnern und Vergessen, zwischen Mut und Feigheit, zwischen Leere und Überfüllung. Diese Kommissarin war innerlich zerrissen, ein Zustand, den niemand lang aushielt, deshalb war sie ständig im Außen. Und das mit Vehemenz. Sie beobachtete, lauschte, stellte Fragen, stellte infrage. Mischte sich in die Leben anderer ein, weil ihr eigenes unbefriedigend war.

Und sie war voller Tatendrang.

Gott mochte Tatendrang.

Wie sonst konnten Welten entstehen.

Sie startete den Motor und fuhr weg.

Was hatte sie vor?

Nicht zu wissen, was da draußen vorging, gefiel ihm nicht. Er hatte die Kontrolle verloren, und das war nicht gut. Warum nur hatte er all das nicht kommen sehen?

Er löste sich vom Fenster, schaltete das Licht wieder ein und setzte sich an den Schreibtisch. Es galt, nachzudenken, die Geschehnisse zu analysieren und die richtigen Schlüsse zu ziehen.

Schon immer hatte er am besten nachdenken können, wenn er kritzelte. Also nahm er den Bleistift, spitzte ihn und begann, die Kästchen des karierten Blockes auszumalen. Er kritzelte Striche, Kreise und Dreiecke hinein und schraffierte sie.

Nach und nach ordneten sich seine Gedanken.

Das Foto von Jana in dem Moorloch war entsetzlich. Nicht nur für die Mertens, auch für den Ort und seine Kirche. Wenn nicht bereits jetzt, dann spätestens morgen früh würden alle darüber sprechen. Beim Bäcker, an der Tankstelle, auf der Arbeit. Überall. Die Medien würden darauf aufmerksam werden und ein Sturm über die Orte am Namenlosen Moor hereinbrechen.

Konnte er das noch verhindern?

Nein. Niemand kam gegen die Schnelligkeit des Internets an. Aber er konnte, nein, er musste sich darauf vorbereiten.

Zuerst musste er sich einen Überblick verschaffen.

Also ging er online und rief den verhassten Moormaid-Kanal auf. Und dort war richtig was los. Selbst jetzt noch, da die Zwillinge ihn nicht bespielten. Verwunderlich war das nicht. Die letzten beiden Posts bedienten alles, was die digitale Gemeinde sich wünschte, dem Voyeurismus waren Tür und Tor geöffnet. Ein halb nacktes Mädchen, halb im Moor versunken. Gefesselt, der Körper zur Schau gestellt.

Als die Zwillinge vor zwei Jahren mit diesem TikTok-Kanal begonnen hatten, hatten sie es nur getan, um ihn zu provozieren, da war er sich sicher. Und er war ihnen auf den Leim gegangen, hatte dagegen protestiert, seine Gemeinde auf seine Seite gezogen, es immer und immer wieder thematisiert. Nach und nach hatte er dann gelernt, dass er den Teufel nur mit dem Teufel austreiben konnte, also war er selbst auf den sozialen Medien aktiv geworden.

Der Kanal der Zwillinge war gewachsen, seiner nicht.

Und seitdem sie volljährig waren, taten sie, was sie wollten. Ungehemmt zeigten sie sich halb nackt und taten so, als plädierten sie für das Moor, dabei war es ihnen nur Mittel zum Zweck.

Ihm auf die Nerven zu gehen.

Das hatten sie nun davon.

Wer den Teufel auf sich aufmerksam machte, musste sich nicht wundern, wenn er schließlich Interesse fand.

Auf dem Moormaid-Kanal hinterließ er einen Kommentar unter seinem Pseudonym. Dann wechselte er zu Instagram und dort auf seine Kirchenseite. Sie hieß *Kirche der Menschen.*

Er lud ein Foto der Zwillinge hoch, das Hans Mertens ihm zur Verfügung gestellt hatte. Sie waren fünfzehn gewesen, als es in der Kirche aufgenommen worden war – gegen ihren Willen, aber damals hatten sie noch getan, was ihre Eltern von ihnen verlangt hatten.

Unter das Bild schrieb er einen längeren Text.

Er bat die Menschen, für die Zwillinge zu beten und bei der Suche nach ihnen zu helfen. Ferner bat er sie darum, sich nicht an dem unsäglichen Treiben auf dem Moormaid-Kanal auf TikTok zu beteiligen, wohl wissend, dass er damit Öl ins Feuer goss. Er pries die Zwillinge als wertvolle Mitglieder der Kirche der Menschen, stets hätten sie sich für andere eingesetzt und geholfen, wo sie konnten. Tatsächlich war das auch mal so gewesen, damals, als er die Kirche in Moorbach gegründet hatte und die Zwillinge zehn Jahre alt gewesen waren. Doch nach und nach hatte der kaltblaue Teufel sie ihm entrissen. Gegen ihn hatte er nie eine Chance gehabt.

Am Ende lud er zu einem Gottesdienst für die Zwillinge am morgigen Tag um achtzehn Uhr ein. Diesen Aufruf wiederholte er in der WhatsApp-Gruppe der Kirche, der alle Mitglieder angeschlossen waren. Somit war sichergestellt, dass auch alle kommen würden.

Danach wechselte er zu Signal. Dort kommunizierte er mit nur einer einzigen Person. Ein nützliches Helferlein, von bedingungsloser Liebe getrieben.

Dem erteilte er einen Auftrag.

13.

TAG 2
Abend

Der Tisch brach alles auf.

Der riesige, dunkelbraune, im Licht der Kupferlampen golden schimmernde Tisch, an dem Generationen von Sichlers zusammengefunden hatten. Eine massive Eichenholzplatte voller Erinnerungen. Abgeschabt von Geschirr und Gläsern, hier und da weiße Ringe von zu heißen Tassen, und dann die deutlich sichtbare Kerbe an der linken Seite, die von dem Teller stammte, den Malia in einem Wutanfall daran zerschlagen hatte. Dieser Eichentisch war aus alten Fachwerkbalken für die Ewigkeiten gemacht, er nahm alles hin, verzieh alles, ertrug alles und war immer wieder in der Lage, die Familie zusammenzubringen.

Und plötzlich wusste Malia, dass es ohne den Tisch nicht funktionieren würde und Eriks Idee für ein gemeinsames Abendessen zwar viel zu früh kam, aber richtig war. Wenn sie über eine Versöhnung nachgedacht hatte, dann immer an einem neutralen Ort, ohne Verpflichtungen und Erinnerungen, dafür mit Fluchtmöglichkeiten. Doch das wäre falsch. Weil das Fundament fehlte.

In den vergangenen fünfzehn Jahren hatte Malia nie über diesen Tisch nachgedacht – ihn jetzt zu sehen, brach alles auf.

Sie klammerte sich an der Stuhllehne fest, schloss die Augen und atmete tief ein. Die Tränen fanden ihren Weg dennoch und liefen ihr über die Wangen.

»Bin gleich wieder da«, flüsterte Malia und lief hinaus auf den Hof, wo ihr Wagen gleich neben dem von Erik und dem von Ruth parkte. Kalte Luft legte sich auf ihr Gesicht.

Das tat gut.

Schon der Weg hier heraus war nicht einfach gewesen.

Der Sichlerhof lag etwas abseits von Moorbach und war der größte Hof der Region. Einst waren es die Sichlers gewesen, die weite Teile des Moores ur- und nutzbar gemacht hatten, die mit ihrer Hände Arbeit landwirtschaftliche Flächen daraus geformt hatten, um sich und andere Familien zu ernähren. Von der Landstraße ging eine private Stichstraße ab, die schnurgerade auf den Hof zuführte, gesäumt von Dutzenden alten Eichen, rechts und links Wiesen, auf denen früher Vieh gegrast hatte. Hinter der etwas zu pompösen, gemauerten Tordurchfahrt erhob sich der Nordgiebel des Hauses, vor dem Malia nun stand. Ein massiver Fachwerkgiebel, zu niedrig, um herrschaftlich zu wirken, aber breit genug, um das Gefühl von Schutz und Beständigkeit zu vermitteln. Noch immer war das Dach mit Reet gedeckt, auch wenn das die Feuerversicherung fast unbezahlbar machte. Reet bauten die Sichlers schon immer selbst an und verkauften es auch.

Moorbach war ohne den Sichlerhof nicht vorstellbar, doch die Zeiten, in denen andere Familien von den Sichlers abhängig gewesen waren, waren längst vorbei. Heute mussten sie selbst ums Überleben kämpfen und neue Wege gehen.

Der Wirkmacht des Hofes tat das keinen Abbruch.

Er war gebaut, um die Zeiten zu überdauern und seinen Bewohnern Schutz zu bieten. Und das tat er. Malia war vor fünfzehn Jahren unter diesem Schutzschirm herausgetreten, weil sie entdeckt hatte, welche Abgründe hier lauerten, was alles geheim gehalten wurde in seinem Schatten. Als Jugendliche hatte sie nicht damit leben können, dass ihre Fragen nicht beantwortet wurden – konnte sie es heute?

Das Moor war ein Bewahrer von Geheimnissen, und die Sichlers hatten über die Jahrhunderte viel gelernt vom Moor.

Malia hörte ein Geräusch hinter sich.

Erik war ihr gefolgt. Er reichte ihr einen Fünfzigeuroschein.

»Mit Dank zurück.«

Malia steckte ihn wortlos ein.

»Wie geht's dir?«, fragte Erik, stellte sich neben sie, und gemeinsam blickten sie zu den Sternen hinauf.

»Ich dachte, mit dem zeitlichen Abstand wäre es leichter.«

Erik seufzte. »Ich kann dir nicht einmal einen klugen Rat geben. Ich war ja nie weg von hier außer fürs Studium. Ich weiß nur, dass ich es mir nicht vorstellen kann, einmal nicht mehr hier zu leben. Das alles …« Er machte eine ausladende Handbewegung. »Der Hof, das Moor, der Ort, die Menschen … Ich bin so sehr ein Teil davon … das alles hier ist die emotionale DNA meiner Persönlichkeit. Da kann man nicht einfach was rausschneiden und glauben, man merkt es nicht.«

»Glaub mir, ich habe es gemerkt, aber man lernt, damit zu leben.«

»Ja, und das könnte ich auch, wenn ich müsste, aber Glück fühlt sich anders an.«

»Wie denn?«

Wie auf ein Zeichen erklang drinnen Hannahs helles Kinderlachen. Erik hatte die Haustür offen stehen lassen, und ihr Lachen drang in die sternenklare Nacht hinaus, wo es zwischen Hauptgebäude, Scheune und Stallungen widerhallte.

»So«, sagte Erik.

Malia nickte und schluckte herunter, was ihr auf der Zunge lag: die Frage nach ihrem Vater. Wenn sie wirklich einen Neuanfang wagen wollte, durfte sie sie nicht stellen. Nicht einmal ihrem Bruder.

Stattdessen umarmte Malia ihn noch einmal, wie sie es vor zehn Minuten bei der Begrüßung schon getan hatten. Fest und innig.

»Kommst du wieder rein?«, fragte Erik. »Hannah würde dir das sonst nie verzeihen.«

»Das will ich auf keinen Fall riskieren. Wo ist Ruth eigentlich?«

»Bei den Hühnern, nehme ich an.«

»Aber sie weiß bestimmt, dass ich hier bin?«

»Na klar, oder glaubst du, ich arrangiere so etwas ohne ihr Einverständnis? Ich bin doch nicht lebensmüde.«

Erik hakte sich bei Malia ein, um sie zurück ins Haus zu ziehen, doch Malia stemmte sich dagegen. »Warte, ich habe noch etwas für Hannah.«

Sie holte das Geschenk vom Rücksitz ihres Wagens. Es war in kunterbuntes Papier eingeschlagen.

»Ein Buch. Sie liest doch noch so gern, oder?«

»Und ob. Alles, was sie in die Finger bekommt.«

»Hoffentlich kennt sie das noch nicht.«

»Wie heißt es?«

»Der Tag, an dem die Oma das Internet kaputt gemacht hat.«

Erik lachte auf. »Du bist so böse, große Schwester.«

»Wieso? Das Buch soll toll sein, und ich mag den Autor.«

Die Begrüßung mit der kleinen Hannah fiel stürmisch und herzlich aus, zuletzt hatten sie sich vor einem halben Jahr gesehen. Schon vorher hatte Erik häufig auf Malia eingeredet, sich näher nach Moorbach versetzen zu lassen. Er hatte es auf Hannah bezogen, deren informelle Patentante Malia war, denn die Kleine wuchs so schnell, und Malia bekam es nicht mit, weil sie weit weg war, da halfen die kurzen Treffen bei ihr nicht wirklich. Natürlich war es nie nur um Malia gegangen, sondern um die Familie, in der ein Loch klaffte. Und dann war da diese Stelle in Riedberg frei geworden. Jetzt war sie hier. Einerseits überfordert, andererseits froh.

»Oma hat das Internet wirklich schon mal kaputt gemacht«, rief Hannah, nachdem sie das Buch ausgepackt hatte. »Und Papa musste es heile machen. Wo ist Oma eigentlich?«

»Bei den Hühnern«, antworteten Malia und Erik zugleich.

»Die schlafen doch längst«, stellte die Kleine nüchtern fest und schlug das Buch auf.

»Kann ich dir helfen?«, bot Malia Caro an, die mit der Vorbereitung des Abendessens beschäftigt war.

Doch die schüttelte den Kopf, während sie das Spaghettiwasser abgoss. »Es reicht vollkommen, wenn du mir das Monster abnimmst.«

Also beschäftigte Malia sich mit ihrer Nichte, die ihr selbstbewusst erklärte, dass die Menschen in Italien sehr alt wurden, weil sie jeden Tag Spaghetti mit Tomatensoße aßen. Deshalb sei das ihr Lieblingsgericht. Oma aß lieber Kartoffeln, aber die machten leider nicht alt.

Schließlich dampften die Nudeln auf dem Tisch, es duftete nach Tomaten und frisch geriebenem Parmesan, in den Gläsern leuchtete rubinrot der Wein, und Hannah wartete mit Besteck in den kleinen Händchen und einem riesigen Lätzchen um den Hals auf den Startschuss.

Doch Ruth fehlte.

»Soll ich mal nachschauen?«, fragte Erik.

Malia zuckte mit den Schultern.

»Ohne Oma fangen wir nicht an«, sagte Hannah.

»Das will ich doch wohl hoffen«, kam es aus der Diele, und Malia zuckte zusammen. Diese feste, selbstbewusste Stimme, die man überall im Haus hören konnte, die schneidend und verletzend werden konnte, wenn Ruth es wollte.

Ruth kam herein. Zielstrebig ging sie zuerst zu Hannah und küsste die Kleine auf die Stirn.

»Die Hühner sind aufgeregt. Sie spüren es jetzt schon, dass der Fuchs heute Nacht kommt. Deswegen musste ich sie beruhigen.«

»Oh nein, Oma, dann holt er sich wieder eins!«, rief Hannah.

»Nicht, wenn ich es verhindern kann. Und das kann ich. Ich habe eine Falle aufgestellt.«

Ruth kam um den Tisch herum zu Malia, die bereits saß. Sie wollte aufstehen, doch Ruth packte sie von hinten bei den Schultern und drückte sie wieder hinunter.

»Schön, dass du zum Abendessen kommen konntest. Ich kann mir vorstellen, du hast mehr als genug zu tun.«

Und das war es.

Nach fünfzehn Jahren.

Ruth ging zu ihrem Platz und setzte sich.

Erik warf Malia ein Lächeln zu, das sie mit einem Nicken beantwortete.

Malia wusste nicht, was sie erwartet hatte, aber so, wie es gelaufen war, fühlte es sich erst einmal richtig an. Für den Moment. Für dieses Abendessen zusammen mit der kleinen Hannah. Ob und wann sie sprechen würden, also wirklich sprechen, um eine Annäherung zu schaffen, stand in den Sternen. Für den Moment war alles okay.

»Okay. Spaghetti-Orgie!«, rief Erik, und es ging los.

Sie wickelten und schlürften und lachten. Sie hatten Tomatensoßenspritzer in den Gesichtern und Spaghetti auf den Nasen. Besonders die Kleine hatte einen Riesenspaß bei der Sauerei.

Malia konnte diese Ausgelassenheit nicht teilen. Sie schaute zu, warf hin und wieder einen verstohlenen Blick zu ihrer Mutter hinüber. Ruth saß neben Hannah und kümmerte sich mit einer herzlichen, warmen Art um sie. Zwischen ihnen beiden ging es nicht um Befehl und Gehorsam, wie das in diesem Haus früher so oft der Fall gewesen war.

Sie scherzten über alles Mögliche, sprachen auch über den armen Toma, der im Krankenhaus langweilige Schupfnudeln essen musste, aber nicht über den Fall. Nicht über die Mertens-Zwillinge. Das verstand sich von selbst. Nach und nach fiel die Anspannung ein wenig von Malia ab, und irgendwann war sie in der Lage, die Zeit zu genießen. Sie trank sogar Rotwein, ohne sich Gedanken darüber zu machen, wie sie nach Hause kommen sollte.

Irgendwann sagte Caro, für Hannah sei es nun Zeit fürs Bett. Die Kleine weigerte sich, wollte unbedingt noch bei ihrer Tante am Tisch bleiben, doch als Ruth Hannah ermahnte, akzeptierte sie es. Caro übernahm es, sie zu Bett zu bringen.

Erik, Malia und Ruth deckten ab und räumten das Geschirr in den Spüler. Schließlich saßen sie mit ihren Rotweingläsern wieder am Tisch.

»Wie geht es Toma?«, fragte Malia.

Die erste an ihre Mutter gerichtete Frage seit mehr als fünfzehn Jahren.

Ruth berichtete von dem gebrochenen Arm und wie lange es dauern würde, bis Toma wieder einsatzbereit wäre. Dabei drehte sie das Weinglas zwischen den Fingern und betrachtete die rote Flüssigkeit darin.

»Und du ermittelst wegen der Mädchen?«, fragte sie schließlich, hob den Blick, und zum ersten Mal sahen sie sich in die Augen.

Mehr als einen kurzen Moment hielten sie es beide nicht aus.

»Ja, richtig, mein erster Fall in meiner neuen Stelle in Riedberg. Ab morgen richte ich eine Außenstelle in Moorbach ein. Heute haben sich die Dinge ein wenig überschlagen.«

»Was bedeutet das?«, fragte Erik.

Malia berichtete, was sie berichten durfte. Immer wieder schloss Ruth die Augen und schüttelte den Kopf.

Auch Erik war fassungslos. »Jemand hat die Mädchen angegriffen, entführt und misshandelt nun Jana? Er vergräbt sie zur Hälfte im Moor und postet ein Bild davon? Was passiert denn hier?«

»Ich weiß es nicht. Mir fehlen noch sämtliche Hintergrundinfos. Eigentlich bin ich den ganzen Tag den Ereignissen hinterhergelaufen.«

»Was für Infos fehlen dir?«, fragte Ruth.

»Ich … na ja, ich weiß gar nicht, wo ich anfangen soll. Dieser Prediger zum Beispiel, Richard Haberloh. Wisst ihr etwas über den?«

»Warum? Ist er verdächtig?«, fragte Erik.

»Auf jeden Fall ist er das«, sagte Ruth. »Diesem Mann darf man keine zwei Meter über den Weg trauen.«

»Sellmann hat mir von einer Anzeige berichtet«, begann Malia und erzählte davon.

Ruth schlug mit der flachen Hand auf den Tisch. »Siehst du!«, versetzte sie. »Ich hab's doch gesagt. Der Mann will hier eine Sekte aufbauen, nichts anderes, und ich habe damals schon gesagt, dem dürfen wir die Kirche nicht geben. Aber auf mich hat niemand gehört.«

»Mama, bitte, so schlimm ist es nun auch nicht«, sagte Erik.

»Wer hat ihn denn angezeigt?«, wollte Ruth wissen.

»Unbekannt.«

»Ich hätte das tun sollen«, setzte sie nach. »Ich habe damals erkannt, was das für ein Mensch ist, und hätte das tun sollen.«

»Es ist nichts dabei herausgekommen, also wissen wir nicht, ob er getan hat, was man ihm vorwirft. Tendenziell eher nicht. Oder habt ihr andere Infos für mich?«

Ruth beugte sich vor. »Erst schüchtert er die Erwachsenen ein mit seinem angeblich gerechten, aber harten Gott, dann die Kinder. Er manipuliert sie, und es würde mich nicht wundern, wenn er sie misshandelt. Geistig tut er es auf jeden Fall.«

Malia fand, dass diese Vorwürfe so ähnlich klangen wie die aus der Anzeige eines Unbekannten – oder einer Unbekannten. Aber darum ging es nicht. Ihre Frage hatte Verdächtigungen ausgelöst, das passierte häufig, dennoch musste die Frage natürlich gestellt werden.

»Wirst du ihn festnehmen?«, fragte Ruth. In ihren Augen war immer noch dieser unbeugsame Blick.

»Nein, aber mit ihm sprechen. Wie mit vielen anderen auch. Zum Beispiel mit Onkel Jürgen.«

»Das habe ich heute schon getan«, sagte Ruth.

»Du. Warum?«

»Weil ich mir denken konnte, dass er es war, der in der vergangenen Nacht den Zugezogenen aus dem Wasserloch gezogen hat.«

»Er heißt Alexander Seitz, Mama«, warf Erik ein.

»Meinetwegen auch das.«

»Und? War es Onkel Jürgen?«, fragte Malia.

»Ja, er hat es zugegeben.«

»Und was wollte er nachts allein im Moor?«

»Jürgen ist mittlerweile häufiger im Moor unterwegs als ich. Er hat ja alle Zeit der Welt. Langeweile, Verzweiflung, was weiß denn ich. Jedenfalls ist es für ihn nicht ungewöhnlich.«

»Jemanden vor dem Ertrinken zu retten und dann einfach abzuhauen, ist aber schon ungewöhnlich«, gab Erik zu bedenken.

»Konnte er das erklären?«, hakte Malia nach.

»Nicht wirklich. Er wolle keinen Stress, sagt er.«

»Immerhin hat er Alexander Seitz geholfen. Hätte er ja nicht tun müssen. Allein deshalb denke ich nicht, dass Onkel Jürgen etwas mit dem Verschwinden der Zwillinge zu tun hat. Aber er war im Moor unterwegs. Vielleicht hat er etwas gesehen oder gehört und kann uns weiterhelfen.«

»Er weiß, dass du kommst«, sagte Ruth.

»Wie das?«

»Weil ich es ihm gesagt habe, nachdem wir uns im Krankenhaus begegnet sind. Und danach kannst du dann gleich den Zugezogenen verhören.«

»Vernehmen. Erst einmal vernehme ich. Und warum sollte ich Alexander Seitz vernehmen? Immerhin hat er sich freiwillig an der Suchaktion beteiligt.«

»Machen Mörder das nicht immer? Weil sie sich damit Glaubwürdigkeit und Vertrauenswürdigkeit verschaffen wollen?«

»Das kommt vor.«

»Siehst du. Und warum zieht einer wie der nach Moorbach? Niemand hier kennt den, und er kennt niemanden. Ein Außenseiter, der in seinem Haus hockt und sich tagein, tagaus mit Mord und Totschlag beschäftigt. Kann man so jemandem vertrauen?«

Malia wollte spontan Ja sagen, weil sie Seitz vertrauenswürdig und vor allem sympathisch fand, tat es aber nicht. Stattdessen wich sie auf Details aus, die sie streng genommen nicht erzählen durfte.

»Im Moment weist absolut nichts auf Seitz hin«, wich sie aus. »Zuallererst muss man den Tatzeitraum im Auge behalten, damit man Verdächtige ausschließen kann. Wer hielt sich nachweisbar wann wo auf. Die Handys der Zwillinge haben sich um 14:17 Uhr vom Mobilfunkmast abgemeldet, die Mädchen gingen ins Moor, wo es keinen Empfang gibt. Der nächste relevante Zeitpunkt ist der Notruf von Toma um 16:25 Uhr. Was passierte danach?«

»Zehn Minuten später war ich vor Ort«, erklärte Ruth. »Sven Sellmann auch. Wir haben Toma aus dem Graben geholt und erstversorgt.«

»Und wann habt ihr vom Verschwinden der Mädchen erfahren und die Suchaktion gestartet?«

»Ich war wegen Toma in der Polizeistation, als Herr Mertens seine Töchter vermisst meldete. Das muss so gegen 18:30 Uhr gewesen sein, da kam ich gerade aus Riedberg zurück. Mertens sagte, er sei zuvor beim Hochsitz gewesen und habe nach seinen Mädchen gerufen. Da war aber niemand. Eine Stunde später, um halb acht, startete unsere kleine Truppe vom Wanderparkplatz aus.«

Malia musste an das GoPro-Video denken. Zwischendurch waren die Mädchen auf jeden Fall am Hochsitz gewesen. Sobald Ida

Sophie Rossmann das Video analysiert hatte, würde sich das genau sagen lassen.

»Okay, dann war Herr Mertens gegen halb sechs im Moor, um nach seinen Mädchen zu suchen. Eine Stunde nach dem Unfall mit Toma. Was auch immer mit den Mädchen passierte, fand zwischen 14:17 Uhr, als ihre Handys sich abmeldeten, und 17:30 Uhr statt. Jeder, der für dieses Zeitfenster von drei Stunden ein Alibi hat, hat nichts damit zu tun.«

»Dieser Unfall …«, sagte Erik nachdenklich. »Das ist doch kein Zufall, oder?«

»Schwer zu sagen«, begann Malia. »Der Unfallort ist weit entfernt vom Hochsitz und liegt nicht an der schnellsten Verbindung zwischen dem Wanderparkplatz und Moorbach. Aber ich weiß, was du meinst. Derjenige, der den Mädchen das angetan hat, könnte geflüchtet sein und hat dabei Toma angefahren.«

»Klingt doch logisch, oder?«

»Ja. Andererseits gibt es solche Zufälle.«

»Aber warum die Unfallflucht?«, fragte Ruth. »Der Fahrer muss doch bemerkt haben, was passiert ist, dass Toma in den Wassergraben geflogen ist … er hätte ertrinken können. Da hilft man doch, wenn man nichts zu verbergen hat.«

»Man muss ja nicht gleich eine Entführung zu verbergen haben. Oft reicht Alkoholeinfluss für eine Fahrerflucht.«

»Das Jägertreffen«, sagte Ruth.

»Was meinst du?«

»Bevor Toma angefahren wurde, war er beim Treffen der Jäger auf der Hohen Warth. Toma war auch betrunken. Was, wenn einer der anderen Jäger ihn auf der Heimfahrt angefahren hat?«

»Okay, danke für diesen Hinweis. Ich kläre das. Und dann muss ich dringend auch mit Lehrpersonal sprechen, das die Mädchen unterrichtet. Ich verstehe die beiden noch überhaupt nicht und habe so das Gefühl, die Eltern werden mir da wenig helfen können. Erik, kannst du mir einen Kontakt an der Schule herstellen?«

»Klar, ich rede gleich morgen mit den Kolleginnen und Kollegen. Da fällt mir ein: Andreas hat schon so eine komische Bemerkung gemacht.«

»Wer ist das?«

»Andreas Kraft, mein Freund. Wohnt hier in Moorbach und unterrichtet am Gymnasium der Mädchen. Er war bei der Suchaktion dabei, und ich glaube, er hat so etwas gesagt wie, Jana und Nike wären manipulativ.«

»Interessant. Vielleicht sollte ich erst einmal mit deinem Freund sprechen. Kannst du ihn anrufen?«

»Kann ich, aber heute ist es schon ein bisschen spät, meinst du nicht?«

»Gut, dann morgen.«

»Dieses Foto, von dem du gesprochen hast«, begann Ruth nachdenklich. »In dem das Mertens-Mädchen im Moor steckt …«

»Ja? Was ist damit?«

»Zeig es mir, dann kann ich dir wahrscheinlich sagen, wo es entstanden ist. Es gibt dafür nur wenige Stellen im Moor, die muss man kennen.«

Malia hatte nicht vergessen, wie man ihre Mutter hier im Ort nannte. Die Fährtenleserin. Weil es niemanden gab, der sich besser im Moor auskannte, und sie darin Spuren finden konnte, die niemand sonst sah.

Malia zog ihr Handy hervor, ging auf den Moormaid-Kanal und zeigte Ruth das Foto.

Ruth setzte ihre Brille auf. »Schrecklich. Und dafür wurde also das Internet erfunden?«

»Kennst du den Ort?«, fragte Malia.

»Hmm … ich weiß nicht. Es ist ja dunkel und der Ausschnitt klein, aber diese Kiefer da im Hintergrund … vom Wind schief geblasen … Das könnte … ja, ich glaube, ich weiß, wo das ist.«

»Und wo?«

»Du solltest es auch wissen.«

»Ich. Warum? Ich kenne mich …«

Malia brach ab. »Da?«, fragte sie nur.

Ruth nickte.

»Merkt ihr was?«, fragte Erik und grinste. Er spürte wohl die Anspannung.

»Was meinst du?«, fragte Malia.

»Die Sichlers ermitteln gemeinsam an einem Verbrechen.«

»Na ja, streng genommen dürfte ich mit euch gar nicht darüber sprechen.«

»Und schon gar nicht mit Alkohol im Blut«, sagte Erik und goss Malia Rotwein nach. »Aber du kannst dich entspannen, wir verraten es niemandem.«

»Die Sichlers können ein Geheimnis bewahren«, sagte Ruth. »So wie das Moor.«

Malia warf ihr einen Blick zu, doch ihre Mutter trank mit geschlossenen Augen Wein. Ihr letzter Satz war mindestens überflüssig, wenn nicht gar unangebracht in Anbetracht all dessen, was in dieser Familie passiert war. Malia wollte davon ausgehen, dass ihre Mutter es weder böse noch hintersinnig gemeint, sondern einfach nur so dahergesagt hatte.

Und sie hatte recht. Die Sichlers bewahrten Geheimnisse.

Oft genug auch innerhalb der Familie.

14.

TAG 2
Nacht

Am schlimmsten war die Kälte, nicht die Angst.

Denn im Moment hatte die Kälte die schärferen Klingen.

Sie schnitten präzise in ihr Fleisch und hinterließen einen Schmerz, der sich nicht abschütteln ließ.

Dieser Schmerz ließ Jana Mertens am ganzen Körper zittern. Ihre Zähne schlugen aufeinander, und sie war nicht in der Lage, das irgendwie zu stoppen. Den dünnen Umhang, den ihre Schwester im Internet bestellt hatte, um den nackten Körper gerafft, saß sie auf Stroh, ausgestreut auf Lehmboden. Mit den Armen umklammerte sie die Knie, zog sie dicht an ihren Bauch und schaffte es so immerhin, die Organe warm zu halten. Aus Händen und Füßen war die letzte Wärme längst gewichen, dort wütete der Schmerz am heftigsten.

Die Horrornacht im Moor hatte sie überlebt, doch nun würde sie hier erfrieren, das wusste Jana. Ihre Gedanken beschäftigten sich längst nicht mehr mit der Frage, was das alles sollte, es war egal geworden. Nein, in ihren Gedanken bereute sie die vielen Streits mit ihren Eltern in den letzten Wochen und Monaten, die vielen verletzenden Worte, die sie nie mehr würde zurücknehmen können. Und sie fragte sich, was mit Nike passiert war. Wahrscheinlich war sie längst tot. Auch Nike würde sie gern um Verzeihung bitten – obwohl es andersherum fairer wäre. Aber Nike entschuldigte sich nicht. Nie.

Etwas krabbelte über den Boden.

Leise, huschend.

Jana konnte es nicht sehen, nur hören und spüren.

Eine Maus? Eine Ratte?

Sie würde nichts dagegen tun können, wenn das Viech sich für sie zu interessieren begann. Vielleicht hatte es Hunger und roch ihre Angst.

Um Jana herum war es jetzt stockdunkel, aber sie hatte den Raum, in dem sie gefangen gehalten wurde, bei Licht gesehen. Nur für einen kurzen Moment, als sie hineingestoßen worden war. Er war klein, quadratisch, mit niedriger Decke, die Wände aus massiven Brettern, zwischen denen es keine Lücken gab. Auf dem Boden war ein wenig Stroh ausgestreut, in allen Ecken und von der Decke hingen gewaltige Spinnweben. Als die Kälte zum ersten Mal nach ihr gegriffen hatte, hatte Jana das Stroh zu einem Haufen zusammengekratzt und sich hineingesetzt. Die trockenen Halme stachen in ihre nackte Haut, sie hatte husten müssen wegen des Staubs, aber für eine Weile war die Kälte nicht mehr durch den Boden in den Körper gekrochen. Mittlerweile spielte das keine Rolle mehr, weil die Luft schneidend kalt war.

Sie würde hier erfrieren.

Wenn sie nichts tat, würde sie erfrieren.

Aber tun konnte sie längst nichts mehr; ihr Körper war wie gelähmt.

Wieder das Rascheln.

Ganz nah jetzt.

In Janas Vorstellung schlich sich eine riesige schwarze Spinne, die für all die Netze in diesem Raum allein verantwortlich war, die Hunger litt, weil es keine Insekten gab über den Winter, und die sich ihr nun langsam näherte. Jana war gut in der Schule, sie wusste natürlich, das Spinnen sich im Winter an geschützten Stellen verbargen und in Kältestarre verfielen, sodass sie bis zu minus zwanzig Grad überleben konnten. Aber vielleicht hatte sie diese Spinne geweckt, als sie das Stroh zusammengerafft hatte. Und nun war sie hungrig.

Hunger und Durst waren neben Kälte und Angst auch ein Thema. Das ständige Zittern kostete unglaublich viel Energie, und seit einer Weile knurrte ihr Magen fast ohne Unterlass. Seitdem sie mit ihrer Schwester ins Moor aufgebrochen war, hatte sie nichts mehr zu sich genommen.

Etwas berührte Janas Fuß. Sie schrie auf. Plötzlich war doch noch Kraft und Leben in ihr, genug, um aufzuspringen und sich dicht an die Lehmwand zu pressen. Unter dem Stroh kroch etwas hin und her, sie konnte es nicht sehen, nur hören. Jana machte zwei Schritte zur Seite, weg von dem Stroh. Aber weil sie trotzdem etwas am nackten Fuß berührte, schrie sie erneut auf.

Und dann war da plötzlich Licht.

Irgendwo draußen, außerhalb des Raumes. Es fand seinen Weg durch winzig schmale Ritzen zwischen den Brettern, die es doch zu geben schien.

»Ist da jemand?«, rief eine männliche Stimme.

Jana erstarrte. Für einen Lidschlag. Dann schrie sie sich die Seele aus dem Leib.

»Hier … ich bin hier … Hilfe, ich bin hier drinnen.«

Das Licht flackerte hektisch hin und her, kam näher heran, schmale Lanzen fielen in den Raum, und endlich konnte Jana die fette schwarze Ratte sehen, die am Boden herumwuselte. Doch die war jetzt egal, spielte keine Rolle mehr, sie würde gerettet werden, da draußen war jemand.

Das Licht wanderte an den Wänden entlang nach links. Dort verharrte es.

»Moment … die Tür …«, sagte die Stimme. »Ich öffne die Tür.«

Jana hörte, wie Holz auf Holz schabte, etwas beiseitegeschoben wurde. Und dann war die Tür in der linken Wandseite plötzlich offen. Das Licht blendete sie, Jana konnte nicht mehr erkennen als einen dunklen Umriss, groß, mit einem merkwürdigen Schädel.

»Komm her«, sagte die Stimme. »Ich bring dich nach Hause.«

Jana zögerte kurz. Warf sich dann aber nach vorn, auf die Gestalt zu, ins Licht hinein. Das war ihre Rettung, sie würde hier rauskommen, nach Hause, zu Mama und Papa, vielleicht war Nike ja längst da, weil sie es irgendwie doch geschafft hatte.

Jana taumelte gegen die Gestalt und wurde aufgefangen.

»Ruhig, ganz ruhig ... Alles wird gut. Bist du allein?«

»Bitte, wir müssen hier weg ... schnell.«

Ein kräftiger Arm legte sich unter ihre Achsel und stützte sie. Der Lichtkegel einer Taschenlampe leuchtete voraus. In der Dunkelheit standen mehrere kleine Hütten wie die, in der Jana eingesperrt gewesen war. Geduckt, wie zum Angriff bereite Tiere, hockten sie im hohen, trockenen Gras.

»Kannst du laufen?«

Jana nickte.

»Es ist ein Stück, aber ich kann dir helfen.«

»Wer sind Sie?«

Bevor der Mann antworten konnte, änderte sich etwas. Er erstarrte, ließ Jana los und zischte: »Scheiße, wo ist mein Gewehr? Ich hab's doch dahin gestellt.«

»Bitte ... wir müssen hier weg«, flehte Jana.

Dann fiel ein Schuss.

Ein einziger.

Warmes Blut spritzte in Janas Gesicht.

Der Mann wurde zurückgeschleudert und brach zusammen. Die Taschenlampe fiel zu Boden, der Lichtkegel fand seinen Weg hinauf in die Sterne.

Jana begriff nicht, was geschah. Entweder war ihr Kopf nicht schnell genug, oder er wollte es einfach nicht wahrhaben. Warum lag der Mann jetzt auf dem Boden? Warum brachte er sie nicht nach Hause, wie er es versprochen hatte?

Kein einziger ihrer Gedanken beschäftigte sich mit Flucht.

Auch nicht, als eine andere Gestalt sich aus der Dunkelheit

schälte. Diese Gestalt trug einen Rucksack auf dem Rücken und hielt ein Gewehr in den Händen. Sie trat vor den am Boden liegenden Mann und schaute auf ihn hinab. Dann richtete sie eine Waffe auf ihn und schoss ihm in den Kopf.

Der Schall verschwand im Moor.

Die Gestalt ließ einen Moment verstreichen, dann wandte sie sich Jana zu.

»Komm, ich habe dir etwas zu essen und einen warmen Schlafsack mitgebracht. Aber vorher müssen wir noch Content produzieren.«

KAPITEL 3

1.

TAG 3
Morgen

Der Anruf erreichte Sven Sellmann um Viertel vor sieben auf dem Weg zur Dienststelle.

Hartmut Wolter. »Bei uns ist eingebrochen worden«, begann er das Gespräch.

»Wo ist bei uns?«

»Hohe Warth. Die Jagdvereinshütte.«

»Bist du da?«

»Ja, ich wollte raus, ansitzen, da habe ich den Einbruch bemerkt.«

»Bleib da, ich komm rasch vorbei.«

Sven änderte die Fahrtrichtung und machte sich auf den Weg. Als Hohe Warth bezeichneten die Menschen hier den Hügelzug, der das Moor nach Westen hin abgrenzte. Die höchste Stelle betrug vierzig Meter, ein Witz eigentlich, aber da das Land ansonsten flach war, fiel die Erhebung dennoch auf.

Ungefähr in der Mitte des acht Kilometer langen Höhenzugs stand die Jagdhütte der Jägervereinigung. Die gab es dort schon immer. Sven war noch nie dort gewesen.

Schon erstaunlich, was in Moorbach und drum herum alles passierte in den letzten Tagen, dachte Sven. Sonst war es hier eher ruhig, deshalb sollte die Dienststelle ja auch geschlossen werden.

Warum brach jemand in die Hohe Warth ein? Die lag ziemlich weit draußen, und zu holen gab es da sicher nicht viel.

Die Schranke an der Einmündung zu dem Schotterweg stand offen, als Sven sie erreichte. Wahrscheinlich hatte Hartmut Wolter sie geöffnet. Der Weg hinauf war eine echte Zumutung, der Dienst-Passat kaum für die Schlaglöcher geeignet. Entsprechend langsam kam Sven voran. Von der Schranke bis zur Hütte dauerte es genauso lange wie aus Moorbach hier heraus.

Oben angekommen, wurde er von einem grandiosen Ausblick überrascht.

Was vierzig Meter Höhenunterschied doch ausmachten, dachte Sven. Kein Wunder, dass man die Jagdhütte hier gebaut hatte.

Über dem Moor lag blauweißer Dunst, hier oben war die Luft klar. Es schien, als wolle das Moor jedem zeigen, wie anders es war. Eine Welt für sich, fremdartig, geheimnisvoll, von einzigartiger Schönheit.

Weit im Hintergrund war sogar die mehr als zwanzig Meter hohe Lagerhalle des alten Torfwerks zu sehen.

Als Sven auf die Hütte zurollte, trat Hartmut daraus hervor. Er trug Jägerkleidung. Olivfarbene, gefütterte Hose, eine dicke Jacke in Tarnfleck, dazu ebenfalls gefütterte Gummistiefel, die bis unters Knie reichten. Eine grüne Wollmütze bedeckte den Kopf. Zum Gruß hob er die Hand.

Hartmut war der einzige Tierarzt in der Gegend und verdiente recht gut. Sein Auto spiegelte das wider. Ein nagelneuer VW Touareg, der um die hunderttausend Euro kostete. Am Heck war eine große Metallkiste befestigt, in der Wolter Kadaver transportierte. Wild, das er nach einem Unfall oder wenn er es geschossen hatte, abtransportierte. Früher hatte er das in einem offenen Drahtgestell getan, doch da hatte es zunehmend Beschwerden gegeben. Mütter hatten ihren Kindern erklären müssen, warum Bambi tot dahinten drinlag.

»Morgen«, grüßte Sven beim Aussteigen. »Ich muss schon sagen, für den Blick hat sich die Fahrt hier rauf gelohnt.«

Nebeneinanderstehend schauten sie übers Moor.

»Ja, ist jedes Mal wieder ein echtes Highlight, auch nach all den Jahren noch«, sagte Wolter.

»Hast du das angefahrene Wild gestern Abend noch finden können?«, fragte Sven nach kurzem Schweigen. Er hatte Wolter über den Wildunfall von Andreas Kraft informiert.

»Nein, da war nichts. Keine Spuren, kein Blut.«

»Vielleicht hat Kraft es nicht so doll erwischt.«

»Ja, gut möglich.«

»Kannst du mir trotzdem eine Wildschadenbescheinigung mitgeben? Ich habe den Schaden ja begutachtet, und das war eindeutig ein Wildunfall.«

»Klar, gebe ich dir gleich mit.«

»Ist bei deiner Aktion mit der Drohne gestern eigentlich etwas herausgekommen?«

Wolter schüttelte den Kopf. »Nein, das Mädchen habe ich nicht gefunden. Bei der Fläche war es aber auch die Suche nach der Stecknadel im Heuhaufen. Wenn Ruth nicht so gedrängt hätte, hätte ich es wahrscheinlich gar nicht erst versucht.«

»Ja, sie kann schon sehr nachdrücklich sein. Schauen wir uns mal den Einbruch an.«

Wolter ging voraus, und Sven folgte ihm.

»Sie sind durchs Fenster rein«, erklärte Wolter und zeigte auf die zerschlagene Scheibe neben der Eingangstür.

Die Fenster waren nicht sehr groß, man musste schon sportlich sein, um sich hindurchzuzwängen.

»Jugendliche?«, dachte Sven laut nach.

»War auch mein erster Gedanke. Vor allem, weil die Getränkekasse fehlt.«

»Getränkekasse?«

»Jedes Vereinsmitglied bezahlt für seine Getränke, was es für richtig hält, meist deutlich mehr, als sie kosten, so ist die Kasse immer ganz gut gefüllt, wenn wir einkaufen müssen. Ich kann nicht sagen, wie viel genau drin war, aber so zwei-, dreihundert Euro bestimmt.«

»Hat sich für die Einbrecher also gelohnt.«

»Kann man sagen.«

»Ist sonst noch etwas weggekommen?«

»Im Anbau haben wir ein Lager für gebrauchte Kleidung und Zubehör. Wenn jemand etwas übrig hat, legt er es dorthin. Wir führen nicht wirklich eine Bestandsliste, aber ich habe den Eindruck, es fehlt eine gefütterte Jacke und ein Winterschlafsack.«

»Merkwürdig.«

»Ja, finde ich auch, zumal das Lager voll ist mit allerlei zwar gebrauchten, aber hochwertigen Kleidungsstücken. Die hätten Dutzende Jacken, Hosen und Schlafsäcke mitnehmen können.«

»Kein wirklich zielgerichteter Einbruch. Das spricht für eine spontane Aktion. Fehlt noch etwas? Schusswaffen?«

»Die bewahren wir nicht hier auf, dafür ist jeder Jäger selbst verantwortlich.«

»Ach so. Was fehlt noch?«

»Bisher habe ich nichts weiter festgestellt … bis auf eine Sachbeschädigung.«

»Außer dem Fenster?«

»Ja, schau dir das hier an.« Hartmut Wolter trat auf einen präparierten Hirschkopf zu, der auf dem Boden lag.

»Den hat mein Vater geschossen, und eigentlich hängt er da oben an der Wand …«

Wolter deutete auf zwei Befestigungshaken. »Die müssen ihn absichtlich heruntergerissen haben, der fällt nicht einfach von der Wand, auch nicht, wenn man dagegen stößt.«

»Aber warum?«

»Keine Ahnung. Wie du siehst, ist ein Geweihstück abgebrochen, das haben die liegen lassen. Und siehst du die Haare? Die stammen von der Halsseite, und es sieht so aus, als hätten die Einbrecher es mit einem Rasiermesser oder so abrasiert.«

Sven Sellmann kratzte sich am Kopf. »Ich muss schon sagen, das ist ein echt merkwürdiger Einbruch. Sag mal, kann es sein, dass hier jemand übernachtet hat?«

»Hm«, machte Wolter. »Kann ich nicht sagen. Du meinst, die Person hat Jacke und Schlafsack dafür gebraucht und dann mitgenommen?«

»So würde es einen Sinn ergeben. Und ich denke natürlich an die beiden Mertens-Zwillinge und den Täter, der sie angegriffen hat. Vielleicht hat er sich über Nacht hier versteckt.«

»Vorstellbar«, sagte Wolter. »Zuletzt war ich vorgestern hier, als wir auf Martins Geburtstag angestoßen haben. Da war ja auch Toma dabei, der auf dem Nachhauseweg angefahren wurde.«

»Seid ihr nach der Feier eigentlich alle zusammen aufgebrochen?«

»Nein, Toma ist zuerst los, weil er mit dem Fahrrad da war und am längsten braucht. Martin hat noch angeboten, ihn mitzunehmen, doch Toma wollte nicht. Kennst ihn ja. Hilfe annehmen ist nicht sein Ding.«

»So gut kenne ich ihn nicht«, sagte Sven. »Aber in dem Fall hätte er die Hilfe wohl besser annehmen sollen. Fehlen denn Lebensmittel?«

»Moment, ich schaue nach.«

Wolter öffnete einen großen Kühlschrank. Er war vollgestellt mit Getränken.

»Ehrlich gesagt würde ich es nicht bemerken, wenn jemand ein oder zwei Flaschen herausgenommen hat …«

Wolter zog die Türen eines Hängeschranks auf. »Wir haben immer ein wenig Fertignahrung, Snacks und Knabberkram hier.

Wegen Martins Geburtstag war es ein bisschen mehr als üblich. Du siehst ja selbst, da liegt eine Menge herum, wenn eine Tüte Chips oder eine Dose Erdnüsse oder so fehlen würde …«, Wolter zuckte mit den Schultern, »… das bemerkt niemand.«

»Pass auf, wir machen Folgendes. Ich treffe gleich im Büro diese neue leitende Ermittlerin. Der berichte ich von dem Einbruch. Gut möglich, dass sie ein Team der Spurentechnik herschickt. Kannst du derweil hier alles so lassen, wie es ist?«

»Klar. Wir brauchen die Hütte erst in vier Tagen wieder. Wie ist sie denn so, diese neue Kommissarin?«

»Ziemlich nassforsch. Weiß, was sie will, hat aber Schwierigkeiten, Bitte und Danke zu sagen. Ich hab mich mal umgehört. Sie hat wohl häufig die Dienststellen gewechselt, anscheinend hält sie es nirgends lange aus. Soll aber effizient sein und nicht lockerlassen, ehe sie den Fall nicht gelöst hat. Mir hat jemand gesagt, sie wäre es gewesen, die den Hausboot-Killer überführt hat.«

»Hausboot-Killer? Von so einem habe ich nie gehört.«

»Der hat über einen Zeitraum von zwanzig Jahren in Hamburg vier Menschen getötet, die auf Hausbooten lebten. Allesamt Frauen, die er vorher noch missbraucht hat. Jahrelang war ihm niemand auf die Schliche gekommen, bis Malia Gold mit dem Fall beauftragt wurde. Die Sache hat sie wohl bundesweit bekannt gemacht.«

»Und warum kommt so eine nach Riedberg?«

Sven zuckte mit den Schultern. »Kann ich nicht sagen. Vielleicht ist sie jemandem auf die Füße getreten. Jedenfalls, wenn einer diesen Fall um die Mertens-Zwillinge lösen kann, dann wohl die Gold.«

»Hm«, machte Wolter und schaute durch das kaputte Fenster auf das Moor hinaus. »Wir werden sehen.«

2.

TAG 3
Morgen

An diesem Morgen hatte Malia Gold sieben Minuten Zeit, sich Gedanken über ihr Leben zu machen – oder besser darüber, wie sprunghaft es sich gerade veränderte.

Vom Sichlerhof zur Dienststelle nach Moorbach zu fahren, dauerte eben diese sieben Minuten. Allein die Tatsache, auf dem Hof aufgewacht zu sein, brachte alles durcheinander. Malia hatte im Gästezimmer von Erik und Caro übernachtet, streng genommen gehörte das alles aber Ruth. Ihrer Mutter. Der einzigen Person, mit der sie sich je vollkommen überworfen hatte. Dagegen war die Trennung von ihrem Ex ein Zuckerschlecken gewesen – und dafür hatte sie schon hart kämpfen müssen, weil er sich als kontrollsüchtiger Narzisst entpuppt hatte.

Durch die Trennung bedingt, hatte Malia dem Drängen ihres kleinen Bruders nachgegeben, sich näher in seine Richtung versetzen zu lassen, und es war Malias bewusste Entscheidung gewesen, sich in Riedberg zu bewerben. Dabei war ihr vollkommen klar gewesen, dass sie früher oder später auf Ruth treffen würde. Die Geschwindigkeit, mit der das alles gerade passierte, überforderte sie jedoch komplett. Zudem behinderte diese Privatangelegenheit ihren Fokus auf den Fall. Dass sie gestern Abend nicht mehr mit Haberloh gesprochen hatte, passte so gar nicht zu ihr.

Ohne wirklich Klarheit in ihre Gedanken gebracht zu haben, erreichte Malia die Dienststelle in Moorbach.

Davor parkte ein weißer Transporter neben dem Streifenwagen. Malia stellte ihren Suzuki daneben ab.

Sellmann kam durch die offen stehende Eingangstür.

»Ihre Kollegin ist da«, begrüßte er Malia missmutig. »Sie lässt mich ihren ganzen Kram reintragen. Eigentlich habe ich zu viel zu tun, um als Laufbursche zu arbeiten.«

»Es ist aber wichtig, dass alles aufgebaut wird und wir endlich hier vernünftig arbeiten können«, hielt Malia dagegen. »Ich bin Ihnen sehr dankbar dafür.«

Sellmann nickte kurz, beugte sich in den Transporter und kam mit einem Bildschirm wieder heraus. »Moorbach ist gerade sehr merkwürdig«, sagte er.

»Soll heißen?«

»Ich habe schon vor Dienstbeginn einen Einbruch aufgenommen. Oben auf der Hohen Warth.«

Sellmann berichtete ihr davon und schloss mit den Worten, es könne ja sein, dass jemand in der Hohen Warth übernachtet habe. Vielleicht die Person, die die Mertens-Zwillinge angegriffen hat. Deshalb habe er Hartmut Wolter darum gebeten, die Hütte vorerst nicht zu benutzen.

»Ein guter Gedanke«, sagte Malia. »Und das war sehr umsichtig. Ich kümmere mich darum, dass die Spurensicherung sich das ansieht. Könnten Sie sich eventuell unter den Jägern umhören, die den Geburtstag auf der Hütte gefeiert haben? Vielleicht hat von denen einer Toma auf dem Rückweg angefahren.«

»Glaub ich nicht. Das ist doch eine Art Bruderschaft.«

»Es wurde Alkohol getrunken. Was, wenn einer der Jäger alkoholisiert gefahren ist?«

»Tja, das …« Sellmann kratzte sich am Hinterkopf. »Gut, ich hör mich um.«

»Danke.«

Sellmann schleppte den Bildschirm hinein. Malia folgte ihm.

Das ehemalige Postlager war mittlerweile gereinigt, geheizt und roch nicht mehr so muffig. Auf den Tischen standen bereits zwei Bildschirme. Ida Sophie Rossmann kroch gerade unter einem der Schreibtische hervor.

»Super, gleich hierher«, wies sie Sellmann an. »Und dann bitte noch die beiden Drehstühle.«

»Alles klar«, sagte Sellmann und verschwand.

»Guten Morgen. Ich bin froh, dich hier zu sehen«, begrüßte sie die technische Ermittlerin.

»Ist doch klar. Eine Stunde noch, dann bin ich einsatzbereit. Was war gestern Abend noch? Wegen dem Ort, an dem der Post abgesetzt wurde?«

Malia schüttelte den Kopf. »Ein altes, leer stehendes Moorbad. Da war nichts. Bis auf die Plastikaxt, die das Mädchen in dem Video trägt. Ich habe sie dabei, die muss heute noch zur Untersuchung.«

»Ich kümmere mich darum.«

»Danke. Ist der TikTok-Kanal der Mädchen gesperrt?«

Ida lachte kurz trocken auf. »Nee, das dauert immer eine Weile, manchmal reagieren die auch gar nicht. Leider hatte ich gestern Abend keine Zeit, mir den Kanal genauer anzuschauen. Aber ich habe regelmäßig nachgeschaut, ob es einen neuen Post gibt.«

»Und?«

»Bisher nicht.«

»Okay. Kannst du später den Kanal daraufhin überprüfen, ob die Mädchen jemals zu zweit zu sehen waren, also ob überhaupt klar ist, dass es sich um Zwillinge handelt?«

»Du meinst, sie verschleiern das?«

»Könnte sein. Ach ja, noch etwas. Es gibt hier in Moorbach eine Freikirche mit einem Pastor namens Richard Haberloh. Ich brauche alles, was du über die Kirche und den Mann finden kannst, such bitte auch nach einem Social-Media-Kanal.«

Ida schrieb auf ihrem Handy mit.

»Und dann gibt es bei TikTok jemanden, der gegen die Mertens-Zwillinge hetzt. Moorhexe nennt sich die Person. Eine weitere nennt sich LaFlos. Über beide benötige ich auch alles, was du finden kannst.«

»Geht klar.«

»Schaffst du das allein?«

»Ich habe einen Kollegen in Riedberg, der mir hilft, wenn es nötig sein sollte.«

Sellmann rollte einen Drehstuhl herein und stellte ihn vor die Schreibtische.

»Ich müsste dann so langsam den Bericht zum Einbruch aufnehmen«, sagte er.

»Kein Problem, den Rest schaffe ich allein, wenn du mir sagst, wo ich einen Kaffee bekomme«, sagte Ida und strahlte ihn an.

»Den bringe ich dir. Wie magst du ihn?«

»Mit Hafermilch, wenn du hast.«

»Kriege ich hin.«

»Hallo?«, kam es von der Tür her.

Ein Mann Mitte dreißig mit kurzem braunen Haar betrat die Dienststelle. Er entdeckte sie im alten Postlager und kam auf sie zu.

»Guten Morgen, Herr Kraft«, begrüßte Sellmann ihn.

»Ich wollte die Bescheinigung abholen«, sagte der Mann. »Wegen des Wildunfalls gestern Abend.«

»Ja, klar, hab ich da. Kommen Sie mit rüber.«

Sellmann ging voran.

»Sind Sie Andreas Kraft?«, fragte Malia.

»Ja, bin ich. Wieso?«

Malia streckte die Hand aus und stellte sich vor. »Ich bin die Schwester von Erik Sichler und ermittle im Fall der Mertens-Zwillinge.«

Andreas Kraft ergriff zwar ihre Hand, drehte seinen Körper aber zugleich Richtung Tür.

»Sie waren bei der Suchaktion dabei, richtig?«, fragte Malia.

»Ja, stimmt.«

»Ich muss mehr über die Mädchen herausfinden, und mein Bruder sagt, Sie können mir etwas über die Zwillinge erzählen.«

»Ich?«, fragte Kraft und klang überrascht.

»Unterrichten Sie die Mädchen?«

»Nicht wirklich, nur als Springer.«

»Können wir uns dennoch unterhalten?«

»Na ja, ich … ich wollte nur rasch die Bescheinigung rausholen, bin auf dem Weg nach Riedberg. Mein Unterricht beginnt zur zweiten Stunde.«

»Kein Problem, ich melde mich später bei Ihnen. Geben Sie mir bitte Ihre Handynummer?«

Es war offensichtlich, dass Andreas Kraft seine Nummer nur widerwillig herausgab. Malia notierte sie sich auf einem Notizzettel, den sie vom Schreibtisch nahm.

»Danke, ich melde mich auf jeden Fall.«

Perplex und offenbar von der Situation überfordert, verließ Andreas Kraft die Polizeidienststelle.

Sven Sellmann lief ihm mit der Bescheinigung in der Hand nach.

Malia beobachtete den Lehrer dabei, wie er Sellmann den Zettel abnahm, ins Auto stieg und rasch davonfuhr.

Sellmann kam auf Malia zu. »Sie sind Erik Sichlers Bruder?«

»Ja, bin ich.«

»Moment, damit ich das richtig verstehe … Sie sind eine Sichler?«

»Ich bin eine Sichler und in Moorbach aufgewachsen. Ist das ein Problem für Sie?«

»Nein, ich … damit habe ich einfach nicht gerechnet.«

»Schon in Ordnung. Sagen Sie, wie gut kennen Sie Andreas Kraft?«

»Nur vom Sehen.«

»Ich würde es selbst machen, aber ich habe noch einige andere Dinge zu erledigen. Könnten Sie Folgendes bitte überprüfen?«

Malia erklärte dem Kollegen Sellmann, worum es ging. Als sie damit fertig war, wollte Sellmann wohl noch einmal nachfragen, wurde aber von Ida daran gehindert.

»Malia«, rief sie alarmiert.

Ida saß mit halbem Hintern auf einem der Schreibtische und blickte in ihr Smartphone.

»Was ist?«

»Ein neuer Post. Vor fünfzehn Minuten.«

Malia zog ihr eigenes Handy hervor und rief den Moormaid-Kanal bei TikTok auf.

Das Bild war schockierend.

Jana Mertens trug noch immer dasselbe Kostüm, die Augen waren mit einem weißen Tuch verbunden. Sie stand aufrecht und war an den Handgelenken gefesselt, die Seile zogen ihre Arme schräg nach oben. Wo sie festgemacht waren, war auf dem Bildausschnitt nicht zu sehen. Im Hintergrund waren Bretter zu erkennen, über Janas Kopf dunkle Balken. Der Boden schien aus Erde oder Lehm zu bestehen. Janas nackte Haut an den Oberschenkeln und dem Bauch war übersät mit kleinen Zeichnungen in roter Farbe. Auch auf Stirn und Wangen trug sie diese Zeichnungen, die wie mittelalterliche Symbole wirkten.

»Das ist künstliches Licht«, sagte Ida, die das Foto bereits analysierte. »Der Raum wurde ausgeleuchtet.«

»Ist das Farbe oder Blut auf ihrem Körper?«, fragte Malia.

»Das kann ich nicht sagen. Aber es sieht so aus, als würden die Zeichen glänzen. Folglich müsste das Blut frisch gewesen sein, als das Bild entstanden ist.«

»Die Caption ist die gleiche wie beim ersten Post«, sagte Malia. »*Wer bin ich?* Ist ihr Handy wieder ans Netz gegangen?«

»Ich schau nach.«

Ida klappte ihren Laptop auf und tippte auf der Tastatur herum, während Malia weiterhin das Bild von Jana Mertens betrachtete.

Die Angst, die das Mädchen zweifellos empfand, übertrug sich diesmal nicht, weil ihre Augen verbunden waren. Das machte es etwas leichter, das Foto anzuschauen, ein Schauer lief Malia dennoch über den Rücken. Nach wie vor glaubte sie daran, das Mädchen retten zu können, doch was Jana gerade durchmachte, hinterließ fraglos Traumata, die sie den Rest ihres Lebens mit sich herumtragen würde.

»Nein, keines der Handys der Mertens hat sich eingeloggt«, sagte Ida.

»Wir wissen also nicht, wo das Bild gepostet wurde?«

»Nein.«

Malia winkte Sellmann zu sich. »Schauen Sie sich das an. Wissen Sie, wo das sein könnte?«

Sellmann zog Luft scharf zwischen den Zähnen ein. »Scheiße«, stieß er aus und schüttelte dann den Kopf. »Sieht aus wie eine Scheune oder so. Davon gibt es hier in der Gegend Dutzende oder mehr. Nein, keine Ahnung, wo das ist. Ist das Blut an ihrem Körper?«

»Wissen wir nicht«, antwortete Malia, ohne den Blick von dem Bild zu lösen.

Sie wusste, wen sie fragen konnte, wo es entstanden war. Sie wusste aber auch, was das für sie selbst bedeutete.

Sie musste eine Entscheidung treffen.

Sofort.

3.

TAG 3
Vormittag

Statt zur Schule lief Laurence Floß zum Bahnhof von Riedberg.

Dort verstaute er den schweren Rucksack in einem Gepäckfach, ging hinüber zu McDonald's und bestellte sich ein Frühstück. Es war noch nicht viel los, Laurence fand einen Platz am Fenster, und während er aß, beobachtete er die Leute. Sah missmutige Gesichter, in sich gekehrte Gestalten ohne einen Blick für ihre Umgebung. Für sie war Laurence Floß unsichtbar, selbst wenn er mitten auf dem Laufweg zu den Bahnsteigen gefrühstückt hätte. Er gehörte zu denen, die man übersah, die nirgends wirklich dazugehörten, lediglich Füllmaterial für das Bild der Welt.

Niemand würde kommen, das zu ändern. Nur er selbst konnte das tun. Mit seiner Todesliste.

Als die Rektorin seiner Schule, Frau Denneke, vorbeikam, wandte Laurence schnell den Blick ab. Frau Denneke unterrichtete nur als Springer, und Laurence hatte sie das eine oder andere Mal in Englisch gehabt. Sie hatte ihn im Unterricht bemerkt, ihn wahrgenommen. Und sie urteilte nicht über ihn. Er mochte sie.

Heute hätte er sie in der dritten Stunde gehabt, aber Laurence würde nicht hingehen. Er hatte kaum geschlafen, war einfach zu platt für die Schule, außerdem gab es Wichtigeres zu tun. Seine Mutter interessierte es sowieso nicht, ob er in die Schule ging oder nicht, die war mit sich selbst beschäftigt. Und ihm tat es gut, mal einen Tag diesen Kampf nicht kämpfen zu müssen.

Was Laurence stattdessen vorhatte, würde auch nicht leicht werden, aber dabei wusste er wenigstens, dass er es für sich tat. Für seine Wünsche und Träume. Für die Welt in ihm drin, die niemand kannte, für die sich niemand interessierte, die aber alles war, was er hatte.

Laurence Floß ließ sich Zeit mit dem Frühstück. Schaute dabei immer wieder aufs Handy. Sein abhängiges Hirn verlangte nach diesen Informationen, wollte gefüttert werden, auch wenn es schon lange nichts Neues mehr gab auf Social Media. Alles wiederholte sich ständig. Vielleicht lag darin die Sucht begründet. Das Schlimme war: Er wusste, er war süchtig, tat aber nichts dagegen.

In den üblichen Messengerdiensten lief der niemals enden wollende Schwall wertloser Informationen, der für viele die Welt bedeutete.

Die anderen aus der Schule texteten wie immer.

Manchmal fand sich etwas Witziges, der Großteil war jedoch destruktiv. Schon bevor der Unterricht überhaupt losging, bekamen all diejenigen, die es immer traf, ihr Fett weg. Niedergeknüppelt saßen sie dann zwischen ihren Feinden und versuchten, sich auf Mathe zu konzentrieren.

Der übliche tägliche Kampf.

Nach einer Stunde Surfen fühlte sich Laurence' Gehirn wie zäher Brei an, und er war kaum in der Lage, einen Gedanken zu fassen. Zudem war ihm schlecht. Von dem Essen, dem Swipen, der vor ihm liegenden Aufgabe – von alledem.

Er brachte das Tablett in den Tablettwagen und verließ das Schnellrestaurant.

Am anderen Ende des Bahnhofs befand sich der Blumenladen, den steuerte er an.

Der echt schräge Mitarbeiter war gerade damit beschäftigt, die Auslage vor dem Laden zu bestücken. Er sah genauso bescheuert aus wie immer. Der Typ war fünfundzwanzig oder so, hatte rotes Haar, sehr helle Haut, war dick und trug eine Kittelschürze mit dem Aufdruck des Blumenladens. Er beugte sich vornüber, um Blumensträuße in die Vasen zu stecken, und musste immer wieder seine Brille auf die Nase schieben.

»Was kosten die?«, sprach Laurence ihn an.

Durch die dicken Brillengläser starrte der Rothaarige ihn an.

»Steht da«, sagte er und deutete auf das Preisschild.

»Fünfzehn ist ganz schön viel. Habt ihr nichts Billigeres?«

»Frag drinnen«, sagte er und widmete sich seiner Arbeit.

Laurence ging hinein.

Frau Mertens war natürlich da. Sie war immer da. Blumen-Mertens gab es nicht ohne Frau Mertens.

»Haben Sie einen Strauß für zehn Euro?«, fragte Laurence.

Er beobachtete die Frau, wollte herausfinden, ob sie anders war als sonst. Die Sache mit Jana und Nike musste sie doch total fertigmachen, warum war sie überhaupt im Laden? Warum funktionierten die Leute immer weiter in einer Welt, die längst nicht mehr funktionierte?

Gewohnheit, dachte Laurence. Die hielt sie aufrecht.

Wie auf Social Media.

Weil in der Gewohnheit Sicherheit lag.

Der Virus, der in den apokalyptischen Filmen die Menschen zu Zombies machte, hieß Gewohnheit.

»Nein«, antwortete Frau Mertens. »Draußen sind Sträuße für fünfzehn Euro. Günstigere haben wir leider nicht.«

Wenn Laurence ihr gesagt hätte, wofür er den Strauß brauchte, hätte sie ihn ihm vielleicht geschenkt, doch das traute er sich nicht.

Da sie ihn nicht beachtete, sondern sich mit der Kasse beschäftigte, schlich Laurence wieder hinaus zu dem rothaarigen Mitarbeiter. Mit in die Hüften gestemmten pummeligen Fäusten stand der da und begutachtete die Auslage. Wieso zwang Frau Mertens ihn, diese Schürze zu tragen? Er sah lachhaft aus damit.

Wieder schob er die Brille hoch, streifte Laurence mit einem Blick und wischte sich dann die Nase am Ärmel ab.

»Gib mir einen«, sagte Laurence.

»Welchen?«

»Irgendeinen.«

»Für dich?«

»Für meine Freundin.«

»Welche Farbe mag sie?«

»Häh. Woher soll ich das wissen. Ist doch vollkommen egal.«

»Ist es nicht. Farben sind das Wichtigste. Wenn du die falsche Farbe kaufst, schaut sie nicht hin.«

»Mann, dann gib mir halt was mit Gelb.«

Laurence bekam einen Strauß, in dem die Farbe Gelb vorherrschte. Er ging wieder hinein, um bei Frau Mertens zu bezahlen. Diesmal sah sie ihn kurz an, dann noch einmal und stockte. »Du gehst doch auf Janas und Nikes Schule, oder?«

Laurence nickte nur.

»Kennst du meine Töchter?«

Er schüttelte den Kopf. »Nicht wirklich.«

»Kannst du bitte trotzdem ein Gebet für sie sprechen?«

»Klar, mach ich.«

Laurence hatte keine Ahnung, wie man betete. In seinem Elternhaus gab es keine Religion, er war weder konfirmiert noch sonst irgendwas.

»Ich lass ihn dir für zwölf Euro«, sagte Frau Mertens, schlug den Strauß in Papier ein und gab ihm drei Euro Wechselgeld raus.

Laurence bedankte sich und verließ Laden und Bahnhof fluchtartig. Ihm war heiß geworden, er hatte gespürt, wie sein Kopf und seine Ohren rot anliefen und das Gefühl von Scham den Körper flutete. Er hatte nicht gedacht, dass es so schlimm sein würde, der Mutter der Mädchen gegenüberzutreten.

Würde er es überhaupt schaffen, Nike zu begegnen?

Für sie hatte er den Blumenstrauß gekauft.

Man ging nicht ohne Blumen zu einem Krankenbesuch.

Erst recht nicht, wenn man das Mädchen liebte, das man besuchen wollte – und das auf der Todesliste stand.

4.

TAG 3
Vormittag

»Wir nehmen meinen Wagen, damit kommen wir weiter ins Moor hinein.«

Das war kein Vorschlag, keine Frage, sondern ein Befehl. So hatte ihre Mutter schon immer kommuniziert. Forsch, geradeheraus, dominant. Genau diese Art hatte Malia damals, als sie Teenagerin gewesen war, ständig auf die Palme gebracht, und auch jetzt spürte sie, wie sie getriggert wurde. Leider stellte sie diese Art immer wieder auch bei sich selbst fest. Gestern zum Beispiel, als sie den Kollegen Sellmann so selbstverständlich zum Einkaufen hatte schicken wollen.

»Okay«, stimmte Malia dennoch zu.

Sie hatte ja keine Wahl.

Ruth nahm hinter dem Steuer Platz, Malia auf dem Beifahrersitz. Der alte Diesel sprang zuverlässig an, hämmerte aber entsetzlich laut. Im Wagen roch es nach Nikotin und Hund.

»Wo ist eigentlich Katha?«, fragte Malia.

Ruth setzte den alten Defender zurück und rollte dann vom Sichlerhof. »Vor drei Jahren gestorben.«

Malia glaubte, darin den Vorwurf mitschwingen zu hören, dass sie das wüsste, wenn sie Kontakt gehalten hätte, aber das war sicher nur Einbildung.

»Das tut mir leid«, sagte sie.

Ihre Mutter hatte die Malinois-Hündin Katha angeschafft, kurz bevor Malia Hof und Heimat verlassen hatte, sie hatte folglich keine Bindung zu dem Hund aufbauen können.

»Der Wagen riecht noch nach ihr«, sagte Malia.

»Ja, weil ihre alte Decke hinten liegt.«

Warum die Decke nach drei Jahren noch im Wagen lag, erklärte Ruth nicht. Malia konnte es sich denken, nur brachte sie diese Sentimentalität nicht mit ihrer Mutter in Einklang.

»Übrigens ist Katha zwischen Weihnachten und Neujahr gestorben«, sagte Ruth, als sei das bedeutungsvoll.

»Für so etwas ist nie der richtige Zeitpunkt«, sagte Malia.

»Sie hat wohl Gift gefressen, meint der Tierarzt.«

»Das ist ja furchtbar.«

»Kurz zuvor habe ich diesen kleinen Wanderprediger zurechtgewiesen.«

»Richard Haberloh?«

»Er wollte die Leute in seine Weihnachtsandacht locken. Mit Flyern und Plakaten und so. Das brauchen wir hier nicht.«

»Und du erzählst mir das, weil du glaubst, Haberloh hat etwas mit Kathas Vergiftung zu tun?«

»Wer sonst? Diesem Mann traue ich alles zu. Du musst etwas gegen ihn unternehmen.«

»Ich werde mit ihm sprechen, aber Mutmaßungen bringen mich nicht weiter«, sagte Malia. Plötzlich erinnerte sie sich daran, wann die Anzeige gegen Haberloh gestellt worden war. Am 20. Dezember vor drei Jahren.

Die Frage, ob Ruth den Mann angezeigt hatte, lag Malia auf der Zunge, sie stellte sie aber nicht. Im Moment war eine andere Sache wichtiger.

»Und du weißt wirklich, wo dieses Bild entstanden ist?«

»Bei den Schafställen. Ganz sicher.«

Malia suchte in ihren Erinnerungen. Sie kannte die Schafställe, allerdings nur von außen. Es handelte sich um drei oder vier alte Ställe draußen in einer trockenen Ecke des Moores. Um die Graswiesen zu pflegen und zu erhalten, hatte man dort früher Schafe weiden lassen. Bei schlechtem Wetter hatten die Tiere Zuflucht in diesen Ställen gefunden.

»Und das erste Foto, in dem Moorloch … wie weit ist das von den Schafställen entfernt?«

Ruth dachte nach. »Zu Fuß vielleicht eine halbe Stunde.«

Malia wusste, sie sollte auch dort nachsehen. Der Ordnung halber, nicht, weil sie glaubte, etwas zu finden. Sie wusste nur nicht, ob sie es ertrug, diesen Ort wiederzusehen, zu dem sie damals ihre Streifzüge durchs Moor geführt hatten.

Nenne es nicht Streifzüge, nicht einmal in Gedanken. Nenne es Suche, denn das war es gewesen. Eine Suche. Nach der Wahrheit. Diese langen Zeiten allein im Moor, in denen du seine Stimme vermisst hast, seine Hand, an der du dich festhalten konntest. Hier draußen durftest du ihm vertrauen, hier war er dein Vater, der dir die Geheimnisse des Moores erklärte. »Weißt du, dass hier im Moor nichts wirklich verschwindet, kleine Malia? Alles bleibt ewig hier, es verändert nur seine Form. Der Fuchs, der Baum, der Mensch, deshalb kannst du alles immer spüren, hier draußen in der Stille.«

Natürlich brachen die Erinnerungen wieder durch. Sie allein mit Ruth auf dem Weg ins Moor. Zwischen ihnen all die ungeklärten Fragen und Vorwürfe, die zum Bruch geführt hatten. Das Moor vergaß nicht, die Sichlers vergaßen nicht. Niemals. Aber sie konnten ein Geheimnis für sich behalten.

»Warum bist du wieder hier?«, stellte Ruth nun die Frage, die ihr wahrscheinlich am heißesten auf der Seele brannte.

In den letzten Wochen vor ihrem Umzug nach Riedberg hatte Malia sich auf Fragen wie diese vorbereitet, spürte nun aber, dass sie nicht vorbereitet war. Ruth gegenüber verblasste jede Trockenübung zur Sinnlosigkeit.

»Für Erik, Caro und Hannah … und für mich«, antwortete sie so ehrlich wie möglich.

Ruth reagierte nicht sofort. Sie ließ ein paar Minuten vergehen, in denen sie sich ans Lenkrad klammerte und so tat, als fordere der Verkehr ihre gesamte Aufmerksamkeit – nur gab es keinen Verkehr auf dem Weg hinaus ins Namenlose Moor.

Und dann kam nur ein Wort: »Gut.«

Nichts weiter.

Ob damit wirklich »gut« gemeint war oder nicht, war bei Ruth schwer zu sagen. Vielleicht hatte sie geglaubt, Malia sei zurückgekehrt, um die alte Frage erneut zu stellen. Diese eine Frage, die für fünfzehn Jahre Trennung verantwortlich war. Schließlich hatte sie bis heute keine Antwort bekommen. Aber Malia war ehrlich: Sie war hier, weil sie gelernt hatte, dass man ohne familiäre Bindung niemals vollständig sein konnte. Wenn das Fundament fehlte, bekam das Bauwerk bei jeder noch so kleinen Erschütterung Risse.

Andererseits: Wer die Wahrheit nicht kennt, wird auf ewig ein Suchender bleiben.

Heute durfte das keine Rolle spielen.

Sie verließen die Asphaltstraße und bogen in einen Feldweg ein. Der Defender holperte durch die Schlaglöcher. Malia hielt sich am Griff über der Tür fest und versuchte, die härtesten Stöße auszugleichen. Je weiter sie ins Moor vordrangen, desto schlechter wurde der Weg. Bald waren die Fahrspuren so tief, dass trockenes Gras am Unterboden schabte.

»Bin lang nicht mehr hier gewesen«, sagte Ruth. »Der Weg ist schlechter, als ich dachte.«

»Schaffen wir es bis zu den Ställen?«

»Wenn nicht, gehen wir den Rest zu Fuß.«

Nach weiteren fünf Minuten Fahrt gelangten sie an eine Steigung. Ablaufendes Regenwasser hatte eine tiefe Rinne in die Fahrspur gespült.

Ruth stoppte den Defender. »Na dann«, sagte sie und stieg aus.

Malia folgte ihr.

Ruth öffnete die hintere Tür, beugte sich in den Wagen und kam mit einer Jagdflinte wieder heraus.

»Was willst du damit?«, fragte Malia.

»Hier läuft ein Irrer herum, oder nicht?«

»Möglich, aber ich bin ja bewaffnet.«

»Na, dann stört es dich ja nicht.«

Ruth warf die Tür zu und klemmte sich die Flinte unter den Arm. Malia hatte keinen Zweifel, dass ihre Mutter nach wie vor mit der Waffe umgehen konnte, es passte ihr dennoch nicht, sie so zu sehen. Ihre Mutter mit einer Flinte unter dem Arm war lange Zeit ein Bild gewesen, das Malia in ihren Träumen heimgesucht hatte.

»Das Foto wurde höchstwahrscheinlich in der Nacht aufgenommen, es ist also unwahrscheinlich, jetzt noch auf den Täter zu treffen«, versuchte Malia es erneut.

»Mag sein. Ich bin aber gern vorbereitet.«

Sprach's und stiefelte los in ihren gefütterten, kniehohen Gummistiefeln.

Malia schloss kurz die Augen und fragte sich, ob es eine gute Idee gewesen war, Ruth um Hilfe zu bitten. Leider gab es sonst niemanden, der sich so gut im Moor auskannte. Also folgte Malia ihrer Mutter.

Der Himmel lag tief und grau über dem Moor. Die Unterseite der flachen Stratuswolken schimmerte silbrig. Ob oben oder unten, alles schien erstarrt zu sein, nichts bewegte sich, ganz so, als blicke man auf das pessimistisch angehauchte Bild eines Landschaftsmalers.

Leichter Nieselregen setzte ein.

Malia mochte Nieselregen nicht. Weil er weder Fisch noch Fleisch und für sie ein Inbegriff von Tristesse und Langeweile war.

Nebeneinander stiegen sie einen sandigen Weg hinauf, der auf der anderen Seite gleich wieder abfiel. Am Horizont stand die dunkle Wand des Waldes. Das war der Schlahn. So nannte man das dichte, weitläufige Waldgebiet. Bis dorthin zog sich eine braungelbe Grasfläche. Ein totes Meer. Alles könnte sich darin verbergen, und sie würden es nicht sehen. Dieser Teil des Moores war schon vor Jahrhunderten trockengelegt worden, um ihn landwirtschaftlich zu nutzen. Innerhalb des Naturschutzgebiets war das Moor großflächig wiedervernässt, aber nicht hier in der Peripherie.

»Erik sagt, ihr baut jetzt Rohrkolben für die Textilbranche an«, sagte Malia, um nicht weiter schweigend neben Ruth herlaufen zu müssen.

Sie hatte von ihrem Bruder gehört, dass sich im Inneren der Blütenstände von Rohrkolben zarte Fasern befanden, die ähnliche Eigenschaften wie Daunen oder Polyesterfasern aufwiesen.

»Und für die Baubranche. Als Dämmmaterial«, antwortete Ruth kurz.

»Klappt das gut?«

»Mittlerweile ja.«

Keine weitere Erklärung. Ruth schien kein Interesse an einem Gespräch zu haben.

Über die Jahre hinweg hatte Erik Malia auf dem Laufenden gehalten, was den Hof betraf. Ihr kleiner Bruder war die einzige Verbindung zu ihrer Vergangenheit und Heimat gewesen, ganz gleich, wo Malia sich befunden hatte. In fünfzehn Jahren war sie sechsmal umgezogen, hatte drei Partner und einen Ehemann gehabt, und in dieser endlosen Ruhelosigkeit waren Eriks Anrufe und die seltenen Treffen so etwas wie Ankerpunkte gewesen. Malia hatte lange gebraucht, um zu verstehen, dass es tief in ihr eine Sehnsucht nach ihrer Heimat, ihren Wurzeln gab. Ohne Erik hätte sie es wahrscheinlich nie verstanden, und ihr kleiner Bruder erahnte nicht einmal, dass er sie damit am Leben gehalten hatte.

»Da vorn«, sagte Ruth und deutete mit dem Gewehrlauf voran in eine Senke.

In dreihundert Metern Entfernung standen die Schafställe am Rand der Grasfläche. Drei kleine geduckte Gebäude aus altem, silbrigem Holz. Bei zwei Ställen waren die Dächer teilweise eingestürzt, ein Dach schien intakt zu sein, es war mit Holzschindeln gedeckt. Die Ställe standen nicht in einer Reihe nebeneinander oder hintereinander, sondern lagen in der Landschaft wie zufällig hingewürfelt.

Ruth und Malia blieben stehen und beobachteten.

Von ihrer erhöhten Position aus hatten sie zwar einen guten Blick, doch der Nieselregen zeichnete ein verschwommenes Bild.

Bei den Ställen rührte sich nichts.

Das hätte Malia auch gewundert. Was auch immer der Täter vorhatte, er wäre dumm, hielte er sich noch hier auf.

Malia kam ein Gedanke.

Was, wenn die Person, die hinter alledem steckte, sie schon gestern Nachmittag beim alten Moorbad beobachtet hatte? Hatte sie das Handy von Jana Mertens dort eingeschaltet, weil sie wusste, dass die Polizei es überwachte? Aber welchen Grund sollte sie dafür haben? Ging es ihr darum, herauszufinden, mit wem sie es zu tun hatte?

»Gehen wir hin?«, fragte Ruth.

»Lass mich vorangehen.«

»Nimmst du mich fest, wenn nicht?«

Ruth marschierte einfach los. Trotz ihres Alters war sie immer noch fit. Ihre Zähigkeit und Ausdauer hatte Malia wohl von ihrer Mutter.

Je näher sie ihnen kamen, desto deutlicher wurde der Verfall der alten Ställe. Nur einer schien noch intakt, die anderen waren mehr oder weniger im Niedergang begriffen. Es wirkte, als würden sie langsam, aber sicher im Boden versinken.

»Gehören die eigentlich zum Sichlerhof?«, fragte Malia. Es hatte eine Epoche gegeben, da waren die Sichlers die reichste Familie in der Gegend gewesen. Nicht nur finanziell, auch an Einfluss.

»Ja.«

»Warum lässt du sie verfallen?«

»Weil die Bürgermeisterin gern Touristen hierherlocken würde. Ihnen zeigen, wie es früher war. Sie mit nachgebauten Torfkähnen durch die Kanäle schiffen würde. So einen Mist brauchen wir hier nicht.«

Malia nickte. Weitere Nachfragen waren nicht nötig. Wenn die Bürgermeisterin etwas wollte, Ruth aber nicht, würde sie alles tun, um ihren Willen durchzusetzen. Gegen Tourismus im Moor hatte sie sich immer schon zur Wehr gesetzt.

Ein kräftiger Windstoß fuhr durch das trockene Gras und brachte es zum Flüstern, ein unheimliches, fremdartiges Geräusch.

Malias Haar wehte ihr ins Gesicht. Sie strich es zurück und ließ den Blick über die Landschaft gleiten. Hier lagen Kulturraum und ursprüngliche Wildheit nah beieinander. Sie war rau und abweisend, gleichzeitig von einzigartiger Schönheit, und man spürte die konservierten Jahrhunderte tief im Boden.

All die Geheimnisse.

Nichts verschwindet, kleine Malia.

Über einen schmalen Trampelpfad näherten sie sich den Schafställen. Keine zwanzig Meter davon entfernt rief Malia laut: »Hallo, ist hier jemand? Ich bin von der Polizei.«

Das Gras flüsterte im Wind.

Hinter Malia lud Ruth die Flinte durch.

»Halt dich zurück!«, fuhr sie ihre Mutter an.

Ihre Blicke kreuzten sich. Ruth hatte schon immer diese zwei Gesichter gehabt. Ein warmes, liebevolles, wie sie es gestern Abend im Umgang mit der kleinen Hannah gezeigt hatte, und ein hartes, undurchdringliches, an dem alles abprallte oder zerschellte.

Jetzt zeigte sie ihr hartes Gesicht.

Malia tat, was sie damals nicht gekonnt hatte: Sie hielt stand.

Schließlich senkte Ruth den Lauf der Flinte und ließ Malia vorangehen.

Zuerst inspizierte sie die beiden verfallenen Ställe. Die Natur war bereits dabei, sie sich einzuverleiben. Junge Birken wuchsen zwischen heruntergefallenen Balken und Brettern. Das Gras zwischen den Wänden war lang und unberührt, es sah nicht danach aus, als sei vor Kurzem jemand hier gewesen.

»Malia!«, rief Ruth laut.

Es machte etwas mit Malia, ihren Namen aus dem Mund ihrer Mutter zu hören, sie hatte jedoch keine Zeit, sich auf die damit verbundenen Gefühle einzulassen.

Denn Ruth deutete mit der Flinte auf die Holztür des dritten Schafstalls. »Da ist Blut.«

5.

TAG 3
Vormittag

Erst kurz vor den Toren von Riedberg holte Sven Sellmann den Wagen ein.

Zuvor war er eine ganze Weile hinter einem Lkw hergefahren, und als ob das noch nicht reichte, danach auch noch hinter einem Traktor. Sellmann hatte sich dennoch keine Sorgen gemacht, war er doch davon ausgegangen, dass der Lehrer Andreas Kraft zur Gesamtschule von Riedberg fahren würde – doch das tat er nicht. Stattdessen lenkte er den Wagen auf den Hof einer Kfz-Werkstatt.

Auf der anderen Straßenseite befand sich ein Supermarkt. Sellmann fuhr seinen auffälligen Streifenwagen dort auf den Parkplatz, stellte ihn bei dem Altglascontainer ab, stieg aus und ging zurück zur Straße. Da er Uniform trug, war er selbst ebenso auffällig. Also versteckte er sich hinter einer Werbetafel für Sonderangebote.

Von dort aus beobachtete er die Autowerkstatt.

Gerken. Meisterbetrieb. Alle Marken.

Der Beschriftung über den beiden Rolltoren nach zu urteilen, handelte es sich um eine freie Werkstatt. Der Hof stand voller Autos, manche konnte man kaufen, andere warteten auf ihre Reparatur.

Andreas Kraft hatte seinen Wagen, einen in die Jahre gekommenen blauen BMW-Kombi, vor die Werkstatt gefahren. Ein Mechaniker in blauer Arbeitskleidung mit einer schwarzen Wollmütze auf dem Kopf ging neben dem rechten Kotflügel des BMW in die Knie, um sich den Schaden anzuschauen, den der Wildunfall verursacht hatte.

Oder auch nicht?

Sellmann ärgerte sich, dass die neue Kommissarin aus Riedberg ihm in dieser Sache gedanklich voraus war.

Konnte das wirklich sein?

Würde sich ein Lehrer, der auch noch im Ort lebte, so verhalten? Nach einem Unfall einfach flüchten und das Opfer seinem Schicksal im Wassergraben überlassen? Das war es nämlich, was Kommissarin Gold vermutete.

Gestern Abend hatte Sellmann die Wildhaare am Kotflügel des beschädigten Wagens gesehen, als er mit der Kommissarin von dem alten Moorbad zurückgefahren war. Die Sache war eigentlich eindeutig, zumal es auf der Durchfahrtsstraße im Moor häufig zu Wildunfällen kam.

Die Verbindung zu dem Einbruch in die Jägerhütte hatte Sellmann allerdings nicht hergestellt. Aber Malia Gold, und das nur ein paar Minuten, nachdem er ihr davon berichtet hatte. Erst da hatte Sellmann sich die Frage gestellt, warum die Einbrecher, wenn sie es auf das Geld in der Getränkekasse abgesehen hatten, den präparierten Tierkopf von der Wand gerissen und beschädigt hatten.

Kommissarin Gold hatte schneller geschaltet als er. Da konnte man nichts machen. Was aber nicht automatisch hieß, dass sie recht hatte. Sollte es tatsächlich der Lehrer Andreas Kraft gewesen sein, der Toma angefahren hatte, warum ließ er ihn dann liegen und beging auch noch einen Einbruch, um einen Wildunfall zu faken? Er machte doch alles nur noch schlimmer.

Möglicherweise war er betrunken gefahren.

Außerdem war es müßig, die Beweggründe der Menschen verstehen zu wollen. Die verstanden sie ja oft selbst nicht.

Drüben bei der Werkstatt kam der Mechaniker aus der Hocke, klopfte auf das Blech der Motorhaube und sagte etwas zu dem

Lehrer. Daraufhin reichte Andreas Kraft ihm einen Schlüssel, verabschiedete sich und verließ den Hof der Autowerkstatt zu Fuß. Sellmann beobachtete, wie er mit einem schwarzen Rucksack auf dem Rücken eilig in Richtung einer Bushaltestelle ging und dort in den nächsten Bus stieg.

Mittlerweile hatte der Mechaniker den blauen BMW in die Werkstatt gefahren.

Sellmann stieg in seinen Streifenwagen, fuhr die wenigen Meter zur Autowerkstatt hinüber und parkte direkt vor dem Hallentor.

Der Mechaniker trat ihm mit fragendem Gesichtsausdruck entgegen.

Sellmann stellte sich vor.

»Sie haben den BMW soeben von Herrn Andreas Kraft übernommen, richtig?«

»Ja, ja, schon richtig.«

»Ist Herr Kraft schon länger Kunde hier?«

»Nein, ist das erste Mal. Stimmt denn was nicht?«

»Wahrscheinlich ist alles in Ordnung. Ich würde aber gern Ihre fachliche Meinung zu dem Schaden an dem Fahrzeug hören«, sagte Sellmann und ging um den Wagen herum zu dem beschädigten Kotflügel. »Sieht auf den ersten Blick ja nach einem Wildunfall aus, oder?«

Der Mechaniker folgte ihm, stemmte die Fäuste in die Hüften und nickte.

»Da sind jede Menge Wildhaare dran«, stimmte der Mechaniker zu.

»Also ist es zweifelsfrei ein Wildunfall?«

Der Mechaniker zuckte mit den Schultern. »Ich hab nur kurz hingeschaut …«

»Dann tun Sie mir doch den Gefallen und schauen ganz genau hin.«

»Jetzt?«

»Bitte.«

Der Mechaniker holte eine Taschenlampe und ein gepolstertes Rollbrett, auf das er sich kniete, dann schob er sich eine Brille auf die Nase und widmete sich konzentriert dem rechten Kotflügel.

»Sie sehen's ja selbst … der Kunststoff ist vom Aufprall gerissen, in dem Riss klemmen die Haare. Der Aufprall war stark genug, um den Kotflügel ordentlich einzudrücken, dahinter liegt der Wischwassertank, der hat auch was abbekommen, alles in allem mit Lackierung sicher ein Schaden von zwei- bis dreitausend Euro.«

»Ja, aber wie sieht es mit dem Wildunfall aus?«

Der Mechaniker antwortete nicht sofort. Er beleuchtete den Kotflügel mit der Taschenlampe, ließ sich Zeit. »Wissen Sie, was komisch ist? Da ist kein Fett.«

»Fett?«

»Ich hab schon viele Wildunfälle repariert, ist ja normal auf dem Land, und eigentlich bleibt bei einem so harten Aufprall immer auch Fett aus dem Tierfell am Kunststoff haften … hier aber nicht.«

»Aha«, machte Sellmann. »Sonst noch was?«

Der Mechaniker nickte. »Nix für ungut, aber man schaut ja nicht so genau hin, wenn einer mit einem Versicherungsschaden und einer Wildunfallbescheinigung kommt … ist ja auch nicht meine Aufgabe.«

»Sag ich ja gar nicht.«

»Diese Tierhaare … ehrlich gesagt sieht das so aus, als hätte sie jemand in den Riss hineingesteckt. Und ich verstehe auch nicht, wie sie aus der Richtung hineingekommen sein sollen.«

»Okay. Sie haben also Zweifel.«

»Schon, ja.«

»Gut. Fassen Sie den Wagen bitte vorerst nicht weiter an. Unsere Spurentechniker werden ihn sich vornehmen.«

Der Mechaniker erhob sich. »Hier drin? Ich brauch den Platz. Wir sind voll bis unter die Dachkante.«

»Tut mir leid, ich muss darauf bestehen. Ich telefoniere rasch und versuche, die Sache zu beschleunigen, aber fürs Erste muss der Wagen hier stehen bleiben.«

6.

TAG 3
Vormittag

Die Holztür des Schafstalls bestand aus zwei Flügeln, von außen mit einem massiven Holzriegel gesichert. Auf diesem Riegel prangte ein dunkelbrauner Fleck.

»Und da. Noch mehr.« Ruth zeigte auf eine Stelle im Gras, keine zwei Meter vom Stall entfernt.

Malia ging hinüber und in die Hocke. »Könnte Blut sein, aber auch irgendwas anderes«, sagte sie mehr zu sich selbst.

»Es ist Blut.«

»Kannst du nicht wissen.«

»Ich habe hier als Kind Schafe zur Welt gebracht. Ich weiß, wie blutbesudeltes Gras aussieht.«

Ja, natürlich. Niemand machte Ruth Sichler etwas vor. Vielleicht gab es ja noch andere Gründe, weshalb sie wusste, wie das aussah. Aber das war nichts, was Malia jetzt verhandeln oder in ihren Gedanken haben wollte. Im Moment standen die Mertens-Zwillinge im Vordergrund, nicht dieser alte Zwist zwischen Mutter und Tochter.

Malia ging zur Tür hinüber. Der Fleck befand sich dort, wo man den Riegel anfassen würde, um ihn beiseitezuschieben.

»Hallo?«, rief Malia abermals. »Ist hier jemand?«

Keine Reaktion.

Sie steckte die Waffe weg, da sie beide Hände benötigte, um den Riegel zu bewegen. Malia musste nicht hinter sich schauen, um zu wissen, dass Ruth sie mit der Flinte sicherte – und ihre Mutter war eine gute Schützin.

Knarrend schwang der rechte Türflügel auf.

Dahinter lag Dunkelheit.

Malia trat einen Schritt in den Schafstall hinein.

Der Stall war klein und leer, darin konnte sich niemand verstecken. An einer Stelle an der Wand lag ein Haufen Stroh. Zwei Seile baumelten von einem Deckenbalken, genau in der Position, in der sich Jana Mertens befunden haben musste. Ohne die Seile wäre es schwer zu sagen gewesen, ob das Mädchen wirklich in diesem Stall festgehalten worden war, so aber war die Sache eindeutig.

Malia war erleichtert, keine Leiche gefunden zu haben. Aber Jana Mertens war genau hier misshandelt worden, das war alarmierend genug. Was sollte dieses Spiel, Fotos in solchen Situationen von dem Mädchen zu schießen und sie dann auf TikTok zu posten? Steckte darin eine Botschaft oder die Intention des Täters? Oder womöglich beides zugleich?

Malia fühlte sich längst zu alt, um selbst einen TikTok-Kanal zu betreiben. Sie hatte sich vor einem Jahrzehnt bei Facebook angemeldet und vor vier oder fünf Jahren bei Instagram, war dort aber nur eine stille Mitleserin. Wie verhielt es sich mit dem Täter? War der jung genug, um sich mit TikTok auszukennen, oder nutzte er den Kanal der Mädchen, weil es ihm um Sichtbarkeit und Anerkennung ging? Nicht häufig, aber immer wieder gab es Täter, die ihre Freiheit riskierten für Ruhm und Anerkennung, weil sie glaubten, beides stünde ihnen zu.

Malia hoffte, dass Ida Sophie Rossmann mit dem Kanal der Mädchen weitergekommen war. Es würde sie nicht wundern, wenn sie den Täter dort fänden.

»Komm mal her!«, rief Ruth von draußen.

Kein »Bitte«, natürlich nicht, das gehörte nicht zu ihrem Vokabular.

Ruth hockte auf einem Knie im langen, trockenen Gras, die Jagdflinte als Stütze nutzend, den Blick nach Osten gewandt, wo das natürliche, ursprüngliche Moor begann. In ihrem verhärteten, vom Wetter gegerbten Gesicht waren ihre Augen nur schmale Striche. Der feine Nieselregen befeuchtete ihr Gesicht und Haar.

»Was ist?«, fragte Malia.

Ruth deutete mit dem Kinn über die Grasfläche hinweg. »Siehst du es nicht?«

Nun sah Malia es auch. Da war eine Spur im Gras.

Ruth erhob sich. »Schauen wir mal, wo die Spur hinführt.«

Den Blick zu Boden gerichtet, ging Ruth langsam voran. Malia beobachtete sie und musste an den Titel denken, den die Menschen im Ort ihrer Mutter verliehen hatten. Die Fährtenleserin. Hier draußen sah sie Dinge, Spuren, Hinweise, die andere nicht sahen, und sie war in der Lage, das mit ihrer Umgebung in einen Kontext zu setzen. Soweit Malia wusste, hatte Ruth vermisste Menschen im Moor aufgespürt und sicher zurückgebracht.

Obwohl Malia als Kind auch mit ihrer Mutter im Moor unterwegs gewesen war, hatte sie die Fähigkeit des Spurenlesens nie erlangt. Wahrscheinlich lag das in ihren unterschiedlichen Persönlichkeiten begründet.

Das Moor verlangt Ruhe, Langsamkeit und Demut. Du bist für das Moor zu schnell, zu unruhig, zu mutig.

Diese Worte ihrer Mutter hatte sie nie vergessen.

Weil sie stimmten.

Malia zog ihr Handy hervor, um den Empfang zu kontrollieren. Keine Balken. Der Täter hatte keine Chance gehabt, über die Handyortung auf diesen Ort aufmerksam zu machen. Aber hatte er wissen oder ahnen können, dass jemand die Schafställe anhand des Posts erkannte? Das war unwahrscheinlich. Folglich hatte er nicht gewollt, dass die Polizei hier auftauchte. Zumal er keines der Handys der Mädchen benutzt hatte, von denen er ja wusste, dass die Polizei sie im Auge hatte.

Malia steckte ihr Handy weg und folgte ihrer Mutter.

Auf der flachen Grasfläche trieb ihnen der Nieselregen ins Gesicht. Immer wieder musste Malia sich über die Augen streichen, um besser sehen zu können. Vor ihr bewegte sich der straff gebundene Zopf ihrer Mutter bei jedem Schritt. Malia konnte sich an keine andere Frisur bei ihrer Mutter erinnern, und mit offenem Haar hatte sie sie allenfalls morgens im Bad gesehen.

Schweigend gingen sie zehn Minuten, bis Ruth stehen blieb. Malia schloss zu ihr auf.

Der Boden war hier morastig, und Ruth deutete auf den Abdruck eines Schuhs. »Der ist sehr tief. Schau dir deinen eigenen Abdruck an.«

Sie hatte recht. Malia war vielleicht halb so tief eingesunken.

»Entweder ein sehr schwerer Mensch, oder er hat etwas getragen.«

Einen Körper, schoss es Malia durch den Kopf, aber sie sprach es nicht aus. »Die Spur endet hier«, sagte Malia.

Ruth schüttelte den Kopf. »Schau dich um. Lies die Landschaft. Wenn wir weiter in die Senke hinabsteigen, wird es morastiger, bald kommen wir nicht mehr vorwärts. Folgen wir aber der Düne, gelangen wir noch ein gutes Stück weiter ins Moor. Wie würde sich jemand entscheiden, der eine schwere Last trägt?«

»Für den festen Untergrund.«

»Ganz genau. Spuren findest du nicht nur auf dem Boden. Du musst sie auch in den Gedanken der Menschen suchen.«

Also folgten sie der Düne, auf der sie immer wieder Schuhabdrücke fanden, bis sie auf eine Stelle stießen, an der das dürre kurze Gras und die Flechten platt gedrückt waren.

»Was auch immer getragen wurde, hier hat es gelegen«, stellte Ruth fest.

Malia beugte sich tief über den Boden. »Blutspuren. Aber viel weniger als noch bei der Hütte. Wir gehen immer tiefer ins Moor. Wohin kommt man hier?«

»Nirgendwohin. Sobald die Düne endet, beginnt das richtige Moor. Nass, morastig, voller Wasserlöcher, der Boden wie ein Teppich auf Wasser, durch den man einbrechen kann. Darunter ist es tief und sumpfig. Da kommt man nicht weiter.«

»Was wollte die Person dann hier?«, fragte Malia.

»Etwas verstecken?«

»Und wo?«

»Folge mir«, sagte Ruth und ging abermals voran.

Wo die Düne endete, erhob sich ein Streifen aus weißen Birken, dazwischen Büsche, die Malia nicht kannte. Auf den ersten Blick ging es nicht weiter, aber Ruth zögerte nicht eine Sekunde, wandte sich nach links und folgte einem Wasser führenden, geraden Kanal.

»Wenn Menschen irgendwo fremd sind, wenn sie Angst haben, sich zu verirren, orientieren sie sich an dem, was Menschen geschaffen haben«, erklärte sie. »Dieser Kanal stammt noch aus der Zeit, als hier Torf abgebaut wurde, irgendwo liegt sogar ein alter Torfkahn. Der Kanal ist kerzengerade und damit automatisch als menschlich zu erkennen.«

»Würdest du ihm folgen?«

»Nein. Weil er in die Falle lockt. Aber ich weiß das. Der, dessen Spur wir folgen, nicht.«

Malia überließ Ruth weiter die Führung. Zunächst bewegten sie sich auf einem trockenen Damm vorwärts. Das Wasser in dem zwei Meter tiefer liegenden, breiten Graben war pechschwarz. Jenseits des Dammes war die Landschaft flach und feucht, überall starrten kleine Wasserlöcher wie tote Augen in die grauen Wolken. Malia spürte, wie sich mit jedem weiteren Schritt in ihr alles anspannte, ihr Herz schlug schneller, ihr Blick ging unstet hin und her. Sie fühlte sich hier nicht wohl. Das Moor verströmte die Gleichgültigkeit eines Serienmörders, dem das Töten zur Routine geworden war.

Nach weiteren fünf Minuten stoppte Ruth. »Hier ist Schluss.«

»Wir können nicht weiter?«

»Doch, schon, aber sehr langsam. Und ich glaube nicht, dass die Person das gewagt hat. Nicht mit dem Gewicht …«

Ruth drehte sich zu Malia um. »Ich denke, er ist zurückgegangen. Leichter als zuvor.«

»Das heißt …«

Ruths Blick ging auf den Kanal hinunter.

»Wie tief ist das Wasser?«, fragte Malia.

»Vier Meter. Aber ich sehe nichts, was darauf hindeutet, dass hier etwas versenkt wurde. Keine Spuren auf der Böschung.«

Malia starrte auf die schwarze Wasseroberfläche, an der alle Blicke abprallen mussten. »Weißt du, was die meisten Leute denken?«, sagte sie. »Dass menschliche Körper im Wasser an der Oberfläche treiben. Weil sie es aus Filmen so kennen. Dabei gehen die Körper schnell unter und bleiben gerade in kaltem Wasser oft sehr lange am Grund.«

»Was willst du damit sagen?«

»Würde jemand, der es nicht besser weiß, mitten im Moor einen Körper ins Wasser werfen? Wenn um ihn herum doch morastige Löcher sind, in denen Körper angeblich untergehen und für alle Zeiten verschwinden?«

»Sie gehen darin aber nicht unter«, widersprach Ruth.

»Das wissen wir. Aber weiß es der Täter? Wahrscheinlich nicht.«

Ruth nickte. »Folge mir«, sagte sie wieder.

Sie stiegen nach links den Damm hinab. An seinem Fuß konnten sie noch halbwegs vernünftig gehen. Je weiter sie aber vordrangen, umso tiefer sackten sie ein. Jeder Schritt erzeugte ein schmatzendes, saugendes Geräusch, und Malia empfand es bereits nach wenigen Metern als überaus anstrengend, sich in diesem Gelände zu bewegen. Spuren waren hier nicht mehr zu sehen. Ihre eigenen Abdrücke füllten sich sofort mit Wasser, und es dauerte nicht lange, bis der Boden sie wieder ausgeglichen hatte. Die uralte Angst vor dem Moor, die für unzählige Mythen, Sagen und Horrorgeschichten gesorgt hatte, hier konnte Malia sie am eigenen Leib spüren.

Allein kam niemand gern hierher, und sie fragte sich, wie ein Täter gestrickt sein musste, der es sich traute.

Abrupt blieb Ruth stehen.

Malia schob sich neben sie.

Vor ihnen lag ein großes, längliches Moorloch. Darin war der Boden morastig, stellenweise stand Wasser darauf, und wo es fest genug war, wuchs niedriges Moorgras. Drum herum war das Gras braun, gelb und grün. Vereinzelt stiegen Blasen an die Oberfläche auf.

Auf den ersten Blick war es nicht zu erkennen, aber ein Körper trieb auf dem Morast. Er war so schwarz wie seine Umgebung, verschmolz fast mit ihr, nur seine Umrisse verrieten ihn.

Malia hielt die Luft an.

Sie hatten Jana Mertens gefunden.

7.

TAG 3
Mittag

Die Besuchszeit begann zwar erst um vierzehn Uhr, doch so lange konnte Laurence Floß nicht warten, außerdem wollte er vermeiden, auf andere Besucher zu treffen. An der Information gab er sich als Bruder aus und erfuhr die Zimmernummer von Nike Mertens. Auf der Station verschaffte er sich zunächst einen Überblick und passte einen Moment ab, in dem keine der Schwestern und Pfleger auf dem Gang zu sehen waren.

Er klopfte kurz an die Tür und huschte rasch ins Zimmer, ohne auf ein »Herein« zu warten.

Nike lag im Bett. Sie hatte ein Pflaster auf der Stirn und wirkte schmal und verletzlich. Bei ihrem Anblick zog sich Laurence' Herz schmerzhaft zusammen. »Hey«, sagte er leise und hob die Hand.

»Laurie? Was machst du denn hier?«

»Ich wollte sehen, wir es dir geht.«

»Die Besuchszeit beginnt doch erst um vierzehn Uhr … Wie bist du reingekommen?«

»War nicht so schwer. Niemand hat mich beachtet. Ich hab dir Blumen mitgebracht.« Laurence trat auf das Bett zu und streckte Nike den Blumenstrauß entgegen. Schon vor dem Krankenhaus hatte er das Papier weggeworfen, damit sie nicht sah, woher die Blumen stammten.

»Äh … danke. Die sind schön. Leg sie doch zu den anderen auf die Fensterbank.«

Dort standen bereits drei Vasen mit Blumensträußen. Das missfiel Laurence. Er legte seinen Strauß dazwischen.

»Sind die aus dem Laden meiner Eltern?«, fragte Nike.

»Nein!«

Er drehte sich zu Nike um und wusste nicht, was er sagen sollte. Das war schon immer so gewesen. In ihrer Gegenwart versagte ihm die Stimme, mitunter konnte er nicht einmal mehr klar denken. Nike hatte wunderschöne Augen, und er verstand nicht, was diese Augen mit ihm machten. Er wusste doch, wie sie wirklich war, was sie von ihm hielt, nicht umsonst fand sich ihr Name auf seiner Liste, aber wieso war alles anders, sobald sie ihn so ansah wie jetzt?

»Was ist passiert?«, fragte Laurence.

»Ich weiß es nicht.«

»Wieso weißt du es nicht?«

»Weil ich mich nicht erinnern kann. Ich muss einen Unfall gehabt haben, bei dem mein Kopf etwas abbekommen hat. Die Ärzte sagen, das sei ganz normal, die Erinnerung würde bald zurückkehren. Aber es fühlt sich echt scheiße an, nicht zu wissen, was passiert ist.«

»Kann ich mir vorstellen.«

»Weißt du was von Jana? Hier drinnen bekomme ich nichts mit, die behandeln mich wie ein rohes Ei und sagen mir nichts, nicht einmal meine Eltern. Mein Handy ist weg, und ich hab noch kein anderes bekommen. Ich weiß nur, dass Jana verschwunden ist und die Polizei nach ihr sucht. Was ist denn nur passiert?«

Nike sprach schnell und mit hoher Stimme. Die Sorge um ihre Schwester war ihr anzumerken.

Laurence versenkte die Hände in die vorderen Taschen seiner Jeans. Das tat er immer, wenn er sprach, er wusste nicht, wohin mit seinen Händen. »Mehr weiß ich auch nicht.«

»Doch, da ist etwas, ich seh's dir doch an.«

Laurence schüttelte den Kopf.

»Bitte, Laurie, wenn du etwas weißt, sag's mir. Wir sind doch noch Freunde, oder nicht?« Ihre Augen flehten ihn an.

»Hat die Polizei nicht mit dir gesprochen?«

»Doch, gestern, da war so eine Kommissarin hier. Aber die hat auch nur gesagt, dass sie nach Jana sucht.«

»Und was hast du ihr gesagt?«

»Nichts. Ich kann mich doch nicht erinnern.«

Laurence nickte. »Also wissen sie nicht, dass ich dort war?«

Nike schüttelte den Kopf.

»Aber du weißt das noch?«

Sie nickte. »Ja, weiß ich noch, aber alles, was danach passierte, ist weg.«

War das wirklich so?, fragte sich Laurence. Er konnte sich vorstellen, dass alles, was nach einem Schlag gegen den Kopf passierte, aus der Erinnerung gelöscht wurde. Aber davor? Und dann auch noch partiell? Sein Bauchgefühl sagte ihm, dass etwas nicht stimmte, aber sein Herz war in Nike verliebt, er wollte sich nicht eingestehen, dass sie mit ihm spielte – obwohl sie doch immer mit ihm spielte.

»Bitte, Laurie, sag es mir. Ich mache mir solche Sorgen.«

Er konnte nicht länger standhalten. Nike bekäme alles von ihm, wenn sie ihn so ansah.

»Es gibt neue Posts«, sagte er.

»Was für Posts?«

»Bei Moormaid.«

»Auf unserem Kanal? Von wem?«

Laurence zuckte mit den Schultern, zog sein Handy aus der hinteren Hosentasche und ging online. Dann trat er ans Bett und zeigte es Nike.

Vor Schreck schlug sie sich eine Hand vor den Mund. »Jana«, stieß sie dahinter aus.

»Die habt ihr nicht gemacht, nachdem ich weg war, oder?«

Nike schüttelte stumm den Kopf, während sie die Bilder betrachtete.

Laurence beobachtete sie. Der Schreck, das Entsetzen, nichts davon war gespielt. Sie schien wirklich nicht zu wissen, was an jenem Nachmittag im Moor noch alles geschehen war.

Es klopfte, und ohne auf ein »Herein« zu warten, ging die Tür auf.

Nikes Vater trat ein.

Sein Gesichtsausdruck veränderte sich im Bruchteil einer Sekunde von besorgt zu verärgert.

»Was machst du hier?«, fuhr er Laurence an.

»Ich … ich wollte nur sehen, wie es Nike geht.«

»Jetzt? Du solltest in der Schule sein, oder?«

Laurence wusste nicht, was er sagen sollte.

»Papa … was ist mit Jana … warum habt ihr mir nichts gesagt?« Nikes Stimme überschlug sich fast, und sie begann zu weinen.

»Was schaut ihr euch auf dem Handy an?«, fragte Herr Mertens. »Ist das deins? Gib es her!«

Nike hielt Laurence' Smartphone noch in der Hand und schien nicht verhindern zu wollen, dass ihr Vater es an sich nahm.

Das konnte Laurence nicht zulassen.

Er schnappte es sich. »Das ist meins.«

»Was habt ihr euch angeschaut?«

Nikes Vater wurde richtig laut. So hatte Laurence ihn noch nie erlebt. Er kannte ihn als ruhigen, mitunter unterwürfigen Mann.

»Nichts«, sagte Laurence.

»Gib das Handy her!«, rief Herr Mertens und machte einen Schritt auf Laurence zu. Der wich zurück und stieß mit dem Gesäß gegen die Fensterbank.

Mertens packte sein Handgelenk. Seine Wut verlieh ihm ungeheure Kraft, der Griff tat richtig weh.

Laurence heulte auf.

»Gib es her!«, schrie Mertens.

»Papa … hör auf!«, rief Nike weinend vom Bett aus.

Laurence wollte sich dem Griff entziehen, und als es ihm überraschenderweise gelang, fegte er mit seinem Arm die Blumenvasen von der Fensterbank. Mit Getöse zerbrachen sie, und das Wasser ergoss sich über den Boden.

In der offen stehenden Zimmertür tauchte eine Krankenschwester auf.

»Hey, was machen Sie da?«

Mertens erstarrte, und Laurence konnte sehen, dass Nikes Vater erst in diesem Augenblick realisierte, was er getan hatte. In seinem Gesicht erlosch die Wut und wich der Scham.

»Es … es tut mir leid«, sagte er und wollte sich nach den Scherben bücken.

»Lassen Sie das«, sagte die Krankenschwester. »Sie werden sich noch schneiden. Ich hole jemanden.«

Sie verschwand.

Laurence hielt sein Handy fest umklammert. Soweit es der Raum zuließ, drückte er sich in einem weiten Bogen an dem Mann vorbei Richtung Tür.

»Verschwinde!«, sagte Mertens kraftlos. »Ich will dich nie wieder sehen.«

8.

TAG 3
Mittag

Malia und Ruth eilten zurück zu der Stelle, an der der alte Defender stand, aber auch dort gab es keinen Handyempfang.

Also fuhren sie bis zur Landstraße, wo Malia endlich die Leitstelle in Riedberg anrufen konnte. Ein Team der Spurensicherung sowie ein Bergungstrupp der Feuerwehr machte sich umgehend auf den Weg. Die Spurensicherung würde sich auch an dem Moorloch umsehen, an dem wahrscheinlich das Foto mit Jana entstanden war.

Malia und Ruth hatten versucht, ihren Körper selbst herauszuziehen, hatten ihn aber nicht erreichen können, ohne sich selbst in Gefahr zu bringen. Zudem war der Körper mit einer dicken Schicht aus dunklem Morast überzogen, so als habe jemand versucht, ihn in das Moorloch zu drücken, was kurzfristig wohl auch gelungen war.

Aber das Moor wollte ihn nicht, hatte ihn ausgespuckt.

»Was machen wir jetzt?«, fragte Ruth.

Die Anstrengung des langen und auf dem Rückweg hastigen Fußmarsches war ihr anzumerken. Ruth hatte vorgeschlagen, am Moorloch zu bleiben, doch das hatte Malia nicht zulassen können. Was, wenn der Täter noch in der Nähe war und sie bedrohte? Würde sie ihn wirklich erschießen und riskieren, selbst angeklagt zu werden? Ruth hatte sich ohne Diskussion umstimmen lassen.

Bevor sie aufgebrochen waren, hatte Malia die Auffindesituation der Leiche aus allen möglichen Richtungen fotografiert, sowie den Schafstall mit den Seilen an den Balken und die Blutflecke im

Gras. Mehr hatten sie da draußen für den Moment nicht tun können.

»Eigentlich kannst du nach Hause fahren«, sagte Malia, während sie ihr Handy auf Nachrichten überprüfte. »Ich warte auf die Kolleginnen und Kollegen und führe sie zum Fundort.«

»Und du meinst, du findest allein dorthin?«

»Da bin ich mir … Shit.«

»Was ist?«

Auf ihrem Handy waren mehrere fehlgeschlagene Anrufe von Ida Sophie Rossmann und Sven Sellmann eingegangen sowie zwei Textnachrichten bei WhatsApp.

Ich brauche dich hier so schnell wie möglich, hatte die technische Ermittlerin geschrieben.

Von Sellmann kam folgende Nachricht:

Kraft hat gelogen, das war kein Wildunfall. KTU *sieht sich den Wagen genauer an, bitte um Rückruf.*

»Ich muss kurz telefonieren«, sagte Malia und rief Ida zurück. Die war auch sofort am Telefon.

»Ich habe mir die GoPro angeschaut, mit allem, was mir zur Verfügung steht. Das Video ist gefakt.«

»Ich verstehe nicht …«

»Die beiden Mädchen haben da draußen im Moor ein Gruselvideo gedreht. Die Flucht, die Geräusche … das war ein Videodreh. Die wurden gar nicht verfolgt.«

»Ganz sicher?«

»Es gab einige Szenen, die sie schon gelöscht hatten, aber ich konnte sie wiederherstellen. Dadurch wird es ziemlich klar. Nur bei der Szene unter dem Hochsitz bin ich mir nicht sicher. Möglich, dass die echt ist. Ich wüsste sonst nicht, wie das Mädchen unten am Boden diese Bewegungen allein hinbekommen haben soll.«

Malia schloss die Augen und dachte nach. »Okay, das verändert einiges. Ich komme, so schnell ich kann. Bis dann.«

Sie beendete das Gespräch und rief sofort Sellmann an. »Wo sind Sie?«

»In der Werkstatt. Die Kollegen untersuchen den Wagen noch. Sie haben Lacksplitter gefunden. Schwarz. Rehe sind nicht lackiert. Und wenn ich mich richtig erinnere, ist Tomas Fahrrad schwarz.«

»Ist Andreas Kraft auch da? Was sagt er dazu?«

»Nein, der ist nicht hier. Ich nehme an, der unterrichtet.«

»Okay, beschlagnahmen Sie den Wagen und lassen Sie ihn zur Dienststelle bringen.«

»Alles klar.«

Malia steckte das Telefon ein.

»Klingt so, als hättest du viel zu tun«, sagte Ruth.

»Ja, die Dinge überschlagen sich gerade.«

»Fahr los«, sagte Ruth. »Ich warte hier und führe deine Leute zur Fundstelle.«

Malia wollte ablehnen, hielt aber inne. Die Kolleginnen und Kollegen wussten, was zu tun war, sie brauchten Malia nicht bei der Bergung der Leiche. Sie konnte später bei der Obduktion in der Rechtsmedizin dabei sein.

»Ich kann dich doch nicht allein hier zurücklassen«, sagte sie.

»Wäre nicht das erste Mal«, antwortete Ruth.

Malia schloss die Augen. Sie hatte weder die Kraft noch die Zeit, sich jetzt auf ein solches Gespräch einzulassen. In diesem Moment fühlte sie sich überfordert und bereute ihre Entscheidung, in ihre Heimat zurückgekehrt zu sein. Wie hatte sie glauben können, wieder Anschluss an ihre Familie zu finden? Es würde nicht funktionieren. Zu viel war passiert, zu vieles gesagt oder nicht gesagt.

Doch dann geschah etwas gänzlich Unerwartetes.

»Tut mir leid«, sagte Ruth. »Fahr schon. Ich komme zurecht. Du musst das hier stoppen.«

Sie hielt ihr den Autoschlüssel entgegen, und Malia konnte nicht glauben, was soeben passiert war. Ruth entschuldigte sich nicht, nie, aber genau das hatte sie getan. Und noch mehr. Sie hielt sie für kompetent genug, die Vorgänge um Toma und die Mertens-Zwillinge zu stoppen.

In Malias Hals bildete sich ein Kloß. Sie musste mehrfach schlucken, um sprechen zu können.

»Sicher?«, war das Einzige, was sie herausbrachte.

Ruth nickte. Ihre Blicke fanden sich. Und da sah sie es, das weiche Gesicht, das ihre Mutter gestern beim Umgang mit der kleinen Hannah gezeigt hatte.

Malia ergriff den Schlüssel, stieg in den Wagen und startete den Motor.

»Den Rückwärtsgang musst du reinhämmern, der zickt!«, rief Ruth gegen den Motorlärm an.

Malia zog die Tür zu und fuhr an. Unter den Blicken ihrer Mutter schaffte sie es, den schweren Wagen auf dem engen Weg zu wenden, auch wenn es eine gefühlte Ewigkeit dauerte. Dann gab sie Gas und bretterte den Weg hinunter Richtung Straße. Das alles hatte schnell gehen müssen, weil Malia sich nicht sicher gewesen war, wie lange sie die Tränen würde zurückhalten können.

Jetzt flossen sie ungehindert, benetzten Wangen und Lippen und verschleierten ihren Blick. In Bauch und Kopf tobte ein Chaos an Gefühlen, sie war zugleich zehn, fünfzehn und zwanzig Jahre alt und durchlebte all die Erinnerungen an damals in einem so schnellen Stakkato, dass es ihr nicht möglich war, weiterzufahren.

Malia trat auf die Bremse.

Während der Motor laut tuckerte, heulte sie alles aus sich heraus, und als sie schließlich einen Blick in den Rückspiegel warf, sah sie ihre Mutter mit der Flinte unterm Arm oben auf der Erhöhung stehen. Aufrecht und Respekt einflößend wie immer.

Aber sie hatte sich entschuldigt.

Ida Sophie Rossmann saß im alten Postlager zwischen ihren Bildschirmen, als Malia in die kleine Dienststelle von Moorbach stürmte.

Malia klärte sie darüber auf, was im Moor vorgefallen war.

»Wird ja immer krasser«, sagte Ida.

»Ja. Und ich habe das Gefühl, nur hinterherzulaufen. Ich muss dringend vor die Ereignisse kommen. Zeig mir bitte das Video.«

Das tat Ida auf einem der großen Bildschirme.

»Die Mädchen hatten vier Videos auf der GoPro gelöscht. Sie sind zwischen dreißig Sekunden und zwei Minuten lang«, erklärte sie.

Im ersten Video lief die spärlich bekleidete Jana durch den Nebel. Immer wieder schaute sie sich über die Schulter um, der lange Umhang flatterte hinter ihr her. Die Angst in ihrem Gesicht schien echt zu sein.

Bis zu dem Moment, als sie stolperte.

»Cut«, rief eine Stimme, die nur Nike gehören konnte. »Das sieht doof aus, wir machen es ohne Stolpern.«

Im nächsten Video hockte Jana auf allen vieren im Moos und atmete heftig, so als sei sie gerannt. Ihr Haar hing feucht herab. Auf dem Dekolleté prangte ein breiter schmutziger Streifen.

»Du musst den Bauch einziehen«, rief Nike. »So sieht es echt scheiße aus.«

»Mach du es doch besser.«

»Will ich unbedingt Schauspielerin werden oder du?«

»Die ganze Zeit meckerst du nur rum, das macht keinen Spaß.«

»Wir können es auch lassen.«

Malia sah, dass Jana noch etwas sagen wollte, doch an dieser Stelle endete das Video.

»Sieht nicht so aus, als hätten die beiden sich richtig gut verstanden«, sagte Ida, klickte auf der Tastatur herum und rief den TikTok-Kanal Moormaid auf dem großen Bildschirm auf.

»Ich bin mal die Fotos und Videos durchgegangen und habe sie mit dem Material von der GoPro verglichen, weil da ja klar ist, wer wer ist. Die Zwillinge sind für Außenstehende wirklich nicht zu unterscheiden, aber ich glaube, auf all diesen Bildern und Videos ist nur Jana zu sehen.«

Ida klickte durch verschiedene Bilder und ließ ein paar Videos laufen.

»Warum meinst du das?«, fragte Malia.

»Das Agieren vor der Kamera ist professionell, und das Mädchen hat in jeder Einstellung seine Mimik unter Kontrolle, es wirkt authentisch, ist aber perfekt. Jana hat tatsächlich schauspielerisches Talent.«

Nachdem Ida darauf hingewiesen hatte, fiel es Malia auch auf. Man neigte bei eineiigen Zwillingen dazu, anhand der Äußerlichkeiten nach Unterschieden zu suchen, aber natürlich fand man sie in den Charakteren.

»Zwei Mädchen, die exakt gleich aussehen, betreiben gemeinsam einen erfolgreichen TikTok-Kanal«, dachte Malia laut nach. »Bei Social Media geht es am Ende immer um Applaus. Für jedes Bild, jedes Video, jeden Post erwartet man den Applaus der Community, diese Beachtung wird zum Lebenselixier, ohne lebt man nicht wirklich – und bei den Mertens-Zwillingen bekommt nur eine den Applaus. Jana.«

»Was macht das mit Nike?«, sprach Ida aus, was Malia durch den Kopf ging.

»Wenn das da draußen in dem Moorloch Jana ist, könnte ein Streit zwischen den Mädchen zu ihrem Tod geführt haben«, sagte Malia.

»Und Nike hat das Drumherum inszeniert, um die Tat zu verschleiern«, ergänzte Ida.

»Aber wie hätte Nike den Körper transportieren sollen? Und wer postet dann die Fotos von Jana? Nike aus dem Krankenhaus heraus wohl kaum.«

Ida zuckte mit den Schultern. »Keine Ahnung, aber ich habe noch etwas für dich. Du hattest mich gebeten, zu überprüfen, welche Handys zum Zeitpunkt des Unfalls mit dem Fahrradfahrer in der Gegend aktiv waren. Das habe ich.«

»Und?«

»Wir haben Glück, es waren nicht viele. Eines davon gehört Andreas Kraft. Dem Mann, der vorhin wegen des Wildunfalles hier war.«

9.

TAG 3
Mittag

Auf der engen und kurvenreichen Landstraße fuhr Malia so schnell, wie es eben ging. Ihre Überholmanöver waren waghalsig, aber sie konnte nicht anders.

Für Musik war Malia zu angespannt, das Radio schwieg.

Sellmann hatte von ihr die Anweisung bekommen, zur Schule zu fahren und Andreas Kraft für eine Vernehmung zur Dienststelle zu bringen. Er sollte das so unauffällig wie möglich vornehmen, aber da er Uniform trug, hatte die Unauffälligkeit Grenzen. Dennoch musste es sein. Kraft versuchte wahrscheinlich gerade, den Unfall mit Toma zu vertuschen. Vielleicht nur den Unfall, was schlimm genug war, möglicherweise steckte aber auch mehr dahinter. Als Lehrer kannte Kraft die Zwillinge von der Schule und hatte Erik gegenüber angedeutet, sie seien manipulativ.

Malia musste dringend mit dem Mann reden.

Aus dem Moor gab es noch keine Neuigkeiten.

Das Team der Spurensicherung und der Bergungstrupp der Feuerwehr waren gerade eingetroffen. Wahrscheinlich führte Ruth die Leute in diesem Moment zu den Schafställen und dem Moorloch, es würde also noch dauern. Letztendlich war die Sache ohnehin klar. Wer sonst als Jana Mertens sollte in dem Moorloch liegen? Das schlimmste Szenario war eingetreten – und die schlimmste Arbeit lag noch vor Malia. Die Gespräche mit der Familie Mertens, mit Freunden und Bekannten der Zwillinge. Dies war die Schattenseite ihres Berufes, die ihr jedes Mal alles abverlangte. An Schmerz und Verzweiflung gewöhnte man sich nie.

Malia erreichte die Stadtgrenze von Riedberg und bremste herunter.

Ihr Handy klingelte.

Sellmann.

»Kommen Sie bitte direkt zur Schule«, bat er, und Malia konnte an seiner Stimme hören, dass etwas schiefgelaufen war.

»Warum?«

»Es gibt Probleme mit Andreas Kraft. Er steht auf dem Dach des Schulgebäudes und droht damit, zu springen.«

»Scheiße!«, stieß Malia laut aus. »Wie konnte das passieren?«

»Ich habe mich im Sekretariat gemeldet und darum gebeten, mit Herrn Kraft sprechen zu können. Jemand ist dann in den Unterricht und hat ihm wohl gesagt, dass die Polizei da ist. Kraft ist aus der Klasse raus und direkt aufs Dach. Ich weiß nicht, was ich hätte anders machen können …«

»Bin gleich da«, sagte Malia.

Zehn Minuten später ließ sie den alten Defender ihrer Mutter vor der Polizeiabsperrung an der Schule stehen. Es war richtig was los. Streifenwagen. Rettungswagen. Feuerwehr. Das ganze Aufgebot. Mittlerweile beanspruchte der Fall jede Menge Ressourcen. Kurz fragte Malia sich, ob sie ihren neuen Chef, Kriminalrat Wankemüller, informieren sollte.

Doch dafür war jetzt keine Zeit.

Sellmann kam ihr entgegen. Der kräftige Wikinger-Mann wirkte zerknirscht.

»Ist nicht Ihre Schuld«, versuchte Malia, ihn zu beruhigen. »Ich hätte niemanden in Uniform schicken dürfen. Tut mir leid. Ist Kraft noch oben?«

»Ja. Erik ist bei ihm und versucht, ihn davon abzubringen.«

»Okay, zeigen Sie mir den Weg.«

Sellmann wählte nicht den Haupteingang, sondern führte Malia durch einen für Notfälle vorgesehenen Nebeneingang. Durch ein schmales Treppenhaus gelangte man bis in die dritte Etage. An der oberen Tür stand ein uniformierter Kollege Wache, ließ sie aber passieren. Ein schmaler Korridor führte sie zu einer feuerfesten Tür, dort wachte eine Kollegin.

»Hinter der Tür ist das Dach«, sagte Sellmann. »Ich komme wohl besser nicht mit raus … wegen der Uniform.«

Malia nickte, drückte die Tür auf und trat auf das Flachdach der Schule hinaus. Damit befand sie sich gut vierzehn Meter über dem Boden – hoch genug für einen tödlichen Sturz.

Ihr Magen flatterte, sie war nervös. Nicht nur wegen der Situation, sondern auch aufgrund der Höhe.

Links von sich entdeckte Malia ihren kleinen Bruder im Schneidersitz auf dem Boden. Keine fünf Meter entfernt saß Andreas Kraft auf der erhöhten Dachkante, die Beine über dem Abgrund baumelnd. Mit den Händen klammerte er sich an der Kante fest.

Erik war auf seinen Kollegen konzentriert und bemerkte Malia nicht sofort. Andreas Kraft aber schon. Der Lehrer rückte auf der Kante ein Stück weit nach vorn und warf einen ängstlichen Blick in die Tiefe. Malias Magen zog sich schmerzhaft zusammen.

Erik drehte sich zu ihr um und gab ihr mit einem Handzeichen zu verstehen, nicht näher zu kommen.

»Andi, nicht!«, rief er seinem Kollegen zu. »Ihr kennt euch noch nicht, aber das ist Malia, sie ist meine Schwester, du kannst ihr vertrauen.«

Krafts Blick hetzte zwischen ihnen hin und her.

»Die Kommissarin ist deine Schwester?«

»Ja, und sie ist wirklich toll … ich liebe sie. Sie kann dir helfen.«

Kraft schüttelte den Kopf. »Mir kann niemand mehr helfen.«

»Wir wollten zusammen nach Madeira, wandern, weißt du noch?«, fragte Erik. »Ich will das mit dir zusammen machen. Du bist mein Freund.«

Erik machte das gut. Er eröffnete einen Blick in die Zukunft und brachte ihn mit ihrer Freundschaft in Verbindung. Malia beschloss, sich zurückzuhalten. Sie als Polizistin war in diesem Moment zwangsläufig der Feind für den Lehrer.

Allerdings glaubte sie nicht, dass er springen würde. Kraft wirkte ängstlich, unentschlossen, klammerte sich an der Dachkante fest. Er schüttelte den Kopf. Tränen liefen ihm über die Wangen.

»Weißt du, wie es sich anfühlt, wenn man am Ende angekommen ist?«, sagte er. »Wie eine Erlösung … All die schlaflosen Nächte, all die sprachlosen Tage … dieses verdammte Schuldgefühl … Das alles verschwindet plötzlich … das ist ein gutes Gefühl.«

»Und dieses gute Gefühl wirst du morgen auch noch spüren, weil wir bei dir sind. Du hast Freunde, du hast eine tolle Frau, es gibt Menschen, denen du wichtig bist.«

Kraft schwieg einen Moment.

»Und all diese Menschen habe ich enttäuscht.«

»Das tun wir alle ab und an, ist ganz normal. Wichtig ist, dass man drüber redet, verstehst du. Wie sieht's aus? Wir beide gehen runter in die Sporthalle, werfen ein paar Bälle und reden über alles. Das haben wir doch schon mal gemacht, und du hast gesagt, solange du dich bewegst, kannst du über alles reden. Komm, wir bewegen uns ein bisschen.«

»Hab ich dir je erzählt, dass mein Vater meine Mutter betrogen hat? Da war ich fünf. Er hat uns dann verlassen, und ich habe ihn nie wiedergesehen. Meinst du, so etwas vererbt sich?«

Malia konnte sehen, dass Erik überrascht war. Er zögerte einen Moment.

»Damit bist du nicht allein«, sagte Erik schließlich, und Malia wusste, was jetzt kam.

»Kennst du die Geschichte von meinem Vater? Wahrscheinlich nicht, dafür bist du nicht lange genug in Moorbach. Die Einheimischen kennen sie alle. Mein Vater verschwand, da war ich sechs.«

Erik warf Malia einen Blick zu. Er brauchte ihre Erlaubnis. Sie nickte ihm zu, und Erik erzählte weiter.

»Es war nicht so, dass er seine Koffer packte und zu einer anderen Frau oder Familie ging. Er verschwand einfach. Von einem Tag auf den anderen war er nicht mehr da, als hätte er sich in Luft aufgelöst. Sein Wagen, all seine Sachen … er hat nichts mitgenommen.«

Andreas Kraft sah Erik an. »Was ist passiert?«

Erik zuckte mit den Schultern. »Niemand weiß es. Man hat damals lange im Moor nach ihm gesucht. Erfolglos. Wir werden es wohl nie erfahren.«

Erneut sah Erik Malia an.

»Das tut mir leid«, sagte Andreas Kraft, und Malia war sich nun sicher, dass er nicht springen würde. Mit dieser Geschichte hatte Erik ihn aus seinem Tunnel geholt und ihm deutlich gemacht, dass auch andere Menschen Probleme hatten und damit weiterlebten. So machte man das schließlich. Man lebte weiter. Es war das schwierigste Einfache auf der Welt.

»Kannst du etwas für mich tun?«, fragte Kraft. Seine Finger lösten sich von der Dachkante.

»Ich tue alles für dich, aber nur mit dir gemeinsam.«

»Anja wird dir wahrscheinlich nicht glauben, aber kannst du ihr bitte sagen, dass ich sie geliebt habe und …«

»Nein!«, rief Erik. »Das machst du selbst. Hörst du! Sie wird es nur glauben, wenn du es selbst machst.«

Erik stand auf.

Andreas Kraft schenkte ihm ein Lächeln. In diesem Augenblick wusste Malia, dass sie dieses Lächeln niemals vergessen würde. Es lag so viel Verzweiflung und Schuld darin, gleichzeitig aber auch Erleichterung.

Er stieß sich von der Kante ab und fiel.

Erik schrie und sprang auf die Kante zu, erreichte seinen Freund aber nicht mehr.

Malia schloss die Augen und presste sich die Hände auf die Ohren. Sie wusste nicht, ob sie den Aufprall hier oben hören würde, wollte aber auf keinen Fall das Risiko eingehen, das Geräusch für den Rest ihres Lebens im Kopf zu haben, gepaart mit dem letzten Lächeln des Mannes.

Als sie die Augen wieder öffnete, sah sie ihren kleinen Bruder über die Dachkante gebeugt. Malia ging ein paar Schritte auf ihn zu, doch je näher sie der Kante kam, desto schwieriger wurde es für sie, einen Fuß vor den anderen zu setzen. Ihr Körper wollte das nicht.

»Erik … komm zu mir, bitte.«

Malia streckte eine Hand nach ihrem kleinen Bruder aus. Doch der lag weiterhin bäuchlings auf der Kante, den Blick nach unten gerichtet. Drei Stockwerke tiefer riefen Menschen durcheinander, andere schrien, eine Einsatzsirene heulte auf.

»Erik. Bitte.«

Unter großen Mühen schaffte Malia noch einen weiteren Schritt. Schweiß brach ihr aus.

Schließlich kroch Erik von der Dachkante, kämpfte sich mühsam auf die Beine und kam auf sie zu.

Malia schloss ihn fest in die Arme.

Eine Weile standen sie einfach nur da. Erik weinte geräuschlos, sie spürte seine Tränen an ihrem Hals. Statt an den Lehrer zu denken, der wahrscheinlich tot, ganz sicher aber schwer verletzt war, spürte sie dem Gefühl nach, das sie gerade empfand. Die Verbundenheit zu ihrem Bruder und damit zur ganzen Familie. In Momenten wie diesem nicht allein zu sein, auf jemanden vertrauen zu können, Kraft geschenkt zu bekommen, die man allein nicht aufbrachte, all das gehörte zu den schönsten Empfindungen, die Menschen haben konnten.

Sie hatte das vermisst.

Mehr, als sie sich selbst eingestanden hatte.

Sellmann drückte die Tür zum Dach auf und schüttelte den Kopf, was wohl bedeuten sollte, dass Kraft den Sturz nicht überlebt hatte. Malia schickte ihn mit einer Handbewegung zurück.

Schließlich führte sie ihren Bruder von der Kante weg zu einer baulichen Erhöhung im Dach, wohl der Einzug der Lüftungsanlage. Sie setzten sich.

Erik wischte sich die Tränen aus den Augen. »So sinnlos«, sagte er mit brüchiger Stimme.

»Es tut mir leid«, sagte Malia. »Ich habe einen Kollegen in Uniform hergeschickt, weil ich deinen Freund vernehmen wollte, und er ist in Panik geraten …«

»Du wolltest ihn vernehmen?«

»Es gibt einen Anfangsverdacht. Er hatte mit seinem Wagen einen Unfall, den er als Wildunfall zu vertuschen versuchte, zudem war sein Handy zu dem Zeitpunkt, als Toma angefahren wurde, in der Gegend eingeloggt.«

»Andreas hat Toma angefahren?«

»Es sieht danach aus, ja. Hat er deswegen etwas gesagt, bevor ich kam?«

Erik fuhr sich mit beiden Händen durchs Haar und schüttelte den Kopf. »Nicht, dass er Toma angefahren hat. Er sagte, er habe einen großen Fehler begangen und damit alles zerstört. Er wisse auch nicht, was da in ihn gefahren sei, er habe einfach nicht anders gekonnt. Und dass er Anja damit verletzt und sie verloren habe.«

»Zusammen mit dem, was er über seinen Vater gesagt hat, klingt das nach einer Affäre«, sagte Malia.

»Aber wegen einer Affäre springt man doch nicht vom Dach.«

»Es sei denn …«, begann Malia, sprach den Gedanken aber nicht aus.

Erik sah sie aus rot geweinten Augen an.

»Du glaubst doch nicht, dass Andreas was mit einem der Mertens-Zwillinge hatte?«

»Die Mädchen waren an dem Nachmittag im Moor. Dein Kollege auch. Wahrscheinlich hat er dort Toma angefahren. Ich habe Andreas Kraft nicht gekannt. Sag du mir, was ich glauben soll?«

Erik wollte sofort antworten, hielt jedoch inne, hob den Blick und starrte einen Moment schweigend über die unter ihnen liegende Stadt, die einen Toten zu verkraften hatte.

»Er wusste es«, sagte er schließlich.

»Was wusste er?«

»An dem Abend, als wir im Moor nach den Zwillingen suchten, haben wir über den Unfall mit Toma gesprochen. Ich erinnere mich, dass Andreas von der Fahrerflucht wusste, ohne dass wir zuvor darüber gesprochen hatten.«

Malia nickte. Ein weiteres Puzzleteil, das passte.

Sie legte Erik einen Arm um die Schulter. »Tut mir leid, kleiner Bruder, aber es kommt noch schlimmer. Es hat keinen Sinn, wenn ich es dir verschweige, du erfährst es sowieso bald.«

Erik sah sie fragend an. Es tat Malia in der Seele weh. Diesen verzweifelten Blick kannte sie von früher. Er hatte ihn gehabt, wenn zu Hause mal wieder alles eskaliert war und der kleine Erik nicht begriff, wieso.

»Ruth und ich … wir haben vorhin im Moor nahe bei den Schafställen eine Leiche gefunden …«

»Jana?«

»Wahrscheinlich. Die Leiche befand sich halb versunken in einem Moorloch, wir konnten sie nicht identifizieren. Ruth hat die Spurensicherung und die Feuerwehr dorthin geführt, ich erwarte demnächst mehr Informationen. Allerdings …«

Malia erzählte ihm von dem Post auf dem Moormaid-Kanal und dass Jana in dem intakten Schafstall gefesselt und misshandelt worden war.

»Das kann Andreas nicht getan haben«, erwiderte Erik. »Der Unfall, ja, vielleicht, so etwas passiert … aber er ist doch kein eiskalter Mörder.«

»Es muss einen Grund geben, warum er an jenem Nachmittag da draußen war. Wie ist er eigentlich zu dem Suchtrupp gekommen?«

»Mama hat mich angerufen und um Hilfe gebeten. Da stand ich gerade mit Alexander Seitz vor dem Supermarkt. Der hat sich spontan bereit erklärt, zu helfen. Ich habe dann noch Andreas angerufen. Er wollte erst nicht, aber ich konnte ihn überreden.«

Malias Handy klingelte.

»Da muss ich rangehen«, sagte Malia und erhob sich.

Ida Sophie Rossmann.

»Ich hatte soeben einen Anruf der Spurentechniker, die im Moor sind«, begann sie.

»Was haben sie herausgefunden?«

»Ist es richtig, dass deine Mutter bei der Bergung vor Ort ist?«

»Ja, ist richtig.«

»Also … man konnte die Leiche bergen – und dank deiner Mutter noch vor Ort identifizieren.«

Malia hörte sich an, um wen es sich handelte, blickte auf ihren Bruder hinab und fragte sich, wie sie ihm das jetzt auch noch erklären sollte.

Also behielt sie es erst einmal für sich.

10.

TAG 3
Mittag

Feven Denneke war eins achtzig groß, trug ihr schwarzes Haar raspelkurz und hatte warme, braune Augen. Sie war eine eindrucksvolle Erscheinung.

Feven Denneke war Rektorin der Gesamtschule von Riedberg.

Malia hatte keinen Zweifel daran, es mit einer durchsetzungsstarken Frau zu tun zu haben, doch der brutale Tod des Lehrers Andreas Kraft hatte auch sie zutiefst erschüttert.

Der Suizid lag eine halbe Stunde zurück. Die Leiche war bereits abtransportiert, die Schule für heute geschlossen. Ein Kriseninterventionsteam kümmerte sich um die Schüler und Schülerinnen, die das Drama miterlebt hatten. Morgen würde es zwar nicht weitergehen wie gehabt, aber es würde weitergehen. Auch ohne Andreas Kraft.

Frau Denneke hatte Malia in ihr Büro gebeten. Dort saßen sie einander an einem unordentlichen Schreibtisch gegenüber. Der große Blumenstrauß, den Malia bezahlt hatte, stand auf der rechten Ecke des Tisches. An der Wand hingen Dutzende Fotos in Glasrahmen. Auf einem Bild hielten mehrere lachende Kinder im Teenageralter die äthiopische Flagge, im Hintergrund war eine wüstenartige Landschaft zu sehen.

»Ich habe heute Geburtstag«, sagte Feven Denneke. »Der Blumenstrauß kommt vom Kollegium. Wahrscheinlich bei Mertens am Bahnhof gekauft. Es ist der schrecklichste Geburtstag meines Lebens.«

»Kein Tag zum Gratulieren, oder?«, sagte Malia und behielt für sich, dass sie bereits vom Geburtstag der Schulleiterin gewusst hatte.

»Es würde sich unpassend anfühlen. In Äthiopien, woher meine Eltern stammen, legt man nicht viel Wert auf Geburtstage, deshalb haben wir meinen nie gefeiert, aber … so ein schrecklicher Tag sollte es auch nicht sein.«

»Leider fühlt es sich für mich ebenso unpassend an, Ihnen jetzt Fragen zu stellen«, begann Malia vorsichtig.

»Das muss es nicht. Fragen Sie bitte.«

Also stellte Malia diese eine Frage, die ungeheuerlich klang und die dennoch gestellt werden musste.

Feven Denneke nickte. Ihr rechter Mundwinkel zuckte. »Ja, es gab einen Vorfall. Den habe ich zwar nicht vergessen, aber er liegt ein halbes Jahr zurück, und seitdem ist nichts mehr passiert, also spielte er in unserem Alltag keine Rolle mehr.«

»Mögen Sie mir davon erzählen?«, fragte Malia.

»Das muss ich wohl, oder?«

»Sie wissen von den Mertens-Zwillingen?«

»Weiß ich. Im Kollegium und unter den Schülerinnen und Schülern ist es das Thema. Es heißt, Nike und Jana sind im Moor verschwunden, und das ist es auch, was ich von den Eltern der Mädchen erfahren habe … und dass Nike wiederaufgetaucht ist.«

»Wir halten uns im Moment noch zurück mit Informationen, und ich möchte Sie bitten, das auch zu tun. Besonders der Presse gegenüber.«

»Selbstverständlich.«

»Wie es aussieht, steckt mehr hinter dem Verschwinden der Zwillinge. Jemand hält Jana gefangen.«

Feven Denneke schloss die Augen, hob das schmale Kinn und atmete tief ein und aus. Dann richtete sie ihren festen Blick auf Malia. »Lebt Jana?«

»Nach allem, was wir wissen, lebt sie«, antwortete Malia. Und sie war froh, das sagen zu können. Die Leiche in dem Moorloch draußen bei den Schafställen war nicht Jana Mertens.

»Aber wir wissen nicht, wo sie sich aufhält und wie es ihr geht.«

Frau Denneke nickte. »Andreas Kraft wurde beschuldigt, sich einer Schülerin gegenüber unangemessen verhalten zu haben. Nike Mertens.«

»Können Sie konkreter werden?«

»Die beiden sollen sich geküsst haben.«

»Ist Nike Mertens damit zu Ihnen gekommen?«

»Nein. Hier am Gymnasium gibt es einen Briefkasten, den unsere Schülerinnen und Schüler nutzen, um auf anonymem Weg Kontakt aufnehmen zu können. Ein Kummerkasten. Über einen Zeitraum von zwei Wochen fanden wir vier Schreiben in diesem Briefkasten. Alle Schreiben beschuldigten Andreas Kraft, eine Affäre mit Nike Mertens zu haben … gehabt zu haben. Leider wird dieser Briefkasten auch dazu genutzt, andere haltlos zu denunzieren, das kennen wir schon. Ich habe Andreas Kraft und Nike Mertens unabhängig voneinander befragt. Sie haben es abgestritten.«

»Von wem stammten die Briefe?«

»Das wissen wir nicht. Es handelte sich um Computerausdrucke.«

»Haben Sie sie noch?«

Feven Denneke schüttelte den Kopf. »Nachdem Nike alles abstritt, habe ich sie weggeworfen. Ich hielt sie für reines Denunziantentum.«

»Wer außer Ihnen hat diese Briefe noch gelesen?«

»Niemand. Ich selbst leere den Kasten und lese, was sich darin befindet. Dadurch bleibe ich auf dem Laufenden. Und, wie gesagt, es ist viel Müll dabei, aber immer wieder auch Wichtiges, deshalb behalte ich das System bei.«

»Was können Sie mir über Jana und Nike Mertens erzählen?«, fragte Malia. »Ich weiß noch viel zu wenig über die Mädchen.«

»Was wollen Sie denn wissen?«

»Zum Beispiel, wie die beiden zueinander stehen? Gibt es Streit zwischen ihnen?«

»Oft genug«, antwortete Feven Denneke. »Im achten Jahrgang mussten wir die beiden auf zwei verschiedene Klassen aufteilen, auf ihren eigenen Wunsch. Jetzt haben sie sich wieder zusammengerauft, aber was ich so höre und sehe, streiten sie sich schon häufig.«

»Worüber?«

»Das weiß ich nicht. Allerdings berichten mir Kolleginnen und Kollegen, dass die beiden auch ganz anders können. Wenn es drauf ankommt, halten sie zusammen. Sie können durchaus manipulativ sein und tricksen ihre Mitmenschen mit ihrem Aussehen aus.«

»Wie das?«

»Na ja, niemand kann sie auseinanderhalten. Und das wissen sie einzusetzen. Die eine macht Spanisch, die andere Französisch, aber man weiß eigentlich nicht, welche gerade wo teilnimmt. Und auch Jungs gegenüber sollen sie das schon eingesetzt haben.«

»Was wissen Sie darüber?«

»Hörensagen. Sie teilen sich einen Freund, ohne dass der Betreffende etwas davon merkt, lassen ihn irgendwann aber auflaufen. Was sich wie ein Spaß anhört, kann für den Jungen natürlich belastend sein.«

»Wissen Sie etwas über die Freikirche, der die Eltern der Mädchen angehören?«

»Mit denen hatten wir Probleme, als sie auf dem Schulgelände Flyer verteilt haben. So etwas dulden wir hier nicht. Wir haben eine Unterlassungsverfügung erwirkt, und ich persönlich habe Herrn Haberloh ins Gewissen geredet.«

»Also hat diese Kirche hier aktive Mitgliederwerbung betrieben?«

»Ja, aber damit war dann auch Schluss, und sie haben es nicht wieder versucht.«

»Waren Jana und Nike sehr aktiv in dieser Kirche?«

»Dazu kann ich nichts sagen. Hier an der Schule war es jedenfalls kein Thema.«

»Kennen Sie Richard Haberloh näher?«

»Nein, ich habe ihn nur während dieses Gesprächs kennengelernt.«

»Welchen Eindruck hatten Sie von ihm?«

»Er ist ein Menschenfänger.«

Feven Denneke führte das nicht weiter aus, das war auch nicht nötig. Ihre Einschätzung deckte sich mit der von Malia.

»Hatte Andreas Kraft etwas mit der Kirche zu tun?«

Feven Denneke schüttelte den Kopf. »Meines Wissens nicht. Natürlich hätte er es mir nicht sagen müssen, wenn es so war, denn wir haben ja die freie Religionswahl.«

»Richtig. Okay, danke für Ihre ehrlichen Antworten. Eine Frage habe ich noch. Was für ein Mensch war Andreas Kraft?«

Die Rektorin ging einen Augenblick in sich. »Dem Kollegium gegenüber offen und immer hilfsbereit. Loyal, pünktlich, humorvoll, ein leidenschaftlicher Lehrer, nach meiner Auffassung oft zu sehr bemüht, ein Freund für die Schülerinnen und Schüler zu sein. Vielleicht …«

Die Rektorin brach ab, und plötzlich schimmerten Tränen auf ihren großen braunen Augen. »Tut mir leid, ich … ich habe wirklich geglaubt, das Thema wäre erledigt … und jetzt … bitte sagen Sie mir, hat das alles miteinander zu tun?«

Die Tränen liefen ihr über die Wangen, sie wischte sie mit dem Handrücken fort.

»Sie müssen sich nicht entschuldigen«, sagte Malia. »Dazu besteht kein Grund. Und ich weiß noch nicht, wie das miteinander in Verbindung steht, aber das werde ich herausfinden. Sollte Ihnen noch etwas einfallen, lassen Sie es mich bitte wissen. Ich gebe Ihnen meine Handynummer.«

»Danke. Muss ich … ich meine, wer spricht mit der Frau von Andreas Kraft?«

»Darum kümmert sich gerade mein Bruder. Er war ja mit Andreas befreundet und hat angeboten, sofort zu Anja Kraft zu fahren, bevor sie es anderweitig erfährt.«

»Sie sind die Schwester von Erik Sichler?«

»Ja, er ist mein vier Jahre jüngerer Bruder.«

»Ich habe Sie nie zuvor hier gesehen, oder?«

»Ich bin gerade erst nach Riedberg versetzt worden, vorher war ich viel unterwegs.«

»Dann ist das kein guter Einstand für Sie.«

»Eigentlich ist es das nie. Man kann es sich nicht aussuchen, und für alle anderen Beteiligten ist es weit schlimmer als für mich.«

Malia verabschiedete sich von der Rektorin und verließ das Schulgelände.

Sie war froh darüber, dass Erik ihr die Aufgabe abgenommen hatte, Anja Kraft vom Tod ihres Mannes in Kenntnis zu setzen. Nicht, weil sie sich davor drücken wollte, sondern weil dieser Fall Aufgaben vor Malia aufstapelte, die sie kaum noch bewältigen konnte – und das in einem Tempo, bei dem selbst sie kaum noch mitkam. Sie brauchte mehr Personal. Deshalb rief sie aus dem Auto heraus im Präsidium an und bat Anne Aures, Polizeichef Wankemüller zu informieren.

Dann fuhr sie zum Krankenhaus, das nur wenige Kilometer entfernt lag. Die kurze Fahrt reichte kaum aus für all die Gedanken, die ihr durch den Kopf schossen wie Atome in einem chaotischen Universum.

Sie musste an Erik denken. Die Ereignisse überschlugen sich und betrafen nun auch die Familie Sichler.

Bei dem Toten aus dem Moorloch handelte es sich um Onkel Jürgen.

Malia konnte sich nur noch dunkel an ihren Onkel erinnern. Er war immer ein Einzelgänger gewesen, oft mürrisch, niemand, den man gern um sich hatte. Als Kind hatte sie Angst gehabt vor ihm. Einmal, auf einer Familienfeier, waren er und Malias Vater aneinandergeraten. Zuerst hatten sie sich angeschrien, dann sogar geprügelt. Malia war damals sechs gewesen oder so, sie hatte nicht gewusst, worum es ging, und wusste es bis heute nicht.

Was hatte Onkel Jürgen da draußen bei den Schafställen zu suchen? War er zufällig dort gewesen und durch einen Unfall gestorben? Er hatte immer viel getrunken, vielleicht war er alkoholisiert in das Moorloch gefallen. Sicher, es gab kuriose Zufälle, immer wieder auch in Mordermittlungen, aber hier mochte Malia nicht daran glauben.

Oder hatte Onkel Jürgen etwas mit dem Angriff auf die Mertens-Zwillinge zu tun?

Wenn ja, wie passte das mit Andreas Kraft zusammen?

Malia stieg aus und lief zum Krankenhaus hinüber. Kalter Wind kühlte ihre erhitzten Wangen. Ihr Magen knurrte, sie hatte den ganzen Tag noch nichts gegessen. Das musste sie dringend nachholen. Im Moment gab es aber Wichtigeres.

Sie musste mit Nike Mertens sprechen.

Mit etwas Glück erinnerte sich das Mädchen mittlerweile besser an den Nachmittag, als all das begonnen hatte. Aber selbst wenn nicht, gab es genug andere Themen. Warum hatten die beiden diese bedrohlichen Videos gedreht? Wie standen sie zueinander?

Was war dran an der Sache mit Andreas Kraft?

11.

TAG 3
Mittag

Die Überraschung war groß.

Das Zimmer war verwaist, Nike Mertens lag nicht im Krankenbett.

Im Schwesternzimmer erfuhr Malia, dass Nikes Vater gegen den Willen der Ärzte darauf bestanden hatte, seine Tochter mit nach Hause zu nehmen. Zuvor war es in Nikes Zimmer zu einem Vorfall gekommen. Herr Mertens hatte sich mit einem Besucher gestritten. Blumenvasen waren zu Bruch gegangen.

»Wissen Sie, wer dieser Besucher war?«, fragte Malia die Krankenschwester.

»Ein Junge, vielleicht siebzehn Jahre alt. Ich habe nur den Vornamen gehört. Laurence.«

Malia bedankte sich und verließ das Krankenhaus.

Auf dem Weg zu ihrem Wagen erinnerte sie sich an den Vorfall bei Eriks Schule. Der Junge, der von der Gruppe anderer Schüler angegriffen worden war, hieß Laurence. Was hatte er bei Nike zu suchen? Waren sie befreundet? Gut möglich, immerhin gingen sie auf dieselbe Schule, waren vielleicht sogar im gleichen Jahrgang. Aber warum der Streit zwischen Hans Mertens und Laurence? Wenn dabei Porzellan zu Bruch gegangen war, musste es heftig gewesen sein. Die Krankenschwester, mit der Malia gesprochen hatte, meinte, es sei um das Handy des jungen Mannes gegangen.

Malia musste unbedingt mit Nike sprechen.

Das hatte Priorität.

Im Moment sah alles danach aus, als wäre Andreas Kraft verantwortlich für den Angriff auf die Mädchen. Aber Kraft war nun tot, und er hatte Jana Mertens irgendwo eingesperrt. Malia musste so schnell wie möglich herausfinden, wo. Der Wetterdienst hatte einen Wintereinbruch mit Dauerfrost angekündigt. Das Mädchen würde erfrieren, sollte es sich in einem ähnlichen Versteck wie den Schafställen befinden. Möglicherweise konnte Nike dabei gar nicht helfen. Deshalb würde Malia sofort nach dem Gespräch mit dem Mädchen Anja Kraft aufsuchen. Vielleicht hatte sie eine Vorstellung davon, wo ihr Mann Nike gefangen hielt. Natürlich war die Frau des Lehrers geschockt und womöglich kaum vernehmungsfähig, darauf konnte Malia aber keine Rücksicht nehmen.

Auf dem Weg nach Moorbach überschritt Malia alle Geschwindigkeitsbegrenzungen. Hätte sie geahnt, dass die Ermittlungen wie bei einem Pingpongspiel zwischen Riedberg und Moorbach hin und her wechselten, hätte sie die Außenstelle nicht eingerichtet.

Während der Fahrt spielten ihre Gedanken ebenso Pingpong. Sie musste an Erik und Ruth denken. Plötzlich war die Familie in den Fall involviert. Was war mit Onkel Jürgen passiert? Malia wartete gespannt auf den Anruf der Rechtsmedizin zur Todesursache. Dann wieder dachte sie an die Frau des Lehrers, die nicht nur den Tod ihres Mannes, sondern auch die Gründe dafür ertragen musste. Ganz zu schweigen von der Familie Mertens. Wenn es schlecht lief, würden auch sie den Tod eines Familienmitglieds hinnehmen müssen.

Familie. Darum ging es am Ende immer. Alles kam aus der Familie und ging dorthin zurück. Freud, Leid, Glück, Unglück – in der kleinsten sozialen Einheit kumulierte alles.

Ein Anruf unterbrach Malia in ihren Gedanken.

Ida Sophie Rossmann. »Hast du ein paar Minuten?«, fragte sie.

»Ja. Ich bin unterwegs und in zehn Minuten in Siedenburg, um mit der Familie Mertens zu sprechen.«

»Es geht um diesen Richard Haberloh.«

»Erzähl.«

»Richard Harald Haberloh, geboren 11.03.1979 in Hamburg. Beide Eltern Pädagogen und Lehrer in Hamburg. Haberloh hat ein Lehramtsstudium abgeschlossen und danach ein Studium der Religionswissenschaften. Dann gab es einen Bruch. Seine Frau und seine Tochter starben 2010 bei einem Wohnungsbrand. Er ging mit seinem Sohn nach Südostasien und lebte mehrere Jahre dort. Was er dort gemacht hat, wissen wir nicht. 2015 zurück in Deutschland, gründete er eine Privatschule für freie Christen. Die Schule ging in die Insolvenz. Vor zehn Jahren starb zuerst seine Mutter, dann sein Vater, und Haberloh erbte ein beträchtliches Vermögen. 2020 gründete er die Kirche der freien Menschen in Moorbach. Das Kirchengebäude hat er von der evangelischen Kirche gepachtet. Die Kirche finanziert sich von den freiwilligen Spenden der Mitglieder. Laut Homepage sind es derzeit vierhundert.«

»Vierhundert? In Moorbach?«, fragte Malia verwundert.

»Nein, nicht nur aus Moorbach. Haberloh verbreitet seinen Glauben auch online und liefert die passenden Bücher, Hörbücher und Seminare dazu.«

»Ist er irgendwann polizeilich auffällig geworden?«

»Ist er. Drei Anzeigen während seiner Zeit in Hamburg, als er die Privatschule leitete.«

»Weshalb?«

»Psychische Gewalt. Die Anzeigen kamen von Eltern. Es ging um Misshandlung Schutzbefohlener, um Kontrolle, Isolation, Demütigung, Unterlassung. Das ist jetzt eine Mutmaßung, aber wahrscheinlich ist die Schule deshalb pleitegegangen.«

»Interessant.«

»Einen Social-Media-Auftritt hat er auch. Er ist bei Facebook und Insta, aber nicht bei TikTok. Auf seinen Kanälen wirbt er für seine Kirche, alles konform mit den Vorgaben der Plattformen.

Aber man erkennt schnell, dass er kein Freund von Social Media ist. Er hetzt nicht dagegen, stellt die Plattformen aber infrage und weist immer wieder auf die Gefahren gerade für Jugendliche hin. Das scheint ihm wichtig zu sein. Ich finde, er bewegt sich dort etwas ungelenk und wenig authentisch. Man merkt, dieses Medium ist ihm fremd. Die Kanäle laufen auch nicht gut.«

»Wundert mich nicht. Wer von denen, die Social Media nutzen, will schon von den Gefahren hören.«

»Ja, leider. Aber pass auf, jetzt kommt's. Moorhexe. Dieser Account, der ordentlich gegen die Zwillinge hatet …«

»Ja?«

»Es war einfach herauszufinden, dass Haberloh dahintersteckt.«

»Ach, schau an.«

»Leider habe ich noch nichts über LaFlos rausfinden können.«

Den hatte Malia im Eifer des Gefechts total vergessen. LaFlos war der Kommentator, der bei TikTok auf dem Moormaid-Kanal so leidenschaftlich für die Mertens-Zwillinge eintrat.

»Das ist ein anonymer Account, und wer immer ihn betreibt, gibt sich viel Mühe, seine Identität zu verschleiern. Der Name ist ein Pseudonym, keine persönlichen Informationen, der User verwendet ein VPN-Netzwerk, die Daten werden über verschiedene Server geleitet und die IP-Adresse somit verborgen. Aber ich bleibe dran.«

»Okay, ich danke dir. Bis später.«

Malia beendete das Gespräch und bog in die Gartenstraße ein, in der die Mertens lebten. Vor dem Haus Nummer 12 parkte diesmal nur ein Wagen.

Malia stieg aus und klingelte. Angemeldet hatte sie sich nicht. Manchmal musste man das Überraschungsmoment nutzen.

Hans Mertens öffnete.

Er sah aus wie der Tod auf Latschen. Außerdem roch er stark nach Alkohol.

»Nike hat genug durchgemacht, sie braucht jetzt Ruhe.«

»Das verstehe ich, Herr Mertens, aber Jana ist nach wie vor verschwunden, uns rennt die Zeit davon. Ihre Tochter ist irgendwo da draußen, und es besteht die Gefahr, dass sie erfriert, wenn wir sie nicht finden.«

»Um Gottes willen, dann finden Sie mein Kind endlich. Das ist doch Ihre Aufgabe, nicht wahr! Was wollen Sie von Nike? Sie weiß nicht, wo ihre Schwester ist. Sie kann Ihnen nicht helfen, sonst hätte sie es längst getan.«

Hans Mertens redete sich in Rage. Sein Kopf lief rot an.

Weit gekommen war Malia nicht, sie standen immer noch im Hausflur.

»Das können Sie nicht wissen. Oft sind es scheinbare Nebensächlichkeiten, die zum Ermittlungserfolg führen, und ich konnte bisher nicht wirklich mit Nike sprechen. Ich muss darauf bestehen.«

»Und ich bin ihr Vater und sage, jetzt nicht.«

»Nike ist achtzehn. Das kann sie selbst entscheiden.«

»Papa … lass gut sein, ich kann das«, kam es von der Treppe, die ins Obergeschoss führte.

Wie lange Nike schon dort stand und den Disput anhörte, wusste Malia nicht. Das Treppenhaus war schummrig, und erst nachdem sie gesprochen hatte, tauchte Nike am Fuß der Treppe auf.

Sie trug eine Jogginghose, einen übergroßen Hoodie und dicke Wollsocken. Das lange blonde Haar hatte sie hochgesteckt. Nike war blass und wirkte geschwächt. Das Pflaster klebte noch an der Stirn.

»Nike, ich weiß nicht …«

»Gehen wir ins Wohnzimmer«, sagte Nike und ging voran, ohne auf Malia oder ihren Vater zu warten.

Malia wunderte sich über das Selbstbewusstsein der Achtzehnjährigen in einer solchen Situation.

»Also dann …«, sagte Hans Mertens und machte eine Handbewegung, die man als Einladung verstehen konnte. Malia folgte

Nike ins Wohnzimmer. Das Mädchen hatte auf der Couch Platz genommen und den dünnen Körper in eine Wolldecke gewickelt.

Malia ließ sich auf der Kante des Sessels daneben nieder.

»Papa, mir ist furchtbar kalt. Kannst du mir bitte einen Tee machen?«

»Ja, natürlich …«

Hans Mertens verschwand.

»Für Sie auch?«, fragte Nike.

»Nein danke. Wie geht es Ihnen?«

»Ich friere ständig, habe Angstzustände und mache mir entsetzliche Sorgen um meine Schwester … Ich habe die beiden Posts gesehen.«

»Okay, dann wissen Sie ja Bescheid … und haben allen Grund, sich Sorgen zu machen. Jemand hat Ihre Schwester dazu missbraucht, diese Bilder zu machen, und sie auf eurem Kanal gepostet. Haben Sie eine Ahnung, wer das getan haben könnte?«

Nike schüttelte den Kopf und klemmte sich eine hartnäckige Haarsträhne hinters Ohr.

»Wer war der Junge im Krankenhaus, mit dem Ihr Vater sich gestritten hat?«

»Laurie … Laurence eigentlich.«

»Und weiter?«

»Laurence Floß.«

LaFlos, schoss es Malia durch den Kopf.

»Wer ist das?«

»Jemand von der Schule. Wir gehen in dieselbe Klasse. Er wollte nach mir sehen und hat mir die beiden Posts gezeigt.«

»Warum?«

»Weil ich ihn angefleht habe, mir zu sagen, was los ist. Im Krankenzimmer war ich wie abgeschnitten von der Welt, niemand wollte mit mir über Jana reden. Deshalb wollte ich auch nicht länger dortbleiben.«

»Warum hat Ihr Vater mit dem Jungen gestritten?«

»Na, weil er mir auf seinem Handy die Posts gezeigt hat. Darüber hat Papa sich furchtbar aufgeregt, und in einer Rangelei um das Handy sind die scheiß Blumenvasen zu Bruch gegangen.«

»Welcher Art ist Ihre Freundschaft zu Laurence?«

»Wir sind nicht befreundet, gehen einfach nur in dieselbe Klasse, mehr nicht.«

»Und wie steht Jana zu ihm?«

»Genauso wie ich. Und mehr wird daraus nicht, auch wenn Laurie sich das wünscht.«

»Wissen Sie, was er sich wünscht?«

»Oh Mann, bei dem ist das so offensichtlich, dass es jeder an der Schule weiß.«

»Aber Ihre Schwester und Sie, Sie mögen ihn nicht genug für mehr?«

»Laurie ist klein und dick und vollkommen uncool. Ja, er ist auch hilfsbereit und höflich, aber was zählt das schon. Ich glaube, er hält sich für einen Incel. Also nein, wir mögen ihn nicht genug.«

»Können Sie sich vorstellen, dass Laurence Sie beide angegriffen und Ihre Schwester in seiner Gewalt hat?«

Nike lachte auf. »Lauri? Auf gar keinen Fall.«

»Was lässt Sie so sicher sein?«

»Dazu ist der gar nicht in der Lage. Rein körperlich schon nicht … und der Mut fehlt ihm auch.«

»Wo wohnt Laurence?«

»In Kirchlohe.«

»Okay …«

Malia überlegte und entschied sich, die persönlichste Frage hintanzustellen. Vorher gab es noch etwas anderes. »Wir haben eure GoPro gefunden.«

»Was? Wo?«

»Auf dem Dach des Hochsitzes am Toten Auge.«

Nike zwinkerte heftig. Diese Worte zu hören, löste etwas in ihr aus. »Ich … ich glaube, da war ich.«

Malia nickte. »Das Video auf der GoPro beweist, dass Sie dort waren. Leider zeigt es uns nicht, was passiert ist. Da ist eine Menge Material drauf, aber wir können nicht sicher sein, was davon Fake ist und was nicht.«

»Ich verstehe nicht … wieso Fake?«

»Sie haben mit Ihrer Schwester im Moor Filme gedreht, die den Eindruck vermitteln sollen, dass Sie verfolgt und angegriffen wurden. Das meine ich mit Fake. Sie sind nicht echt, sondern fiktiv. Können Sie sich daran erinnern?«

Nike schien angestrengt nachzudenken, dann schüttelte sie den Kopf. »Kann ich die Videos sehen?«

»Das geht leider nicht, Kamera und Videos sind Bestandteil der Ermittlungen und befinden sich in der Kriminaltechnik.«

Malia erinnerte sich an die schreckliche Szene unter dem Hochsitz. Jana, die unten an der Leiter auf dem Boden lag und ruckartig Stück für Stück von einer unsichtbaren Kraft weggezogen wurde. Diese Bewegungen konnte sie nicht allein ausgeführt haben.

»War noch jemand mit euch im Moor?«, fragte Malia.

»Ich kann mich nicht erinnern … aber wer sollte dort gewesen sein?«

»Jemand, den ihr für die Dreharbeiten gebraucht habt.«

»So ein Quatsch. Jana und ich haben unsere Videos immer allein gemacht.«

»Wie kommt es eigentlich, dass der Kanal Moormaid heißt, nicht Moormaids, und Sie dort nicht als Zwillinge auftreten? Der Kanal suggeriert, dass es sich nur um eine von Ihnen handelt.«

Nike zuckte mit den Schultern. »Man sollte auf Social Media niemals alles preisgeben.«

»Aber man kennt Sie beide doch als Zwillinge.«

»Ja, hier in Moorbach und an der Schule, und hin und wieder gab es auch Kommentare dazu, aber die haben wir immer gleich gelöscht. Für die Welt da draußen gibt es nur eine Moormaid.«

Hans Mertens betrat mit einer Tasse Tee in der Hand das Wohnzimmer. Das Bändchen mit der Papierlasche hing über den Rand. Er stellte die Tasse vor seiner Tochter auf dem braun gekachelten Tisch ab. »Vorsicht, ist noch heiß.«

Dann ließ er sich zu seiner Tochter auf die Couch sinken und starrte Malia an. Sie hätte den Mann gern weggeschickt, aber das wäre in dessen Haus ebenso unhöflich gewesen, wie ihr keinen Tee anzubieten, und Gleiches mit Gleichem zu vergelten war noch nie eine gute Idee gewesen.

»Ich muss Sie noch etwas fragen … Diese Frage ist sehr persönlich, deshalb … Möchten Sie, dass Ihr Vater dableibt?«

Nike zögerte. Ihre Lider zuckten schneller als zuvor. Den raschen Blick zu ihrem Vater bemerkte nur Malia.

»Was soll das heißen?«, fragte Hans Mertens.

»Frau Mertens?«, fasste Malia nach.

»Ist schon in Ordnung«, antwortete das Mädchen.

»Gut, dann … Heute am Vormittag verstarb in Riedberg der Lehrer Andreas Kraft. Er ist vom Dach des Schulgebäudes gesprungen, jede Hilfe kam zu spät.«

Nikes Augen vergrößerten sich, sie hielt den Atem an. Der Schock hätte wohl nur durch Janas Tod größer sein können.

»Was … wieso …«, stammelte sie.

Hans Mertens öffnete den Mund und war nicht in der Lage, ihn wieder zu schließen. Sein Blick wechselte von Nike zu Malia und wieder zurück. Er knetete die Hände mit einer Kraft, dass es Malia beim Zuschauen wehtat.

»Es tut mir leid, Ihnen das so schonungslos mitteilen zu müssen. Sie hatten wohl ein gutes Verhältnis zu Andreas Kraft, nicht wahr?«

Nike nickte, ihre Augen füllten sich mit Tränen, die einen Moment später ihre Wangen hinabrannen.

»Ich verstehe nicht«, sagte Hans Mertens. »Was hat das zu bedeuten? Dieser Lehrer, hat er etwas mit … War er das?«

»Das wissen wir nicht«, antwortete Malia. »Aber vielleicht kann Ihre Tochter uns etwas dazu sagen.«

Malia ließ das Mädchen nicht aus dem Blick. Nike schien mit sich zu kämpfen. Da wollte etwas aus ihr heraus, sie sich offenbaren, Ballast loswerden, der sie quälte. Andererseits hatte sie wohl Angst vor den Konsequenzen. Malia hatte so etwas bei Vernehmungen und Verhören oft erlebt. Nur wenige schafften es, diesen inneren Kampf geheim zu halten, Nike gehörte nicht dazu.

»Magst du uns etwas dazu sagen?«, fasste Malia nach.

Das Mädchen schüttelte den Kopf.

»Ich habe vorhin mit der Rektorin Frau Denneke gesprochen. Sie hat mir von diesem Vorfall berichtet.«

»Vorfall? Was für ein Vorfall?«, fragte Hans Mertens.

Malia hatte schon vermutet, dass weder Nike noch Jana ihren Eltern davon erzählt hatten.

»Das war alles gelogen«, sagte Nike leise.

»Wir müssen jetzt nicht in die Tiefe gehen. Ich möchte von Ihnen nur wissen, ob Andreas Kraft sich Ihnen oder Ihrer Schwester gegenüber unangemessen verhalten hat?«

Nike schüttelte den Kopf und wischte sich mit dem Handrücken die Tränen von den Wangen.

»Ich weiß nicht, wer dieses Gerücht in die Welt gesetzt hat, aber es stimmte einfach nicht. Da war nichts.«

»Sie müssen mir die Wahrheit sagen, das ist Ihnen klar, oder? Ich kann Ihnen nicht helfen, wenn Sie mich belügen.«

»Ich lüge aber nicht!« Plötzlich schrie Nike. Spucketropfen landeten auf den braunen Kacheln des Tisches und in Malias Gesicht.

»Beschuldigen Sie meine Tochter etwa wegen irgendwas?«, fragte Hans Mertens und richtete sich auf.

»Ich befrage sie lediglich«, antwortete Malia, ohne den Mann anzuschauen.

»Müssen wir einen Anwalt hinzuziehen?«

»Das wird nicht nötig sein. Denn ganz egal, was zwischen Ihnen und dem Lehrer war, Sie trifft keine Schuld … Darf ich dich Nike nennen?«

Sie nickte.

»Nike, hör mir zu … ich war dabei, als dein Lehrer vom Dach der Schule gesprungen ist. Er hat vorher noch etwas gesagt. Es klang so, als habe er seine Frau betrogen. Und wir wissen, er war an jenem Nachmittag, als Jana und du im Moor wart, auch dort. Was ist im Moor passiert, Nike?«

»Jetzt reicht es aber!« Hans Mertens sprang auf. »Ich will, dass Sie mein Haus verlassen. Sofort!«

Malia beachtete ihn nicht. »Nike, du musst mit mir reden, bevor alles nur noch schlimmer wird.«

Doch Nike schüttelte den Kopf. »Ich sage nichts mehr.«

»Da hören Sie es. Gehen Sie. Ich werde meinen Anwalt anrufen.«

Malia gab sich geschlagen. Sie erhob sich von dem Sessel und berührte Nike an der Schulter. »Du kannst mich jederzeit anrufen, okay? Ich bin für dich da.«

Dann ließ sie sich von Mertens aus dem Haus werfen. Er donnerte die Tür hinter ihr zu. Kalter Wind fegte Malia ins Gesicht. Enttäuscht ging sie zu ihrem Wagen. Sie wusste, dass Nike log oder zumindest nicht alles sagte, was sie wusste, aber das Mädchen war noch nicht bereit für die Wahrheit. Denn erst wenn man sie aussprach, wurde sie auch für einen selbst wahr. Vorher war es noch möglich, alles abzustreiten, danach nicht mehr.

Malia rief Sven Sellmann an. »Wie geht's?«, fragte sie.

»Geht schon. Der Wagen ist jetzt bei der Spurensicherung, ich werde hier nicht mehr gebraucht.«

»Das trifft sich gut. Kennen Sie einen Laurence Floß aus Kirchlohe? Ein Klassenkamerad der Mertens-Zwillinge?«

»Nein.«

»Können Sie dem mal auf den Zahn fühlen?«

»Um was geht es denn?«

»Kann sein, dass der an jenem Nachmittag im Moor dabei war. Nike leugnet das, aber ich glaube ihr nicht.«

Malia erzählte Sellmann alles, was sie über Laurence wusste, beendete das Gespräch und rief umgehend Ida an.

Die war sofort dran.

»Kannst du herausfinden, ob ein gewisser Laurence Floß aus Kirchlohe hinter dem anonymen Account LaFlos steckt?«

»Ich versuch's. Ich wollte dich auch gerade anrufen.«

»Was gibt's?«

»Der Gerichtsmediziner hat noch vor Ort im Moor feststellen können, dass Jürgen Sichler aus nächster Nähe durch je einen Schuss in die Brust und in den Kopf getötet wurde.«

12.

TAG 3
Nachmittag

Im Schlafsack war es kuschelig warm, außerhalb davon eiskalt. Aber Jana musste raus, ihre Blase drückte schon eine ganze Weile, und sie hielt es nicht länger aus.

Es war nicht nur die Kälte, die sie zögern ließ. Auch wenn es ein Trugschluss war und sie das wusste, fühlte sie sich im Schlafsack sicher wie in einem schützenden Kokon. Seitdem sie hierhergebracht worden war, hatte sie ihn nicht verlassen. Wie viel Zeit seitdem vergangen war, wusste sie nicht. In dem Raum war es gleichbleibend dunkel, aber als sie hineingestoßen worden war, hatte sie ihn durch das hereinfallende Licht für einen Augenblick sehen können. Es war eine Art Kellerraum aus nacktem Beton. Unter der Decke verliefen dicke Rohre, Fenster gab es nicht. An der hinteren Wand hatte Jana eine Werkbank gesehen.

Mit zitternden Fingern griff sie nach dem Reißverschluss.

Es dauerte ewig, bis sie ihn geöffnet hatte, weil er sich immer wieder im Stoff des Schlafsacks verhakte. Nach und nach entwich die wunderbare Wärme, und die Kälte nahm ihren Platz ein. Das fühlte sich entsetzlich an, obwohl Jana die Kleidung hatte anziehen dürfen, in der sie zusammen mit ihrer Schwester ins Moor gefahren war.

Wie lange lag das zurück?

Jana kam es wie eine Ewigkeit vor. Eine Ewigkeit, in der jede Minute angefüllt war mit Angst und Verzweiflung.

Sie schaffte es nicht, aufzustehen, blieb vorerst auf allen vieren im Schlafsack hocken. Die Gelenke und Muskeln fühlten sich an wie zementiert. Während sie so dahockte, lauschte Jana auf Geräusche, doch es blieb still.

Mühsam kämpfte sie sich auf die Beine, streckte die Arme über den Kopf und spürte an den Fingerkuppen die raue Betondecke. Sie ertastete ein Rohr, das mit Dämmmaterial ummantelt war. Zu Hause im Keller gab es auch solche Rohre, sie gehörten zur Heizung.

Auf steifen Beinen stakste Jana mit kleinen Schritten voran, hielt dabei die Hände vor sich, um nicht irgendwo dagegen zu stoßen. Sie sah absolut nichts, nicht einmal ihre Hände. So in die Dunkelheit hineinzugehen, fühlte sich furchtbar an, aber sie hatte keine Wahl. Direkt neben dem Schlafsack wollte sie ihre Notdurft nicht verrichten.

Nach wenigen Schritten erreichte sie eine Wand. Die fühlte sich ebenso rau an wie die Decke. Jana tastete daran herum und konnte es kaum fassen, als sie einen Schalter entdeckte. Voller Hoffnung auf Licht drückte sie ihn, doch es blieb dunkel.

Jana tastete weiter, bis sie sich in einer Ecke befand. Dort verrichtete sie ihre Notdurft. Dann entfernte sie sich rasch in die entgegengesetzte Richtung, in der sie den Schlafsack vermutete.

Doch sie fand ihn nicht sofort.

Hatte sie die falsche Richtung eingeschlagen?

Jana tastete sich weiter vor, bis sie die nächste Wand erreichte. Dort schob sie sich nach links und stieß mit der Hüfte irgendwo an. Sie befühlte den Gegenstand mit den Händen, er bestand aus Holz. Grobes, dickes Holz. Das musste die Werkbank sein.

Die Augen weit aufgerissen, obwohl sie nichts sehen konnte, tastete Jana auf der Werkbank herum. Sie suchte nach einem Gegenstand, vielleicht ein Werkzeug, das sie nutzen konnte, um zu entkommen. Irgendwo musste eine Tür mit einem Schloss sein, vielleicht würde sie es aufbrechen können.

Sie tastete sich bis zur anderen Seite der Werkbank und wieder zurück, fand aber nichts. An der hinteren Längsseite gab es eine

Vertiefung, die mit etwas Weichem gefüllt war. Sägespäne. Darin ertastete Jana einen Nagel. Sie zog ihn hervor und befühlte ihn. Er war vielleicht fünf Zentimeter lang und hatte in der Mitte eine Krümmung, so als sei er mal falsch eingeschlagen worden.

Jana steckte den Nagel in die Hosentasche.

Sie suchte weiter und fand in der Mitte der Werkbank unter der Arbeitsplatte eine Schublade. Sie klemmte und ließ sich nur ruckweise öffnen. Vorsichtig ließ Jana die Hand hineingleiten. Sie spürte Sandpapier. Dann ein quadratisches Stück Holz. Schließlich einen Griff aus Holz, aus dem Metall hervorragte. Durch Tasten fand Jana heraus, dass es sich um einen Stechbeitel handelte. Ihr Vater hatte mehrere davon in seiner Hobby-Werkstatt. An der vorderen Spitze war er scharf.

Jana wusste, damit würde sie kein Schloss aufbrechen können, mit dem Nagel vermutlich auch nicht. Aber irgendwann würde ihr Peiniger zurückkehren, und dann hatte sie etwas, womit sie sich verteidigen konnte.

Sie suchte Schublade und Werkbank noch einmal ab, fand aber nichts mehr. Den Stechbeitel fest umklammert, machte sie sich auf die Suche nach der Tür. Dazu schob sie sich an den Wänden entlang, kam an der Stelle vorbei, an der sie sich erleichtert hatte, und fand schließlich die Tür. Zarge und Blatt bestanden aus Metall.

Wahrscheinlich eine feuerfeste Tür, wie die zu Hause zum Heizungsraum.

Die Klinke bestand ebenfalls aus Metall. Sie ließ sich runterdrücken, die Tür jedoch nicht öffnen. Das wäre auch zu schön gewesen.

Jana ging in die Hocke und ertastete das Schlüsselloch. Die Tür war älter und hatte noch kein Sicherheitsschloss, sondern eines dieser großen, ovalen Löcher, durch die man hindurchschauen konnte. Jana hielt das rechte Auge davor, konnte aber nichts erkennen. Auch jenseits der Tür schien es kein Licht zu geben.

Ihre Finger zitterten vor Aufregung, als sie den Nagel aus der Hosentasche klaubte. Sie fasste ihn am Kopf an und führte die Spitze in das Schloss ein, stocherte darin herum, fand aber nirgendwo einen Widerstand. Sie versuchte es trotzdem weiter, bis ihre Finger steif wurden vor Kälte und sie am ganzen Körper zu zittern begann.

Es ging nicht mehr, sie musste zurück in den Schlafsack.

Diesmal ging Jana in den Vierfüßlerstand und krabbelte durch den Raum. Sie war einer Panik nahe, als sie den Schlafsack endlich fand.

So schnell es ging, schlüpfte sie hinein. Ihre Finger waren viel zu steif, um den Reißverschluss schließen zu können, daher ließ sie es und wickelte sich ein.

Bibbernd lag sie da, wartete auf die Wärme und hielt den Griff des Stechbeitels fest umklammert.

In Gedanken versuchte sie sich auszumalen, wie sie ihrem Peiniger die Spitze in den Hals stach, wenn er kam, um das nächste Bild mit ihr zu machen.

Das hatte er ihr nämlich versprochen.

13.

TAG 3
Nachmittag

Anja Kraft trug noch ihre Arbeitskleidung. Weiß, schlicht, praktisch, mit ihrem Namenszug auf der Brust. Sie war Physiotherapeutin in einer kleinen Praxis in Kirchlohe.

Ihr Gesicht glich einer starren Maske und war ebenso farblos wie ihre Kleidung.

Was hinter dieser Maske vorging, vermochte Malia sich nicht vorzustellen. Die Frau tat ihr leid. Ihr Leben lag in Trümmern. Und so war es immer. Binnen kürzester Zeit zerstörten Menschen, was sie jahrelang mühevoll aufgebaut hatten. Ein einziger Moment überbordender Emotionen reichte aus. Alles, was vorher war, zählte nicht mehr. Der menschliche Körper war nicht perfekt, er konnte von unzähligen Krankheiten dahingerafft werden, das war schlimm genug, am meisten hatte Malia aber schon immer gestört, dass alles rationale Denken, alle Fähigkeit zu klugen Entscheidungen in solchen Momenten nicht zur Verfügung standen. Niemand war der Kapitän seiner Seele, wie es in dem Gedicht von Henley hieß. Nicht einmal Steuermann. Das übernahmen die Hormone und Gefühle.

Wie konnte ein so komplexes Wesen so leicht manipulierbar sein?

Anja Kraft stand an die Arbeitsplatte der Küche gelehnt, beide Handballen aufgestützt. Hinsetzen wollte sie sich nicht. Also war auch Malia stehen geblieben, die Hände in die Taschen ihrer Jacke versenkt.

»Es passt so sehr zu ihm«, sagte Anja. »So zu gehen … keine

Entscheidung mehr treffen zu müssen … alles mir zu überlassen … Das ist so feige, so dermaßen feige.«

Vor zwei Stunden hatte Anja Kraft durch Erik vom Tod ihres Mannes erfahren. Im Moment war da noch keine Trauer, nur Verbitterung. Damit umzugehen, fiel Malia schwer. Wahrscheinlich, weil sie nur zu gut wusste, wie Verbitterung schmeckte und welche Verheerungen sie anrichtete. Es gab nichts, was sie der Frau sagen konnte, um es leichter zu machen, also musste Malia sich auf den Fall und die Fakten konzentrieren.

»Stimmt es, dass Ihr Mann ein Verhältnis mit einer Schülerin hatte?«, fragte sie geradeheraus. Wie sollte sie so eine Frage schonend verpacken? Das war nicht möglich.

Anja nickte. »Ja, das stimmt.«

»Wissen Sie auch, mit wem?«

»Mit einer der Mertens-Zwillinge.«

»Jana oder Nike?«, fragte Malia.

»Was weiß denn ich. Mit einer von beiden. Ich glaube, er wusste es selbst nicht so genau.«

»Wie haben Sie davon erfahren?«

»Er musste es mir beichten, weil sie ihn erpresst hat.«

»Das Mädchen hat Ihren Mann erpresst? Seit wann?«

»Es hatte gerade angefangen. Das Mertens-Mädchen war achtzehn geworden und damit volljährig. Sie wollte, dass Andreas zu ihr steht, sich von mir trennt wegen ihr.«

Malia schloss kurz die Augen. Es wurde alles immer schlimmer.

»Genauso stand ich auch da, als er es mir gebeichtet hat. Hier in der Küche. Den Tag werde ich nie vergessen. Man weiß ja immer erst hinterher, wann der Untergang begann … Da begann unserer.«

»Was hat Ihr Mann wegen der Erpressung unternommen?«

»Auf jeden Fall wollte er sich nicht von mir trennen. Und öffentlich zu dem Mädchen stehen schon gar nicht. Immer wieder hat sie ihn angerufen, ihn in der Schule bedrängt, sie war sogar hier im Haus, als ich in der Arbeit war. Danach habe ich Andreas die Pistole auf die Brust gesetzt. Entweder er beendet das ein für alle Mal, oder ich ziehe aus. Das war meine Erpressung … aber was blieb mir anderes übrig. Daraufhin hat das Mädchen ihn zu einem letzten Gespräch gebeten.«

»Wann war das?«

»Vor zwei Tagen. Ich wusste, dass es eine Falle war. Keine Ahnung, was sie geplant hatte, aber aufgeben wollte sie ihn nicht. Andreas wollte nicht auf mich hören, hat gemeint, er schafft das …« Anja Kraft schüttelte den Kopf. »Die hätte ihn um den kleinen Finger gewickelt. Also bin ich mit dorthin.«

»Sie sind mit zu dem Treffen zwischen Ihrem Mann und Nike Mertens gegangen?«

»Oder Jana Mertens, keine Ahnung. Sie hatte meinen Mann ins Moor bestellt. Zum Hochsitz am Toten Auge. Ich …«

Anja legte den Kopf in den Nacken und kämpfte gegen ihre Tränen an.

»An dem Tag war ich zu allem bereit. Ich glaube, ich hätte wirklich alles getan, um unser Leben zu retten. All das hier … das neue Haus, unsere Jobs … unsere Zukunft. Sie hatte alles in der Hand. Das darf doch nicht sein, oder? Dieses Mädchen hatte von alledem keine Ahnung, glaubte aber, Ansprüche auf meinen Mann zu haben? Wie konnte sie es wagen …«

Anja schluckte mehrmals und schaffte es, nicht zu weinen.

Malia wusste, sie würde gleich ein Geständnis zu hören bekommen. Vielleicht hatten sie es zusammen getan, vielleicht Anja allein. Vielleicht war Jana bereits tot, und die geposteten Fotos sollten nur in die Irre führen.

»Waren Sie und Ihr Mann vor zwei Tagen am Spätnachmittag im Moor?«, fragte sie.

»Ja, waren wir. Weil das Mertens-Mädchen Andreas dort treffen wollte. Er hatte es mir erzählt, und ich habe darauf bestanden, mitzufahren.«

»Was ist passiert?«

»Es war neblig … man konnte rein gar nichts sehen. Wir nahmen meinen Wagen und parkten auf diesem kleinen Wanderparkplatz. Treffpunkt sollte ja der Hochsitz sein, aber wir kennen uns nicht aus im Moor, und ich sagte zu Andreas, dass wir in dem Nebel niemals dort hinfinden würden. Wir würden uns verlaufen und im Moor ertrinken.«

»Haben Sie die Mädchen getroffen oder nicht?«

Anja Kraft stieß sich von der Arbeitsplatte ab und setzte sich an den Tisch. Mit einer Handbewegung forderte sie Malia auf, sich ebenfalls zu setzen. »Das … das kann sich niemand vorstellen«, begann sie.

THROWBACK

»Und was tun wir, wenn wir da sind?«

Anja konnte die weinerliche Stimme ihres Mannes nicht mehr ertragen. Er verfiel immer tiefer in Selbstmitleid, wahrscheinlich war er wirklich der Meinung, er könne für all das nichts und es träfe ihn am allerschlimmsten. Sie hätte ihn gern angeschrien, doch das war der falsche Zeitpunkt. Er durfte jetzt nicht zusammenbrechen.

»Dann rede ich mit der verflixten Göre.«

Andreas schüttelte den Kopf. »Das führt doch zu nichts.«

»Und wie das zu etwas führt. Ich werde sie so fertigmachen, dass sie sich niemals wieder für einen verheirateten Mann interessiert.«

»Dann hängt sie es an die große Glocke.«

»Tja, damit müssen wir dann leben … aber sie auch.«

»Und ich bin meinen Job los.«

»Du musst dich entscheiden. Entweder mich oder deinen Job loswerden.«

»Können wir nicht versuchen …«

»Nein!«, schrie Anja. »Können wir nicht. Ich zieh das jetzt durch, ganz gleich, was du davon hältst. Ich lasse mir von so einem verzogenen Kind doch nicht mein Leben zerstören.«

Anja hatte sich längst nicht so gut unter Kontrolle, wie sie es von sich erwartete. Heute könnte alles passieren, das spürte sie. Man konnte einen Menschen nicht endlos reizen und unter Druck setzen, irgendwann reichte es.

»Da!«, rief sie. »Das war der Parkplatz.«

»Dieser verdammte Nebel«, sagte Andreas, bremste ab, legte den Rückwärtsgang ein und rollte zurück. Dann nahm er die schmale Abfahrt zu dem kleinen Wanderparkplatz und stellte den Wagen dort ab. »Niemand zu sehen.«

Wahrscheinlich wünschte er sich, dass das Mädchen wegen des Nebels nicht kommen würde.

»Stell den Motor ab.«

Er gehorchte.

Der Nebel legte eine feuchte Schicht auf die Windschutzscheibe und behinderte die Sicht. Schweigend blieben sie reglos sitzen, warteten, dass etwas passierte. Schließlich hielt Anja es nicht mehr aus.

Sie stieg aus, schlug die Tür hinter sich zu und schloss die Jacke bis unters Kinn. Es war kalt, feucht und unangenehm hier im Moor. Im dichten Nebel konnte sie gerade noch die hölzerne Begrenzung des Parkplatzes erkennen.

Andreas kam zu ihr. Gemeinsam starrten sie in den Nebel, eine Kluft zwischen sich, die minütlich tiefer und breiter wurde. Anja spürte schon jetzt, dass es kaum mehr möglich sein würde, sie zu überbrücken.

»Wie sollen wir in dem Nebel den Hochsitz finden?«, fragte sie.

»Keine Ahnung.«

»Wartet sie bereits dort, oder kommt sie erst noch?«

»Weiß ich nicht.«

»Ach ja, richtig, ich vergaß … Du weißt ja rein gar nichts. Nicht, wie es dazu kommen konnte, was passiert ist, wie du da wieder rauskommst … Wahrscheinlich weißt du nicht mal mehr, warum du mich geheiratet hast.«

»Anja, bitte …«

»Hör auf mit diesem ›Anja, bitte‹. Scheiße, sei doch einfach ein Mann und steh zu dem, was du tust.«

»Hast du das gehört?«, fragte Andreas.

»Was gehört?«

»Da hat jemand gerufen.«

Sie lauschten. Vor ihren Mündern stieg Atemluft auf. Erst jetzt wurde Anja bewusst, wie unheimlich es bei dem Wetter hier draußen im Moor war. Sie hatten bei Sonnenschein einige Ausflüge ins Moor unternommen, das war schön gewesen, doch auch dabei hatte sie Beklemmungen gehabt. Es war ihr so vorgekommen, als sei das Moor ein Lebewesen, etwas mit Seele und Verstand, etwas Uraltes, Dunkles, das den Menschen nicht wohlgesinnt war.

Da gellte ein Schrei durch den Nebel.

Er klang zugleich nah und weit entfernt, schwer zu sagen, woher er kam, der Nebel verzerrte alles.

»Das war ein Mensch, oder?«, fragte Andreas.

Anja nickte nur. Sie hatte eine Gänsehaut am ganzen Körper. Sicher war sie sich aber nicht. Wenn es ein Mensch gewesen war, der da geschrien hatte, dann in höchster Angst oder größten Qualen.

Und es wiederholte sich just in diesem Augenblick. Dieses Mal klang es verdammt nah.

»Scheiße«, stieß Andreas aus und wich einen Schritt zurück. »Was ist das? Was passiert da?«

Anja schaute sich in alle Richtungen um, ihr Blick prallte am Nebel ab. Dennoch glaubte sie, Gestalten in der weiß-grauen Suppe herumhuschen zu sehen. Angst fraß sich in ihren Bauch.

»Lass uns verschwinden«, sagte sie leise.

»Aber Nike …«

»Scheiß auf Nike, lass uns verschwinden. Das geht nicht mit rechten Dingen zu.«

»Müssen wir nicht helfen?«

Anja packte ihren Mann am Arm und zog ihn zum Wagen. »Ja, wir müssen uns helfen. Oder willst du wegen ihr noch in etwas anderes hineingezogen werden?«

Wie immer, wenn man ihn unter Druck setzte, gab Andreas nach. Anja zog die Beifahrertür auf und stieß ihn hinein, dann umrundete sie das Auto, und als sie nach dem Türöffner griff, hatte sie das starke Gefühl, etwas nähere sich ihr von hinten.

Sie fuhr herum, doch da war nichts.

Der nächste Schrei erklang in großer Nähe.

Hastig stieg Anja in den Wagen, ließ den Motor an, legte den Gang ein und gab Gas. Der Motor soff ab. Sie versuchte, ihn wieder zu starten.

»Mach schon!«, schrie Andreas panisch.

Beim dritten Versuch sprang der Motor endlich an. Schotter spritzte unter den Reifen hervor, als sie vom Parkplatz auf die Straße schossen …

»Halten Sie Jana Mertens gefangen?«, fragte Malia, nachdem sie einen Moment geschwiegen hatten.

»Ich? So ein Unfug. Warum sollte ich sie gefangen halten? Was da draußen passiert ist, ist den Mädchen zu Recht passiert, aber wir haben nichts damit zu tun.«

»Sie haben die Zwillinge an dem Nachmittag also nicht getroffen?«

»Ich hab's doch eben erzählt … Wir haben Angst bekommen und sind abgehauen.«

Malia wusste nicht, ob sie die Geschichte glauben sollte. Anja und Andreas waren verzweifelt gewesen, hatten Angst um ihre Zukunft gehabt, sie waren zusammen da rausgefahren, um die Sache ein für alle Mal zu beenden – und dann flüchteten sie, weil jemand im Moor schrie?

Anja holte tief Luft und atmete ihr Geständnis aus: »Aber das mit dem Unfall, das war ich.«

»Der Radfahrer? Toma?«

Sie nickte.

»Ich bin viel zu schnell gefahren, wir haben uns gestritten, der Nebel … Ich habe ihn einfach nicht gesehen …«

Jetzt weinte sie doch noch.

»Warum sind Sie einfach weitergefahren?«

Die Antwort darauf konnte Malia sich selbst geben, aber sie wollte sie von Anja hören.

»Einfach weitergefahren?« Sie schüttelte den Kopf. »Nichts daran war einfach. Ich schlafe nicht mehr seitdem. Als ich wieder klar denken konnte, wollte ich mich stellen, aber dann bekam Andreas den Anruf von Erik, dass die Mertens-Zwillinge im Moor verschwunden sind, und da wusste ich … uns hätte niemand geglaubt.«

Mit flehendem Blick forderte Anja Verständnis von Malia. Das konnte sie ihr nicht geben. Sie hatte Tomas Tod billigend in Kauf genommen.

»Und dann haben Sie den Wildunfall erfunden«, sagte Malia.

Anja seufzte. »Ja, das war meine Idee. Und der Einbruch auf der Hohen Warth auch.«

»Sie sind dort eingebrochen?«

»Nicht ich. Andreas. Aber es ging von mir aus. Wir brauchten Tierhaare. Um den Unfall zu faken. Mein Chef gehört zu den Jägern und hat letztes Jahr mit uns Mitarbeiterinnen da oben die

Weihnachtsfeier gemacht. Ich wusste von den ausgestopften Tieren an den Wänden.«

»Und das Geld?«

»Es musste ja wie ein normaler Einbruch aussehen … Das Geld ist hier.«

»Und warum der Schlafsack und die Jacke?«

»Schlafsack und Jacke? Davon weiß ich nichts.«

Malia wunderte sich über die kriminelle Energie, die Anja und Andreas Kraft aufgebracht hatten. Andererseits hatte sie schon bei früheren Fällen die Erfahrung gemacht, dass selbst unbescholtene, friedfertige Menschen zu den unglaublichsten Dingen fähig waren, wenn es darum ging, das eigene Leben oder das der Familie zu schützen.

Loyalität kam oft vor Wahrheit.

»Okay«, sagte Malia und spürte eine tiefe Enttäuschung und Müdigkeit in sich. Sie war davon überzeugt gewesen, mit der Vernehmung von Anja Kraft den Fall abschließen zu können.

»Dann stelle ich noch ein letztes Mal die Frage: Haben Sie und Ihr Mann die Mertens-Zwillinge angegriffen und Jana Mertens entführt?«

Anja Kraft hielt Malias Blick stand und schüttelte den Kopf. »Nein, haben wir nicht … Und eines will ich Ihnen noch mitgeben: So, wie die Mertens-Zwillinge sind, gibt es da draußen noch andere, die eine Rechnung mit denen offen haben.«

Malia verabschiedete sich und stieg in den Wagen ihrer Mutter. Sie fuhr aus dem Neubaugebiet heraus, in dem die Krafts lebten, fuhr auf den Parkplatz des Friedhofs und stellte den Motor ab.

Es gab mehr als genug zu tun, aber sie brauchte einen Moment Ruhe. Die Überreizung ihrer Seele nahm ein ungesundes Maß an. Sie wäre gern zwanzig Kilometer laufen gegangen, um sich wieder ins Lot zu bringen, aber das war nicht drin.

Im Wagen roch es nach der alten Hündin Katha.

Ihre Mutter hätte die Decken längst entsorgen können, tat es aber nicht. Weil dieser Geruch ihr guttat. Was würde Anja Kraft von ihrem Mann zurückbehalten? Musste sie alle Erinnerungen an ihn verdrängen, weil sie ihr nicht guttun würden? Wie sollte sie weitermachen?

Kathas Geruch erinnerte Malia daran, was ihre Mutter über den Tod der Hündin berichtet hatte. Ruth glaubte, Richard Haberloh habe Katha vergiftet, um sich an Ruth zu rächen. Wenn das stimmte, war dieser Prediger zu allem fähig. Sie musste ihn unbedingt vernehmen, vielleicht war es sogar eine gute Idee, ihn auf die Dienststelle nach Riedberg kommen zu lassen. Das würde den Druck erhöhen.

Allein, sie hatte nichts gegen ihn in der Hand.

Ihr Telefon klingelte.

Die Nummer kannte sie nicht.

Feven Denneke war dran, die Rektorin der Gesamtschule von Riedberg.

»Ich habe einen neuen Brief im Kummerkasten gefunden«, begann sie. »Eigentlich ist es nur ein Zettel, aber davon sollten Sie wissen.«

»Wann ist er angekommen?«

»Ich leere den Kummerkasten täglich, also muss er heute Vormittag eingesteckt worden sein.«

»Können Sie ihn vorlesen?«

Feven Denneke las den Brief vor.

Man spielt nicht mit der Liebe. Weder mit der eigenen noch mit der von anderen Menschen. Wer das mächtigste Gefühl des Menschen herausfordert, wird von dem Sturm, den es auslöst, hinweggefegt werden. Es ist der Sturm Gottes, und dieser vernichtet nun die Zwillinge. Sie haben sich ihre Strafe redlich verdient.

14.

TAG 3
Nachmittag

»Nein, ich will nicht!«

»Aber es ist für deine Schwester. Und dir geht es doch schon besser.«

»Ist mir egal. Ich geh da nicht hin.«

»Hast du denn gar kein Mitgefühl? Stell dir vor, du wärst es, die da draußen festgehalten wird.«

Papa zeigte mit dem ausgestreckten Arm irgendwohin, als wisse er, wo Jana festgehalten wurde.

»Dann lass uns Jana suchen gehen statt in diese beschissene Kirche. Da finden wir sie bestimmt nicht.«

»Nicht in diesem Ton«, drohte ihr Vater und richtete den ausgestreckten Zeigefinger nun auf Nike. »Hörst du! Nicht in diesem Ton.«

»Was hat Jana denn davon, wenn wir alle für sie beten? Meinst du, das bringt sie zurück?« Nike wurde immer lauter. Sie war wütend. Wieder einmal wollte Papa sie zwingen, in die Kirche zu gehen, und baute jetzt auch noch Druck auf, indem er Jana vorschob. Dabei ging es doch wieder nur darum, dieses Arschloch Haberloh zufriedenzustellen. Aber das kapierten Mama und Papa ja nicht.

»Gott wird dafür sorgen …«

»Nein«, unterbrach Nike ihn heftig. »Gott hat dafür gesorgt, dass uns das zugestoßen ist. Wo war denn Gott, als Jana und ich da draußen im Moor …«

Nike brach ab. In ihrem Kopf leuchteten Erinnerungen wie Blitze auf. Einmal im Monat gab es im Gemeindezentrum in Kirchlohe einen Jugendtreff, da versuchte man, so etwas wie eine

Disco nachzustellen, inklusive dieses stroboskopischen Lichts, das die Leute immer nur für den Bruchteil einer Sekunde aus der Dunkelheit riss. Lagen die Bruchteile nah genug beieinander, entstand dennoch ein Bild.

Nicht jedoch bei Nike. Alles blieb zerrissen. Aber da war etwas, das ihr vage bekannt vorkam.

»Was war draußen im Moor?«, fragte Papa, dem nicht entging, dass etwas in ihr vorging. »Erinnerst du dich?«

»Nein …«

»Aber du musst dich doch irgendwann erinnern. Streng dich bitte an … für deine Schwester.«

Nike schüttelte vorsichtig den Kopf.

»Was war mit diesem Lehrer?«, bedrängte Papa sie abermals. Seitdem die Kommissarin gegangen war, hatte er es mehrmals versucht.

»Da war nichts«, log Nike.

»Aber da muss etwas gewesen sein. Der Mann hat sich doch nicht einfach so vom Dach gestürzt.«

Nike antwortete nicht mehr. Sie würde sich nur in Widersprüche verstricken, und ihr Vater hatte schon immer ein Talent gehabt dafür, die Wahrheit aus ihr und Jana herauszubekommen. Dafür hatte er nie körperliche Gewalt gebraucht. Wie es auch anders ging, hatte der Drecks-Haberloh ihm beigebracht.

»Komm mit uns in die Kirche, dann wird alles gut«, sagte er.

Nike konnte es nicht mehr hören und wusste nicht, was sie darauf noch antworten sollte.

Zum Glück ging die Haustür.

»Ich bin es!«, rief Mama. »Ich habe die Blumensträuße für den Gottesdienst mitgebracht, die Richard bestellt hat. Magst du mal schnell schauen, ich weiß aber nicht, ob es auch wirklich …«

Mama erschien in der Wohnzimmertür und verstummte. »Was ist denn?«, fragte sie.

»Nike will nicht mitkommen in den Gottesdienst«, sagte ihr Vater vorwurfsvoll.

»Aber mein Kind, warum denn nicht? Wir müssen doch nur im Glauben fest zusammenstehen, dann wird alles wieder gut.«

Nike konnte es nicht mehr ertragen. Immer wieder glauben, glauben, glauben. Gott anbeten, alles ihm überlassen. Wie konnte ihre Mutter hier stehen und das sagen, während Jana irgendwo gefangen gehalten und gequält wurde? Was stimmte nicht mit ihren Eltern? Nike schlug die Decke beiseite und sprang auf. Leichter Schwindel erfasste sie, doch sie konnte sich aufrecht halten.

»Lass mich einfach nur in Ruhe!«, schrie sie ihre Eltern an, lief die Treppe hinauf und schlug die Tür zu ihrem Zimmer hinter sich zu.

Sie warf sich bäuchlings auf ihr Bett und begann zu weinen.

Nike verstand die Welt nicht mehr.

Wie hatte das alles nur so schiefgehen können?

Sie nahm ihr Tablet und ging online. Ein neues Handy würde sie vorerst wohl nicht bekommen, und niemand wusste, wo ihres geblieben war.

Im Messengerdienst wartete eine Nachricht auf sie.

Sie stammte von LaFlos.

Dass Laurie ihr schon wieder schrieb, wunderte sie.

Das hier schicke ich dir, damit du weißt, dass du mir vertrauen kannst. Ich behalte keine Kopie.

Nike klickte auf den Videoanhang.

Die kurzen Filmchen kannte sie nur zu gut.

Jana lächelte verschmitzt in die Kamera. Unter der dicken Jacke trug sie bereits das Moormaid-Kostüm aus dem Internet. Sie raffte kurz die Jacke auseinander, und ihr nackter Bauch wurde sichtbar.

»Meinst du, er kann widerstehen?«

»Ganz sicher nicht. Aber vielleicht sollten wir doch nicht …« Das war ihre eigene Stimme.

»Oh Mann … wir machen nur Bilder«, sagte Jana genervt und schloss ihre Jacke. »Danach müssen wir uns bei Kraft keine Sorgen mehr um unsere Noten machen.«

»Seid ihr so weit?«, fragte eine Stimme aus dem Off.

Das war Laurie, und einen kurzen Moment später trat er ins Bild.

Wir müssen uns sehen, hatte Laurie als Nächstes geschrieben.

Wann und wo?, schrieb Nike zurück.

15.

TAG 3
Früher Abend

Sven Sellmann klingelte bei der Familie Floß in Kirchlohe.

Sie lebten in einem Einfamilienhaus, wie beinahe alle hier auf dem Lande. Nur war dieses ein wenig heruntergekommen. Der rote Klinkerbau und der Garten wirkten, als kümmere sich niemand darum. Das Gras schien seit dem letzten Sommer nicht gemäht worden zu sein, die Büsche nicht gestutzt. Zudem lag überall Laub.

Auf das erste Klingeln reagierte niemand, also versuchte Sellmann es noch einmal. Er war sich sicher, dass jemand zu Hause war, laute Musik war bis nach draußen zu hören. In der Schule konnte Laurence nicht mehr sein, denn die war nach dem Suizid von Andreas Kraft geschlossen. Der Unterricht würde erst morgen wieder aufgenommen werden.

Die Sache saß Sellmann in den Knochen. Und wenn er sich noch so oft sagte, es war nicht seine Schuld, so fühlte es sich doch so an, als habe er den Lehrer aufs Dach getrieben. Das würde er den Rest seines Lebens mit sich herumschleppen.

Er klingelte ein drittes Mal und bollerte mit der Faust gegen die Eingangstür.

Endlich tat sich etwas. Die Musik wurde leiser gestellt, war aber noch immer zu hören.

Ein paar Sekunden musste Sellmann noch warten, bis hinter der geschlossenen Tür jemand fragte: »Was los?«

»Polizeiobermeister Sellmann von der Polizei Moorbach hier. Ich muss mit Laurence Floß sprechen.«

Keine Antwort.

»Öffnen Sie bitte, sonst muss ich die Tür aufbrechen lassen.«

Das würde er natürlich nicht tun, es war ja keine Gefahr im Verzug, aber Sellmann würde diesen Auftrag gern zu einem Abschluss bringen und Malia Gold etwas über Laurence erzählen. Nach dem Mist, den er in der Schule gebaut hatte, brauchte er jetzt ein Erfolgserlebnis.

Die Tür ging einen Spaltbreit auf.

»Bist du Laurence Floß?«, fragte Sellmann den Teenager.

Nicken.

Sellmann zeigte seinen Dienstausweis.

»Sind deine Eltern zu Hause?«

Kopfschütteln.

»Wir alt bist du?«

»Achtzehn.«

»Gut. Ich muss mit dir reden. Jetzt.«

»Okay.«

Der Teenager schien das Gespräch durch den Türspalt führen zu wollen. Jedenfalls machte er keine Anstalten, Sellmann hereinzulassen. Die herablassende Art und der gleichgültige Gesichtsausdruck des Jungen nervten Sellmann.

»Entweder lässt du mich rein, oder wir fahren auf die Dienststelle.«

Darüber schien er nachdenken zu müssen. Das dauerte einen Moment. Schließlich zuckte er mit den Schultern. »Dann halt drinnen. Mir egal.«

Laurence versetzte der Tür einen Stoß, und sie schwang ganz auf.

Der Junge stand auf der untersten Stufe einer geschwungenen Treppe, die ins Obergeschoss führte. Er war vielleicht eins siebzig groß, also eher klein, leicht übergewichtig, hatte einen runden Kopf mit roten Wangen, schütteres Haar und abstehende Ohren. Er trug einen schwarzen Hoodie mit Aufdruck, dazu ausgeleierte graue Jogginghosen.

Sellmann betrat den Hausflur. Es roch muffig.

»Wo sind deine Eltern?«

»Keine Ahnung, wo mein Vater ist. Meine Mutter ist auf der Arbeit.«

»Und wo ist das?«

»Lidl. An der Kasse. In Riedberg.«

»Und warum weißt du nicht, wo dein Vater ist?«

»Weil er abgehauen ist.«

Das erklärte einiges. Eine alleingelassene, überforderte Mutter, die wahrscheinlich ständig arbeitete, um sich und ihren Jungen durchzubringen, hatte andere Sorgen als einen perfekt gestutzten Rasen.

»Wo können wir reden?«, fragte Sellmann, weil der Junge wie festgewachsen auf der Treppe stehen blieb.

»Keine Ahnung.« Wieder ein Schulterzucken.

»In deinem Zimmer?«

»Nee. Ist privat.«

Das war mal eine entschiedene, deutlich formulierte Antwort. Laurence wollte ihn also auf keinen Fall in seinem Zimmer haben.

»Vielleicht die Küche?«

»Meinetwegen.«

Der Junge ging voran, Sellmann folgte ihm. Die Küche befand sich am Ende des Flurs. Sie war klein und unaufgeräumt. In der Spüle stapelte sich Geschirr von mehr als einem Tag. Der Tisch war fleckig und voller klebriger Ränder von Gläsern oder Tassen. Darauf stand ein Teller mit einem angebissenen Käsebrot und einem Schuss Ketchup darauf.

Laurence lehnte sich gegen die Arbeitsplatte der Küchenzeile und verschränkte die Arme vor der Brust. Er gab sich betont cool, als sei es das Normalste der Welt, einen Polizisten in der Küche zu haben, schaffte es aber nicht, Sellmann in die Augen zu schauen.

»War Herr Kraft dein Lehrer?«, fragte Sellmann.

Der Junge nickte. Sellmann musste auf offene Fragen umstellen, sonst würde er noch um Mitternacht hier stehen.

»Wie war er als Lehrer?«

»Okay.«

»Heißt?«

»Okay halt.«

»In welchen Fächern hattest du ihn?«

»Sport und Englisch. Aber nur in Vertretung.«

»Sind Jana und Nike Mertens in deiner Klasse?«

»Ja. Warum?«

»Du weißt, was mit ihnen passiert ist?«

»Keine Ahnung. Im Moor verlaufen oder so.«

»Sie wurden im Moor angegriffen und Jana entführt. Es liegt also ein Verbrechen vor. Deshalb bin ich hier. Du warst bei Nike Mertens im Krankenhaus, es gab einen Streit mit ihrem Vater. Was kannst du mir dazu sagen?«

»Ey, Mann, ich hab nichts gemacht.«

»Ich sag ja auch gar nicht, dass du was gemacht hast. Warum ist es zu dem Streit gekommen?«

»Weiß nicht. Nikes Alter fand es doof, dass ich Nike was auf meinem Handy gezeigt habe.«

»Was hast du ihr gezeigt?«

»Bilder.«

Sellmann machte einen Schritt auf den Jungen zu und baute sich vor ihm auf. »Pass mal auf. Wenn du weiterhin so einsilbig antwortest und ich dir alles einzeln aus der Nase ziehen muss, gehen wir doch besser aufs Revier. Dort kann ich mich hinsetzen, und wenn wir nicht fertig werden, kannst du die Nacht in einer hübschen Zelle verbringen, damit wir gleich morgen in der Früh weitermachen können. Verstanden?«

Laurence nickte.

»Also?«

»Die Fotos von Jana, die auf ihrem Moormaid-Account gepostet wurden. Nike hat nichts davon gewusst.«

»Aha. Und warum warst du bei ihr im Krankenhaus?«

»Wir sind befreundet, und ich wollte sehen, wie es ihr geht.«

Endlich gab der Junge vernünftige Antworten. »Welcher Art ist eure Freundschaft?«

»Häh?«

»Doch auf die Dienststelle?«

»Wieso? Freunde halt. Wir sind in einer Klasse. Mehr nicht.«

»Sonst hat sie niemand aus eurer Klasse besucht. Warum gerade du?« Das wusste Sellmann zwar nicht, wollte aber dennoch den Jungen ein wenig in die Ecke treiben.

»Weil ich … Keine Ahnung, Alter … die ist nett.«

»Nett?«

»Ja.«

»Macht ihr was zusammen?«

»Was denn?«

»Sag du es mir?«

»Nee, Alter.«

»Du hilfst den Zwillingen nicht hin und wieder bei ihrem Social-Media-Account? Content erstellen und so. Da braucht man doch sicher mal jemanden für die Kamera.«

Es war offensichtlich, dass Sellmann damit genau ins Schwarze getroffen hatte. Dem Jungen entglitten die Gesichtszüge. Die zur Schau gestellte Coolness brach in sich zusammen. »Nee, hab ich nicht.«

»Wo warst du an dem Nachmittag, als Nike und Jana im Moor angegriffen wurden?«

»Keine Ahnung … Hier, hab gelernt.«

»Kann deine Mutter das bezeugen?«

»Die war in der Arbeit.«

»Und wenn wir deine Handydaten überprüfen, finden wir sicher heraus, dass dein Handy hier war, oder?«

»Klar.«

»Du warst also nicht mit Jana und Nike Mertens im Moor und hast ihnen bei den Videoaufnahmen geholfen? Und überleg dir deine Antwort gut. Die Behinderung einer Ermittlung steht unter Strafe.«

»Ich war hier.«

»Okay. Warte einen Moment.«

Sellmann verließ die Küche, schloss die Tür und drehte den Schlüssel herum, der von außen im Schloss steckte. Der Junge war viel zu überrascht, um reagieren zu können. Erst als Sellmann schon auf dem Weg die Treppe hinauf ins Obergeschoss war, hämmerte der Junge gegen die Tür. »Was soll das?«

Sellmann ignorierte ihn. Oben gab es drei Räume. Gleich das erste war Laurence' Zimmer – das war offensichtlich. Der leicht muffige Geruch im Haus hatte hier seinen Ursprung. Zu häufig getragene, zu selten gewaschene Kleidung lag überall herum. Dazu mehrere Paar Schuhe im ganzen Zimmer verteilt.

Das Zimmer eines Heranwachsenden.

Eigentlich nichts Besonderes.

Wären da nicht die circa zwei Dutzend Fotos auf der Fensterbank hinter dem Schreibtisch, die Sellmann sofort ins Auge stachen.

»Nicht zu fassen«, murmelte er.

Mit seinem Handy schoss er ein paar Bilder, und während unten Laurence immer lauter wurde, versuchte er noch, in den PC zu kommen. Das System schien aufs Spielen ausgelegt zu sein. Zwei große Bildschirme, mehrere Boxen, aus denen auch die Musik kam, und ein Drehstuhl, der an einen Rennwagensitz erinnerte.

Der PC war passwortgeschützt – keine Chance, auf die Schnelle reinzukommen.

Sellmann verließ den Raum und stieg die Treppe hinunter. Allzu lange würde der Junge ohnehin nicht mehr zu bändigen sein. Sellmann schloss die Tür auf.

»Was soll die Scheiße!«, fuhr Laurence ihn an, und für einen Moment hatte Sellmann den Eindruck, er würde auf ihn losgehen. Der Junge machte rein körperlich keinen gefährlichen Eindruck, aber was da in den kleinen Augen aufblitzte, war eine Form der Aggressivität, die Sellmann sonst nur bei wirklich gewalttätigen Männern gesehen hatte. Es gehörte wohl nicht viel dazu, dass dieser junge Mann die Kontrolle über sich verlor.

»Wo waren Sie?«, schrie Laurence.

»Auf der Toilette, hab ich doch gesagt«, gab Sellmann den Unschuldigen.

»Haben Sie nicht ... Und warum schließen Sie mich ein?«

»Hab ich nicht.«

»Die Tür war abgeschlossen.«

»Alter, keine Ahnung, vielleicht klemmt das Schloss oder so.« Sellmann zuckte mit den Schultern.

Innerlich war er angespannt.

Denn er hatte das Küchenmesser entdeckt.

Es lag in Reichweite zur Tür auf dem Tisch.

Hatte es dort vorhin schon gelegen?

16.

TAG 3
Früher Abend

Mit dem Wagen ihrer Mutter auf den Hof ihrer Mutter zu fahren, fühlte sich für Malia unwirklich an.

Selbst ihr, die in einer Geschwindigkeit lebte, mit der die meisten Menschen nicht mithalten konnten, ging das alles viel zu schnell. Dennoch ließ sich dieses kleine Gefühl nicht verleugnen, das unter all dem Ballast aus Vorwürfen, Geheimnissen und Streitereien nicht totzukriegen war. Wie Löwenzahn durch Pflasterfugen schob es sich hervor, dieses Gefühl, anzukommen.

Malia parkte neben ihrem Suzuki.

Kaum ausgestiegen, kam Erik auf sie zugeeilt.

Ihr kleiner Bruder war ein fröhlicher, positiver Mensch, ein Sonnenschein und Brückenbauer, doch die Ereignisse der letzten Tage hatten ihm sichtbar zugesetzt.

Sie umarmten sich.

»Wie sieht es aus?«, fragte Erik.

»Nicht gut. Die Dinge überschlagen sich, und ich weiß nicht, wo mir der Kopf steht.«

»Kann ich helfen?«

Malia nickte. »Du kanntest Andreas Kraft. Sag mir, wäre er fähig, jemandem in Brust und Kopf zu schießen?«

»Sag nicht …«

»Doch. Onkel Jürgen wurde erschossen.«

Erik schüttelte den Kopf. »Das kann er nicht gewesen sein. Ich müsste mich schon sehr in ihm täuschen. Andreas war alles andere als mutig. Nicht gerade ein Mensch, der die Dinge selbst in die Hand nimmt.«

»Es sieht so aus, als hätte er eine Affäre mit Nike oder Jana Mertens gehabt.«

Erik nickte. »Anja hat es mir gesagt … aber deswegen ein Mord? Oder Jana entführen?«

»Ich zweifle auch daran. Allerdings steht fest, dass Andreas und Anja für den Unfall mit Toma verantwortlich sind. Sie ist gefahren. Sie waren im Moor, um die Mertens-Zwillinge zu treffen, sind aber geflüchtet, weil sie angeblich Schreie gehört haben.«

»Toma hat auch Schreie gehört.«

Malia nickte. »An dem Nachmittag war außer den Mertens-Zwillingen noch jemand im Moor.«

»Aber wer?«

»Das werde ich herausfinden. Wie geht es Ruth?«

»Du magst sie nicht Mama oder Mutter nennen, was?«

»Nein, mag ich nicht.«

»Sie ist in der Scheune. Repariert den Traktor. Du kennst sie ja. Gefühle werden mit Arbeit kompensiert.«

Malia seufzte. »Ja, ich weiß. Ich muss mit ihr sprechen. Kommst du mit?«

»Hannah wartet drinnen auf mich. Du schaffst das auch allein.« Erik drückte sie, dann ging er ins Haus zurück.

Malia sah ihm nach, bis die Tür hinter ihm zugefallen war. Sie fühlte sich nicht stark genug für das Gespräch, wusste aber, dass kein Weg daran vorbeiführte. Also gab sie sich einen Ruck und machte sich auf den Weg zur Scheune.

Das große Klinkergebäude mit dem Ziegeldach und dem doppelflügeligen Holztor im vorderen Giebel stand links neben dem Wohnhaus ein Stück zurückgesetzt. Es war höher und größer als das Wohnhaus.

Ein Flügel des Tors stand offen.

Drinnen brannte Licht.

Die Motorabdeckung des alten grünen Fendt, den es vor fünfzehn Jahren schon gegeben hatte, war hochgeklappt, Ruth beugte sich über den Motor. Malia sah nur ihren Unterkörper, gekleidet in eine alte, speckige Jeanslatzhose, derbe Stiefel mit Stahlkappe an den Füßen. Man musste Allrounder sein, um einen Hof führen zu können, und tatsächlich konnte Ruth alles, auch einen Motor warten und reparieren. Toma war genauso, zusammen waren sie ein perfektes Team. Der Gedanke an Toma lieferte Malia eine Gesprächseröffnung.

»Wie geht es Toma?«, fragte sie vom Tor aus in die Scheune hinein.

An der Motorabdeckung hing eine Handwerkerleuchte. Als Ruth aus dem riesigen Motor hervorkam, ließ das kalte Licht sie furchtbar alt aussehen. Wie immer war ihr Haar straff zurückgebunden, das hagere Gesicht voller Falten, und auch die sonst hellwachen Augen wirkten müde.

»Ganz gut«, antwortete sie. »Aber die lassen ihn nicht frei.«

»Das ist ein Krankenhaus, kein Gefängnis.«

»Wo ist der Unterschied, wenn man nicht rausdarf?«

»In der Betreuung.«

»Die kann ich auch übernehmen.«

Ruth beugte sich wieder über den Motor, und Malia näherte sich ihr. Der Boden war staubig, die Luft trocken. Rechts und links parkten Geräte, manche davon uralt, andere nagelneu. Es roch nach Öl und Benzin.

»Es tut mir leid wegen Onkel Jürgen«, sagte Malia. Sie steckte die Hände in die Taschen ihrer Jeans. Eine Verlegenheitshaltung, die sie in Ruths Gegenwart nicht verhindern konnte.

»Was ist passiert?«, fragte Ruth. Mit einer Knarre schraubte sie an etwas herum. In der stillen Scheune klang das ratschende Geräusch sehr laut.

»Jemand hat auf ihn geschossen. Mehr weiß ich noch nicht.«

Ruth hielt inne, sah Malia an. »Geschossen? Hier in Moorbach haben nur die Jäger Waffen. Dann muss es einer von denen gewesen sein.«

Mit Urteilen war Ruth schon immer schnell zur Hand gewesen.

»Das werden die kriminaltechnischen Untersuchungen herausfinden. Man kann sehr genau bestimmen, aus welcher Waffe geschossen wurde.«

»Wenn man die Waffe hat.«

»Ja, richtig.«

»Wir haben zwölf Jäger hier und eine Jägerin, das bin ich. Wir alle haben mehrere Jagdwaffen. Kann also eine Weile dauern.« Ruth sprach, ohne mit ihrer Arbeit innezuhalten. Ihre Bewegungen hatten etwas Verbissenes. Malia unterließ es, sie darauf hinzuweisen, dass es kein großes Problem war, sich eine Waffe zu besorgen, selbst wenn man keinen Jagdschein besaß.

»Hattet ihr viel Kontakt, Onkel Jürgen und du?«, fragte Malia. Es fühlte sich für sie falsch an, nur über die Ermittlungen zu sprechen. Immerhin war ein Familienmitglied gestorben.

Ruth zuckte mit den Schultern. »Ich habe ihn dann und wann besucht. Hierher kam er gar nicht mehr.«

»Warum nicht?«

»Keine Ahnung. Er war ein Einsiedler und Einzelgänger. Mochte nur seinen Hund. Um den muss ich mich jetzt kümmern … Jürgen hatte viel von seinem Bruder.«

Malia fragte sich, warum ihre Mutter diesen Satz anfügte. Er wäre nicht nötig gewesen, und eigentlich sagte sie nichts Unnötiges. Und dann verstand sie es plötzlich.

Jürgen war nicht Ruths Bruder, sondern der ihres Mannes gewesen, Malias Vater.

»Er war Papas Bruder?«

Ruth brummte eine Bestätigung. Malia fragte sich, warum sie

das nicht gewusst hatte. Wahrscheinlich, weil über ihren Vater auf dem Sichlerhof nicht gesprochen wurde. Warum aber hatte Ruth den Kontakt zu Onkel Jürgen gehalten?

»Und was hatte er von Papa?«, fragte Malia. Der Sprengstoff ihrer Frage war ihr wohl bewusst.

Ruth hielt in ihrer Arbeit inne und sah nachdenklich die hochgeklappte Motorabdeckung an.

»Sich einfach so von Menschen abwenden zu können«, sagte sie schließlich, und Malia verstand sehr genau, dass das ebenso auf sie gemünzt war.

Vor fünfzehn Jahren wäre an diesem Punkt ein Streit zwischen ihnen entbrannt, heute war Malia nicht danach. Vielleicht würde sie irgendwann versuchen, von Ruth zu erfahren, was mit ihrem Vater geschehen war, aber nicht heute. Nicht, während da draußen ein Mörder herumlief, der ein junges Mädchen in seiner Gewalt hatte. Allein auf den Fall musste sie sich konzentrieren.

»Wurde Onkel Jürgen bedroht?«, fragte Malia.

»Nicht, dass ich wüsste.«

»Ich nehme an, er hatte keine Freunde oder gar eine Freundin, mit der er über so etwas gesprochen hätte?«

»Wie gesagt, er war ein Einzelgänger … und seinen Hund wirst du wohl kaum vernehmen können.«

»Hast du einen Schlüssel für die alte Kate?«

»Ja. Warum?«

»Weil ich mich im Rahmen der Ermittlungen in dem Haus umsehen muss.«

»Sein Mörder wird kaum dort eingezogen sein.«

»Du kannst dir solche Bemerkungen sparen. Oder hast du eine Ahnung davon, wie man in Mordfällen ermittelt?«

»Dafür bist du ja da, oder?«

Wieder erklang das ratschende Geräusch des Werkzeugs.

»Ich will nicht mit dir streiten«, sagte Malia.

»Nein, dafür haben wir wohl beide keine Zeit. Du solltest heute Abend zum Gottesdienst gehen.«

»Was?«

»Richard Haberloh hält in seiner Kirche einen Gottesdienst für Jana Mertens ab. Du solltest hingehen. Ich bin sicher, dort findest du den Täter.«

»Woher weißt du von dem Gottesdienst?«

»Haberloh hat es gepostet. Ich folge ihm.«

»Du folgst dem Prediger auf … auf was? Facebook?«

»Instagram.«

Malia war überrascht. Zum einen, weil ihre Mutter wie selbstverständlich über die sozialen Netzwerke sprach, andererseits, weil sie dem Prediger folgte.

»Ich dachte, du magst ihn nicht?«

»Ja, ich mag ihn nicht und traue ihm nicht und will ihn nicht in meinem Ort haben. Und genau deshalb folge ich ihm. Ich muss ja informiert sein, was er so treibt.«

»Dein Ort?«

»Mehr als seiner … oder sonst irgendjemandes.«

Auch das konnte man durchaus als Stich in Malias Richtung verstehen. Darin war Ruth schon immer gut gewesen, auch damals. In den fünfzehn Jahren, in denen sie keinen Kontakt gehabt hatte, hatte Malia sich bisweilen gefragt, ob sie früher zu empfindlich gewesen war und diese Spitzen falsch verstanden hatte. Nun war sie sich sicher, dass dem nicht so war.

Ruth kam zwischen Reifen und Motorblock hervor und warf die Knarre laut scheppernd in die Werkzeugkiste.

»Kannst du mal starten? Weißt du noch, wie das geht?«

»Glaub schon.«

»Na dann.« Ruth deutete mit dem Kinn zum Fahrerhaus hinüber.

Malia kletterte die beiden Trittstufen hinauf. Die Tür stand bereits offen, sie schwang sich auf den luftgefederten Sitz.

»Auf mein Zeichen!«, sagte Ruth und beugte sich wieder über den Motor.

»Warte«, rief Malia, die sich erst einmal wieder mit der Technik vertraut machen musste. Im Kopf ging sie alles durch. Gangschaltung und Hydrauliksteuerung auf neutral. Die Zapfwelle ausgeschaltet. Bremse treten. Zündschlüssel drehen, mit dem Handgashebel etwas Gas geben.

»Jetzt!«, rief Ruth.

Malia rief ab, was sie als Kind einmal erlernt hatte, und als der kräftige Motor stotternd ansprang, hätte sie fast aufgeschrien vor Freude. Der Auspuff hustete blauschwarzen Qualm in die Scheune.

»Gas!«, schrie Ruth.

Malia gab Gas, und ihre Mutter fummelte am Motor herum.

»Okay, reicht«, rief sie schließlich. »Mach ihn aus, bevor wir uns vergiften.«

Malia stellte den Motor ab. Sie hatte Tränen in den Augen und war aufgewühlt wie lange nicht mehr. Mit dem Starten des Motors war in ihr ein Gefühlschaos ausgebrochen, das noch anhielt, als die schwere Maschine längst wieder schwieg.

»Hatte Toma also recht«, sagte Ruth und zog die Motorabdeckung runter. »Ich hätte ewig nach dem Fehler gesucht …«

Sie sah zu Malia hinauf, die sich noch immer an das große Lenkrad klammerte. Malias Blick ging durch die Frontscheibe und die geöffnete Torhälfte auf den Hof hinaus, doch nichts davon nahm sie wirklich wahr. Stattdessen sah und spürte sie die kleine Malia von damals, tief verbunden mit dem Sichlerhof und allem, was er an Aufgaben und Abenteuern bereithielt – und ihrem Vater, der ihr alles beibrachte.

Erst als Ruth neben ihr in der Fahrerkanzel auftauchte, schreckte Malia aus ihren Erinnerungen auf.

Ruth sah sie an. Mit ihrem warmen, weichen Blick.

»Wir werden über deinen Vater sprechen«, sagte sie, und vielleicht zitterte ihre Stimme ein wenig, aber da war Malia sich nicht sicher.

»Wir werden über ihn reden, nur wir beide, nur ein einziges Mal, und danach machen wir es, wie die Sichlers es seit jeher tun – und wie es das Moor tut. Wir bewahren das Geheimnis. Aber erst gehst du da raus und findest den, der das getan hat.«

17.

TAG 3
Früher Abend

Er kam.

Jana hörte es an den Geräuschen.

Zuerst das Zuschlagen einer schweren Tür. Dann Schritte.

Die Geräusche hallten vielfach wider, so als nähere er sich ihr durch einen Tunnel.

Jana Mertens machte sich bereit.

Sie lag im warmen Schlafsack, die rechte Hand am Griff des Stechbeitels.

Sie war zu allem bereit.

Die Geräusche draußen vor der Tür klangen, als entferne er größere Gegenstände, mit denen er die Tür blockiert hatte. Dann schwang sie auf.

Nur wenig Licht drang herein, sodass er ein dunkler Schatten im Türrahmen blieb.

»Ich habe eine gute Nachricht für dich«, sagte er. »Deine Schwester kommt her. Ist das nicht toll? Wir machen uns eine schöne Zeit. Was meinst du?«

Janas Plan war gewesen, so zu tun, als wäre sie bewusstlos. Und wenn er sich um sie kümmerte, wollte sie ihm den Stechbeitel in den Hals rammen.

Doch seine Worte ließen sie unsicher werden. Log er? Oder kam Nike wirklich hierher? Hatte er sie ebenfalls entführt? Wenn ja, wo steckte sie? Wenn sie ihn tötete, würde sie das vielleicht nie erfahren.

»Du sagst ja gar nichts«, kam es von der Tür.

Jana hielt sich an ihren Plan. In diesem Moment musste sie an sich selbst denken, nicht an Nike.

»Ihr zwei seid sonst so mitteilungsbedürftig, müsst alle Welt wissen lassen, was euch so durch den Kopf geht, egal, was ihr damit anrichtet. Und jetzt? Wo es mal für euch ernst wird? Schweigen. Das ist so typisch.«

Er blieb noch einen Moment an der Tür stehen, dann kam er zu ihr. Vorsichtig. Langsam. »Alles klar bei dir?«

Jana, die bis eben flach geatmet hatte, hielt nun die Luft an. Er würde darauf achten, ob der Schlafsack sich unter ihren Atemzügen bewegte.

»Du machst mir doch keinen Kummer, oder?«

Sie spürte, wie er neben ihr in die Hocke ging.

Jana hatte den Reißverschluss des Schlafsackes offen gelassen, um im richtigen Moment handeln und zustechen zu können. Doch dafür musste sie ihn noch näher an sich heranlassen.

Plötzlich spürte sie seine Hand an ihrem Hals. Er tastete nach ihrem Puls. Vorsichtig, fast zärtlich. Seine Finger waren weich, aber eiskalt.

»Na also, du bist am Leben«, sagte er leise. »Komm schon, wir müssen los. Wir wollen deiner Schwester doch einen gebührenden Empfang bereiten.«

Jetzt, schoss es Jana durch den Kopf, doch ihre Hand, ihr Arm bewegte sich nicht.

Sie spürte, wie er nach dem Reißverschluss suchte, ihn fand und kurz stockte. Dann klappte er den Schlafsack auseinander.

Jana riss die Augen auf und im gleichen Moment den Stechbeitel hoch. Es war ihr egal, wo sie ihn traf, sie wollte nur zustechen und all das hier beenden.

Da er vor ihr hockte, traf sie ihn nicht im Hals, sondern in den äußeren Oberschenkel.

Er schrie auf und sprang zurück, der Beitel flog durch den

Raum, sie hatte ihn nicht festhalten können, die Wucht der Bewegung war zu groß gewesen.

Jana wusste nicht, wie schwer sie ihn verletzt hatte.

Sie musste weg!

Doch sie verhedderte sich in dem Schlafsack, der ihr Schutz und Wärme gespendet hatte, und als sie sich endlich freigestrampelt hatte, stürzte er sich auf sie.

Schlug und trat auf sie ein.

Und es wurde dunkel um Jana Mertens.

KAPITEL 4

1.

TAG 3
Früher Abend

Die Kirche von Moorbach war alles andere als schön.

Inmitten des Ortes stand sie da wie ein grob behauener Felsquader, der Turm zu niedrig, um imposant zu wirken, die Fenster zu klein, um an große Kathedralen zu erinnern. Aber vielleicht hatten die Erbauer sich etwas dabei gedacht, sie genau so aussehen zu lassen. Hier draußen im Moor war es nie um Schönheit gegangen, sondern ums nackte Überleben, um Sicherheit und Schutz – beides gewährte dieses Bauwerk. Es überdauerte die Jahrhunderte, hielt allen Stürmen stand, wankte nicht, sackte nicht in den Untergrund ein. Wenn du nirgendwo mehr sicher sein kannst, in meiner Halle findest du Schutz, das war es, was die Kirche von Moorbach versprach.

Malia war darin konfirmiert worden. Damals hatte es noch einen evangelischen Pastor gegeben. Sie erinnerte sich, wie kalt es in der Kirche immer gewesen war, selbst im Sommer.

Nicht nur deshalb ließ der Anblick sie frösteln. Die Temperatur war gefallen, der Wind hatte zugenommen. Aus Osten fuhr er durch die kahlen Wälder, bissig, scharf, nicht auf Freundschaft aus. Für dieses Wetter war Malias Jacke nicht geeignet, aber bis sie in ihre Wohnung in Riedberg kam, würde sie ausreichen müssen. Die Hände in den Taschen, den Reißverschluss bis unters Kinn zugezogen, beobachtete sie aus der Dunkelheit die Kirche.

Die schlichten, schmalen Fenster waren hell erleuchtet. Auf dem Parkstreifen vor der hüfthohen Mauer aus Feldsteinen standen zwei Dutzend Autos. Mehrere Menschen bewegten sich auf die Eingangstür zu.

Richard Haberloh hatte zu einem gemeinsamen Gebet für Jana Mertens gerufen, und seine Schäfchen kamen. Obwohl konfirmiert, war Malia nicht wirklich gläubig, fand aber den Gedanken schön, dass Menschen glaubten, anderen helfen zu können, indem sie eine höhere Macht anbeteten. Denn der Kern eines solchen Gebets war ein anderer. Man kam zusammen. Bildete eine Gemeinschaft, in der erträglicher wurde, was kaum zu ertragen war. Das hatte etwas Tröstliches und war einer Familie ähnlich.

Deswegen ging Malia aber nicht zu diesem Gottesdienst. Sie hoffte, danach endlich ein Gespräch mit Haberloh führen zu können.

Ruths Meinung stand fest: Haberloh steckte dahinter. Aber Ruth war nicht objektiv, was Malia sein musste. Nur weil jemand nicht sympathisch war oder andere Meinungen vertrat, war er nicht zwangsläufig verdächtig. Und ob Haberloh den Hund ihrer Mutter getötet hatte, stand auch nicht fest. Malia wusste nicht so recht, was sie von dem Prediger halten sollte. Gestern Abend, als sie ihn vor seinem Haus beobachtet hatte, hatte er ihr Angst gemacht.

»Ist ein bisschen gruselig, oder?«

Die Stimme kam aus der Dunkelheit hinter ihr, und Malia fuhr erschrocken herum.

Da stand der Schriftsteller, Alexander Seitz. Er trug eine dick gefütterte schwarze Jacke zu einer schwarzen Jeans und verschmolz fast mit der Umgebung.

»Sorry, ich wollte Sie nicht erschrecken.«

»Sagen alle, die genau das wollten.«

Seitz stellte sich neben sie und deutete mit dem Kinn zur Kirche hinüber. »Wollen Sie für das Mädchen beten?«

»Nein. Sie?«

»Wenn ich es wollte, würde ich es allein tun. Dafür brauche ich keine Kirche. Aber ich denke, Gebete werden nicht helfen. Eher Menschen wie Sie, die nach dem Mädchen suchen und alles dafür tun, dass sie wohlbehalten zu ihrer Familie zurückkehren kann.«

»Bisher war ich nicht wirklich erfolgreich damit.«

»Wie sieht es denn aus mit Ihren Ermittlungen?«

»Gerade jetzt denke ich, Sie stecken hinter alledem und versuchen, mich auszuhorchen, um zu erfahren, ob Sie Gefahr laufen, aufzufliegen.«

»Tja, ist natürlich möglich. Aber ich habe doch eher den Eindruck, gerade jetzt haben Sie Haberloh im Visier.«

»Kennen Sie ihn?«

»Er würde sagen, nein. Aber ich kenne seine Geschichte, zumindest den Teil, der sich online recherchieren lässt.«

»Sie haben ihn durchleuchtet? Warum?«

»Weil er eine tolle Romanfigur abgibt. Und weil ich berufsbedingt ein neugieriger Mensch bin und gern weiß, mit wem ich mich umgebe.«

Malia fixierte Alexander Seitz. »Haben Sie auch zu mir recherchiert?«

Er zuckte mit den Schultern und grinste sein schelmisch-sympathisches Jungengrinsen. »Vielleicht brauche ich ja noch eine besondere Kommissarin in meinem Buch.«

»So besonders bin ich nicht.«

»Nicht? Ich habe etwas anderes herausgefunden. Sie waren bei drei Marathons unter den besten zwanzig, laufen die Strecke unter drei Stunden dreißig, was sehr gut ist.«

»Wer flüchtet, ist meistens schnell.«

Den Blick, den Malia mit diesem Satz erntete, konnte sie nicht deuten.

»Und Sie haben den Hausboot-Killer überführt. Ein Fall, der mich persönlich lange interessiert hat.«

»Warum?«

»Weil ich eine Zeit lang in Hamburg gelebt habe und der Killer in der Zeit dort eine Frau getötet hat.«

»Welche?«

»Die Letzte. Susanne Gellner.«

»Dann haben wir zur gleichen Zeit in Hamburg gelebt, Sie und ich.«

»Ja, ich weiß … und bedauere es, dass wir uns nicht schon dort begegnet sind.«

»Sie werden immer mysteriöser«, sagte Malia und meinte es so.

»Ich hoffe, das ist kein Grund, mich festzunehmen.«

»Es ist auf jeden Fall ein Grund, Sie im Auge zu behalten.«

»Dagegen habe ich nichts. Ganz im Gegenteil.«

Einen Moment sahen sie sich schweigend an. In Seitz' Augen fand Malia keinerlei Arglist oder Falschheit. Allerdings hatte sie beides auch nicht in den Augen des Hausboot-Killers gefunden, der von Beruf Physiotherapeut gewesen war, sehr gut mit Menschen gekonnt und eine überaus freundliche Ausstrahlung gehabt hatte.

»Warum sind Sie heute Abend hier?«, fragte Malia.

»Mir ist nach einem Gottesdienst.«

»Aus religiösen Gründen?«

»Eher, weil ich neugierig bin. Und vielleicht habe ich gehofft, Sie hier zu treffen.«

»Warum sollten Sie das hoffen?«

»Mir ist etwas aufgefallen, auf das ich Sie hinweisen möchte.«

»Sie haben wieder ermittelt?«

»Der Kater lässt das Mausen nicht.«

»Da ist was dran. Was haben Sie entdeckt?«

»Vielleicht sollten wir das auf später verschieben. Ich glaube, der Gottesdienst geht jetzt los.«

Malia sah, dass jemand sich anschickte, die Kirchentüren zu schließen. Sie hätte zwar gern sofort erfahren, worauf der Schriftsteller sie aufmerksam machen wollte, aber das musste eben warten.

Sie liefen auf die Eingangstür zu und wurden noch eingelassen.

In dem breiten, aber kurzen Kirchenschiff saßen circa fünfzig Menschen. Es war kalt darin, Atemwolken stiegen vor den Gesichtern auf. Die Kirche fasste dreihundert Personen, daher waren die hinteren Reihen komplett leer. Seitz und sie setzten sich nebeneinander in die letzte Bank gleich neben der Eingangstür.

Die Tür wurde geschlossen, und das Geräusch hallte durch das Kirchenschiff.

Augenblicklich wurden die Menschen still. Nur noch leises Husten, Räuspern und das Schaben von Sohlen auf dem Sandsteinboden war zu hören.

Malia entdeckte einige Kinder und Jugendliche. Unter den Erwachsenen waren auffällig wenig alte Menschen, wie man sie sonst in Gottesdiensten fand.

Sie alle starrten den Altar an, auf dem es kein Jesuskreuz mehr gab. Auch alles andere, was für einen evangelischen Gottesdienst notwendig war, war entfernt worden. Stattdessen schmückten große und kleine Blumensträuße die Kirche, und vor dem Altar war ein Stuhlkreis aufgebaut, so als sei es normal, dort vorn miteinander zu sprechen. Über dem Altar befand sich eine große Leinwand, ein Beamer hing an Drahtseilen von der Decke.

In diesem Moment ging der Beamer an, und Jana und Nike Mertens schauten von der Leinwand auf die Anwesenden hinab. Zwei zusammengeschnittene Einzelfotos, auf denen die Mädchen freundlich lächelten und brav in die Kamera schauten. Ganz anders als auf dem Foto, das Malia im Wohnzimmer der Mertens gesehen hatte. Und wenn man es mit den Posts auf TikTok verglich, käme man nicht darauf, es mit denselben Mädchen zu tun zu haben.

»Was sagt man dazu«, flüsterte Seitz.

»Geschmacklos«, erwiderte Malia ebenso leise. »Man könnte denken, sie sind bereits tot und das Ganze hier ist ein Nachruf.«

»Stimmt. Aber immerhin ist Haberlohs Kirche digitalisiert.«

»Wenn er sich damit mal nicht den Teufel ins Haus holt.«

»Ich mag Ihren Humor«, sagte Seitz.

Im gleichen Augenblick betrat Richard Haberloh den Chorraum. Er trug eine schwarze Anzughose und einen schwarzen Rollkragenpulli.

Er trat in die Mitte des Chorraums und legte die Hände in der Angela-Merkel-Raute zusammen. Dann ließ er den Blick über die Anwesenden schweifen, bevor er zu sprechen begann.

»Meine lieben Gemeindemitglieder. Ich danke euch, dass ihr hier seid. In guten wie in schlechten Zeiten sind wir füreinander da. In guten wie in schlechten Zeiten ist unser Glaube stark und unbeirrt. Nur in der Gemeinschaft können wir den Angriffen des Bösen in der Welt da draußen etwas entgegensetzen. Leider findet das Böse auch hierher, in unsere kleine abgeschiedene Gemeinde. Ich muss euch nichts erklären, ihr habt es alle mitbekommen … Schmerzlich vermissen wir eines unserer jüngsten Mitglieder und sind nun zusammengekommen, um für Jana Mertens zu beten.«

Die Kirchentür ging auf. Ein leises Quietschen erklang. Einige Köpfe drehten sich, auch Alexander Seitz und Malia sahen sich um.

Malia erschrak. »Holy Shit«, entfuhr es ihr leise.

Ruth Sichler enterte das Kirchenschiff.

Mit langen, energischen Schritten ging sie weit genug vor, damit alle sie sehen konnten. Sie trug einen langen, grünen Lodenmantel und schwarze Stiefel.

»Für Jana wollt ihr beten, aber für Jürgen nicht?«, rief sie laut und deutlich.

»Frau Sichler …«, begann Haberloh, doch Ruth unterbrach ihn sofort.

»Macht Ihr Gott etwa Unterschiede zwischen Gemeindemitgliedern und solchen, die es nicht sind? Oder sind Sie es, Haberloh, der entscheidet, für welche Menschen hier in Moorbach Gebete gesprochen werden sollen und für welche nicht?«

Malia schloss kurz die Augen. Sie wusste, das hier würde in einer Katastrophe enden. Sollte sie nach vorn gehen und versuchen, Ruth davon abzuhalten? Wahrscheinlich würde es bei dem Versuch bleiben, denn ihre Mutter ließ sich nicht abhalten. Sobald sie sich etwas in den Kopf gesetzt hatte, zog sie es durch.

»Jürgen ist tot. Ermordet.«

Ein Raunen ging durch das Kirchenschiff.

»Jemand hat ihn draußen bei den Schafställen erschossen.«

In der Kirchengemeinde wusste wohl noch niemand davon, denn jetzt brandeten aufgeregte Gespräche auf.

Ruth verfügte über eine kräftige Stimme. Sie hatte kein Problem, alle zu übertönen, erst recht nicht, wenn sie wütend war – und das war sie.

»Vor drei Jahren habe ich diesen Mann angezeigt.« Ruth zeigte auf Haberloh. »Kurz darauf hat jemand meinen Hund vergiftet. Jetzt ist ein Mädchen aus dem Ort verschwunden, das andere verletzt und Jürgen ermordet. Bevor Sie hier aufgetaucht sind, war Moorbach ein ruhiger Ort. Was haben Sie dazu zu sagen, Haberloh?«

Ruth war schlau genug, dem Prediger nicht direkt vorzuwerfen, hinter alledem zu stecken. Die Botschaft war klar genug. Das Tuscheln wurde lauter.

»Du solltest besser still sein«, kam es aus dem Kirchenschiff. Es war nicht klar, wer gerufen hatte, aber es war eine Frau gewesen.

»Genau!«, stimmte eine zweite Frau mit ein. »Oder ist dein Mann etwa auf Hawaii und schlürft Cocktails?«

Malia konnte sehen, wer zuletzt gesprochen hatte. Sie kannte die Frau mit dem blonden Haar Mitte vierzig jedoch nicht.

Ruth drehte sich zu ihr um. »Wenn du mir etwas zu sagen hast, komm nach vorn und sag es mir ins Gesicht.«

Hans Mertens stand auf. »Bitte, Frau Sichler, wir möchten in Ruhe und Frieden für unsere Töchter beten.«

Ruth nahm ihn ins Visier. »In Ruhe und Frieden? Jürgen war da draußen im Moor unterwegs, um nach Ihren Töchtern zu suchen. Jetzt ist er tot. Erschossen. Und in Riedberg springt ein Lehrer vom Dach der Schule. Andreas Kraft, hier aus Moorbach, der sich sofort und selbstlos an der Suchaktion nach Ihren Töchtern beteiligt hat. Und da stellen Sie sich hin und sprechen von Ruhe und Frieden.«

»Halt die Klappe und verschwinde, du schwarze Witwe.«

Das war eine männliche Stimme gewesen, irgendwo aus der Menge heraus.

»Mörderin!«, rief eine weibliche Stimme hinterher.

Malia zuckte zusammen. Im Zusammenhang mit ihrer Mutter hatte sie dieses Wort nie laut ausgesprochen, aber in ihren Gedanken hatte es sich das eine oder andere Mal im Hintergrund wie ein schwarzes Ungetüm aufgebaut.

Ruth erstarrte. Ihr Blick verfinsterte sich. Sie tat Malia leid, aber Ruth hatte wissen müssen, was passieren würde, wenn man in dieser Glaubensgemeinde den Prediger öffentlich derart anging. Alle in und um Moorbach kannten die Geschichte, die man sich über Ruth Sichler erzählte.

»Komm her und sag das noch einmal, Daniela Böhm«, sagte Ruth mit gefährlich leiser Stimme. »Und dann lebe mit den Konsequenzen.«

Das wollte Daniela Böhm dann aber doch nicht.

»Was passiert hier?«, flüsterte Alexander Seitz.

Statt zu antworten, schüttelte Malia nur den Kopf.

»Ihr lasst euch von diesem Mann einwickeln und versteht nicht, wer er wirklich ist.« Ruth sprach jetzt zu der Kirchengemeinde. Haberloh stand etwas hilflos hinter ihr. Wer wollte es ihm verdenken, dass er nicht dazwischenging – ihre Mutter konnte furchterregend sein.

»Er bringt Menschen gegeneinander auf. Er manipuliert sie – und euch. Gott ist ihm nur wichtig, solange er ihm Geld einbringt … euer Geld. Richard Haberloh ist ein falscher Prediger, der anderswo bereits gescheitert ist und dem nichts anderes übrig blieb, als sich in einer kleinen, abgeschotteten Gemeinde wie Moorbach zu verstecken …«

Jetzt drehte sie sich wieder zu Haberloh um. »Aber wir brauchen Sie hier nicht. Wir können uns selbst umeinander kümmern.«

Für einen Moment war es still in der Kirche.

Dann rief jemand: »Solange du dich nicht so um uns kümmerst, wie du dich um deinen Mann gekümmert hast.«

2.

TAG 3
Früher Abend

Nike Mertens kontrollierte noch einmal ihr Android-Tablet. Die letzte Nachricht bei WhatsApp stammte von ihr selbst.

»Kann in dreißig Minuten dort sein.«

Jetzt musste sie sich beeilen, wenn sie diese Zusage einhalten wollte.

Da LaFlos nicht mehr geschrieben hatte, stand das Treffen.

Nike trug bereits ihre warme Daunenjacke, zusätzlich einen Schal und eine Wollmütze, an den Füßen UGGs, die fürs Moor nicht geeignet waren, aber warm hielten. Sie schnappte sich noch die warmen Handschuhe und verließ derart ausgerüstet das Haus. Mama und Papa waren in der Kirche und würden so schnell auch nicht zurückkommen.

Sollten sie doch beten für Jana.

Nike würde nach ihr suchen.

Aber das konnte sie nicht allein.

Zwar ging es ihrem Kopf etwas besser, die Übelkeit und der Schwindel hatten nachgelassen, und sie fühlte sich in der Lage, das Haus zu verlassen, es war sinnlos, irgendwo im Moor allein nach ihrer Schwester suchen zu wollen. Sie brauchte Hilfe. Dafür musste sie erst einmal herausfinden, was an jenem Tag im Moor wirklich passiert war. Nike glaubte, dass ein Teil ihrer Erinnerung zurückgekehrt war, war sich aber nicht sicher. Deshalb musste sie mit Laurie sprechen. Er konnte ihr als Einziger helfen.

Aus der Garage holte sie den E-Scooter mit Geländebereifung.

Die Batterie war aufgeladen, die zehn Kilometer hin und zurück würde sie damit locker schaffen, auch bei der Kälte.

Nike zog die warmen Handschuhe an, dann rollte sie los.

Sie wusste, sie sollte nicht allein in der Dunkelheit unterwegs sein, aber sie hatte keine andere Wahl. Seit dem Vorfall kümmerten sich Mama und Papa abwechselnd um sie, ließen sie nicht aus den Augen. Aber jetzt ging die Kirche vor.

In Moorbach war es still.

Straßenlaternen schufen kleine Lichtinseln. Die Fenster der Häuser waren einladend beleuchtet. Die Menschen saßen beim Abendessen mit ihren Familien zusammen. Hatten sie Spaß? Freuten sie sich? Das hatte Nike sich schon häufiger gefragt, seitdem es bei ihnen zu Hause nicht mehr so war. Seitdem sich alles nur noch um diese verfluchte Kirche und Richard Haberloh drehte. Bevor dieser Typ aufgetaucht war, war alles anders gewesen. Aber Mama und Papa waren schwach, sie verstanden nicht, dass sie manipuliert und missbraucht wurden, damit sie fleißig ihre Beiträge entrichteten.

Nike und Jana hatten es verstanden.

Und damit waren sie eine Gefahr für Haberloh.

Aber würde er deswegen versuchen, sie umzubringen?

Nike konnte sich niemand anderen vorstellen, der hinter dem Angriff im Moor steckte. Zugetraut hätte sie es Haberloh allerdings nicht. Er war eher der Typ, der andere manipulierte, um sie für seine Zwecke zu nutzen. Vielleicht hatten sie und Jana sich in ihm getäuscht. Gut möglich, Haberloh war schwer zu durchschauen.

Hinter dem Ortsschild von Moorbach lauerte vollkommene Dunkelheit. Zum Glück verfügte der Scooter über Licht. Rechts und links des schmalen Lichtkegels erstreckte sich das Namenlose Moor. Eine schwarze, scheinbar endlose Fläche. Sie und Jana hatten nie Angst vor dem Moor gehabt, warum auch, schließlich waren sie hier aufgewachsen und kannten sich darin mindestens genauso gut aus wie die Fährtenleserin Ruth Sichler. Aber seit neulich war das anders. Jetzt hatte das Moor etwas Bedrohliches.

Nike klammerte sich an den Lenker des Scooters und gab etwas mehr Gas.

Der kalte Fahrtwind ließ ihre Augen tränen.

Sie hatte verstanden, warum Laurie sich mit ihr dort draußen treffen wollte, hielt es in diesem Moment aber dennoch für eine dumme Idee. Es war gefährlich genug gewesen, dass er zu ihr ins Krankenhaus gekommen war, noch mal durften sie sich nicht zusammen erwischen lassen. Gerade jetzt nicht, da Andreas Kraft vom Dach der Schule gesprungen war. Nike hatte keine Ahnung, was die Polizei auf der GoPro gefunden hatte. War es vor dem Schlag gegen ihren Kopf schon zu den kompromittierenden Bildern gekommen, die sie geplant hatten? Was, wenn die Polizei längst Bescheid wusste?

War es strafbar, was sie getan hatten?

Es wurde immer kälter, je weiter Nike ins Moor fuhr. Der Wind nahm auch zu. Allzu lange würde sie es auf dem Scooter nicht aushalten.

Sie fragte sich, wie es Jana ging.

Wer machte diese Fotos von ihr? Und woher wusste die Person, dass es Motive waren, die sie sich längst für Moormaid ausgedacht, aber nicht zu posten getraut hatten? Oder war es Jana selbst, die dahintersteckte? Zuzutrauen war es ihr. Schon immer hatte sie gern im Mittelpunkt gestanden, und da sie sich optisch nicht voneinander unterschieden, hatte sie sich durch ihre Art in den Vordergrund gedrängt. Sie hielt sich für eine Schauspielerin, die kurz vor der großen Karriere stand. Aber den Leuten in Moorbach etwas vorzumachen oder in der Theater-AG in der Schule die Julia zu spielen, reichte dann wohl doch nicht für Hollywood.

Zwanzig Minuten, nachdem sie aufgebrochen war, erreichte Nike das alte Moorbad.

Dunkel und abweisend lag es da.

Laurie fuhr einen Motorroller, doch der stand nicht vor dem Gebäudekomplex.

War er noch nicht da? Oder war ihm etwas dazwischengekommen? Nike vermisste ihr Handy. Das Tablet hatte sie zu Hause gelassen, da es über keine SIM-Karte verfügte. Am Moorbad gab es an manchen Stellen Empfang, das wusste sie von den Abenden, die sie und Jana zusammen mit anderen Jugendlichen hier verbracht hatten. Das alte Moorbad war der einzige Ort, wo man unbeaufsichtigt von Erwachsenen Party machen konnte. Nach dem Brand war es eine Weile schwierig gewesen, weil die Polizei häufiger kontrolliert hatte, aber das war irgendwann ausgeblieben.

Obwohl Nike hier viel Spaß gehabt und zum ersten Mal geküsst hatte, machte ihr das Gebäude nun Angst.

Sie rollte auf den Parkplatz, sah sich um.

Allein würde sie nicht hineingehen.

Da flammte im Obergeschoss ein Handy auf und bewegte sich hin und her, so als winke jemand damit.

Laurie war also doch schon da – und natürlich verhielt er sich wieder nerdig, machte auf besonders geheimnisvoll.

Nike stellte den Scooter ab und winkte zurück, nur leider ohne Handy. Dann machte sie sich auf den Weg zur Rückseite, wo es einen Zugang gab.

»Laurie?«, rief sie in das dunkle Gebäude.

»Hier«, kam es von oben zurück. Das Wort hallte zwischen den Wänden wider und klang nicht mehr nach Laurie.

Leider hatte Nike nicht an eine Lampe gedacht. Tat ja heute niemand mehr, da jedes Smartphone zugleich auch Taschenlampe war – nur hatte sie eben keines mehr. Zum Glück leuchtete oben am Treppenabsatz das Handy. Laurie benutzte aber nicht die

Taschenlampenfunktion, sondern nur das Displaylicht – wahrscheinlich, um Akku zu sparen.

»Warum kommst du nicht runter?«, fragte Nike, bekam aber keine Antwort. »Idiot«, sagte sie leise und stieg die Treppe hinauf. »Mein Vater ist total sauer auf dich. Wenn der mitkriegt, dass wir uns treffen, kannst du dich warm anziehen.«

Laurie antwortete nicht, und Nike blieb stehen.

Mit einem Mal kam ihr die Situation merkwürdig vor. Seitdem sie angekommen war, hatte Laurie lediglich »Hier« gerufen, und da hatte sich seine Stimme merkwürdig verändert angehört. Wegen des Schalls, oder?

Oder?

»Laurie?«

Keine Antwort. Das Handy leuchtete.

»Sag was, oder ich haue sofort ab.«

Nichts.

Das war unheimlich. Ein kalter Schauer kroch an Nikes Wirbelsäule empor.

Sie starrte nach oben. Das Handy bewegte sich nicht.

»Sag endlich was!«, forderte sie Laurie auf.

Dann spürte sie etwas hinter sich.

»Wer bist du?«, flüsterte eine Stimme in ihrem Nacken.

3.

TAG 3
Abend

Sven Sellmann war auf dem Rückweg nach Moorbach. Er fuhr, so schnell er es sich in der Dunkelheit traute. Die Zeit drängte.

Kommissarin Malia Gold war nicht an ihr Handy gegangen, als er sie nach der Vernehmung von Laurence Floß angerufen hatte, und Sven brannte darauf, ihr davon zu erzählen.

Der Junge war eindeutig verdächtig.

Nach Svens Meinung steckte er hinter alledem.

Diese Fixierung auf die Mertens-Zwillinge war einfach krank.

Vielleicht reichten die Indizien sogar für einen Haftbefehl – also die Bilder, die Sven mit seinem Handy geschossen hatte. Okay, sie waren nicht ganz legal entstanden, einen Durchsuchungsbeschluss hatte er genauso wenig gehabt wie die Erlaubnis des Jungen. Egal. Die Kommissarin musste sehen, was sie daraus machte, irgendwas stimmte mit Laurence nicht, so viel stand fest.

Das Reh bemerkte Sven den Bruchteil einer Sekunde zu spät. Es prallte gegen den Streifenwagen und wurde weggeschleudert.

Sven stieg auf die Bremse und klammerte sich ans Lenkrad, um den Dienstwagen in der Spur zu halten.

Als der Passat stand, blieb er reglos sitzen.

Sein Herz schlug wie verrückt.

Er hatte sicher schon zwei Dutzend Wildunfälle aufgenommen, aber nie selbst einen gehabt.

Die Straße von Kirchlohe nach Moorbach führte durchs Moor, und Sven wusste, wie gefährlich sie war – er hätte langsamer fahren sollen.

Hinterher war man immer schlauer.

Zumindest lief der Wagen noch.

Sven schaltete die Warnblinklichter an, nahm die Taschenlampe, schnallte sich ab und stieg aus. Eiskalter Ostwind schlug ihm ins Gesicht.

Der Schaden am Wagen hielt sich in Grenzen. Die Front war eingedrückt, ein Scheinwerfer kaputt, und die Motorhaube stand ein paar Zentimeter hoch. Damit würde er noch fahren können.

Wohin war das Reh verschwunden?

Sven rief sich den Moment des Aufpralls in Erinnerung und glaubte, es sei nach links geflogen. Bei der hohen Geschwindigkeit, die er draufgehabt hatte, konnte es eigentlich nicht überlebt haben.

Er schaltete die Taschenlampe ein und leuchtete nach links. Die Böschung neben der Straße fiel fast zwei Meter tief ab, der Graben war zur Hälfte mit braunem Wasser gefüllt. Das Reh lag darin, so, wie vor ein paar Tagen Toma darin gelegen hatte.

Es war tot. Die dunklen Augen glänzten im Licht der Taschenlampe. Auch wenn er das schon viele Male gesehen hatte, machte dieser Anblick ihn traurig, denn dieses Mal hatte er das Wild selbst getötet. Durch Unachtsamkeit und überhöhte Geschwindigkeit.

Sven ging zurück zum Wagen, ließ sich kraftlos in den Sitz fallen und kontrollierte das Handy.

Kein Empfang, war ja klar.

In einiger Entfernung tauchte Scheinwerferlicht auf.

Rasch schaltete Sven zusätzlich das Blaulicht auf dem Dach ein, stieg wieder aus, lief zwanzig Meter in die Richtung, aus der sich der Wagen näherte, und gab Leuchtzeichen mit der Taschenlampe. Sein Dienstwagen stand mitten auf der Straße, nicht, dass noch Schlimmeres passierte. Um ihn an die Seite zu setzen, war die Zeit zu knapp.

Der Wagen näherte sich rasch, wurde dann langsamer und schlich die letzten Meter heran.

»Ist ja nicht zu fassen«, sagte Sven, als er erkannte, um wen es sich handelte.

Der Touareg hielt, und Sven ging vor bis an die Fahrertür. Die Seitenscheibe fuhr hinunter.

»Das nenne ich mal gutes Timing«, sagte Sven.

»Was ist passiert?«, fragte Hartmut Wolter. Er sah blass und müde aus.

»Was hier jedem früher oder später passiert. Ich hab ein Reh erwischt.«

»Mist. Ist es weggelaufen?«

Sven schüttelte den Kopf. »Liegt tot im Graben.«

»Na, immerhin muss ich es nicht suchen gehen. Fährt dein Wagen noch?«

»Ja, das geht. Wollen wir das Reh schnell zusammen aus dem Graben holen und in deinen Kasten laden?«

Hartmut Wolter schüttelte den Kopf. »Ich hab's eilig. Ein Notfall … ein Pferd hat Koliken.«

»Dauert doch nur ein paar Minuten. Ist so ein trauriger Anblick, wie es da im Wasser liegt.«

»Außerdem ist mein Kasten voll, da liegt schon eins drin«, erklärte Wolter. »Ich weiß ja jetzt, wo es ist. Ich nehme es auf dem Rückweg mit.«

»Sicher?«

»Das passt schon. Lässt du mich vorbei? Ich hab's wirklich eilig.«

»Ja, klar …«

Sven ging zurück zum Streifenwagen und rangierte ihn auf die rechte Straßenseite. Kaum hatte er genug Platz, fuhr Wolter vorbei, hob die Hand und verschwand in der Dunkelheit.

Verwundert schaute Sven ihm nach. Dass Hartmut nicht einmal ausgestiegen war, um nach dem Reh zu schauen, passte nicht zu ihm.

Er hatte es wohl wirklich sehr eilig.

4.

TAG 3
Abend

»Ich werde es nie verstehen«, sagte Ruth Sichler. Sie klang ein wenig frustriert. »Wie kann man einem Menschen, den man nicht kennt, derart bedingungslos trauen und folgen?«

»Weil Menschen Trost darin finden, jemandem folgen und sich an ihm orientieren zu können«, antwortete Alexander Seitz, der neben ihr herging. »Social Media funktioniert nach dem gleichen Prinzip … Übrigens hatte auch schon Jesus Follower.«

Ruth blieb stehen, sah Alexander Seitz an und zeigte zurück zur Kirche, in der der Gottesdienst für Jana Mertens nun ohne sie stattfand.

»Schlagen Sie sich gerade auf deren Seite, Zugezogener?«

»Mitnichten. Ich habe nie einer Kirche angehört, und mit dem Folgen habe ich es auch nicht so. Nichtsdestotrotz kann ich die Mechanismen nachvollziehen und verstehen.«

»Mechanismen? Sie sind ein ganz Schlauer, oder?«

»Hört auf«, ging Malia dazwischen. »Herr Seitz hat dir nichts getan. Und ich finde es extrem unhöflich, ihn nicht mit seinem Namen anzusprechen. Seit wann gelten bei den Sichlers die alten Werte und Umgangsformen nicht mehr?«

Ruth war noch sauer über die Abfuhr, die sie in der Kirche kassiert hatte, das konnte Malia sehen. Aber das musste sie nicht an Seitz auslassen. Dem sollte sie vielmehr dankbar sein. Er war es gewesen, der Malia dazu bewegt hatte, zusammen mit ihrer Mutter die Kirche zu verlassen. Viel hatte nicht gefehlt, und die Situation wäre eskaliert. Das Gespräch mit Haberloh war vorerst wieder geplatzt.

»Schon okay«, sagte Seitz. »Zugezogener hat so einen mystischen Klang. Könnte aus einem Western von Clint Eastwood stammen. Ob ich den Begriff wohl für mein Buch klauen darf?«

»Meinetwegen«, sagte Ruth, wandte sich ab und ging weiter.

Seitz warf Malia ein Lächeln zu. Offenbar war er ein Meister darin, solche Situationen zu entschärfen.

Die beiden folgten Ruth.

Ihr Ziel war die Polizeidienststelle von Moorbach. Dort wollten sie sich in Ruhe unterhalten. Malia brannte darauf, zu erfahren, was Seitz herausgefunden hatte, und vielleicht gab es auch von Ida und Sven Sellmann Neuigkeiten. Seitz brannte seinerseits sicher darauf, zu erfahren, was sich da in der Kirche gerade abgespielt hatte. Allerdings war es unwahrscheinlich, dass Ruth über die Hintergründe reden würde.

Die kleine Lampe neben der Eingangstür der Wache brannte, und sie hielten darauf zu wie auf das Leuchtfeuer eines Leuchtturms. Kalter Wind schlug ihnen ins Gesicht, ein paar einzelne Schneeflocken trieben darin. Dem Namenlosen Moor stand eine frostige Winternacht bevor, und Malia fragte sich, an welchem Ort Jana Mertens diese Nacht überstehen musste. Malia spürte den Druck, das Mädchen finden zu müssen, in jeder Faser ihres Körpers.

»Wenn diese Mechanismen so gut bekannt sind, warum funktionieren sie dann immer noch?«, fragte Ruth. Sie ließ nicht locker. »Warum laufen wir Menschen hinterher, die uns führen wollen? Sei es nun ein Pastor oder ein Politiker, der sein Volk in den Krieg führt? Warum?«

»Das ist ein komplexes Thema für einen so kurzen Weg«, antwortete Seitz. »Haben Sie nie das Bedürfnis verspürt, sich als Teil einer Gruppe zu fühlen?«

Malia lachte trocken auf. »Die Sichlers, die ich kenne, sind Einzelgänger … mit Ausnahme meines Bruders.«

»Da hören Sie es«, bestätigte Ruth. »Wir Sichlers folgen nicht, wir gehen voran.«

»Also erwarten Sie, dass andere Ihnen folgen?«

Was ihre Mutter betraf, hatte Seitz damit den Nagel auf den Kopf getroffen – was wohl auch ein Grund war, warum sie Haberloh nicht ausstehen konnte. Er scharte Menschen um sich, Ruth nicht mehr. Die goldenen Zeiten der Sichlers waren in Moorbach längst Geschichte.

Für einen Moment fehlten Ruth die Worte. Das kam selten genug vor. »Ich erwarte, dass die Leute ihren gesunden Menschenverstand nutzen.«

Jetzt war es an Seitz, aufzulachen. »Wissen Sie, was Descartes zu dem Thema gesagt hat?«

»Ich weiß nicht einmal, wer das ist.«

»Die am besten verteilte Sache auf der ganzen Welt ist der gesunde Menschenverstand – jeder fühlt sich damit angemessen ausgestattet. Aber besagter Sache fehlt, was wirklich menschlichen Verstand ausmacht: Skepsis, Analyse, Induktion, Prüfung.«

Sie erreichten die Dienststelle.

»Ich mag diesen Descartes«, sagte Ruth.

»Ich auch.«

Sellmanns Dienstwagen stand nicht vor dem alten Postgebäude. Malia checkte ihr Handy, das sie für die Dauer des Gottesdienstes ausgeschaltet hatte. Mochte Haberloh auch ein freier Prediger und merkwürdiger Mensch sein, Handyklingeln in der Kirche gehörte sich nicht.

Sellmann hatte versucht, sie zu erreichen.

»Geht doch schon rein«, sagte Malia und wählte seine Nummer. »Ich muss kurz telefonieren.«

Seitz hielt ihrer Mutter die Tür auf, und Ruth bedankte sich. Malia hatte das Gefühl, dass sich hier so etwas wie eine Freundschaft anbahnte.

Die Tür fiel ins Schloss. Malia lief auf und ab, während sie es klingeln ließ, doch Sellmann nahm nicht ab. Schließlich folgte sie den beiden ins Gebäude.

»Hey, ich bin Ida«, stellte sich die technische Ermittlerin gerade vor.

Malia war froh, sie zu sehen. Obwohl sie längst hätte Feierabend machen können, war Ida noch da.

Sie schoben ein paar Stühle um einen Tisch und setzten sich. Ida stellte keine Fragen, und Malia kam es nicht falsch vor, Ruth und Alexander Seitz dabeizuhaben – auch wenn sie Zivilisten waren.

»Was wollten Sie mir erzählen?«, fragte Malia den Schriftsteller.

»Eigentlich können wir uns doch auch duzen, wenn wir schon so gemütlich zusammensitzen«, schlug Seitz vor. »Ich bin Alex.«

Malia hatte nichts dagegen, Ruth ebenfalls nicht.

»Also, Malia, du hast mir von dem alten Moorbad erzählt, von wo das erste Bild von Jana verschickt worden war«, begann Alex.

»Richtig. Ida hat herausgefunden, dass von dort oder zumindest in der Nähe jemand Janas Handy eingeschaltet hat.«

»Genau. Du hast dich dort umgeschaut, aber nichts weiter gefunden. Mich hat die Frage nicht losgelassen, warum das Foto ausgerechnet von dort verschickt wurde. Zufall? Absicht? Wollte jemand, dass die Polizei sich dort umschaut?«

»Die Frage habe ich mir auch gestellt«, sagte Malia. »Ebenso bei den Schafställen, wo das zweite Foto entstanden ist. Ich habe bisher allerdings keinen Hinweis gefunden, dass der Täter diese Orte gewählt hat, um eine bestimmte Botschaft oder so zu übermitteln. Außer die Kunststoffaxt, die Jana dabeihatte. Aber was will er damit sagen?«

»Und um das herauszufinden, bin ich hingefahren«, sagte Alex.

»Sie waren … du warst noch einmal im alten Moorbad?«

»Nicht noch einmal, sondern zum ersten Mal, aber ja, ich war da. Heute. Ich gebe zu, ich bin widerrechtlich in das Gebäude eingedrungen und habe mich umgeschaut. Ich hatte Zeit und war gründlich, und mir ist etwas aufgefallen.« Alex hielt inne und sah in die Runde.

»Ich kann dich auch mit meiner Waffe bedrohen, wenn du es nicht sofort ausspuckst«, drohte Malia.

Er lächelte sie an. »Die direkte Art der Sichlers gefällt mir.«

Malia tat so, als würde sie nach ihrer Dienstwaffe greifen.

»Sind dir die Graffitis aufgefallen?«, fragte er.

»In dem Moorbad? Klar, da ist alles voller Graffitis – wenn man die Schmierereien denn so nennen will.«

»Stimmt schon, es sind nicht unbedingt Kunstwerke, weder in optischer noch in sprachlicher oder grammatischer Hinsicht – bis auf eines. Irgendwie ähneln die Wände im alten Moorbad dem Internet. Jeder hinterlässt dort seine Meinung. Man erfährt, wer wen doof findet, wer wen liebt, wer schwul oder lesbisch ist oder dass Gott am achten Tag, als er müde und einfallslos war, Moorbach erschaffen hat.«

»Das steht da?«, fragte Ruth.

»Ja, das steht da, nur etwas grober formuliert – das Verb *kacken* kommt drin vor.«

»Toller Humor.«

»Aber darauf wolltest du nicht hinaus, oder?«, drängte Malia.

»Nein, auf etwas anderes. Ich hatte Zeit, mir alles anzuschauen, und habe ein Graffiti entdeckt, das anders ist. Künstlerisch. Mit einem besonderen Text. Wartet, ich hab's abfotografiert …«

Alex zog sein Handy hervor und las vom Display ab:

Sie bekommen, was sie verdienen, und sie
verdienen den Tod. Sie lästern Gott und seinen
Dienern auf Erden.
Sie sind Huren und zeigen nie ihr wahres Gesicht.
Ob Jana oder Nike, man weiß es einfach nicht.

»Holy Shit«, stieß Malia aus. »Wo hast du das gefunden? Ich bin sicher, es war nicht dort, als Sellmann und ich uns im Moorbad umgeschaut haben.«

»In der zweiten Etage. Der Spruch ist eingebettet in ein wahrhaft künstlerisches Blumenbild … Hier, schaut.«

Er hielt ihnen das Display hin.

Alex hatte recht. Bei diesem Graffiti hatte sich jemand Zeit gelassen und Mühe gegeben. Es erinnerte Malia an den Werbeaufdruck auf dem Lieferwagen der Blumenhandlung Mertens.

»Dieser Text …«, sagte Ida nachdenklich. »Der geht in die Richtung, dass die Zwillinge sich auf ihrem TikTok-Kanal nicht als Zwillinge zu erkennen geben.«

»Nicht nur da«, schob Malia hinterher. »Es sieht ganz danach aus, als spielten sie auch im wahren Leben damit. Anja Kraft konnte nicht einmal sagen, mit wem ihr Mann eine Affäre hatte, Nike oder Jana. Die Rektorin der Schule hat ebenfalls davon berichtet, dass die beiden ihre Ähnlichkeit ausnutzen.«

»Jetzt verstehe ich die Caption«, schoss es aus Ida heraus.

»Die was?«, fragte Ruth.

»Der Text zu den Bildern, die von Jana gepostet wurden«, erklärte Ida. »Da steht: *Wer bin ich?* Damit meint der Täter nicht sich, wie ich die ganze Zeit dachte. Er meinte die Zwillinge – oder besser, das Spielchen, das sie treiben.«

»Du könntest recht haben«, stimmte Malia zu. »By the way … das Graffiti erinnert mich an etwas Ähnliches … Moment …«

Malia holte ebenfalls ihr Handy hervor und rief das Bild auf, das Feven Denneke ihr geschickt hatte. Die Rektorin hatte den Brief aus dem Kummerkasten der Schule abfotografiert.

Malia las laut vor:

Man spielt nicht mit der Liebe. Weder mit der eigenen noch mit der von anderen Menschen. Wer das mächtigste Gefühl des Menschen herausfordert, wird von dem Sturm, den es auslöst, hinweggefegt werden. Es ist der Sturm Gottes, und dieser vernichtet nun die Zwillinge. Sie haben sich ihre Strafe redlich verdient.

»Das klingt sehr ähnlich«, bestätigte Alex.

»Und es klingt nach Haberloh«, warf Ruth ein.

»Oder nach jemandem, der will, dass es nach Haberloh klingt«, gab Ida zu bedenken.

»Auch das müssen wir in Betracht ziehen«, sagte Malia.

»Haberloh steckt hinter alledem«, beharrte Ruth.

»Warum bist du dir so sicher?«, wollte Alex wissen.

Ruth berichtete von der Anzeige und ihrem vergifteten Hund.

Alex nickte. »Jetzt kann ich dich verstehen, aber von einem Hund zu einem Menschen ist es noch einmal ein gewaltiger Schritt«, gab er zu bedenken.

»Wo war Haberloh denn, als Jana verschwand und Jürgen erschossen wurde?«, fragte Ruth an Malia gewandt.

»Ich weiß es nicht, weil ich ihn bisher nicht befragt habe. Das war sicher ein Fehler, den ich korrigieren werde. Unter anderem deshalb war ich in der Kirche, aber da ist es ja anders gelaufen als erwartet.«

»Du solltest ihn überwachen lassen«, sagte Ruth.

»Das ist nicht so einfach. Ein wirkliches Verdachtsmoment haben wir nicht gegen Haberloh.«

»Dann werde ich ihn überwachen.«

»Ruth … Nein, das tust du nicht.«

»Wer will es mir verbieten?«

Malia schüttelte den Kopf und seufzte. »Ich bitte dich, das nicht zu tun. Zwischen dir und Haberloh gibt es schon viel zu viele negative Energie, wer weiß, wozu das führt. Lass mich das bitte machen.«

Malia hielt dem Blick ihrer Mutter stand, bis Ruth schließlich nickte und »Okay« murmelte.

»Eins noch«, sagte Alex. »Und das betrifft ebenfalls Haberloh. Recherchieren gehört ja quasi zu meinem Job. Deshalb habe ich Richard Haberloh unter die Lupe genommen …«

»Das ist längst erledigt«, unterbrach Ida ihn. »Alles, was es online zu finden gab, habe ich gefunden.«

»Nicht online«, sagte Alexander. »Haberloh stammt aus Hamburg, da habe ich auch eine Weile gelebt. Aus dieser Zeit habe ich noch Kontakte, unter anderem zur Polizei und zur Presse. Einer dieser Kontakte zur Presse konnte mir bei Haberloh weiterhelfen.«

»Lass hören«, forderte Malia ihn auf.

»Haberloh wurde seinerzeit verdächtigt, etwas mit dem Tod seiner Frau und seiner Tochter zu tun zu haben.«

»Was!«, rief Malia. »Das kann nicht sein, davon wüssten wir.«

Alex schüttelte den Kopf. »Nicht offiziell, aber in den Gerüchten. Der Wohnungsbrand erschien den Leuten verdächtig, zumal es um die Ehe wohl nicht zum Besten stand. Angeblich wurde viel gestritten.«

»Du sprichst von Tratsch?«, fragte Malia.

»Tratsch ist der Kitt der Gesellschaft und nicht zu unterschätzen.«

»Das macht ihn nicht glaubhafter«, hielt Malia dagegen.

»Warum nicht?«, fragte Ruth. »Wenn du hier auf dem Lande wissen willst, was vor sich geht, musst du nur auf den Tratsch hören.«

Malia seufzte. »So funktioniert Polizeiarbeit aber nicht. Ich brauche Indizien und Fakten, kein Gerede.«

»Wie heißt es so schön im Rechtswesen«, sagte Alex, »ein Indiz ist mehr eine Behauptung denn ein Beweis. Und was ist Tratsch anderes als eine Behauptung?«

»Warum ist er in Verdacht geraten, aber nicht angeklagt worden?«, fragte Ida.

»Mein Kontakt zur Presse sagt, er habe ein Alibi gehabt, deswegen wurde zu keinem Zeitpunkt gegen ihn ermittelt. Die Brandursache könnte eine im Bett gerauchte Zigarette gewesen sein. Alles etwas diffus, ich weiß. Ich wollte auch nur, dass ihr davon wisst.«

Ruth schlug mit der Faust auf den Tisch. »Ich hab's immer gewusst.«

Auf das Poltern folgte ein zweites lautes Geräusch.

Es dauerte einen Augenblick, bis alle begriffen, dass es von draußen kam.

»Klingt wie ein Unfall«, sagte Malia.

Alle sprangen auf und liefen zur Tür.

5.

TAG 3
Abend

Jetzt hatte er sie endlich beide, wie es von Anfang an geplant gewesen war.

Die Zwillinge.

Vereint, kurz vor ihrem Tod.

Noch wussten sie nicht, dass sie bald sterben würden. Noch hatten sie Hoffnung, er sah es in ihren Augen. Doch bevor sie starben, würde er sie vor aller Welt bloßstellen und den Zwillingen nehmen, was ihnen am meisten bedeutete:

Ihre Gleichheit.

Sie saßen an die kalte Wand gelehnt da, die Hände mit Draht auf den Rücken gebunden, die Fußgelenke ebenso gefesselt. In den Mündern steckte ein Ballen grünes Papier.

Er ging vor ihnen auf die Knie. Hinhocken konnte er sich nicht, dafür tat die Wunde zu weh, die Jana ihm beigebracht hatte. Sie hatte ihm mit dem Stechbeitel ein Stück Fleisch aus dem Oberschenkel gerissen. Das war eine Wunde, die genäht werden musste, aber vorerst sollte der Verband reichen, den er sich angelegt hatte.

Er rutschte ganz nah an sie heran. Schaute in ihre vor Angst weit aufgerissenen Augen.

»Wahnsinn«, sagte er. »Selbst eure Augen sind total identisch. Ich kann keinen Unterschied erkennen. Denkt ihr eigentlich manchmal selbst, dass ihr ein und dieselbe Person seid, aufgeteilt auf zwei identische Körper?«

Natürlich konnten sie ihm nicht antworten mit dem Papierball im Mund. Irgendwelche Geräusche machten sie trotzdem, zudem atmeten sie schnell und laut. Er griff nach dem Haar des Mädchens, das rechts von ihm saß. Sie zuckte zurück, drehte den Kopf auf die Seite und schloss die Augen.

Das blondierte Haar floss durch seine Handinnenfläche wie Seide. Er strich mit dem Daumen darüber.

»So schönes Haar. So schöne Menschen. Ein Jammer, dass euer Inneres so hässlich ist. Ist das Gottes Gerechtigkeit? Ich weiß es nicht.«

Er nahm das Kinn des Mädchens und drehte ihren Kopf zurück in seine Richtung. Für einen Moment hielt sie die Augen noch geschlossen, dann öffnete sie sie. Tränen flossen heraus.

»Seid ihr bereit für ein hübsches Foto? Diesmal muss es aber ein ganz besonderes sein. Eines, das so richtig für Aufruhr sorgt und keinen Zweifel daran lässt, wie ernst ich es meine.«

Er ließ sie los, erhob sich unter Schmerzen und ging zu dem Rucksack hinüber, den er mitgebracht hatte. Daraus entnahm er zwei Stücke weiße Pappe in der Größe von DIN-A4-Blättern. Er hatte rotes Schleifenpapier daran befestigt, um den Mädchen die Pappen um den Hals hängen zu können.

Auf der einen Pappe stand in roter Schrift Nike.

Auf der anderen Jana.

Er hielt sie so, dass die Mädchen sie lesen konnten.

»Heute hängt für euch viel davon ab, ob ihr eure Spielchen weiterspielen wollt oder nicht. Was meint ihr? Wollt ihr mir zuliebe einmal ehrlich sein? Welche von euch ist Nike?«

Sie starrten ihn an.

Sprechen konnten sie ja nicht.

»Nike. Macht einfach ein paar Bewegungen, egal welche.«

Das Mädchen zu seiner Linken bewegte den Kopf.

»Du bist also Nike? Komisch, ich hatte mich anders festgelegt. Stimmt das denn auch?«

Sie nickte heftig.

»Ihr habt so oft gelogen, wie kann ich euch noch glauben? Pass auf, Nike, wir machen es so. Ich habe ein Messer dabei. Ziemlich scharf. Das steche ich deiner Schwester in den Hals, jetzt sofort, weil es sowieso Jana ist, die ich töten will. Danach lasse ich dich gehen. Was meinst du? Kann dir ja nur recht sein, wenn du wirklich Nike bist.«

Sie schüttelte den Kopf und versuchte, sich gegen die Fesseln zu wehren.

»Beruhig dich, das war nur ein Scherz. Ihr sterbt sowieso beide. Und weißt du, was das Kuriose daran ist? Jetzt, wo ihr vielleicht wirklich mal ehrlich sein würdet, spielt es keine Rolle mehr. Trotzdem wüsste ich es gern … bist du wirklich Nike?«

Sie nickte abermals.

»Gut, dann glaube ich dir mal.«

Er hängte ihr das Pappschild um, auf dem Nike stand, und Jana bekam ihres.

»Sieht schon gar nicht schlecht aus. Aber wir brauchen noch ein wenig Blut, oder? Was sagt ihr?«

Er hatte eines dieser billigen Wegwerf-Cuttermesser aus dem Baumarkt dabei. Die Klingen hielten nicht lange, waren im Neuzustand aber höllisch scharf. Mit dem Daumen schob er die Klinge zwei Zentimeter heraus und arretierte sie dann.

»Ich könnte euch einfach die Nasen brechen, das blutet höllisch, glaubt mir, aber das hier erzielt einen ganz anderen Effekt. Wir wollen schließlich Aufmerksamkeit, nicht wahr. Darum geht es euch doch: Aufmerksamkeit. Alle sollen euch beachten, euch lieben, euch folgen, sich wünschen, so sein zu können wie ihr. Ab dem heutigen Tag wünschen sie es sich nicht mehr, so viel steht fest.«

Die Bewegung kam so rasch, dass Nike keine Chance hatte, zu reagieren.

Von der rechten Augenbraue bis zum rechten Mundwinkel klaffte plötzlich ein vertikaler Cut. Besonders tief war er an der

Wange, die von dem Papier in ihrem Mund nach außen gedrückt wurde.

Der Schmerz kam mit Verzögerung, aber dann schrie sie hinter ihrem Knebel.

Aus der langen Wunde lief sofort jede Menge Blut. Sie musste das rechte Auge schließen, da es von der gespaltenen Braue hineinfloss.

»Vorbei ist es mit der Schönheit. Vorbei mit Verwechselbarkeit. Denn natürlich bekommt deine Schwester den Cut auf die andere Gesichtshälfte. Damit ein für alle Mal klar ist, wer wer ist.«

Jana, vorbereitet auf das, was kommen würde, zappelte herum, wand sich wie ein Fisch auf dem Trockenen und kippte schließlich auf die Seite.

Er ignorierte die Schmerzen in seinem Oberschenkel, packte sie von hinten, ließ sich selbst mit dem Rücken gegen die Wand sinken, zog sie zwischen seine Beine, umschlang sie damit und legte ihr den linken Arm um den Hals.

Sie versuchte weiterhin, davonzukommen, hatte aber keine Chance.

Seine Lippen ganz dicht an ihrem Ohr, flüsterte er: »Wenn du nicht stillhältst, wird das kein sauberer Schnitt. Du möchtest doch nicht, dass ich dein Auge zerteile, oder?«

Er setzte das Messer an ihre linke Augenbraue und drückte zu. Das Fleisch teilte sich wie Butter unter heißem Draht.

Sie bäumte sich auf.

»Schschscht«, machte er. »Wir sind gleich fertig.«

Es war ungleich schwieriger, den Schnitt von hinten durchzuführen, selbst für ihn, der sehr erfahren war im Umgang mit diesen Cuttermessern. Am Ende hatte er zu viel Druck und spürte, wie die Klinge am Kinn über den Wangenknochen rutschte.

Ihr Körper bog sich unter Schmerzen.

»Ruhig, ganz ruhig, das war's schon.«

Er ließ sie los, kroch hinter ihr hervor, stand auf und blickte auf die Mertens-Zwillinge hinab. Da lagen sie, sich gegenseitig den Rücken zugedreht, und bluteten auf den nackten Betonboden.

»So, jetzt müssen wir nur noch ein schönes Foto schießen.«

6.

TAG 3
Abend

Direkt vor der Dienststelle stand schräg der Streifenwagen mit Sellmann am Steuer. Die vordere Stoßstange klemmte unter dem linken Vorderreifen.

Sellmann stieß die Tür auf und sprang heraus. Er wirkte aufgeregt und verwirrt zugleich.

»Was ist passiert?«, wollte Malia wissen.

»Wildunfall«, antwortete er. »Ich dachte, das geht noch, aber beim Abbiegen auf den Parkplatz ist die Stoßstange dann ganz abgefallen. Schöne Scheiße.«

Er kratzte sich am Kopf und betrachtete den Schaden.

»Aber dir ist nichts passiert?«, fragte Ida besorgt.

»Nee, alles klar. Nur ein kleiner Schreck.«

»Brauchst du etwas? Kaffee? Tee?«

»Whiskey.«

»Ich fürchte, daraus wird nichts«, sagte Malia. »Wir sind noch im Dienst.«

»Ja, und ich habe einiges zu erzählen. Dieser Junge tickt nicht ganz richtig.«

»Laurence Floß?«, fragte Malia.

»Ich war bei ihm zu Hause und … ehrlich … das müssen Sie sich anschauen.«

Sellmann nestelte sein Handy hervor.

»Lassen Sie uns das besser drinnen machen. Hier draußen ist es zu kalt.«

Malia ging voran, die anderen folgten ihr.

Ida stellte noch einen Stuhl für Sven Sellmann an den Tisch.

Der ließ sich erschöpft darauf fallen, seufzte und schüttelte den Kopf. »Ich sag's lieber gleich«, begann er. »Ich habe meine Befugnisse ein wenig … überdehnt.«

»Was meinen Sie damit?«, wollte Malia wissen.

»Kann ich frei reden?«, fragte er mit Blick auf Alexander und Ruth.

»Nur zu, die beiden sind ohnehin eingeweiht«, antwortete Malia.

Sellmann erzählte, wie er den störrischen Laurence Floß in der Küche eingesperrt und sich in dessen Zimmer umgesehen hatte.

»Sie haben doch sicher Schreie von oben gehört?«, sagte Ruth.

»Schreie? Nee, warum?«

»Das machen die in den Krimis doch auch so. Geben vor, Schreie gehört zu haben, damit sie keinen Durchsuchungsbeschluss brauchen. Wie nennt man das noch gleich?«

»Gefahr im Verzug«, half Malia aus und sah Sven Sellmann mit hochgezogenen Augenbrauen fragend an.

Der brauchte einen Moment, um es zu checken.

»Schreie … ja, klar, ich habe Schreie gehört … wie sich dann herausstellte, stammten die aber von einem Computerspiel.«

»Okay. Und was haben Sie in dem Zimmer gefunden?«

»Das«, sagte Sellmann und tippte auf seinem Handy herum.

»Heutzutage wird nur noch mit dem Smartphone ermittelt, oder?«, fragte Ruth.

»Nicht ausschließlich, aber häufig«, bestätigte Ida.

Alle scharten sich dicht zusammen, um auf das Display schauen zu können.

Die Fotos, die Sellmann im Zimmer von Laurence Floß geschossen hatte, zeigten wiederum Fotos, die in Rahmen auf einer Fensterbank standen.

Darauf waren einzig und allein die Mertens-Zwillinge zu sehen.

Mal nur eines der Mädchen, mal beide zusammen, aufgenommen in unterschiedlichen Situationen. Einige Fotos waren durchaus anzüglich und warfen die Frage auf, ob die Mädchen gewusst hatten, dass sie fotografiert wurden. Im Bikini an einem See beispielsweise oder in knapper Kleidung beim Beach-Volleyball.

»Die Qualität der Bilder ist nicht besonders gut, ich vermute, dass er sie mit einem Handy geschossen hat«, erklärte Sellmann.

»Er ist auf die Mädchen fixiert«, sagte Ida. »Floß ist ein Stalker.«

»Sieht ganz danach aus«, sagte Malia. »Nike hat ja auch berichtet, dass der Junge überraschend bei ihr im Krankenhaus aufgetaucht ist, obwohl sie angeblich nicht einmal befreundet sind. Übrigens hält sie Laurence für einen Incel.«

»Was ist das?«, fragte Ruth.

»Das ist ein Kofferwort«, holte Alexander aus. »Aus dem englischen *involuntary* und *celibate*. Es gibt eine Internet-Subkultur heterosexueller Männer, die sich so bezeichnen. Sie haben unfreiwillig keinen Sex und keine Beziehung, glauben schlichtweg, dass es für sie keine Frauen gibt.«

»Richtig. Aber sie glauben, auf beides einen Anspruch zu haben und dass es in Ordnung sei, diesen mit Gewalt gegen Frauen durchzusetzen«, fügte Malia an.

»Davon höre ich zum ersten Mal«, sagte Ruth. »Und dieser Laurence übt Gewalt gegen Frauen aus?«

»Bisher wissen wir das nicht«, sagte Malia. »Hast du ihn gefragt, ob er an dem Tag, als die Zwillinge im Moor verschwunden sind, vorher mit ihnen zusammen dort war?«

Falls Sellmann verwirrt war, plötzlich von seiner Chefin geduzt zu werden, so ließ er es sich nicht anmerken. »Habe ich. Er streitet es ab. Angeblich war er daheim und hat am Computer gespielt.

Auf die Frage, ob sein Handy seinen Aufenthaltsort bestätigen würde, wenn wir es überprüfen, hat er ganz lässig reagiert.«

»Wir müssen das Handy des Jungen dringend prüfen«, sagte Malia in Idas Richtung. »Wir können wohl davon ausgehen, dass er LaFlos ist.«

»Ich kümmere mich darum. Aber vielleicht hat er ein zweites Handy, das wir nicht zuordnen oder orten können«, gab Ida zu bedenken.

»Möglich. Ich werde gleich morgen früh versuchen, einen Haftbefehl gegen Floß zu erwirken, wenn das nicht klappt, wird er auf jeden Fall zur Vernehmung ins Präsidium vorgeladen … und du holst ihn mit dem Streifenwagen aus der Schule«, sagte Malia an Sven gewandt.

»Als ich das letzte Mal zur Schule bin, ist der Lehrer vom Dach gesprungen«, sagte Sven.

»Was nicht deine Schuld war.«

»Außerdem ist der Wagen kaputt.«

»Dann besorgen wir einen anderen.«

»Hast du Hartmut Wolter informiert?«, wollte Ruth wissen. »Falls das Reh verletzt ist, muss er es erlösen.«

»Das liegt tot im Wassergraben«, sagte Sven. »Und Hartmut musste ich nicht anrufen, der kam just in dem Moment vorbeigefahren … hat sich übrigens komisch verhalten.«

»Inwiefern?«

»Er wollte das Reh nicht mitnehmen, angeblich war sein Kasten am Wagen schon voll und er auf dem Weg zu einem Notfall. War ziemlich kurz angebunden – und sah irgendwie schlecht aus. Ganz blass …«

»Was für ein Kasten?«, fragte Malia.

»Wolter hat hinten an seinem Wagen einen großen Metallkasten, in dem er Kadaver transportiert. Angefahrene oder geschossene Rehe und anderes Wild«, erklärte Ruth.

Malia musste daran denken, was ihre Mutter vorhin in der Scheune beim Reparieren des Traktors fast beiläufig gesagt hatte. Dass hier in Moorbach nur Jäger Gewehre hatten und deshalb auch nur ein Jäger auf Onkel Jürgen geschossen haben konnte.

Malia hatte sich bereits gefragt, wie der Täter Jana Mertens im Moor hin- und hertransportiert hatte.

»Kennst du Wolter gut?«, fragte sie ihre Mutter.

»Schon, ja.«

»Was macht er beruflich?«

»Er ist der Tierarzt. Warum fragst du?«

»Du hast selbst gesagt, dass ein Jäger hinter dem Mord an Jürgen stecken muss – und damit auch hinter dem Angriff auf die Zwillinge.«

»Ja, aber doch nicht Hartmut.«

»Der hat auch ein Alibi«, warf Sven ein. »An dem Nachmittag war er bei dem Treffen auf der Hohen Warth, von dem auch Toma kam, als er angefahren wurde. Die haben da Martins Geburtstag gefeiert.«

»Moment«, sagte Ruth nachdenklich. »Toma sagt, Hartmut sei nicht dabei gewesen. Angeblich hat er sich krankgemeldet.«

Sven legte die Stirn in Falten. »Als ich wegen des Einbruchs auf der Hohen Warth war, hat Hartmut zu mir gesagt, er wäre dabei gewesen. Er wusste sogar, dass Toma als Erster die Feier verlassen hat, weil er mit dem Fahrrad dort war und den weitesten Weg hatte.«

»Das ist merkwürdig. Warum sollte er lügen?«, fragte Malia.

»Moment …« Ruth zog ihr Handy heraus. »Ich rufe Toma an.«

Sie stellte auf Lautsprecher. Es klingelte einige Male durch, dann nahm er ab.

»Toma, bist du dir ganz sicher, dass Hartmut Wolter bei Martins Geburtstagsfeier auf der Hohen Warth nicht dabei war?«

Toma bestätigte das, und Ruth verabschiedete sich.

Für einen Moment schauten sich alle schweigend an.

»Mir fällt gerade eine andere Unstimmigkeit ein«, sagte Malia schließlich. »Als ich mit Anja Kraft gesprochen habe, hat sie den Einbruch auf der Hohen Warth zugegeben. Sie brauchten Tierhaare, um einen Wildunfall vorzutäuschen. Um es wie einen Einbruch aussehen zu lassen, hat Andreas Kraft die Getränkekasse mitgehen lassen. Kann man nachvollziehen. Ich habe Frau Kraft gefragt, warum ihr Mann auch eine warme Jacke und einen Schlafsack mitgenommen hat. Angeblich hat er das aber nicht.«

»Moment«, sagte Sven. »Hartmut hat mir gegenüber eindeutig gesagt, dass eine warme Tarnfleckjacke und ein Schlafsack fehlen. Die haben da oben einen Fundus, falls mal jemand was fürs Ansitzen oder die Jagd braucht.«

»Warum sollte er behaupten, dass die Sachen gestohlen wurden, wenn es nicht stimmt?«

»Er kann sich getäuscht haben«, meinte Alexander.

»Sicher. Oder er hat den Einbruch genutzt, um für den Fall vorzusorgen, dass jemand von den Jägern die Sachen vermisst.«

»Weil er sie selbst genommen hat?«, fragte Ruth.

»Ein anderer Grund fällt mir nicht ein«, erwiderte Malia.

»Wofür?«, wollte Ida wissen.

»Jana Mertens lebt noch, obwohl es seit Tagen kalt ist und es immer kälter wird«, erklärte Malia. »Wenn sie in einem ungeheizten Gebäude festgehalten wird, wie zum Beispiel dem Moorbad oder den Schafställen, dann geht das nur mit warmer Kleidung und einem Schlafsack.«

»Ich weiß nicht …«, sagte Ruth und schüttelte den Kopf. »Der Hartmut ist ein Schwerenöter, schon immer gewesen, aber so etwas traue ich ihm nicht zu.«

»Ich auch nicht«, stimmte Sven zu.

Malia musste an den Hausboot-Killer denken. Diesen freundlichen, empathischen Physiotherapeuten, der so vielen Menschen dabei geholfen hatte, nach einem Unfall oder einer OP wieder auf die Beine zu kommen. Niemand hat in ihm den eiskalten Killer gesehen. Und das war immer so. Diese Menschen verstanden es, sich perfekt zu tarnen. Aber sie machten Fehler. Und das war ebenfalls immer so.

»Wenn wir nicht in die Kirche gegangen wären, wären wir jetzt nicht zusammen hier«, sagte Malia nachdenklich. »Dann hätte es dieses Gespräch nicht gegeben, und niemandem wäre aufgefallen, dass Hartmut Wolter wegen der Feier gelogen hat. Und auch diese Sache mit der Jacke und dem Schlafsack wäre nicht aufgeflogen. Wenn ich eines gelernt habe bei der Ermittlungsarbeit, dann, dass es immer solche Kleinigkeiten sind, weshalb Täter auffliegen.«

Alex nickte.

»Ja, was denn nun?«, stieß Ruth aus. »Steckt dieser Laurence Floß dahinter oder Hartmut Wolter?«

»Oh nein!«, stieß Ida aus und starrte auf ihr Handy. »Nein, bitte nicht.«

7.

TAG 3
Abend

Der Schneefall hatte zugenommen.

Kleine, vom Wind getriebene Flocken schossen im Scheinwerferlicht auf den Wagen zu. Noch hatte sich auf der Straße keine Schneedecke gebildet, dennoch musste Malia aufpassen – eine rutschige Stelle reichte aus, um im tiefen Seitengraben zu landen.

Aus Moorbach heraus bis hierher hatten sie geschwiegen. Der Schock über den Post auf dem Moormaid-Kanal saß tief. Der Täter hatte jetzt beide Mädchen in seiner Gewalt. Jana und Nike. Und er hatte ihnen furchtbare Verletzungen im Gesicht zugefügt, sie für alle Zeiten gezeichnet.

Und so makaber es war, machte das Malia Hoffnung. »Er wird sie nicht umbringen«, sagte sie.

Alexander Seitz, der auf dem Beifahrersitz saß und sich krampfhaft am Türgriff festhielt, warf ihr einen Blick zu. »Wie kommst du darauf?«

»Warum diese Schnitte? Weil er will, dass die Mädchen für den Rest ihres Lebens mit den Narben herumlaufen müssen. Anhand dieser Narben wird man sie künftig unterscheiden können. Diese Spielchen, die sie ja offenbar mit ihren Mitmenschen gespielt haben, sind vorbei.«

»Du könntest recht haben. Und so furchtbar es ist, wenigstens überleben sie dann.«

»Warum ist er ins Moorbad zurückgekehrt?«, fragte Malia.

»Das könnte der Grund sein, warum er dich anfangs zum alten Moorbad gelockt hat. Weil er denkt, wenn du einmal dort gewesen bist, ist das ein sicherer Ort für ihn. Warum solltest du wiederkommen, wenn du dort nichts gefunden hast? So hatte er Zeit und Ruhe, das Graffiti zu erschaffen und die Mädchen dorthin zu bringen.«

Vor kaum zehn Minuten hatten sie sich in der Dienststelle in Moorbach aufgeteilt.

Ruth hatte sich auf den Rückweg zum Hof gemacht.

Malia und Alexander waren unterwegs zum alten Moorbad, denn erneut war dort das Foto der verletzten Zwillinge entstanden. Alex hatte es anhand der Graffitis an der Wand zweifelsfrei erkannt. Malia hatte Unterstützung und Rettungswagen angefordert, wollte aber nicht warten, bis die aus Riedberg eintrafen. Bei dem Wetter dauerte das sicher eine knappe Stunde. Allein hatte sie aber auch nicht hinaus zum Moorbad fahren wollen, also hatte sie Alex gebeten, mitzukommen.

Sellmann wurde woanders gebraucht.

Ihn hatte Malia wieder nach Kirchlohe zu Laurence Floß geschickt. Sie mussten wissen, ob er zu Hause war, um ihn als Täter ausschließen zu können – oder eben nicht, für den Fall, dass Sven ihn nicht antraf.

Das Foto der Zwillinge konnte erst vor Kurzem entstanden sein. Vor wenigen Stunden hatte Malia noch mit Nike in deren Elternhaus gesprochen. In der Kirche hatte sie sie nicht entdeckt. Vielleicht hatte sie sich nicht gut gefühlt, vielleicht wollte sie Haberloh nicht sehen, jedenfalls musste es einen Grund gegeben haben, warum sie dem Gottesdienst für ihre Schwester ferngeblieben war. Ihre Eltern waren beide dort gewesen, folglich musste Nike allein zu Hause gewesen sein.

Hatte der Täter sie von dort entführt?

Oder irgendwie in eine Falle gelockt?

Malia hatte den ersten Impuls verworfen, zurück in den Gottesdienst zu stürmen und die Eltern von der Entwicklung zu unterrichten. Die Zeit war zu knapp gewesen, zudem war das Bild einfach zu grausam, um es ihnen zu zeigen, und Malia hoffte, dass sie es nicht bei TikTok entdeckten – oder jemand anderes, der es ihnen dann zeigte. Ida setzte alles daran, dass der Kanal nun endlich gelöscht wurde.

Die technische Ermittlerin war in der Dienststelle geblieben, um online zu ermitteln. Sowohl zu Laurence Floß als auch zu Hartmut Wolter. Zur Wohnadresse des Jägers hatte Malia zwei Streifenwagen geschickt, die aus Kirchlohe kamen. Es wäre schneller gegangen, Sven Sellmann zunächst den Jäger aufsuchen und dann zu Floß fahren zu lassen. Aber dann wäre Sven allein auf einen Mann getroffen, der eventuell nicht davor zurückschreckte, seine Waffe auf einen Menschen zu richten.

»Du fährst zu schnell«, mahnte Alex. »Wir können den beiden nicht helfen, wenn wir im Straßengraben landen.«

»Ich weiß …« Malia nahm den Fuß vom Gas. »Ich hab das nicht kommen sehen«, schob sie hinterher.

»Dass der Täter noch einmal zuschlagen würde?«, fragte Alex. »Ich auch nicht.«

»Ehrlich gesagt hatte ich für eine Weile die Vermutung, dass die Zwillinge das alles nur inszeniert haben, um Aufmerksamkeit zu generieren … aber dann haben wir Jürgen gefunden.«

»Dass der erschossen wurde, passt nicht zu Laurence Floß … sehr wohl aber zu diesem Jäger. Hartmut Wolter.«

Malia nickte. »Und der hat sich mit seiner Drohne auch noch an der Suchaktion beteiligt.«

Das alte Moorbad tauchte im Scheinwerferlicht auf.

Malia ließ den Wagen langsam auf dem Parkplatz ausrollen und beobachtete das Gebäude. In der Dunkelheit und mit dem Schneefall sah dieser Lost Place noch furchteinflößender aus.

»Mach mal das Licht aus«, flüsterte Alex.

Malia betätigte den Schalter und stellte den Motor ab. Schlagartig wurde es dunkel und still. Jetzt hörten sie kräftigen Ostwind ums Auto toben.

»Siehst du irgendwo Licht?«, fragte Alex.

Malia schüttelte den Kopf.

»Ist ja ein idealer Ort, um Bilder für TikTok zu machen«, sagte sie. »Und so viele Lost Places gibt es hier nicht.«

»Wenn ich bedenke, wie viel Wert er auf den Schockeffekt bei TikTok legt, lande ich sofort wieder bei Laurence Floß als Täter«, sagte Alex. »Dafür ist mir der Jäger zu alt.«

»Lass uns nachschauen«, sagte Malia.

Mit Taschenlampen bewaffnet, stiegen sie aus. Ihre Dienstwaffe ließ Malia vorerst im Holster, entriegelte aber den Sicherheitsverschluss.

»Hinten ist ein Zugang«, sagte sie.

»Ich weiß.«

»Ach ja, richtig, du warst ja hier.«

Sie schlichen ums Gebäude. Schneekristalle stachen Malia in die Augen und ins Gesicht. Die Kälte war scharf und griff die Hände an. Handschuhe hatten sie nicht dabei.

»Sieh mal.« Alex richtete den Lichtkegel seiner Taschenlampe auf einen E-Scooter, der an die Wand gelehnt dastand.

»Womöglich ist Nike damit hergekommen«, meinte Malia.

»Aber warum?«

»Der Täter muss sie mit irgendwas hergelockt haben. Aber dafür muss sie ihm vertraut haben. Sie muss ihn kennen.«

»Klingt auch wieder nach Floß«, sagte Alex.

»Ja, aber nur, weil wir so gut wie nichts über diesen Hartmut Wolter wissen.«

Sie hörten ein Geräusch und zuckten zusammen.

Irgendwo in dem Gebäude hatte etwas gescheppert.

Malia nahm jetzt doch die Dienstwaffe aus dem Holster und

gab Alex mit Blicken zu verstehen, hinter ihr zu bleiben. Es war natürlich Quatsch, jetzt zu schweigen. Wenn der Täter noch hier war, wusste er längst von ihrem Eintreffen.

Malia ging voran zu der Tür, aus der die Holzplatte herausgebrochen war. Sie leuchtete hinein.

Da war niemand.

Also schlüpfte sie hindurch und wartete, bis Alex ihr gefolgt war. Malia wusste, sie ging ein Risiko ein, indem sie einen Zivilisten auf einen solchen Einsatz mitnahm. Zwar machte Alex einen fähigen, zuverlässigen Eindruck, sollte ihm aber etwas zustoßen, würde das auf sie zurückfallen.

»Wo ist dieses Graffiti?«, fragte sie leise.

»Oben.«

Sie gingen vor bis zum Fuß der Treppe und leuchteten hinauf.

»Nike?«, rief Malia. »Jana? Hier ist die Polizei!«

Keine Antwort, nichts regte sich, das Geräusch wiederholte sich nicht.

Malia stieg die Treppe hinauf, die Waffe entsichert im Anschlag. Ihr Herz raste in ihrer Brust, die Kälte nahm sie kaum noch wahr. Wo die Treppe eine Wendung machte, blieb sie stehen, horchte und spähte, während hinter ihr der Schriftsteller leise atmete.

»Erster Durchgang links«, flüsterte er.

Malia nickte und ging weiter langsam und vorsichtig die Treppe hinauf.

Mit jedem Schritt nahm die Angst zu.

Nicht vor dem Täter – mit dem würde sie schon fertigwerden.

Sondern vor dem Anblick der Mertens-Zwillinge.

Am ersten Durchgang links angekommen, wechselte sie einen Blick mit Alex, nickte ihm zu, sprang dann in den Raum, rief »Polizei!« und zielte mit der Waffe hinein.

Das Graffiti war da. Groß, bunt und überbordend.

Die Mädchen nicht.

Malia ließ die Waffe sinken und atmete aus.

Sie waren hier gewesen, das war eindeutig.

So viel Blut auf dem Boden.

Alex kam zu ihr in den großen Raum, dessen Fenster noch intakt war. Drei alte Matratzen lagen herum, ein paar leere Bier- und Energydrinkdosen, die Wände waren vollgesprayt.

Diese eine Wand aber war besonders. Da hatte sich jemand mit Talent viel Mühe gegeben.

»Siehst du, was ich meine?«, fragte Alex.

»Das ist neu«, sagte Malia. »Ich war in diesem Raum, und da hat die Wand noch anders ausgesehen. So wie die anderen. Das muss doch Stunden gedauert haben.«

Was Malia vor sich sah, glich einem Kunstwerk.

In der Mitte der Wand die Zeilen, die Alex in der Dienststelle vorgelesen hatte. Drum herum gesprayte Blüten aller Art und Farben, ein wahrer Dschungel aus Blättern, Stängeln und Blüten, wunderschön eigentlich, wenn man den Kontext nicht kannte.

Vor diesem Kunstwerk war der letzte Post entstanden.

»Er hat die Wand für diesen letzten Post heute vorbereitet«, sagte Alex. »Und ich bin hier gestanden, habe gestaunt, aber nicht verstanden.«

»Wie soll man das auch verstehen.«

»Warum hat er sie weggebracht?«, stellte Alex die entscheidende Frage.

»Er spielt mit uns?«, sagte Malia.

Ihr Handy vibrierte.

Die angezeigte Nummer kannte sie nicht, nahm das Gespräch dennoch entgegen.

»Hallo, Frau Gold, hier ist Feven Denneke … die Rektorin, Sie erinnern sich?«

»Ja, klar, hallo, Frau Denneke.«

»Passt es gerade nicht?«

Wahrscheinlich konnte sie die Anspannung in Malias Stimme selbst durchs Telefon hören. »Doch, doch. Was gibt's denn?«

»Ich bin noch im Büro in der Schule«, begann sie. »Der Tag war die Hölle, und ich hatte bisher dafür keine Zeit, aber die letzte Stunde habe ich damit verbracht, mir die Aufnahmen der Überwachungskameras hier an der Schule anzuschauen. Eigentlich mache ich das höchstens, wenn eingebrochen wurde … aber, na ja, unter diesen Umständen … und wegen des neuen Briefes im Kummerkasten …«

»Sie haben Kameras in der Schule?«

»Ja, aber nur an den Ein- und Ausgängen, an den Fahrradständern und dem Parkplatz. Und da ist mir jemand aufgefallen …«

»Wer?«

»Das weiß ich nicht. Ein Mann. Er ist mit dem Fahrrad gekommen. Nachdem er es abgestellt hatte, zog er einen Brief aus seiner Jackentasche und steckte ihn dann wieder ein, so als wolle er überprüfen, ob er noch da ist. Das nächste Mal hat ihn die Kamera am hinteren Eingang aufgezeichnet.«

»Hat er den Brief eingeworfen?«

»Das kann ich nicht sagen, denn dort sind Kameras nicht zulässig, und es würde ja auch keinen Sinn machen, wer würde dann noch den Kummerkasten nutzen.«

»Frau Denneke … handelt es sich bei dem Mann um Laurence Floß?«

»Laurence? Nein. Den kenne ich ja. Warum fragen Sie?«

»Um wen handelt es sich dann?«

»Das weiß ich nicht. Die Kameras sind nicht besonders gut, und er trug einen Hoodie mit Kapuze, aber in einer Einstellung ist sein Gesicht zu sehen … bei den Fahrrädern …«

»Ist er Schüler an Ihrer Schule?«

»Nein, ich denke nicht, und ich schätze ihn auf Mitte zwanzig. Etwas übergewichtig, kräftig, bewegt sich merkwürdig …«

»Was heißt das?«

»Na ja, er hat so einen Watschelgang, Sie wissen schon, wie eine Ente.«

»Okay, gut, können Sie mir einen Ausschnitt oder ein Bild auf das Handy meiner Mitarbeiterin Frau Rossmann schicken? Ich gebe Ihnen die Nummer. Ich kann leider gerade nicht zu Ihnen kommen und habe selbst zu schlechten Empfang für größere Datenmengen.«

»Ja, sicher … haben Sie Jana schon gefunden?«

Malia zögerte einen Augenblick.

»Nein, leider nicht … aber ich lasse nicht locker. Wir finden sie, bestimmt.« Malia beendete das Gespräch.

»Vielleicht ist da jemand im Spiel, den wir noch gar nicht kennen«, sagte sie an Alex gewandt.

8.

TAG 3
Abend

Nächte wie diese waren selten im Moor.

Eiseskälte und Schnee gab es hier nicht oft.

Dazu noch die Angst vor einem Wahnsinnigen, der junge Mädchen quälte und Jürgen erschossen hatte.

Ruth hatte Angst, ließ sich davon aber nicht aufhalten. Alle hatten bei der Besprechung in der Dienststelle Aufgaben bekommen, nur sie nicht. Als wüsste Malia nicht, dass man Ruth Sichler nicht einfach nach Hause schicken konnte, hatte sie genau das getan.

Ruth war dann auch nach Hause gegangen. Aber nur, um sich die wärmste Kleidung anzuziehen, die sie hatte – und um ihr Gewehr zu holen. Ein Mauser 18 Pure, zuverlässig, langlebig, bei jeder Witterung zu gebrauchen.

Ruth hoffte, es nicht einsetzen zu müssen, aber sie fühlte sich sicherer, wenn sie es bei sich hatte. Immerhin war bereits ein Mensch gestorben, erschossen, da musste sie vorbereitet sein.

In dunkler Kleidung, eine wärmende Mütze auf dem Kopf, schlich sie durchs dunkle, leere Moorbach auf die Kirche zu. Die Menschen blieben bei dem Wetter in ihren Häusern, Ruth lief keine Gefahr, gesehen zu werden.

In der Nähe der Kirche versteckte sie sich zwischen drei Tannen, die während der Weihnachtszeit Lichter trugen. Von dort hatte sie einen guten Blick auf den Eingang.

Sie musste nicht lange warten. Nach wenigen Minuten ging die Tür auf, und die Gottesdienstbesucher liefen eilig mit hochgezogenen Schultern zu ihren Autos. Türen schlugen zu, Motoren wurden gestartet, niemand sprach. Der kalte Ostwind verschloss die Lippen. Manche gingen zu Fuß nach Hause. Nach nur wenigen Minuten waren alle verschwunden. Auf dem Parkplatz stand jetzt nur noch der Lieferwagen mit dem Aufdruck des Blumenladens der Mertens. Das Licht in der Kirche brannte.

Ruth fror. Wenn der Körper sich nicht bewegte, konnte er keine Wärme produzieren, da half die beste Kleidung nicht. Vielleicht lag es auch an der Situation. Ruth realisierte, was sie tat. Dass sie an einem dunklen Abend mit einem Jagdgewehr in ihrem Heimatort die Kirche beobachtete, um dem Pastor nachzustellen. Gut, in ihren Augen war er kein Pastor, sondern irgendein Prediger, vielleicht sogar Sektenführer.

Sollte sie abbrechen? Nach Hause gehen, so wie Malia es verlangt hatte? Aber sie alle irrten, wenn sie glaubten, Richard Haberloh habe nichts mit den Vorkommnissen in Moorbach zu tun. Seitdem er hier war, warnte Ruth vor diesem Mann, man musste ihm doch nur in die Augen schauen, um zu wissen, dass man ihm nicht über den Weg trauen konnte.

Diese Zugewandtheit war gespielt, die Herzlichkeit vorgetäuscht. So waren sie doch alle, diese Menschenfänger.

Wer, wenn nicht sie, sollte sich um ihn kümmern?

Ruth entschied zu bleiben. Wenn nichts herauskommen sollte, gut, dann hatte sie es wenigstens versucht.

Das war sie ihrem Ort schuldig – und Jürgen.

Jürgen war kein Mensch gewesen, den man mögen konnte, und das war ihm auch nicht wichtig gewesen. Aber er war ein Mensch gewesen, der wusste, was richtig und falsch ist, und der tat, was getan werden musste, um das eine gegen das andere zu verteidigen. Ruth hatte ihn damals nicht einmal darum bitten müssen. Er hatte ihr geholfen, weil er es wollte. Weil es sich für ihn so gehörte.

Ruth würde ohne Jürgen wohl nicht mehr leben.

An der Kirche tat sich was.

Frau Mertens kam mit Blumengestecken heraus, die während des Gottesdienstes für ihre Tochter den Chorraum geschmückt hatten, und lud sie in den Transporter. Dann folgte ihr Mann ebenfalls mit Blumen. Die beiden liefen dreimal zwischen Kirche und Wagen hin und her, dann stiegen sie ein und fuhren davon. Sie wussten wohl noch nichts von dem Foto bei TikTok. Es würde sie zerstören, wenn sie es sahen, da war sich Ruth sicher.

Ein paar Minuten später ging in der Kirche das Licht aus, und Richard Haberloh verließ sie durch den Vordereingang. Er trug einen langen, dunklen Mantel und zog sich eine Mütze auf den Kopf, nachdem er die Kirchentür abgeschlossen hatte.

Dann sah er sich um.

Auffällig lange.

Schließlich marschierte er los, und dort, wo ihn das Licht der Straßenlaternen nicht erreichte, verschmolz er mit der Nacht.

Ruth wusste, sie war ebenso gut getarnt in der Dunkelheit, zudem kannte sie dieses Dorf wie ihr Wohnzimmer, es war also kein Problem, dem Mann zu folgen, ohne entdeckt zu werden.

Das Gewehr am Lederriemen auf dem Rücken, schlich Ruth durch die Schatten. Schneekristalle stachen ihr in die tauben Wangen.

Haberloh ging schnell und erreichte nach wenigen Minuten sein Wohnhaus. Ruth wusste, dass er es nur gemietet hatte. Haberloh würde genauso lange in Moorbach bleiben, wie es sich für ihn auszahlte, und dann verschwinden. Männer wie er waren so. Sie übernahmen keine Verantwortung, hinterließen verbrannte Erde.

Haberloh betrat nicht das Haus, sondern durch eine Nebentür die Garage, ließ die Tür dabei aber offen stehen. In der Garage ging das Licht an und beinahe sofort wieder aus. Haberloh kam wieder heraus, und es sah so aus, als ließe er eine Waffe in der Tasche seines Mantels verschwinden.

Damit entfernte er sich von seinem Haus.

Ruth war alarmiert.

Wohin wollte er in einer solchen Nacht?

Sie heftete sich an Haberlohs Fersen, und je länger sie ihm folgte, desto klarer wurde ihr, wohin ihn sein Weg führte.

Zum Sichlerhof.

Der lag außerhalb des Ortes und hatte eine lange Zufahrt, es hätte sich also gelohnt, ins Auto zu steigen, gerade bei dem Wetter. Dass Haberloh sich zu Fuß im Schutze der Dunkelheit anschlich, konnte nur eines bedeuten: Er kam nicht für ein klärendes Gespräch.

Und dass er sich anschlich, wurde umso deutlicher, je näher er dem Hof kam.

Er blieb immer wieder stehen, schaute sich um, suchte Schutz, versteckte sich, sobald ein Auto vorbeikam. Viele waren es nicht. Ruth zählte drei Stück.

Und dann nutzte Haberloh nicht einmal die Zufahrt zum Hof, auf der er exponiert gewesen wäre, sondern schlug sich über die Wiese rechts davon.

Ruth folgte ihm mit großem Abstand, sodass sie ihn gerade noch sehen konnte. Wie gut, dass sie die gefütterten Gummistiefel angezogen hatte. Das Gras der Wiese war lang und feucht, und Ruth konnte sich vorstellen, wie sich Haberlohs Füße in den dünnen schwarzen Lederschuhen anfühlten.

Als der Prediger die Scheune erreichte, drückte er sich an die Wand und verharrte. Ruth, die sich nahe an den Eichen gehalten hatte, die die Zufahrt säumten, nutzte einen der dicken Stämme als Deckung. Sie konnte Haberloh gerade noch erkennen.

Minutenlang stand er einfach nur da.

Ruhte er sich aus, oder hatte ihn der Mut verlassen?

Was führte er im Schilde?

Schließlich löste er sich von der Wand, umrundete die Scheune und betrat den Hof, hielt sich aber auch dort dicht an der Wand.

Ruth folgte ihm und schloss näher auf. Dabei nahm sie das Gewehr von der Schulter. Im Magazin befanden sich fünf Schuss. Sollte der Prediger ihrer Familie etwas antun wollen, wäre dies sein letzter Tag auf Erden. Sie war eine gute Schützin.

Neben dem Eingang brannten wie immer die beiden Hofleuchten. Schneeflocken schossen durchs Licht. Dem Wohnhaus konnte Haberloh sich nicht nähern, ohne vollends ins Licht zu geraten.

Das schien er nicht riskieren zu wollen.

Schon dort an der Scheunenwand war er für Ruth recht gut zu sehen.

Der Prediger zog etwas aus der Manteltasche.

Ruth war nahe genug dran, um erkennen zu können, dass es sich nicht um eine Waffe, sondern um eine Dose handelte. Er schüttelte sie, in der Dose klapperte etwas.

Eine Spraydose, schoss es Ruth durch den Kopf.

Und dann begann Haberloh auch schon, etwas an die Scheunenwand zu sprühen.

Ruth holte ihr Handy hervor und schaltete es ein. Das konnte sie gefahrlos tun, da Haberloh ihr den Rücken zudrehte. Sie ging in die Videofunktion und filmte ihn dabei, wie er in großen roten Buchstaben etwas an das hölzerne Tor der Scheune schrieb.

Mörderin.

Und dann fügte er dem Wort noch ein Ausrufezeichen an, als spräche es nicht deutlich genug für sich allein.

9.

TAG 3
Abend

»Wie habt ihr es bei Social Media so schön beschrieben? Das Moor bewahrt Geheimnisse über Jahrhunderte hinweg, und deshalb fürchten die Menschen das Moor. Weil es alles über sie weiß und diese Geheimnisse irgendwann preisgibt.« Er sah auf die Zwillinge hinunter.

Sie waren nur noch halb so groß wie er.

Für den Moment waren sie still, zuvor hatten sie jedoch um die Wette geschrien. Dabei müssten sie doch am besten wissen, dass niemand sie hier draußen hören konnte.

»Und jetzt werdet ihr Teil dieser Geheimnisse … Ist das nicht spannend? Was glaubt ihr, wann wird das Moor preisgeben, was an diesem Tag hier an diesem Ort geschehen ist? In fünfzig Jahren? In hundert? Auf jeden Fall irgendwann in der Zukunft, wenn ich längst nicht mehr lebe. Ich gehe damit in die Geschichte ein und mache mich unsterblich. Auf euch trifft das natürlich nicht zu.«

»Warum?«, fragte Nike Mertens. »Was haben wir denn getan?« Ihre Stimme zitterte. Ihr gesamter Körper zitterte. Kälte und Wind setzten den beiden zu. Ungeschützt würden sie hier draußen schnell erfrieren, aber sie waren ja nicht ungeschützt. Sie steckten bis zur Taille im Morast.

Nike kämpfte wieder, erreichte damit aber nur, dass sie noch tiefer im Moorloch versank. Jana, die sich stiller verhielt, weil sie schon zuvor total entkräftet gewesen war, ragte noch ein paar Zentimeter weiter heraus.

»Bevor ich euch gleich allein lasse, machen wir noch schnell ein Abschlussfoto für TikTok, und dann erzähle ich euch mein Geheimnis. Danach habt ihr zwei genug Zeit, euch über deine Frage Gedanken zu machen.«

Mit klammen Fingern zog er sein Handy hervor und schoss ein Foto von den Zwillingen, die zur Hälfte versunken im Moorloch steckten. Um sie herum fiel Schnee, und ihr langes blondes Haar wehte im starken Ostwind.

»Großer Gott, ich danke dir«, entfuhr es ihm voller Begeisterung. »Dieses Bild ist ikonisch und wird sich bei den Menschen auf alle Zeiten einbrennen.«

Er steckte das Handy ein, ging vor bis an den Rand des Moorlochs und hockte sich nieder, um mit den beiden Mädchen auf Augenhöhe zu sein.

»Ihr wisst es tatsächlich nicht, oder?«

»Was? Was wissen wir nicht?«, fragte Nike mit verzweifelter Stimme.

»Wer ich wirklich bin?«

Und dann erzählte er es ihnen, denn er wollte, dass sie sein Geheimnis kannten. Nur so würde ihnen, während sie langsam im Moor versanken, ihre ganze Schuld bewusst werden.

Danach stand er auf.

»An eurer Stelle würde ich beten.«

Er wandte sich ab und humpelte davon. Die Schmerzen im Oberschenkel wurden immer stärker. Die Wunde pochte und strahlte bis in den Unterschenkel. Er musste zu einem Arzt.

Die Spur, die sie beim Herkommen hinterlassen hatten, war bereits verschwunden, und der Schnee würde auch diese bald verdeckt haben. Dass das Wetter ihm derart half, verstand er als göttliches Zeichen.

Hinter ihm schrien die Zwillinge.

Der Wind trug ihre Schreie tief ins Moor und hinüber zum Toten Auge, das alles sah und nichts verriet.

10.

TAG 3
Abend

Als Sven Sellmann Kirchlohe erreichte, waren die Dächer der Häuser bereits weiß, und an windgeschützten Stellen bildete der Schnee auf den Straßen eine dünne Decke.

Im Haus von Laurence Floß brannte Licht im Zimmer des Jungen im Obergeschoss – und nur dort.

Das heißt nicht, dass er auch da ist, sagte sich Sven im Stillen. Seitdem er mit dem Jungen gesprochen hatte, war er sich sicher: Laurence war der Täter. Der Junge hatte etwas eiskalt Berechnendes an sich, was Sven im Laufe seiner Dienstzeit noch bei keinem anderen Jugendlichen erlebt hatte. Wozu hatte er in der Küche das Messer bereitgelegt? Hatte er wirklich vorgehabt, damit auf Sven loszugehen?

Bevor Sven aus dem Streifenwagen stieg, kontrollierte er die Wunde an seiner Hand. Ein Pflaster klebte darauf, sie hatte aufgehört zu bluten. Um den Wagen benutzen zu können, hatte Sven den kaputten Stoßfänger loswerden müssen. Vor dem Präsidium in Moorbach hatte er es zuerst mit Tritten versucht, dann mit roher Gewalt mit den Händen daran herumgerissen und sich dabei an dem scharfkantigen Kunststoff geschnitten. Aber immerhin hatte es geklappt. Der Kotflügel lag nun vor der Dienststelle.

Sven stieg aus und sah zum Haus hinüber.

Der Befehl von Malia Gold war klar: Er sollte herausfinden, ob Laurence Floß da war. Wenn nicht, wo er sein könnte.

Das Licht in dem Zimmer war kein Beweis für seine Anwesenheit. Also stiefelte Sven mit gesenktem Kopf zu dem Haus hinüber. Der Wind trieb ihm die kleinen Schneeflocken in die Augen. So ein unangenehmes Wetter hatten sie hier lange nicht mehr gehabt.

An der Haustür angekommen, lauschte Sven.

Keine laute Musik.

Er klingelte und wartete. Klingelte noch einmal. Keine Reaktion.

Das Licht diente also zur Täuschung. Laurence Floß war irgendwo da draußen unterwegs und quälte die Zwillinge. Das Foto war entsetzlich, und Sven verstand nicht, wie man in dem Alter schon so grausam sein konnte … Einem Menschen ins Gesicht zu schneiden, kostete doch ungeheure Überwindung!

Sven fragte sich, ob er die Haustür aufbrechen durfte.

Vielleicht sollte er sich die Erlaubnis seiner Chefin einholen.

Ein Auto kam langsam die Straße hinunter und fuhr auf die schmale Auffahrt des Hauses. Am Steuer saß eine Frau, die ängstlich zu Sven herüberschaute. Für einen Moment schien es so, als wolle sie angesichts eines Polizisten in Uniform nicht aussteigen, tat es dann aber doch.

Sie war mittelgroß, hager, hatte ihr dunkelblondes Haar zu einem Pferdeschwanz gebunden.

»Was ist passiert?«, fragte sie, noch bevor sie Sven erreichte.

»Frau Floß?«

»Ist was mit Laurie?«

»Sind Sie die Mutter von Laurence Floß?«

»Ja, bin ich, was ist denn passiert?«

»Ich würde gern mit Ihrem Sohn sprechen.«

»Was hat er denn nun wieder angestellt?«

Sie wirkte nicht sauer, sondern einfach verzweifelt und erschöpft.

»Ich möchte nur kurz mit ihm sprechen«, wich Sven ihren Fragen aus.

»Okay … kommen Sie mit rein, wahrscheinlich sitzt er wie immer mit Kopfhörern vor dem PC und hört die Klingel nicht.«

Frau Floß öffnete die Tür. Sven folgte ihr in den Flur und schloss die Tür, um den Schnee nicht hereinzulassen.

»Laurie?«, rief die Frau ins Obergeschoss hinauf. »Laurie!«

Es kam keine Reaktion. Frau Floß seufzte genervt.

»Ich hole ihn«, sagte sie, stieg rasch die Treppe hinauf, klopfte oben gegen die Tür zum Zimmer ihres Sohnes, einmal, zweimal, dann öffnete sie sie.

»Laurie, zum Teufel, warum …«

Sie erschien an der Treppe.

»Er ist nicht da. Der Computer läuft auch nicht … warten Sie, die Toilette …«

Sie verschwand, und Sven hörte sie abermals klopfen und den Namen ihres Sohnes rufen. Kurz darauf kam sie die Treppe hinunter. »Er ist nicht hier … und seine dicke Jacke ist auch weg.«

»Wo könnte Ihr Sohn um diese Zeit und bei dem Wetter sein?«

Frau Floß zuckte mit den Schultern. »Überall und nirgends.«

»Hat er einen Führerschein und Zugriff auf einen Wagen?«

»Führerschein schon, aber von einem Wagen weiß ich nichts. Er hat einen Motorroller.«

»Vielleicht ein Freund, der ihm seinen Wagen leiht?«

Frau Floß schüttelte den Kopf. »Laurie hat keine Freunde.«

Sie ging in die Küche und schaltete das Licht ein. Darin war es noch so unaufgeräumt wie vorhin.

Frau Floß warf ihre Tasche auf den Boden, seufzte und schüttelte den Kopf. Sie ließ sich auf einen Stuhl fallen.

»Mir reicht es wirklich … ich kann das alles nicht mehr … Warum wollen Sie mit Laurie reden? Hat er geklaut? Mädchen belästigt? Was ist es diesmal?«

Die verzweifelte Frau, die gerade von der Arbeit im Supermarkt nach Hause kam, tat Sven leid, und er brachte es nicht über sich, ihr vom Verdacht gegen ihren Sohn zu berichten.

»Wir könnten seine Hilfe gebrauchen«, sagte Sven stattdessen. »Wissen Sie, ob er Jana und Nike Mertens kennt?«

»Sie sind wegen der Zwillinge hier. Dann stimmt es, was man erzählt? Nike wird vermisst?«

»Ja, das ist richtig.«

»Klar kennt Laurie die. Ich hab ihm immer gesagt, die nutzen dich nur aus, aber davon wollte er nichts hören. Aber mal ehrlich … die Zwillinge und mein Laurie? Können Sie sich das vorstellen? Da treffen doch Welten aufeinander.«

»Nun … wir hatten gehofft, Ihr Sohn könnte uns helfen, sie zu finden.«

Erst jetzt fiel der Groschen bei Frau Floß. Sven konnte es ihr deutlich ansehen.

Sie hob langsam den Kopf und sah ihn aus großen Augen an, die plötzlich nicht mehr müde waren.

»Sie … Sie glauben, Laurie hat etwas damit zu tun?«

»Wir ermitteln in alle Richtungen, und da Ihr Sohn mit den Zwillingen in eine Klasse geht, dachten wir …«

»Nein. Sie denken, er hat ihnen etwas angetan.«

Sven sagte nichts, sah die Frau nur an.

Sie hielt seinem Blick nicht stand, stemmte die Ellenbogen auf die Tischplatte, senkte den Kopf und stützte ihn mit beiden Händen. »Ich hab gewusst, dass so etwas passieren würde …«, stammelte sie kaum hörbar.

»Was haben Sie gewusst?«

Ohne ihre Position zu ändern, sagte sie: »Gehen Sie mal nach oben, in sein Zimmer, da stehen lauter Fotos von den Zwillingen. Er hat sie heimlich fotografiert, immer wieder, bis er aufgeflogen ist und es an der Schule richtig Ärger gab … Ist aber zum Glück im Sande verlaufen, weil die Zwillinge nichts draus gemacht haben. Laurie meint, er ist verliebt in Nike … Aber die nutzt ihn nur aus, spielt mit seinen Gefühlen. Ich wusste immer, wenn er das kapiert, passiert etwas Schlimmes.«

Jetzt sah sie Sven doch wieder an. Ihre Augen schimmerten feucht. »Sagen Sie es mir … ist etwas Schlimmes passiert?«

»Das wissen wir nicht. Ich muss mit Ihrem Sohn sprechen, um das ausschließen zu können. Wo war er am Nachmittag und frühen Abend vor drei Tagen?«

»Ich habe diese Woche Spätschicht. Von eins bis acht. Ich weiß nicht, wo er gewesen ist.«

»Hat er was gesagt, als Sie nach Hause gekommen sind? Wirkte er anders als sonst?«

Frau Floß dachte einen Moment nach. »Seine Sneaker waren total dreckig, das weiß ich noch. Die standen unten im Flur und sahen aus, als sei der damit im Moor unterwegs gewesen.«

11.

TAG 3
Nacht

Nachdem Malia telefonisch Unterstützung angefordert und ein Team der Spurensicherung zum alten Moorbad beordert hatte, wusste sie nicht, was sie tun sollte.

»Wo können wir nach den Zwillingen suchen?«, sagte sie mehr zu sich selbst denn zu Alexander Seitz.

»Im Moor.«

»Warum im Moor?«

»Eine alte Grundregel beim Schreiben. Kehre immer wieder dorthin zurück, wo alles begann. Und diese Geschichte begann im Moor, oder?«

Malia nickte. »Mit Tomas Unfall und Janas Verschwinden.«

»Ich denke, er wollte von Anfang an beide Mädchen haben. Irgendwas ist schiefgelaufen. Nike konnte entkommen, und er musste seine zweite Chance abwarten. Im Krankenhaus kam er nicht an Nike heran, da wäre er aufgefallen. Nun hat er sie und wird sein Werk vollenden. So würde ich die Geschichte aufbauen.«

»Ja, aber das reale Leben ist keine Geschichte, die nach einem bestimmten Muster abläuft.«

»Da irrst du dich. Erfundene Geschichten geben kein Muster vor, sie kopieren sie. Wir alle leben in immer wiederkehrenden Mustern, und ich kenne nur wenige, die es geschafft haben, alte Muster zu durchbrechen.«

»Also im Moor«, sagte Malia nachdenklich. »Aber wo? Das Moor ist riesig.«

»Das ist die Frage. Ich …«

Das Geräusch von vorhin wiederholte sich.

Malia und Alex fuhren erschrocken zusammen.

»Zweimal das gleiche Geräusch …«, flüsterte Malia.

»Woher kam das?«, fragte Alex ebenso leise.

»Ich glaube, von unten.«

Malia hatte ihre Waffe bereits weggesteckt und holte sie nun wieder hervor. »Gehen wir nachschauen.«

Sie stieg die Treppe hinunter, Alex folgte ihr. Die Lichtscheiben ihrer Taschenlampen tanzten an den Wänden entlang. Im Untergeschoss angekommen, verharrten sie. Malia hatte keine Ahnung, aus welcher Richtung das Geräusch gekommen war, und wenn es sich nicht noch einmal wiederholte, würden sie in diesem verzwickten und großen Gebäude ewig suchen.

»Hallo!«, rief sie laut. »Hier ist die Polizei.«

Ihre Worte hallten einen Moment nach, dann kehrte die Stille zurück ins alte Moorbad von Moorbach.

Alex atmete leise. Malias Herz schlug laut.

Draußen pfiff der Wintersturm ums Gebäude.

Plötzlich erneut das Geräusch. Es klang blechern.

»Das kam von dort«, sagte Alex und zeigte in Richtung des ehemaligen Hallenbads.

Malia nickte und ging wieder voran, in einer Hand die Waffe, in der anderen die Taschenlampe. Sie war bis aufs Äußerste angespannt, auch wenn sie vermutlich nur wieder einem Waschbären auf den Leim gingen.

Oder hatte der Täter die Zwillinge innerhalb des Gebäudes woanders hingebracht? Aber aus welchem Grund? Um sie in eine Falle zu locken?

Malia war froh, Alex an ihrer Seite zu wissen. Allein hätte sie sich wahrscheinlich zurückgezogen und auf Verstärkung gewartet.

Als sie den Eingang zum ehemaligen Hallenbad erreichten, erklang das Geräusch ein weiteres Mal.

Kein Zweifel, es kam von hier.

Von der Tür her ließen sie das Licht der Taschenlampen durch den großen Raum gleiten.

Da war niemand. Kein Mensch, kein Tier.

Malia deutete auf das leere Schwimmbecken, und sie näherten sich langsam dessen Rand.

Auf dem Boden lag ein Mensch in seinem Blut.

Malia konnte nicht erkennen, wer das war, denn die Person lag auf dem Bauch und trug dicke Winterkleidung, aber es war keines der Mertens-Mädchen. Eher ein Mann.

Ein Arm der Person war über seinen Kopf ausgestreckt, und in der Nähe lag eine leere Blechdose. Daher stammte das Geräusch. Es schien so, als habe die Person mit letzter Kraft und dieser Dose auf sich aufmerksam gemacht.

Alex ließ sich zuerst an der Kante des Beckens hinab, Malia folgte ihm. Am Boden rannten sie zu der Person hinüber. Sie rührte sich nicht. Alex erreichte sie vor Malia, ging in die Knie, berührte sie an der Schulter und sprach sie an.

Überall war Blut, viel zu viel Blut.

Alex legte einen Finger an den Hals der Person.

»Ich glaube, ich kann einen schwachen Puls fühlen.«

»Wer ist das?«

Vorsichtig drehte Alex den Körper herum. Auf der Vorderseite war die dicke Winterjacke vom Blut durchnässt.

»Holy Shit!«, stieß Malia aus.

12.

TAG 3
Nacht

Ruth unterdrückte ihren Impuls, den Prediger Richard Haberloh noch an Ort und Stelle zur Rede zu stellen.

Sie war jetzt im Besitz einer Aufnahme, die zweifelsfrei zeigte, wie er das Wort »Mörderin« an ihre Scheunenwand sprayte. Aus der Sache kam er nicht mehr heraus, und Ruth ging nun davon aus, dass Haberlohs Tage in Moorbach gezählt waren. Vor allem, wenn sie ihn beschuldigte, es getan zu haben, er es aber abstritt, was er zweifelsohne tun würde. Dann würde das Handyvideo ihm das Genick brechen.

Aber sie ließ ihn zunächst ungeschoren davonkommen, weil ihr etwas eingefallen war.

Der Zugezogene hatte bei der Zusammenkunft in der Polizeidienststelle von einem Graffiti im alten Moorbad erzählt und von einem Text, der die Mertens-Zwillinge betraf. Beides gesprayt. Dafür benötigte man Farbdosen zum Sprühen, wie Haberloh sie aus seiner Garage geholt hatte.

Sicher, viele Menschen besaßen solche Spraydosen. Aber nur die wenigsten würden sie dafür einsetzen, jemanden öffentlich zu denunzieren. Dass Haberloh nach dem Gottesdienst derart zielstrebig zur Tat geschritten war, ließ doch den Schluss zu, er war es gewohnt, seine Meinung mit der Spraydose zu verkünden.

Steckte er doch hinter dem Verschwinden der Zwillinge?

Hatte Ruth am Ende recht?

Das musste sie herausfinden. Deshalb ließ sie Haberloh ziehen und verfolgte ihn erneut.

Auf dem Rückweg begann der Prediger sogar zu rennen – wahrscheinlich fror er sich in seiner ungeeigneten Kleidung den Arsch ab. Ruth gönnte es ihm. Sie hatte kein Problem, an ihm dranzubleiben. So schnell war er dann doch nicht.

Im Ort begann sich auf den Straßen eine Schneedecke zu bilden. In den Lichtkegeln der wenigen Straßenlaternen zeigte sich, dass der Schneefall dichter geworden war. Heute würde kein Streudienst mehr hier herauskommen, bestenfalls morgen früh, um die Schulwege frei zu halten.

Moorbach stand eine eiskalte Winternacht bevor, wie sie der Ort nicht alle Jahre erlebte.

Haberloh übertrieb es mit dem Laufen und rutschte aus.

Ruth beobachtete, wie er mit Schwung auf den Steiß knallte. Sein schmerzgepeinigtes Stöhnen konnte sie noch in fünfzig Metern Entfernung hören. Die Spraydose fiel aus der Manteltasche und kullerte in den Rinnstein. Zunächst blieb Haberloh auf dem Rücken liegen wie ein Käfer, rollte sich dann auf die Seite und versuchte, auf die Beine zu kommen. Dabei tat er sich schwer. Es sah aus, als habe er sich bei dem Sturz verletzt.

Manchmal war auf das Karma eben doch Verlass.

Kaum stand Haberloh wieder, sah er sich in alle Richtungen um. Ruth hielt sich hinter einer Bushaltestelle verborgen. Schließlich ging der Prediger weiter; hinkend und wesentlich langsamer.

Ruth ließ ihm einen Vorsprung, sammelte die Spraydose ein und folgte ihm.

Unweit des Hauses, das Haberloh gemietet hatte, parkte der Lieferwagen der Blumenhandlung Mertens am Straßenrand. Im Haus brannte Licht. Das war vorhin noch nicht so gewesen, da war sich Ruth sicher.

Haberloh selbst schien ebenfalls irritiert zu sein. Er blieb stehen, schien unschlüssig.

Schließlich ging er hinkend weiter, wobei er sich eine Hand in den unteren Rücken presste. Er schloss die Haustür auf, betrat das Haus aber nicht sofort. Ruth war nah genug, um zu erkennen, dass er etwas hineinrief, aber nicht nah genug, um es verstehen zu können. Dafür war der Wind zu stark.

Bekam Haberloh eine Antwort?

Auch das blieb Ruths Ohren verborgen.

Der Prediger betrat das Haus und schloss die Tür.

Ruth konnte gerade noch sehen, wie innen jemand die Treppe herunterkam.

13.

TAG 3
Nacht

Die Kälte war erbarmungslos.

Längst war sie tief in ihre Körper eingedrungen und begann, dort Schäden anzurichten.

Nike und Jana zitterten, wie sie noch nie zuvor in ihrem Leben gezittert hatten, aber auch diese Überlebensstrategie kam nicht gegen die Kälte an. Um sie herum tobte ein Wintersturm. Der Wind blies ihnen die Schneeflocken ins Gesicht und sog noch das letzte bisschen Wärme aus ihren Körpern.

Nike sah zu ihrer Schwester hinüber. Ihre Lider waren geschlossen, sie hatte keine Kraft mehr. Vorhin hatte sie ihr noch erzählen können, dass sie kaum etwas gegessen und getrunken hatte in den letzten Tagen. Auch von einem Angriff mit einem Stechbeitel auf ihren Peiniger hatte sie berichtet.

»Bleib wach … hörst du … du musst wach bleiben …«

Kurz öffnete Jana die Augen, starrte ins Leere und schloss sie wieder. Sprechen konnte sie nicht mehr. Jana würde sterben, sollte nicht in den nächsten zehn Minuten Hilfe auftauchen.

Doch danach sah es nicht aus.

Sie waren umgeben vom großen Namenlosen Moor, von seinen weiten, ebenen Flächen, die nun weiß waren vom Schnee. Von den Moor- und Wasserlöchern und der Dunkelheit. Niemand würde sie hier draußen finden. Nike hatte keine Ahnung, wo sie hier waren, dabei kannten sie beide sich schon relativ gut aus im Moor. Vorhin, auf dem Weg hierher, hatte sie für einen Moment geglaubt, den gewaltigen Hochsitz am Toten Auge gesehen zu haben, aber das konnte auch eine Täuschung gewesen sein.

»Bitte, Jana … bleib bei mir … Du darfst mich nicht verlassen. Du willst doch Schauspielerin werden, weißt du noch? Und du hast so viel Talent! Ich kann dich schon sehen … auf dem roten Teppich in Berlin …«

Nike fiel es selbst immer schwerer, zu sprechen. Die Kälte griff die Stimmbänder an, und auch ihre Kraft schwand langsam.

Noch einmal sah sie zu ihrer Schwester hinüber. Die entsetzliche Narbe leuchtete rot in dem bleichen Gesicht. Eine Narbe für die Ewigkeit, aber das war egal, wenn sie doch nur überleben würden. Ihre eigene Narbe brannte höllisch, und mit jedem Wort, das sie sprach, entfachte sie weitere Schmerzen.

Dennoch musste es sein.

Wenn sie Jana damit auch nicht am Leben halten konnte, so hörte ihre Schwester ihre Worte wenigstens, und vielleicht lösten sie schöne Gedanken und Gefühle in ihr aus. Vielleicht konnte sie dann ohne Angst sterben.

Und irgendwann wäre Nike dann selbst an der Reihe.

Sie allerdings würde allein sein, und niemand käme, um ihr das Sterben zu erleichtern.

Wahrscheinlich hatte sie dieses Ende verdient.

KAPITEL 5

1.

TAG 4
Nacht

Mittlerweile war Mitternacht vorbei.

Malia sah dem Rettungswagen nach, wie er mit Einsatzlicht im Schneegestöber verschwand, um den Schwerverletzten ins Krankenhaus zu bringen.

Die Welt war weiß und schwarz zugleich. Die Temperatur war auf minus zwei Grad gefallen, und eine dünne Schneedecke lag über allem. Die Spurentechniker waren eingetroffen und hatten überall mobile Beleuchtung aufgestellt, durch deren Licht die Schneeflocken trieben. Dieselgeneratoren brummten, Kollegen in weißen Anzügen liefen herum. Das alte Moorbad war zum Schauplatz eines grausamen Verbrechens geworden.

Das Opfer war Laurence Floß.

Der achtzehnjährige Junge wies mehrere Stichwunden im Oberkörper auf, und laut Notarzt hatte er nur überlebt, weil die dicke Winterjacke, die er bei dem Angriff getragen hatte, die Stiche abgedämpft und nicht so weit in den Körper hatte eindringen lassen.

Das Wetter hatte ihn gerettet. Vielleicht würde es ihn jetzt töten. Laurence Floß hätte mit dem Rettungshubschrauber ins Krankenhaus geflogen werden müssen, doch das war bei dem Wetter nicht möglich.

Malia war verzweifelt. Sie wusste nicht mehr, wo ihr der Kopf stand.

Alex gesellte sich zu ihr.

Der Schriftsteller war eine große Hilfe gewesen. Als Malia sich ans Telefon geklemmt hatte, hatte er sich unten im Becken um den schwer verletzten Laurence gekümmert und dafür gesorgt, dass er nicht noch mehr Blut verlor, indem er die am stärksten blutende Wunde abgedrückt hatte. Dementsprechend sah Alex jetzt aus. Kleidung, Hände, Gesicht – alles blutverschmiert.

»Was, meinst du, ist hier passiert?«, fragte Alex. Er klang erschöpft.

»Jemand hat Nike Mertens hierhergelockt. Dafür hat er den Zeitraum genutzt, in dem Nikes Eltern beim Gottesdienst für ihre Schwester waren. Folglich wusste er davon. Und er wusste auch, wie man Nike herlocken konnte … selbst in einer Nacht wie dieser.«

»Sie muss ihm vertraut haben«, sagte Alex.

»Oder keine Angst vor ihm gehabt haben. Nike kannte Laurence gut. Ich habe sogar das Gefühl, die beiden stecken unter einer Decke, was die Aufnahmen im Moor angeht. Vielleicht hat sie Laurence sogar gebraucht, um den Lehrer Andreas Kraft in eine Falle zu locken.«

»Also hat Laurence sie hierhergelockt.«

»Ja, aber nicht freiwillig. Und so, wie die jungen Leute kommunizieren, wird das übers Handy und Messengerdienste gelaufen sein. Laurence hatte kein Handy bei sich, wir können wohl davon ausgehen, dass der Täter es hat.«

»Laurence wurde missbraucht, um Nike herzulocken. Als das geklappt hat, hat der Täter auf ihn eingestochen und ihn zum Sterben in das leere Becken gestoßen.«

»So oder so ähnlich«, sagte Malia.

»Aber wie ist Laurence hierhergekommen?«, fragte Alex.

»Da kein weiteres Fahrzeug hier ist, müssen sie zusammen gekommen sein. Entweder kennen sie sich, und Laurence vertraut ihm, oder der Täter hat sich den Jungen irgendwo gegriffen.«

»Aber wer ist er?«, fragte Alex. »Wenn es Floß nicht war, wer dann? Doch der Jäger Hartmut Wolter? Nicht jeder kann mit einem Messer umgehen, Jäger schon, insofern spricht das für ihn als Täter.«

»Und nicht jeder ist geübt im Umgang mit einer Schusswaffe«, fügte Malia hinzu, weil Onkel Jürgens Tod mitgedacht werden musste, auch wenn er nicht ins Schema passte.

»Laurence fällt als Verdächtiger definitiv weg, also sollten wir uns um Wolter kümmern.«

»Ja, sicher. Aber ich frage mich auch, wer der Mann ist, der in der Schule diese merkwürdigen Briefe in den Kummerkasten wirft? Wolter würde dort doch auffallen. Vielleicht kommt Ida ja online damit weiter. Hier können wir nichts mehr tun, lass uns zurückfahren.«

Malia sah keine realistische Chance, die Zwillinge heute Nacht noch zu finden. Vielleicht hatte Alex recht, und die Geschichte endete dort, wo sie begonnen hatte, nämlich im Moor, aber solange sie nicht wussten, wo, hatte es keinen Sinn, kopflos umherzuirren. Schon gar nicht in der Dunkelheit und bei dem Wetter. Eine groß angelegte Suchaktion kam nicht infrage. Der Helikopter flog nicht, und für Mensch und Hund war es einfach zu gefährlich.

Sie stiegen in die Wagen und fuhren los.

Die Schneeflocken schossen im Scheinwerferlicht nur so auf den Wagen zu. Malia klammerte sich ans Lenkrad, ihr Körper war angespannt. Sie war schon lange nicht mehr bei solchen Straßenverhältnissen gefahren.

Ihr Telefon klingelte.

Im Display stand Ruth Sichler. Nicht Mama oder Mutter.

Malia nahm das Gespräch entgegen. »Ich sitze mit Alex im Wagen«, meldete sie sich. »Er hört mit. Was gibt's?«

»Haberloh führt etwas im Schilde«, sagte Ruth.

Innerlich seufzte Malia. Ruth glaubte offenbar noch immer, dass Haberloh hinter allem steckte, aber das konnte nicht sein. Er war in der Kirche gewesen, als auf Laurence Floß eingestochen und das grausame Foto von den Zwillingen gemacht worden war.

»Wie kommst du darauf?«, fragte Malia.

»Ich bin ihm gefolgt«, sagte ihre Mutter. »Ich schicke dir gleich ein Video.«

»Du bist nicht zu Hause?«

Ruth berichtete ihnen, dass Haberloh sich aus seiner Garage eine Sprühdose geholt und damit das Wort »Mörderin« ans Scheunentor des Sichlerhofs gesprayt hatte. Sie stellte die Verbindung zu den Graffitis im Moorbad her. Die Verbindung wurde schlechter, und Malia musste sich das eine oder andere zusammenreimen.

»Haberloh steckt dahinter, ich weiß es«, sagte sie. »Und jetzt parkt bei seinem Haus der Blumenlieferwagen der Mertens, und der Prediger streitet sich mit jemandem im Haus. Wahrscheinlich die Mertens.«

Malia erinnerte sich an den Abend, als sie vor Haberlohs Haus die merkwürdige Szene verfolgt hatte. Damals hatte es einen Streit direkt an dem Blumenlieferwagen gegeben.

»Bist du noch dort?«, fragte sie.

»Ja, ich kann sie hören.«

»Bitte, Mama, lass Haberloh in Ruhe und geh nach Hause. Morgen kannst du wegen der Schmierereien eine Anzeige gegen ihn erstatten.«

»Oh, das werde ich … und dann sorge ich dafür, dass er verschwinden wird aus Moorbach …«

»Mama, bitte, geh jetzt nach Hause.«

»Ja, ja«, sagte Ruth und legte auf.

Malia starrte ihr Handy an. Sie hatte sehr wohl bemerkt, wie sie Ruth genannt hatte. Mama. Ein Wort, das sie seit fünfzehn Jahren nicht mehr ausgesprochen hatte, und noch gestern hatte sie es nicht geschafft.

Wie fühlte sich das an?

Malia war sich nicht sicher. Sie kam nicht nah genug an das Gefühl heran, zu viel stand im Weg. Die Sorge um die Zwillinge, das Entsetzen über den brutalen Angriff auf Laurence Floß, und jetzt stritten die Eltern der Zwillinge mit Haberloh. Warum? Machten sie dem Pfarrer Vorwürfe?

»Hat das was zu bedeuten?«, fragte Alex und riss Malia aus ihren Gedanken.

»Ich weiß nicht … Ich habe auch beobachtet, wie er sich mit Mertens gestritten hat … Zumindest glaube ich, dass es Mertens war, die Person saß am Steuer des Blumenlieferwagens. Keine Ahnung, was die miteinander haben. Aber Haberloh kann Laurence nicht getötet und das Foto von den Zwillingen nicht gemacht haben. Er war in der Kirche.«

»Darf ich fragen, was für eine Geschichte dahintersteckt? Warum dieser Auftritt deiner Mutter in der Kirche? Warum jetzt das Wort an der Scheune? Und dein Verhältnis zu ihr ist schon angespannt, oder?«

Malia lachte trocken. »Das ist die Untertreibung des Jahres. Ich habe meine Mutter fünfzehn Jahre nicht gesehen oder mit ihr gesprochen – bis ich vor drei Tagen meinen Dienst in Riedberg antrat.«

»Fünfzehn Jahre. Das ist lang. Was ist passiert?«

»Eigentlich spreche ich nicht darüber, aber da du jetzt ohnehin schon so viel mitbekommen hast …«

Malia versuchte, sich aufs Fahren zu konzentrieren und zugleich die Geschichte ihres Lebens zu erzählen. Alles, was sie ausmachte, warum sie Polizistin geworden war, der Grund für ihre ständige Flucht, für das Laufen, der Wunsch, irgendwo ankommen zu können – es war zu groß für wenige Worte. Und doch bedurfte es nicht vieler.

»Ich glaube, meine Mutter hat meinen Vater getötet.«

Alex reagierte nicht sofort, und Malia wusste nicht, was sie sonst noch sagen sollte. Nein, falsch, sie wusste es schon, da war noch so viel, was zu dieser Geschichte gehörte, aber nicht hier und jetzt. Nicht, während sie auf der Jagd nach diesem perfiden, grausamen Mörder war.

»Das ist heftig«, sagte Alex schließlich. »Ich danke dir für deine Offenheit.«

»Schon okay.«

»Nein, du hättest es mir nicht sagen müssen, ich weiß das wirklich zu schätzen ...« Er machte eine kleine Pause. »Aber du weißt es nicht sicher?«

»Nein, nicht sicher. Sie streitet es ab, sagt, er wäre abgehauen, ins Ausland gegangen mit einer Geliebten.«

»Aber du hast Zweifel.«

»Nicht nur ich, das ganze Dorf hatte sie ... und hat sie noch heute, wie du vorhin in der Kirche miterleben durftest. Die Leute sagen, sie hat ihn ins Moor gelockt, und er ist darin verschwunden. Dazu musst du wissen, dass er ein Alkoholiker und Schläger war.«

Alex atmete scharf ein. Dann berührte er Malia am Ellenbogen. »Glaub mir, ich kann das nachvollziehen ... aus eigener Erfahrung. Aber lass uns das nicht jetzt vertiefen, es ist zu heftig. Ich hab Angst, dass du uns vor den nächsten Baum setzt. Das wäre doof. Erstens, weil du den Fall lösen musst ...«

»Und zweitens?«

»Weil ich dich gern besser kennenlernen würde.«

Sie sahen sich kurz an, dann musste Malia sich wieder auf die Straße konzentrieren. Kurz darauf erreichten sie Moorbach.

2.

TAG 4
Nacht

Natürlich war Ruth nicht nach Hause gegangen. Das wäre ja noch schöner.

Ihre Tochter sollte sie besser kennen, aber leider hatten sie nie einen guten Draht zueinander gehabt, dafür waren sie einfach zu unterschiedlich.

Oder stimmte das nicht?

Waren sie sich vielleicht zu ähnlich?

Dieses Störrische, Dickköpfige, das bei den Sichlers im Blut lag, das vom Moor in ihre Gene gepflanzt worden war, verbunden mit einem zeitweise destruktiven Ehrgeiz, ja, das erkannte Ruth in Malia wieder. Einen einmal eingeschlagenen Weg bis zum Ende gehen, gegen alle Widerstände, auch wenn es wehtat, das konnten sie beide.

Vielleicht war es an der Zeit, stehen zu bleiben und sich nach einer vernünftigen Abzweigung umzusehen.

Aber nicht heute – und nicht, was Richard Haberloh betraf.

Ruth war es leid, in der Kälte zu stehen und das Haus zu beobachten. Der Streit dadrinnen schien beigelegt zu sein, es war still geworden, und aus der Entfernung bekam sie nichts mehr mit.

Also löste sie sich aus ihrem Versteck und näherte sich dem Haus, nutzte dabei Deckungen und achtete auch darauf, von den Nachbarn nicht gesehen zu werden. Das war nicht so schwierig, die Grundstücke waren groß, die Häuser standen weit auseinander, zudem suchten bei dem Wetter alle Schutz in ihren vier Wänden.

Ruth schlich durch den Garten von hinten an Haberlohs Haus heran. Gebaut worden war es in den Siebzigerjahren von den Grotheers. Heinrich Grotheer hatte sein Leben lang im Torfwerk gearbeitet und war früh an einer verstaubten Lunge gestorben. Seine Frau Petra war ins Pflegeheim gekommen, und die Tochter Rike vermietete nun das Haus. Verkaufen wollte sie es nicht, für den Fall, dass sie irgendwann nach Moorbach zurückkehren würde.

Das war auch etwas, was Moorbach auszeichnete.

Viele, die weggegangen waren, kehrten zurück, jetzt, da die Welt da draußen, nach der sie sich gesehnt hatten, unberechenbar und gefährlich wurde. Hier, umgeben vom Moor, eingebettet in eine Gemeinschaft, gab es noch Kontinuität und Sicherheit. Damit das so blieb, musste Haberloh weg. Die Sache mit der Spraydose bewies doch, dass er etwas mit den Mertens-Zwillingen zu tun hatte, auch wenn Malia das nicht glaubte. Vielleicht würde die Schmiererei am Scheunentor aber nicht reichen, ihn loszuwerden – immerhin könnten einige in Moorbach denken, dass er recht hatte damit.

Die Mauser auf der Schulter, schlich Ruth immer dichter ans Haus heran. Leider hatte Haberloh jetzt vor den meisten Fenstern die elektrischen Rollläden heruntergelassen. Dadurch blieb ihr der Blick hinein verwehrt.

Vorhin war das Küchenfenster, das nach vorn zur Straße rausging, noch offen gewesen, also schlich Ruth in die Richtung. Auf der Terrasse stolperte sie über eine Vogeltränke aus Metall. Scheppernd rutschte sie über die Pflastersteine, der Schnee dämpfte das Geräusch ein wenig.

Ruth beeilte sich, an die Hausecke zu kommen. Dort stand ein alter Rhododendron, hinter dem sie sich verstecken konnte.

Einen Augenblick später ging der Rollladen an der Terrassentür hoch, und jemand spähte hinaus, das konnte Ruth an dem

Schatten erkennen, der auf den schneebedeckten Rasen fiel. Eine gefühlte Ewigkeit blieb der Schatten regungslos, dann schepperte der Rollladen wieder herunter.

Ruth stieß die angehaltene Luft aus und atmete tief ein.

Bevor sie ihren Weg fortsetzte, verharrte sie noch einen Augenblick. Eigentlich müsste Haberloh – oder wer auch immer aus der Tür geschaut hatte – ihre Fußspuren im Schnee gesehen haben. Dadrinnen wussten sie nun, dass jemand herumschnüffelte. Ruth würde nichts weiter herausfinden. Aber das war okay. Sie hatte die Videoaufnahme von Haberloh. Und sie würde das Haus noch eine Weile aus der Ferne beobachten, um sicherzugehen, dass der Prediger es nicht verließ.

Ruth verließ ihr Versteck im Rhododendronbusch und wandte sich nach links.

Da stand er plötzlich vor ihr.

Wie aus dem Nichts.

Dunkel, groß, mächtig.

Das Schaufelblatt traf Ruth über dem linken Ohr.

Das metallene Geräusch hörte sie noch, dann wurde es Nacht um sie.

3.

TAG 4
Nacht

Malia bremste ihren Wagen vor der Polizeistation von Moorbach zu hart ab. Auf der glatten Straße geriet er ins Rutschen.

»Vorsicht!«, rief Alex und stemmte die Hände gegen das Armaturenbrett.

Malia kurbelte am Lenkrad. Der Wagen scherte mit dem Heck aus, prallte dann mit den rechten Reifen gegen die Bordsteinkante und blieb stehen, als hätte sie ihn eingeparkt.

»Tolle Technik«, stieß Alex mit angehaltener Atemluft aus. »Beim nächsten Mal würde ich mich über eine kurze Warnung freuen.«

Malia war zu schockiert, um zu antworten. Sie hatte ihren Wagen schon an der Mauer des Hauses gesehen.

Für dieses Wetter war Malia nicht gemacht, verlangte es doch genauso wie das Moor Langsamkeit von ihr. Langsam war aber nicht ihre Geschwindigkeit, schon gar nicht in einem solchen Fall.

Malias Handy brummte.

Das Video, das Ruth ihr hatte schicken wollen, war eingegangen. Bislang hatte der Empfang dafür nicht ausgereicht.

Sie startete es und schaute es zusammen mit Alex an.

Es war schlecht belichtet. Richard Haberloh war aber deutlich zu erkennen, wie er das Wort »Mörderin« an das Scheunentor des Sichlerhofs sprayte.

»Ein merkwürdiges Verhalten für einen Mann Gottes«, fand Alex.

»Und dennoch kann er es nicht gewesen sein«, sagte Malia leise. »Vielleicht hat er den Hund vergiftet, vielleicht auch die Atmosphäre im Ort, und ganz sicher ist er nicht der, der er zu sein vorgibt, aber die Zwillinge kann er nicht entführt haben. Er war in der Kirche, als Nike verschwand.«

Aus der Dunkelheit und dem Schneegestöber tauchte ein Streifenwagen mit Blaulicht auf. Es war Sven Sellmann, wie man unschwer an der beschädigten Frontpartie des Wagens erkennen konnte. Geschickt parkte er vor der Dienststelle ein und sprang aus dem Wagen.

»Floß«, stieß er hastig aus. »Es muss Laurence Floß gewesen sein. Seine Mutter sagt, ihr Sohn sei an jenem Nachmittag, als die Zwillinge angegriffen wurden und Jana verschwand, spät nach Hause gekommen und habe sich merkwürdig verhalten. Später sind ihr die Schuhe ihres Sohnes aufgefallen, die aussahen, als sei er damit im Moor gewesen.«

»Moment …«, wollte Malia ihn unterbrechen. Doch Sven ließ sich nicht unterbrechen.

»Warte, da ist noch etwas. Die Mutter sagt weiter, ihr Sohn sei in Nike Mertens verliebt und würde mehr oder weniger alles für das Mädchen tun. Doch die Mertens-Zwillinge haben seine Liebe wohl nur ausgenutzt. Sie sagte, sie habe immer gewusst, dass etwas Schlimmes passieren würde, wenn ihr Sohn sich dessen bewusst wird.«

»Wie ausgenutzt?«

»Das weiß sie nicht. Aber ich habe mir gedacht, dass die Zwillinge ihn vielleicht doch an dem Nachmittag im Moor dabeihatten und die Situation eskaliert ist.«

»Das wäre plausibel. Nur passt es jetzt nicht mehr, weil jemand Laurence Floß töten wollte – und das waren nicht die Zwillinge.«

»Wie? Töten?«

Malia setzte ihren Kollegen ins Bild.

Mit jedem Wort der Erklärung fiel Sven weiter in sich zusammen, bis von dem Enthusiasmus nichts mehr übrig war. »Und ich war mir so sicher«, stieß er entkräftet aus.

»Lasst uns erst mal reingehen«, sagte Malia.

Bevor sie die Tür zur Dienststelle öffnen konnte, kam Ida ihnen schon entgegen.

Sie schloss wohl aus ihren Mienen, dass sie keine guten Nachrichten mitbrachten.

»Ich habe Kaffee gemacht«, sagte sie und deutete hinter sich in die improvisierte Außenstelle.

Sie stürzten sich darauf. Sie waren durchgefroren und brauchten außerdem das Koffein, um wach zu bleiben. Niemand dachte daran, Feierabend zu machen. Nicht, solange die Mertens-Zwillinge irgendwo da draußen in Gefahr waren.

»Hast du etwas Neues für uns?«, fragte Malia. »Ist bei dir ein Bild von der Rektorin der Schule in Riedberg eingegangen?«

»Ja, das habe ich bekommen. Mir sagt das Gesicht nichts, und unseren Datenbanken auch nicht.«

»Wie ist es mit dir?«, fragte Malia Sven und zeigte ihm das Bild.

Der zuckte mit den Schultern. »Keine Ahnung.«

»Mir kommt es irgendwie bekannt vor«, sagte Malia nachdenklich. »Ich weiß nur nicht, wo ich es hinstecken soll.«

»Vielleicht habe ich da was«, sagte Ida. »Ich habe wirklich alles versucht, herauszufinden, wer hinter dem Account von LaFlos steckt, es ist mir aber nicht gelungen …«

»Wahrscheinlich Laurence Floß«, unterbrach Malia sie.

»Das liegt nahe, deshalb könnte jemand wollen, dass wir so denken. Aber der Nachname des Jungen wird mit SZ geschrieben, der Account jedoch mit s. Wenn man LaFlos mit s googelt, findet man zunächst nur Infos über einen Spiegel- und Lampenhersteller. Googelt man aber nur Flos, findet man schnell heraus, dass *flos* das lateinische Wort für Blüte oder Blume ist, im Plural *flores*, was bekannter ist.«

»La Flos … die Blüte«, wiederholte Alex.

»Genau«, bestätigte Ida. »Und im Zusammenhang mit dem Blumengraffiti draußen in dem alten Moorbad, vor dem die Zwillinge platziert waren, hat mich das schon aufgeschreckt.«

»Nicht nur das«, sagte Malia. »Die Eltern der Mädchen haben einen Blumenladen am Bahnhof von Riedberg. Ich selbst habe beobachtet, wie Richard Haberloh vor seinem Haus mit jemandem gestritten hat, der in seinem Blumenlieferwagen saß – wahrscheinlich Herr Mertens. Meine Mutter hat vorhin beobachtet, dass ein Blumenwagen in der Nähe von Haberlohs Haus stand und im Haus ein Streit stattfand.«

»Deine Mutter?«, fragte Sven erstaunt.

Malia berichtete ihm von dem Vorfall draußen am Sichlerhof.

»Haberloh hat ›Mörderin‹ an eure Scheune gesprayt? Ich glaub es nicht.«

Malia zeigte ihm das kurze Video.

»Holla die Waldfee«, stieß Sven aus. »Damit hat er sich sein eigenes Grab geschaufelt.«

»Wir haben also Blumen als zentrales verbindendes Element in diesem Fall«, dachte Alex laut nach. »Aber auch Mertens und seine Frau waren vorhin in der Kirche, als Nike verschwand und die Zwillinge vor dem Blumengraffiti im alten Moorbad fotografiert wurden. Außerdem … warum sollten sie ihren eigenen Kindern etwas antun?«

Bevor Malia etwas erwidern konnte, klingelte ihr Handy. Sie ging ran, obwohl sie die Nummer nicht kannte, hörte eine Weile zu und sagte dann: »Okay. Suchen Sie weiter nach ihm.« Dann legte sie auf.

Die anderen sahen sie erwartungsvoll an. »Das war einer der Kollegen, die Hartmut Wolter aufsuchen sollten. Sie haben ihn zu

Hause nicht angetroffen. Weil einer der Kollegen mit seinem Hund Kunde in der Praxis ist, sind sie zu der tiermedizinischen Fachangestellten gefahren, die für Wolter arbeitet. Sie sagt, sie habe heute ihren freien Tag gehabt und wisse nichts von einem Notfall oder welche Termine Wolter wahrgenommen habe. Angeblich ist es normal, dass sie nicht immer weiß, wo ihr Chef ist oder dass er nicht ans Telefon ging.«

»Ich kenne die«, sagte Sven. »Birgit Weiss.«

»Wie gut läuft diese Praxis?«, fragte Alex.

»Allzu viel zu tun hat er wohl nicht. Wolter hat nur diese eine Mitarbeiterin … und dann ist er ja auch noch Jäger.«

»Und hat Zeit, mit seiner Drohne nach Rehkitzen zu suchen«, erinnerte Alex.

»Und nach verschwundenen Mädchen«, fügte Malia an. »Wo könnte Wolter stecken?«

»Es gibt einen Ort, an dem Hartmut sich häufig aufhält und der infrage käme, falls er die Zwillinge festhält«, sagte Sven.

»Welcher?«

»Hohe Warth.«

»Die Jagdhütte?«, fragte Malia.

Sven nickte. »Er ist der Chef da. Kommt und geht, wie er will.«

»Okay, wir fahren hin. Jetzt sofort. Mein Wagen hat Vierradantrieb, das sollte klappen. Sven, du folgst uns, so weit es mit dem Dienstwagen geht. Solltest du nicht weiterkommen, steigst du bei uns mit ein. Ich will zwei Wagen haben, damit sind wir flexibler und …«

Wieder klingelte Malias Handy.

Ihr Bruder Erik. Er war hörbar aufgeregt. »An unserem Scheunentor steht groß ›Mörderin‹. Drauf gesprayt, mit roter Farbe«, rief er ins Telefon. »Ich hab es gerade eben entdeckt, als ich Brennholz reinholen wollte.«

Malia erstarrte. »Ruth hat nicht mit dir darüber gesprochen?«

»Deshalb rufe ich auch an … Mama ist nicht da, und ich kann sie nirgendwo finden. Ihr Wagen steht auf dem Hof, sie ist also nicht weggefahren. Ich habe Dutzende Male versucht, sie anzurufen, aber sie geht nicht ran. Da stimmt doch was nicht!«

Kurz war Malia versucht, ihren kleinen Bruder mit der üblichen Floskel zu beruhigen, dass schon nichts passiert war. Doch er kannte sie und würde ihr das nicht abkaufen, zudem wollte sie ehrlich sein zu ihm.

Also berichtete sie, was Ruth ihr am Telefon erzählt hatte.

»Haberloh war das!«, rief Erik erstaunt aus. »Dann hatte Mama die ganze Zeit recht?«

»Das wissen wir nicht, und ich möchte dich bitten, nichts auf eigene Faust zu unternehmen. Wenn du sie suchen willst, halte ich dich nicht davon ab, aber überlass Haberloh mir.«

Erik versprach es ihr und fügte hinzu, er wolle mit Ruths Geländewagen herumfahren und schauen, ob er sie fand.

Malia legte auf und setzte die anderen ins Bild.

»Gib mir die Handynummer deiner Mutter«, sagte Ida. »Ich setze mich sofort mit dem Provider in Verbindung.«

Sie bekam die Nummer und klemmte sich an den PC.

»Planänderung«, sagte Malia. »Sven, fahr du raus zur Hohen Warth, aber ruf dir Kollegen zur Unterstützung. Ich fahre mit Alex zu Haberloh. Dort war meine Mutter zuletzt. Irgendwie scheint er ja doch Dreh- und Angelpunkt dieses Falls zu sein.«

Hektisch brachen sie auf.

4.

TAG 4
Nacht

Ein harter Schlag ließ Ruth Sichler erwachen.

Ihr ganzer Körper wurde davon erschüttert.

Um sie herum war es dunkel, aber nicht still, und sie brauchte nur einen Moment, um zu begreifen, dass sie in einem Fahrzeug lag, das sich in Bewegung befand.

Reifen surrten. Ein Motor vibrierte. Sie lag auf hartem Untergrund, wahrscheinlich eine Ladefläche.

Ruths Hände waren an den Handgelenken auf dem Rücken zusammengebunden. Als sie dagegen ankämpfte, spürte sie, wie Plastik in ihre Haut schnitt.

Jemand hatte ihr Kabelbinder angelegt.

Wer?

Ruth versuchte, sich zu erinnern. Das Letzte, was ihr Hirn sich gemerkt hatte, war das Blatt einer Schaufel, das gegen ihren Kopf schlug – und das hohle Geräusch. Sie wusste auch noch, dass sie um Haberlohs Haus herumgeschlichen war. Dort musste sie jemand bemerkt und niedergestreckt haben.

War es Haberloh gewesen – oder die andere Person, die sich in seinem Haus befunden hatte?

Der Geruch im Inneren des Fahrzeugs erinnerte Ruth an eine Blumenhandlung, und sie erinnerte sich an den Blumenlieferwagen der Mertens, der in der Nähe des Hauses gestanden hatte.

Lag sie in diesem Wagen?

Und wohin brachte man sie?

Ruth musste an ihre Tochter denken. Malia hatte ihr geraten, nach Hause zu gehen. Sie hätte auf sie hören sollen. Es konnte keinen Zweifel daran geben, dass die Person, die Jürgen erschossen und die Zwillinge in seiner Gewalt hatte, nun auch sie entführt hatte.

Ja, sie hätte auf ihre Tochter hören sollen.

Und sie hätte mit ihr reden sollen, damals, als die Fragen so drängend geworden waren. Ruth hatte sich dagegen entschieden, weil es eben nicht immer besser war, die Wahrheit zu kennen. Manchmal war die Wahrheit grausam und in der Lage, Lebenswege zu zerstören. Darum besaß der Mensch die Fähigkeit der Lüge.

Ruth hoffte, eine zweite Chance zu bekommen.

Mit Malia.

Der Wagen wurde langsamer, bremste und bog ab. Danach surrten die Reifen nicht mehr über Asphalt, und die heftigen Schläge nahmen zu.

Ruth spürte, es ging ins Moor.

5.

TAG 4
Nacht

Als Malia den Wagen vor Haberlohs Haus stoppte, rief Ida an.

»Der Provider konnte das Handy deiner Mutter lokalisieren«, hörten sie ihre Kollegin über die Freisprecheinrichtung. »Da es sich aber im Stand-by befindet und die Sendemasten hier sehr weit auseinanderstehen, ist die Ortung nur sehr grob. Deshalb habe ich eine stille SMS an die Nummer geschickt, damit es sich erneut einloggt. Jetzt wissen wir immerhin, dass es sich irgendwo westlich von Moorbach befindet. Genauer geht es hier draußen leider nicht.«

»Okay, danke.« Malia legte auf.

»Das hilft uns jetzt nicht weiter«, sagte sie zu Alex. »Ich muss mit Haberloh reden.«

»Darf ich mit?«, fragte Alex.

»Das wäre mir sogar lieber.«

Sie stiegen aus, und Malia klingelte Sturm. Zugleich hämmerte Alex gegen die Tür.

Der Prediger öffnete im weißen Bademantel, dazu trug er braune Hausschlappen.

»Wo ist Ruth Sichler?«, fuhr Malia ihn an.

»Das weiß ich doch nicht. Wissen Sie eigentlich, wie spät es ist? Was wollen Sie hier?«

»Richard Haberloh, ich werde Sie auf der Stelle festnehmen und ins Polizeipräsidium nach Riedberg bringen, oder aber Sie sagen uns sofort, wo Ruth Sichler ist.«

»Woher soll ich das wissen? Ich habe Frau Sichler zuletzt in der Kirche gesehen … so wie Sie auch.«

Malia hielt ihm ihr Handy hin und spielte das Video ab, das Haberloh als nächtlichen Sprayer entlarvte.

Dem Prediger fiel die Kinnlade herunter.

Malia nutzte den Moment und drängte ihn ins Haus zurück. Alex folgte ihr.

»Hören Sie, ich kann das erklären …«

»Sparen Sie sich das, und sagen Sie mir, wo meine Mutter ist. Ich hatte zuletzt Kontakt zu ihr, als sie vor Ihrem Haus stand.«

»Sie war nicht hier.«

»Oh doch. Wo ist Hans Mertens?«

»Wieso … ich weiß nicht …«

»Der Blumenlieferwagen stand vor Kurzem noch vor dem Haus, jetzt nicht mehr, also wird entweder Herr oder Frau Mertens hier gewesen sein – oder beide.«

»Davon weiß ich nichts.«

»Herr Haberloh, verarschen Sie mich nicht«, fuhr Malia den Mann an. »Sie stehen im Verdacht, etwas mit dem Verschwinden der Mertens-Zwillinge zu tun zu haben.«

»So ein Unfug!«

»Ist noch jemand im Haus?«, fragte Malia.

»Nein.«

»Alex, sieh dich bitte um.«

»Das verbitte ich mir! Wenn Sie keinen Durchsuchungsbeschluss haben, verlassen …«

»Hast du das auch gehört?«, unterbrach Malia den Prediger.

Alex nickte sofort. »Geräusche von oben. Und ein Schrei.«

»Sieh nach!«

Alex stieg die Treppe ins Obergeschoss hinauf.

»Das wird ein Nachspiel haben«, regte Haberloh sich auf.

»Und ob es das wird. Aber für Sie. Sagen Sie mir endlich die Wahrheit. Wo sind die Zwillinge? Wo ist meine Mutter?«

»Ich habe nichts damit zu tun!«

»Das Video beweist etwas anderes. Warum die Schmiererei bei meiner Mutter auf dem Hof? Warum denunzieren Sie sie?«

»Sie macht doch das Gleiche mit mir. In der Kirche, vor allen anderen. Sie waren doch selbst dabei. Und angezeigt hat sie mich auch, wie sie ja sogar zugegeben hat. Ihre Mutter lässt nichts unversucht, mich zu diskreditieren, dabei habe ich ihr nie etwas getan.«

»Mit wem haben Sie heute hier im Haus gestritten?«

»Mit niemandem.«

»Vor zwei Tagen stand der Blumenlieferwagen der Mertens schon einmal bei Ihnen vor dem Haus, und Sie haben mit jemandem darin gestritten. Wer war das? Hans Mertens?«

»Davon weiß ich nichts.«

»Wie ist Ihr Verhältnis zu den Mertens?«

»Wir sind gut befreundet, und seitdem es die Kirche gibt, liefern die Mertens Blumen dafür, die sie nicht verkaufen konnten. Das ist ein gutes Geschäft für alle. Die Mertens sind liebe, aufrechte Leute.«

»So wie Sie auch«, sagte Malia. »Schleichen nachts durch Moorbach und beschmieren Scheunen. Ein toller Prediger sind Sie.«

Alex kam mit schnellen Schritten die Treppe hinunter.

»Im Schlafzimmer habe ich das hier gefunden«, sagte er. »Kommt er dir bekannt vor?«

Alex reichte Malia einen Bilderrahmen.

Darin befand sich das Porträtfoto eines jungen Mannes.

»Wer ist das?«, fragte sie Richard Haberloh.

6.

TAG 4
Nacht

»Du musst dich bewegen!«, schrie Nike Mertens ihre Schwester an. »Na los, beweg dich endlich, wir müssen tiefer einsinken!«

Ihr selbst fiel es auch schwer, das zu tun, aber wenn sie überhaupt eine Chance hatten, die Nacht zu überleben, dann diese. Der Morast war nicht warm, vielleicht acht Grad, aber damit wärmer als die Außentemperatur von unter null. Zusätzlich wären sie gegen den eiskalten Wind geschützt. Je stärker Nike sich in dem Morast bewegte, desto weiter sackte sie ein, und ihr Ziel war es, nur noch den Kopf herausschauen zu lassen.

Nike wusste, dass man im Moor nicht wirklich versinken konnte, aber sie hatte auch mal gelesen, dass es abhängig war von der Tiefe des Lochs, in dem man steckte. Wenn es nur tief genug war, konnte man eben doch komplett darin versinken. Diese Gedanken schossen ihr durch den Kopf, während sie sich hin und her wand wie ein Aal und mit den Beinen austrat. Mittlerweile steckte sie bis über die Brust in der zähen braunen Masse.

»Bitte … Jana … du musst dich bewegen.«

Jana reagierte nicht mehr. Ihr Hals war abgeknickt, das Kinn ruhte auf der Brust, es sah nicht so aus, als würde sie noch atmen.

Alles in ihr wehrte sich dagegen, dennoch schaffte Nike es, sich tiefer in den Morast zu wühlen. Es war anstrengend und kostete sie Kraft, und sie musste um jeden Millimeter kämpfen, doch dann spürte sie, wie die klebrige Masse ihren Hals erreichte.

Nike verharrte.

Bewegte sich keinen Deut mehr.

Sackte sie trotzdem tiefer?

Wenn ja, dann so langsam, dass sie es nicht bemerkte.

Der Sturm trieb ihr Schneeflocken ins Gesicht, doch ihr Körper war nun geschützt.

Mehr konnte sie nicht tun.

Niemand würde sie hier draußen finden, und sie hatte längst die Hoffnung aufgegeben, dass ihr Peiniger zurückkehren und sie befreien würde.

Nike nickte kurz ein, ihr Kopf fiel nach vorn in den Morast, sie zuckte zurück und riss die Augen auf.

War da vorn ein Licht?

Sie fixierte die Stelle mit den Augen, auch wenn sie sie wegen des Schneefalls immer wieder kurz schließen musste.

Da!

Ein blaues Licht. Knapp über dem Boden.

Sie hatte schon davon gehört, es aber noch nie selbst gesehen. Die Leute im Ort erzählten seit Jahrhunderten von diesen blauen Irrlichtern, die über dem Moor auftauchten, mal hier, mal dort. Der Sage nach steckten die Seelen der im Moor Verstorbenen dahinter – sie wollten die Lebenden in die Irre führen.

In der Schule hatten sie gelernt, dass der wahre Grund Faulgase seien, die sich selbst entzündeten, weshalb die Lichter auch blau erschienen.

Aber sagte man nicht, sie erloschen rasch wieder, um dann an anderer Stelle erneut aufzuflammen?

Dieses war jedoch beständig, und es schien näher zu kommen. Zudem war es doch nicht so dicht über dem Boden, wie Nike zunächst vermutet hatte.

Eine Taschenlampe?

Ein Handy?

Kam doch noch jemand zu Hilfe?

Nike nahm ihre letzte Kraft zusammen und begann zu schreien.

7.

TAG 4
Nacht

Hartmut Wolters Wagen stand vor der Jagdhütte Hohe Warth.

Schnee lag auf Dach und Windschutzscheibe, aber nicht auf der Motorhaube.

»Allzu lange steht er noch nicht hier«, sagte Sven zu den beiden Kollegen, die aus Kirchlohe zur Unterstützung gekommen waren. Er hatte sie zuvor kurz in den Fall eingewiesen.

»Je nach Motor und Umweltbedingungen kann es ungefähr vier Stunden dauern, bis ein Motor abgekühlt ist«, sagte einer von ihnen.

Die vier Scheinwerfer der Polizeifahrzeuge waren auf die Hütte gerichtet. Wenn Wolter sich darin aufhielt, wusste er, dass er Besuch bekam.

Der Kasten für die Kadaver war am Heck von Wolters Wagen an der Hängerkupplung angebracht.

Sven lief ein Schauer über den Rücken bei dem Gedanken, dass der Tierarzt die Zwillinge in dem Metallkasten transportiert hatte. Allerdings glaubte er nicht, dass zwei menschliche Körper hineinpassten. Einer allerdings schon.

»Zuerst will ich einen Blick in diesen Kasten werfen«, sagte Sven und ging zu Wolters Wagen hinüber. Der Kasten war nicht abgeschlossen. Sven hob den schweren Deckel aus Riffelblech an. Ein Kollege leuchtete mit der Taschenlampe hinein.

Der Kasten war leer.

Allerdings befand sich Blut darin.

Viel Blut.

»Ich habe damit zwar keine Erfahrung …«, sagte der Kollege, »… aber Rehblut sieht genauso aus wie Menschenblut, oder?«

»Leider ja«, antwortete Sven.

In der Hütte ging ein Licht an.

Sven griff nach seiner Dienstwaffe. »Nicht überreagieren«, warnte er die Kollegen. »Aber vorsichtig sein. Wolter ist Jäger, besitzt eine Waffe und kann damit umgehen.«

»Was, wenn er mit einem Gewehr in der Hand rauskommt?«, fragte ein Kollege.

»Ich werde versuchen, mit ihm zu reden, und meine Waffe dabei zu Boden richten. Ihr zielt auf ihn, damit er nicht auf dumme Gedanken kommt. Habt ihr schon einmal auf einen Menschen geschossen?«

Beide schüttelten den Kopf.

»Dann hoffen wir, dass es dabei bleibt.«

Mit gezogener Waffe ging Sven auf die Tür der Jagdhütte zu. Er war noch zehn Meter entfernt, als die Tür nach innen aufschwang.

Wolter trat heraus, und tatsächlich hielt er ein Gewehr in der Hand. Der Lauf zeigte in ihre Richtung.

»Hey, hey, hey!«, rief Sven und riss seine Dienstwaffe hoch.

»Waffe weg!«, schrien die Kollegen laut und deutlich.

»Wer ist da?«, rief Wolter zurück.

Gut möglich, dass Wolter sie nicht richtig sehen konnte, immerhin wurde er von dem Scheinwerferlicht der Fahrzeuge geblendet.

»Die Polizei«, rief Sven.

»Sven … bist du das?«

»Ja. Mach keinen Scheiß, Hartmut, meine Kollegen haben ihre Waffen auf dich gerichtet.«

»Was soll das?«, fragte Wolter.

»Leg das Gewehr auf den Boden, dann reden wir«, forderte Sven ihn auf.

Wolter verharrte. Schien nachdenken zu müssen. Er trug eine Jeans, ein weißes Shirt, war aber barfuß. Sein Haar war zerzaust.

Schließlich senkte er den Lauf des Jagdgewehrs und legte es vor sich auf dem Boden ab.

»Die Hände hoch, mit dem Gesicht zur Wand und anlehnen«, schrie Sven mit seiner kräftigen Stimme.

Wolter gehorchte.

Sven überließ es seinen Kollegen, Hartmut Wolter zu durchsuchen und zu sichern.

Er betrat die Jagdhütte.

Darin war es dunkel. Nur durch einen Türspalt auf der gegenüberliegenden Seite drang ein wenig Licht in den Vorraum.

Sven ging hinüber und öffnete die Tür mit dem Lauf seiner Dienstwaffe.

Noch auf der Schwelle erstarrte er.

Mit diesem Anblick hatte er nicht gerechnet.

8.

TAG 4
Nacht

»Mein Sohn. Gideon.« Richard Haberloh hockte auf der Kante eines Küchenstuhls, den Rahmen mit dem Porträtfoto in den Händen, der Blick gesenkt.

»Das ist Ihr Sohn?«, fragte Malia.

Haberloh nickte. »Aus meiner ersten Ehe.«

Alex und Malia sahen sich überrascht und verwirrt zugleich an. Beide hatten in dem Foto den jungen Mann von der Überwachungskamera in der Schule wiedererkannt – und Malia zudem den Lieferanten, der an der Schule ihrem Bruder Erik den Blumenstrauß für Feven Denneke übergeben hatte.

Er war die ganze Zeit da gewesen.

»Haben Sie vorhin mit Ihrem Sohn gestritten?«, wollte Malia wissen.

Haberloh nickte. »Ich habe ihm gesagt, er soll aufhören, doch er hört nicht auf mich.«

»Hat Gideon meine Mutter in seiner Gewalt?«

»Ich weiß es nicht. Er ist einfach verschwunden.«

»Mit dem Blumenlieferwagen?«

Haberloh nickte abermals.

»Warum fährt er diesen Wagen?«

»Weil er im Blumenladen der Mertens arbeitet. Gideon ist dort angestellt, schon seit einigen Jahren. Er liebt Blumen. Unter seinen Händen gedeihen alle Pflanzen. Er hat eine göttliche Gabe.«

»Hat er auch die Zwillinge in seiner Gewalt?«

»Schon als kleines Kind war er anders …«, sagte der Prediger in Gedanken versunken.

»Herr Haberloh. Wo ist Ihr Sohn? Wohin hat er meine Mutter und die Zwillinge gebracht?«

»Ich weiß es nicht. Über diese Dinge sprechen wir nicht. Ich glaubte immer, Gott lenkt Gideons Schritte, aber mittlerweile bin ich mir nicht mehr sicher. Ich erkenne Gottes Plan dahinter nicht.«

Malias Handy klingelte.

Ida. »Es tut mir leid«, begann sie, und Malias Magen zog sich schmerzhaft zusammen.

»Ein neuer Post von den Mädchen …«

»Wieso? Der Moormaid-Kanal ist doch gesperrt.«

»Nicht dort, sondern auf dem Kanal von LaFlos. Ich wollte es dir nicht unkommentiert schicken … ist jetzt an dich raus.«

Malia beendete das Gespräch und wechselte in die Messenger-App. Alex schaute ihr über die Schulter, während sie das Bild öffnete.

Jana und Nike Mertens steckten bis zur Körpermitte in einem Moorloch, die Arme auf dem Rücken gefesselt. Sie waren blutverschmiert, und die Angst der beiden sprang Malia und Alex aus dem Bild heraus förmlich an. Um die Mädchen herum war es dunkel, Schneeflocken schossen als weiße Blitze durch das Bild. Die brutalen Narben in den Gesichtern der Mädchen leuchteten rot.

»Ich glaube, ich weiß, wo das ist«, sagte Malia. »Meine Mutter hat es mir gesagt, als ich sie nach dem ersten Bild von Jana nach dem Moorloch gefragt habe. Sie war sich nicht sicher, glaubte aber, den Ort zu kennen.«

»Wie kommen wir dorthin?«, fragte Alex. »Bei dem Wetter.«

»Mein Wagen hat Vierradantrieb … wir müssen es versuchen.«

»Und er?« Alex deutete mit dem Kinn zu Haberloh, der noch immer das Bild seines Sohnes anstarrte.

»Ich lasse von Ida eine Streife herschicken, aber darauf warten können wir nicht. Jede Minute zählt. Bei der Kälte halten die Mädchen nicht lange durch.«

»Soll ich bei ihm bleiben? Zur Sicherheit?«

Malia musste nicht lange überlegen. Sie konnte Alex' Gedanken nachvollziehen. Er glaubte wohl, Haberloh könnte sich etwas antun, jetzt, da alles aufgeflogen war. In seinem jetzigen Zustand war das nicht auszuschließen, aber Malia wollte nicht allein ins Moor hinausfahren. Sie brauchte Hilfe, wenn sie die Zwillinge – und eventuell ihre Mutter – aus dem Morast ziehen wollte.

Außerdem fürchtete Malia sich davor, allein dorthin zu fahren.

»Ich brauche dich. Besser, du kommst mit mir«, antwortete sie.

Alex nickte.

Sie ließen Haberloh mit dem Bild in den Händen zurück. Das fühlte sich nicht gut an, aber was sollten sie sonst tun? Auf dem Weg zum Wagen telefonierte Malia. Zuerst mit Ida, die sie bat, eine Streife zu Haberloh und eine weitere zu einer bestimmten Stelle ins Moor zu schicken. Dann mit Erik.

»Wir fahren erst noch zum Hof«, sagte Malia, kaum dass sie losgefahren waren.

»Ist das nicht ein Umweg?«

»Nicht wirklich. Ich möchte Erik mitnehmen. Und vor allem aber sollten wir auf den Wagen meiner Mutter umsteigen. Der hat vorn eine Seilwinde.«

»Wofür brauchen wir eine Seilwinde?«

»Du hast noch nie einen Menschen aus dem Moor gezogen, oder?«

»Nein, habe ich nicht.«

»Das ist unglaublich schwer und allein mit Körperkraft kaum zu schaffen.«

»Hast du das mal gemacht?«

»Nein, ich war diejenige, die herausgezogen werden musste.«

»Warum das?«

»Ich war fünfzehn damals und wollte unbedingt wissen, was mit meinem Vater passiert ist. Ich hab im Moor nach ihm gesucht … Keine Ahnung, was ich zu finden hoffte, nach all den Jahren. Jedenfalls war ich unvorsichtig und bin durch die schwimmende Grasschicht gebrochen.«

»Klingt erschreckend.«

»War es … und ohne meine Mutter wäre ich wahrscheinlich an Unterkühlung gestorben. Sie hat meine Fährte gefunden.«

Sie erreichten den Sichlerhof, der schon aus der Ferne gut zu erkennen war, da sämtliche Hofbeleuchtung eingeschaltet war. Auch das gesprayte Wort am Scheunentor war gut zu sehen.

Erik hatte den alten Land Rover bereits gestartet und die Scheiben von Schnee und Eis befreit. Malia hielt daneben, sie stiegen aus.

»Ich habe noch ein paar Gurte in den Wagen geschmissen«, sagte Erik.

»Gut. Fahr du bitte, du kennst den Wagen am besten.«

Caro und Hannah tauchten in der geöffneten Haustür auf, und Malia winkte ihnen zu.

»Geht's ihnen gut?«, fragte sie Erik.

»Die Kleine hat Angst um ihre Oma … und ich auch.«

Sie stiegen in den Geländewagen. Alex rutschte auf die Rückbank. Erik hatte das richtige Feingefühl für die Schaltung und musste sie nicht reinknüppeln.

»Wohin müssen wir?«, fragte er.

»Erinnerst du dich an die Stelle, an der ich damals eingebrochen bin?«

»Klar. Das werde ich nie vergessen.«

»Dorthin.«

»Es gibt keine Wege da.«

»Ich weiß. Der letzte Weg endet ungefähr einen Kilometer vorher. Den Rest musst du offroad fahren … Schaffst du das?«

»Tja, das werden wir sehen.«

9.

TAG 4
Nacht

Immer wieder stolperte Ruth, einige Male fiel sie hin. Dann half der junge Mann ihr auf und trieb sie weiter voran. Es war nicht einfach, mit auf dem Rücken gefesselten Händen zu gehen, erst recht nicht bei Schneetreiben und Sturm. Zudem tat ihr Kopf weh, und sie litt unter leichtem Schwindel.

Über der ebenen Fläche des Moores nahm der Wind noch an Stärke zu, und die kleinen Schneeflocken stachen wie Nadeln in Ruths Gesicht.

Sprechen war kaum möglich.

Aber Ruth musste es versuchen. »Wohin gehen wir?«, fragte sie, obwohl sie es ahnte.

»Ins Moor … tief ins Moor … wo niemand euch schreien hört.«

Der Mann mit dem roten Haar mochte fünfundzwanzig, vielleicht dreißig Jahre alt sein und hatte eine dunkle Stimme.

»Warum bringst du mich ins Moor? Was habe ich dir getan?«

»Du sollst die Fresse halten. Im Moor wird geschwiegen.«

Er stieß Ruth gegen die Schulter, und sie stolperte vorwärts.

»Hast du Jürgen erschossen?«, fragte Ruth trotzdem.

»Wir haben hier eine Heimat gefunden, wir gehen nicht wieder weg. Wir sind eine Familie.«

Trotz seiner tiefen Stimme sprach der Mann wie ein Kind. Fieberhaft dachte Ruth darüber nach, wie sie ihn in ein Gespräch verwickeln könnte, das ihn von seinem Tun Abstand nehmen ließe. Leider wusste sie überhaupt nichts von ihm. Sie hatte den Mann mit dem roten Haar nie zuvor gesehen.

»Wissen deine Eltern, wo du bist?«, fragte Ruth. Immerhin klang er, als sei ihm seine Familie wichtig.

»Wenn ihr sterben müsst, damit wir leben können, ist das allein eure Schuld«, sagte er, und wieder bekam Ruth einen Stoß gegen die Schulter.

»Wo sind deine Mutter und dein Vater?«

»Du weißt nichts, rein gar nichts über uns!«, schrie er jetzt und stieß Ruth zu Boden.

Drohend baute er sich vor ihr auf und zeigte mit dem Finger auf sie. »Wir brauchen keine Frauen. Mein Vater braucht keine Frauen. Er hat Gott, und ich habe ihn. Lasst ihn doch einfach in Ruhe. Ihr könnt ihn doch einfach mal in Ruhe lassen.«

»Wie heißt dein Vater?«, fragte Ruth. Sie hatte nicht den Eindruck, dass es half, den jungen Mann in ein Gespräch zu verwickeln. Es machte ihn eher wütend. Nichts zu tun, kam für Ruth aber nicht infrage. Zudem machten Menschen, die wütend waren, Fehler.

»Du sollst die Fresse halten und gehen. Los. Geh!«

Er zeigte ins Moor.

Ruth rappelte sich auf und ging weiter. Er schien kein Problem damit zu haben, dass sie so langsam war. Vermutlich, weil er humpelte. Sein rechtes Bein konnte er nicht richtig belasten.

»Wo ist deine Mutter?«, versuchte sie es erneut.

Er reagierte nicht, schnaufte hinter ihr vor Anstrengung.

»Es ist schlimm für eine Mutter, wenn sie nicht weiß, wo ihr Kind ist, verstehst du? Wenn sie nicht weiß, ob es ihm gut geht, ob es vielleicht in Gefahr ist. Vom Tag der Geburt an ist eine Mutter die Beschützerin ihres Kindes, und das hört nie auf. Innen drinnen hört es nie auf, verstehst du? Und der größte Schmerz ist, wenn ein Kind diesen Schutz nicht mehr will … wenn es verschwindet.«

Ruth sprach all das aus, was ihr gerade in den Sinn kam, und sie spürte, ihre Worte und die damit verbundenen Gefühle wühlten sie auf. In den vergangenen fünfzehn Jahren hatte sie gewaltige

Dämme in ihrem Inneren erschaffen, und die drohten nun zu brechen.

Ruth blieb stehen und drehte sich zu ihm um. Ihre Augen brannten, und das lag nicht nur am Wind.

»Willst du nicht heimgehen zu deiner Mutter?«, fragte sie den jungen Mann.

Er verharrte. Schien nachdenken zu müssen.

Dann kam er ihr ganz nahe. »Ich habe meine Mutter verbrannt«, sagte er mit leiser, aber fester Stimme. »Sie war nicht gut für uns. Sie wollte uns trennen. Aber niemand darf zwischen Vater und mich. Niemand.«

Er stieß sie vorwärts, und Ruth ließ es geschehen. Sie war viel zu entsetzt von der Eiseskälte, die bei seinen letzten Worten in seiner Stimme gelegen hatte.

Ruth verstand, dass sie ihn nicht erreichte. Er lebte in seiner eigenen Welt.

Sie musste sich etwas anderes einfallen lassen.

Ruth betrachtete die Landschaft um sich herum und wusste plötzlich genau, wo sie war. Während sie voranstolperte, reifte in ihrem Kopf eine andere Idee heran. Niemand würde kommen, ihr zu helfen, das musste sie selbst übernehmen. Einen Vorteil hatte sie auf ihrer Seite.

Sie kannte sich im Moor aus.

Hier, wo ein einziger falscher Schritt über Leben und Tod entscheiden konnte, wusste sie immer, wohin sie treten durfte. Und sie glaubte nicht, dass es bei dem jungen Mann ebenso war. Er war nicht von hier. Ein Zugezogener wahrscheinlich.

Kaum merklich veränderte Ruth den Kurs, taumelte immer weiter nach links. Der Mann folgte ihr, schien das nicht zu bemerken. Er war mit sich selbst und seinem verletzten Bein beschäftigt,

Irgendwann rief er: »Stopp!«

Dann ging er an Ruth vorbei und schaute sich um. Zum Schutz

vor dem Schneetreiben hielt er sich eine Hand vor die Augen. Er atmete heftig und schien bereits ziemlich erschöpft zu sein. Schließlich schaltete er die Handylampe ein und leuchtete in die Dunkelheit, wo das Licht in der Weite versickerte.

»Da lang!«, sagte er schließlich, packte Ruth an der Schulter und zerrte sie in eine andere Richtung.

Ruth wusste nicht, wohin er wollte, deshalb konnte sie nicht sagen, ob er die richtige Richtung einschlug – zu ihrem Plan passte sie jedenfalls.

Das blaue Licht seiner Lampe tanzte über den Schnee.

Immer wieder strauchelte auch der junge Mann, doch er hielt sich auf den Beinen. Minutenlang liefen sie Richtung Osten, und bald spürte Ruth, wie sich der Boden veränderte. Er wurde weicher, nachgiebiger, federte leicht unter ihren Schritten.

Das schien auch der junge Mann zu bemerken. Hektisch sah er sich um, leuchtete mit der Handy-Taschenlampe mal hier-, mal dorthin, obwohl das Licht ihm keinen Vorteil brachte.

Schließlich blieb er stehen.

»Hast du dich verlaufen?«, fragte Ruth gegen den Sturm an.

»Fresse halten!«, fuhr er sie an.

Er stand vor ihr, wedelte mit dem Handy und schien zu lauschen.

Und dann hörte Ruth es auch.

Eine leise Stimme, vom Wind übers Moor getragen. Das flehentliche Rufen einer verstorbenen Seele, die sie in die Irre führen wollte. Aus eigener Erfahrung wusste Ruth, dass es sie hier draußen gab, diese ruhelosen Seelen, die im Moor ihren Tod gefunden hatten und nicht wieder hinausfanden. Sie waren verdammt dazu, für alle Zeiten hier umherzuirren. Ruth hatte viele Nächte allein im Moor verbracht und ihr Rufen einige Male gehört.

Ihr, die sie nicht leicht zu beeindrucken war, lief ein Schauer den Rücken hinab.

»Da lang!«, bestimmte der junge Mann und zeigte in die Richtung, aus der der Wind die Stimme zu ihnen trug.

»Nein!«, rief Ruth gegen den Wind an. »Wir dürfen dieser Stimme nicht folgen. Sie führt uns in den Tod.«

Der junge Mann packte sie erneut und stieß sie voran. »Da lang!, sage ich.«

Ruth gehorchte. Aber sie ging langsam, den Blick gesenkt, denn sie wusste, hier wurde es gefährlich. Das leise Knacken und Knirschen unter ihren Schuhen bewies, dass der mit Wasser vollgesogene Boden an der Oberfläche bereits gefroren war. Die Grassoden sanken unter ihrem Gewicht ab und kamen sofort wieder hoch, es war, als ginge man auf Pudding. Ruth wusste, wie man sich auf diesem Boden bewegen musste, aber sie wusste auch, dass er tückisch und trügerisch war und selbst ihr hier schnell ein Fehler unterlaufen konnte.

Sie musste an Malia denken.

An damals, als ihre Tochter hier eingebrochen war.

Ihre Wut hatte sie am Leben gehalten.

Wut auf die eigene Mutter.

Ruth hatte es damals nicht besser gewusst und ihrerseits mit Wut reagiert. An dieser Stelle im Moor hatten sie sich entzweit, und nicht lange danach war Malia gegangen.

Die leise Stimme wurde lauter, und Ruth erkannte mit einem Mal, es handelte sich um Hilferufe.

Reale Hilferufe. Nicht die einer verirrten toten Seele.

»Hier … wir sind hier!«

Wenn man bedachte, dass der Wind die Stimme zu ihr trug, war die Person, die da rief, vielleicht noch zwei, drei Minuten entfernt. Waren das die Mertens-Mädchen?

Hinter ihr brach der Boden, und der junge Mann gab einen erschrockenen Laut von sich.

Ruth fuhr herum.

Er war mit einem Bein durch die oberste Grasschicht gebrochen. Darunter, das wusste Ruth, befand sich Morast, mehr als zwei Meter tief. Der junge Mann schaffte es, sich zu befreien, und kam wieder auf die Beine. Schrecken, Schmerz und Angst standen ihm nun ins Gesicht geschrieben.

»Weiter!«, herrschte er Ruth an.

Ruth war versucht gewesen, ihm eben, als er eingebrochen war, in seiner niedrigen Position mit ihren schweren Gummistiefeln ins Gesicht zu treten. Sie hatte es nicht getan, weil es eine bessere Möglichkeit gab, ihn loszuwerden. Sie musste nur geduldig sein.

Und das war sie.

Das Moor hatte sie ihr ganzes Leben lang Geduld gelehrt.

Weniger mit den Augen, vielmehr mit Gefühl und Instinkt, suchte Ruth sich ihren Weg. Der führte sie zwar auf die Stimme zu, zugleich aber auch tiefer in den gefährlichen Bereich des Moores hinein. Der Boden wurde immer weicher, sog an ihren Füßen. Jeder Schritt konnte der letzte sein. Der junge Mann schloss zu ihr auf, sie hörte ihn dicht hinter sich heftig atmen.

Jetzt, schoss es Ruth durch den Kopf.

Sie hatte nur diesen einen Versuch.

Sie fuhr herum und stieß mit der rechten Schulter gegen den Brustkorb des jungen Mannes. Der wurde von der plötzlichen Aktion überrascht und schrie auf. Die Wucht des Aufpralls schleuderte Ruth zurück und ihn nach rechts. Er taumelte und stürzte rücklings in den Morast. Sein Gewicht war groß genug, um Hüfte und Unterkörper sofort in die breiige Masse eintauchen zu lassen.

Und dann tat er, was instinktiv alle taten, die ins Moor stürzten. Er kämpfte dagegen an.

Das war ein Kampf, den niemand gewinnen konnte.

Jede Bewegung verschlimmerte die Situation, ließ ihn tiefer in den braunen Brei einsinken. Er ruderte mit den Armen und strampelte mit den Beinen, die längst im Morast versunken waren. Verzweifelt griff er mit den Händen in den dunklen Matsch auf der Suche nach Halt, fand aber keinen.

Aus eigener Kraft würde er sich nicht mehr befreien können.

Ruth wandte sich von ihm ab.

Mit vorsichtigen Schritten suchte sie sich auf Grassoden, die Halt boten, über den schwammigen Boden einen Weg auf die Stimme zu.

10.

TAG 4
Nacht

Der alte Land Rover Defender wühlte sich den ansteigenden Weg empor, die grobstolligen Reifen fanden immer wieder Halt auf dem gefrorenen Boden, auf dem sich eine dünne Schneeschicht gebildet hatte. Das Moor war weiß und sauber geworden, aber nur an der Oberfläche. Darunter blieb es, wie es war. Tiefgründig, dunkel, schmutzig.

Im Inneren des Wagens herrschte gespanntes Schweigen. Alle starrten auf die Schneeflocken, die im Scheinwerferlicht auf die Windschutzscheibe zustürzten.

Erik fuhr konzentriert, mit beiden Händen am Lenkrad.

Sobald die Federung besonders hart durchschlug, verzog er das Gesicht. Malia warf immer wieder Blicke auf ihr Handy, mit dem sie zu navigieren versuchte. Vor fünf Minuten hatte es den Kontakt zum letzten Funkmast verloren und war seitdem nutzlos.

»Sind wir noch richtig?«, fragte Erik.

»Ich denke schon.«

»Klingt vertrauenerweckend.«

»Vor fünf Minuten waren wir noch richtig, und da dies der einzige Weg ist …«

Malia ließ den Satz unvollendet. Nur dank der Offline-Karten wusste sie noch, wo sie waren. Sie war zuletzt vor mehr als fünfzehn Jahren hier gewesen, Erik nach eigenem Bekunden vor zehn. Seitdem konnte sich viel verändert haben, sie wussten also beide nicht, ob der Weg wirklich in die Nähe des Moorloches führte, in dem Malia damals versunken war, als sie nach ihrem Vater gesucht hatte.

Als der kurze Anstieg überwunden war, gab Erik mehr Gas. Der Wagen holperte über den Knüppelweg, der vor Hunderten Jahren angelegt worden war, um Arbeiter ins und Torf aus dem Moor zu transportieren.

Nach weiteren zwei Minuten Fahrt endete er abrupt an einer Ansammlung niedriger Birken.

»Das war's«, sagte Erik mit Blick nach vorn.

»Wir brauchen die Winde, wenn wir die Mädchen aus dem Morast ziehen wollen«, entgegnete Malia. »Sie müssen irgendwo dort vorn sein. Du musst da durch und näher ran. Egal wie.«

»Okay. Dann haltet euch gut fest.«

Erik suchte sich eine Stelle zwischen den Birken und lenkte den Wagen hindurch. Äste schlugen gegen die Scheibe und kratzten an den Flanken entlang. Die Räder holperten über unebenen Grasboden, aber es ging weiter, wenn auch langsamer als zuvor.

Malia klammerte sich an den Haltegriff vor ihr. Alex auf der Rückbank hielt sich am Vordersitz fest.

Die Scheinwerfer schnitten einen Lichttunnel in die Dunkelheit. Vor ihnen war die Landschaft flach und locker bewachsen.

»Fahr immer dort, wo Büsche stehen«, sagte Malia. Sie ahnte, dass der Boden an anderen Stellen das Gewicht des Wagens nicht tragen würde.

»Ruth bringt mich um, wenn ich ihr Auto versenke«, sagte Erik. Seine Fingerknöchel stachen weiß aus der Haut empor, so sehr klammerte er sich ans Lenkrad.

»Ich denke, in diesem Fall würde sie davon absehen«, erwiderte Malia.

Im Scheinwerferlicht bewegte sich etwas, vielleicht hundert Meter voraus, gerade noch zu sehen.

»Was war das?«, fragte Erik.

»Wild?«, vermutete Malia.

Doch es war kein Wild, was dort torkelnd auf sie zukam. Es war ihre Mutter.

»Wenn man den Teufel nennt, kommt er gerennt«, stieß Erik erleichtert aus.

Ruth stürzte auf die Knie und blieb hocken.

Erik hielt direkt auf sie zu.

»Vorsicht!«, mahnte Malia.

Fünf Meter vor Ruth brachte Erik den Wagen zum Stehen, und sie sprangen hinaus.

Schwer atmend hockte Ruth auf dem Boden und sah zu ihnen hinauf. »Sie sterben!«, stieß sie aus. »Da vorn.«

Alex zog ein Taschenmesser hervor und durchschnitt den Kabelbinder, mit dem Ruths Hände auf dem Rücken gefesselt waren. Sie wäre fast nach vorn gekippt, doch Erik fing sie und half ihr hoch. »Mama … bist du verletzt?«, fragte er.

Ruth schüttelte den Kopf. »Die Mädchen … vielleicht fünfzig Meter … dort entlang.« Sie zeigte hinter sich.

Malia glaubte, ein winziges blaues Licht sehen zu können.

»Wo ist Gideon?«, fragte sie.

»Der junge Mann? Ins Moor gefallen … geschubst … er sitzt fest …«

»Okay, steig ein, wir fahren zu den Mädchen.«

Ruth schüttelte den Kopf. »Da sind überall Löcher … Ich gehe voraus.«

Malia wechselte einen Blick mit Erik. Der nickte.

»Gut, dann komm.«

Malia und Alex liefen rechts und links neben Ruth, während Erik ihnen mit dem Wagen folgte. Schwer atmend suchte sich Ruth einen Weg durch das Moor.

»Wer ist er?«, fragte sie keuchend. »Der junge Mann?«

»Haberlohs Sohn. Gideon.«

»Der Sohn des Predigers?«, stieß Ruth überrascht aus. »Der Apfel fällt nicht weit vom Stamm, oder?«

»Da ist was dran«, bestätigte Alex.

»Was machst du eigentlich hier?«, fragte Ruth ihn.

»Recherche. Demnächst schreibe ich einen Moor-Krimi.«

»Besser nicht. Die Realität ist grauenvoll genug.«

Ruth blieb stehen, sah sich um. Der Wind blies durch ihr offenes Haar.

»Der Wagen kann nicht weiter, hier trägt der Boden das Gewicht nicht mehr. Die Winde hat fünfundzwanzig Meter Seil, das müsste reichen.«

Malia gab Erik ein Zeichen, und er kam zu ihnen.

»Wir laufen vor, bring du das Seil mit.«

»Alles klar.«

Erik ging zum Wagen, um die Winde zu entriegeln und in Betrieb zu setzen.

Malia und Alex folgten Ruth. Schon bald sahen sie den Körper, der zur Hälfte im Moor steckte. Als Malia sich schon fragte, wo das andere Mädchen war, erkannte sie einen Kopf – er schien auf dem Boden zu liegen.

In der Nähe lehnte das leuchtende Handy in der Astgabel einer dürren Birke. Ruth hatte es zurückgelassen, um nicht die Orientierung zu verlieren.

Das Mädchen, bei dem nur noch der Kopf aus dem Morast ragte, schaute sie an – das andere schien bewusstlos zu sein.

Malia hockte sich an den Rand des Loches und suchte am Hals des bewusstlosen Mädchens nach einem Puls, konnte aber keinen finden.

»Wir müssen uns beeilen!«, rief sie.

Alex legte seine Hand an die Wange des anderen Mädchens. »Wir holen euch hier raus, mach dir keine Sorgen.«

»Jana … Was … Was ist mit ihr?«, fragte Nike Mertens.

Malia und Alex wechselten einen Blick. Fast unmerklich schüttelte Malia den Kopf.

»Wir holen euch beide hier raus und bringen euch in ein warmes Bett«, antwortete Alex. »Vorher müsst ihr vielleicht duschen, aber dann geht's ab unter die Decke, versprochen.«

Ruth stieß einen Schrei aus.

Aus der Dunkelheit kam ein Mann auf sie zugetorkelt. Er war über und über mit Morast bedeckt und hielt ein Messer in der Hand.

Gideon!

Alex war näher dran. Er warf sich dazwischen. Malia sah, wie das Messer in seinem Bauch verschwand.

Gideon stieß Alex von sich. Für einen Moment starrte er auf die blutige Klinge in seiner Hand, dann wollte er wieder auf Ruth losgehen.

Malia hatte Zeit genug gehabt, ihre Waffe zu ziehen.

Sie schoss dreimal.

Gideon Haberloh ging zu Boden und blieb reglos liegen.

Mit der Waffe in der Hand eilte Malia auf Alex zu. Der saß auf dem Boden und presste sich eine Hand auf den Unterleib. Er wirkte überrascht.

»Wo hat er dich erwischt?«, fragte Malia.

»Ich weiß nicht …«

»Lass mich sehen.«

Vorsichtig nahm sie seine Hand weg. Blut hatte die warme Kleidung durchtränkt, die Wunde konnte Malia nicht sehen, sie schien sich im rechten unteren Bauch zu befinden.

»Okay, du musst draufpressen, hörst du. Richtig fest. Wir bringen dich in ein Krankenhaus.«

»Erst holt ihr die Mädchen raus«, sagte Alex.

»Hältst du durch?«

»War das eine Einladung?«

»Was?«

»Für ein Abendessen … dann halte ich … bestimmt durch.«

»Versprochen?«

Alex nickte.

Malia legte ihm eine Hand an die Wange, so, wie er es zuvor bei dem Mädchen getan hatte. »Dann bist du hiermit eingeladen.«

»Okay … hol die Mädchen da raus. Ich fürchte, ich kann dabei nicht helfen.«

Erik kam mit dem Seil herbei. Um den Hals trug er zwei blaue Spanngurte. Malia half ihm, der bewusstlosen Jana den Gurt anzulegen.

Derweil buddelte Ruth an Nike herum und schaufelte mit bloßen Händen den Morast beiseite, um auch ihr einen Gurt anlegen zu können.

»Sie hat das Bewusstsein verloren«, rief Ruth.

Sie arbeitete wie ein Berserker, da der Morast sich schnell wieder um den Körper des Mädchens schloss.

»Okay, lass es uns versuchen«, sagte Erik, holte die Fernbedienung aus der Hosentasche und ließ die Winde langsam aufrollen.

Ein Ruck ging durch Janas Körper. Dann war das Seil auf Spannung.

»Die Winde zieht sechs Tonnen, das muss klappen«, sagte Erik.

Und das tat es auch. Langsam gab das Moor Janas Körper frei, behielt aber Hose und Schuhe als Pfand. So war es bei Malia damals auch gewesen. In einem dieser Löcher steckte schon ihre Kleidung.

»Okay, jetzt Nike«, rief Malia.

Ruth hatte es geschafft, den zweiten Gurt an Nikes Oberkörper zu befestigen. Erik musste nur noch das Windenseil einhaken. Das Seil zog sich straff, dann bewegte sich Nikes Körper im Morast. Da sie sehr viel tiefer drinsteckte als ihre Schwester, ging es bei ihr deutlicher langsamer. Erik bediente die Winde äußerst vorsichtig, um das Mädchen nicht zu verletzen. Vielleicht brachen Rippen dabei, aber das mussten sie riskieren.

Malia, die nichts beitragen konnte, ging zu Alex hinüber. »Kannst du laufen? Du musst irgendwie zum Wagen.«

Er war erschreckend blass geworden.

»Ich denke schon.«

»Okay, dann los. Ich helfe dir.«

Malia half ihm auf die Beine und ließ ihn los, um zu sehen, ob er allein stehen konnte. Das schien zu klappen.

»Geh los, aber mach langsam, wir müssen noch die Mädchen zum Wagen bringen, das dauert eine Weile.«

Alex nickte und humpelte auf die Scheinwerfer zu.

Mittlerweile hatten Erik und Ruth auch Nike aus dem Morast befreit. Das bewusstlose Mädchen lag auf festem Boden, ihr Körper schien ein einziger brauner Klumpen zu sein. Ruth hockte erschöpft und entkräftet neben ihr.

Malia berührte sie an der Schulter. »Mama, du musst auch zum Wagen.« Sie half ihrer Mutter auf die Beine.

»Tu mir bitte den Gefallen und pass auf Alex auf«, bat Malia sie.

Ruth nickte. »Dieser Zugezogene … immer muss man auf den aufpassen.«

Sie folgte Alex, holte ihn ein und stützte ihn.

Malia ging zu dem leblosen Körper von Gideon Haberloh hinüber. Sie hatte überprüfen wollen, ob er tot war, doch das war nicht nötig.

Die leblosen Augen des jungen Mannes bewiesen es.

Nie zuvor hatte Malia einen Menschen getötet. Doch jetzt war keine Zeit, sich darüber Gedanken zu machen.

Sie lief zu den Zwillingen hinüber und half Erik dabei, ihre Handgelenke von dünnem Blumenbindedraht zu befreien.

»Wir können sie nicht mit der Seilwinde zum Wagen ziehen, oder?«, fragte Malia ihren kleinen Bruder.

»Nein, wir würden sie verletzen, und wahrscheinlich bleiben sie im nächsten Moorloch hängen. Wir müssen sie tragen. Erst die eine, dann die andere. Lass uns mit Jana anfangen.«

Erik packte Jana bei den Achseln, Malia bei den Kniekehlen.

»Achte auf die Moorlöcher!«, rief Malia ihrem Bruder zu.

Das Mädchen war schlank, wog sicher nicht mehr als sechzig Kilo, doch Malia hatte das Gefühl, eine Tonne tragen zu müssen. Sie riss sich zusammen, kämpfte, nahm all ihre Kraft zusammen und schaffte es gemeinsam mit Erik, Jana zum Land Rover zu tragen.

Mit Ruths Hilfe legten sie das Mädchen auf die Ladefläche. Malia suchte noch einmal nach dem Puls, konnte aber wieder keinen finden.

Dann eilten sie davon, um auch noch Nike Mertens zu holen.

11.

TAG 10
Abend

Am Abend nach Onkel Jürgens Beerdigung kamen alle auf dem Sichlerhof an dem großen Eichentisch zusammen.

Malia. Ruth. Erik. Caro. Hannah. Toma war zurück aus dem Krankenhaus, der Arm in Gips. Auch Alex konnte dabei sein. Das Messer hatte keine Organe verletzt, es ging ihm bereits besser. Zudem hatte Ruth nichts dagegen gehabt, den Zugezogenen einzuladen. Er gehörte zwar nicht zur Familie, hatte ihr aber das Leben gerettet, also war das für sie in Ordnung.

Sie aßen und tranken, aber niemandem war nach Feiern zumute.

Zu viele Menschen waren gestorben.

Onkel Jürgen. Andreas Kraft. Laurence Floß. Jana Mertens. Gideon Haberloh.

Später wollte Hannah von ihrer Tante ins Bett gebracht werden, und Malia übernahm das gern. Sie kuschelte sich zu der Kleinen ins Bett und zog ihr die Decke hoch bis unters Kinn.

»Bist du traurig?«, wollte Hannah wissen.

»Ein wenig.«

»Mama, Papa und Oma auch?«

»Ja, die auch.«

»Weil es böse Menschen im Moor gibt?«

Obwohl sie aufgepasst hatten, musste die Kleine das eine oder andere aufgeschnappt haben, womöglich in der Schule.

»Es gab einen, aber jetzt ist er fort.«

»Weil du die Polizei bist und ihn geschnappt hast?«

»Ich habe ihn nicht allein geschnappt. Deine Oma und dein Papa haben ordentlich mitgeholfen. Wir waren sozusagen eine Familienpolizei.«

Bevor Hannah weitere Fragen stellen konnte, nahm Malia das Buch zur Hand, das sie der Kleinen mitgebracht hatte. »Möchtest du hören, wie Oma das Internet kaputt macht?«

»Au ja!«

Also las Malia vor. Und während sie las, überkam sie ein Gefühl, von dem sie geglaubt hatte, es nicht mehr spüren zu können.

Sie fühlte sich zu Hause.

Nach zehn Minuten schlief Hannah ein, und Malia kehrte zu den anderen zurück. Eigentlich hatte sie jetzt keine Lust mehr, über den Fall zu sprechen, es musste aber wohl sein.

Malia berichtete, was sie bisher herausgefunden hatten.

»Der Polizeipsychologe hat lange mit Richard Haberloh gesprochen. Er sieht eine übermäßige Kontrolle und Manipulation durch Haberloh. Er hat sich seinen Sohn zurechtgebogen und ihn dadurch über die Jahre psychisch deformiert. Gideon hatte wohl ein vermindertes Selbstwertgefühl, Schwierigkeiten, eine eigene Identität aufzubauen, und war nicht in der Lage, Beziehungen einzugehen. Kurz gesagt, war er von seinem Vater abhängig, auch wenn er allein in einer kleinen Wohnung in Riedberg lebte.«

»Kann ja alles sein«, sagte Ruth. »Aber hat Haberloh seinem Sohn befohlen, das alles zu tun?«

»Haberloh streitet das ab. Er will sogar versucht haben, Gideon davon abzuhalten. Deshalb auch die Streitigkeiten, die Ruth und ich beobachtet haben – wir gingen nur davon aus, dass er mit den Mertens stritt.«

»Also wusste Haberloh zumindest, was sein Sohn trieb?«

»Er hat es wohl geahnt«, antwortete Malia. »Wir werden es nicht beweisen können, aber ich glaube, er hat seinen Sohn für seine Zwecke eingespannt. Die Zwillinge waren ihm ein Dorn im

Auge, er verabscheute ihr Verhalten und ihre Selbstdarstellung bei Social Media und wollte sie diskreditieren. Es war Gideon, der die Zettel in den Kummerkasten der Schule einwarf, und es war Gideon, der den TikTok-Kanal LaFlos bediente. Gideon, die Blüte. Natürlich kannte er die Mädchen aus seiner Anstellung bei den Mertens im Blumenladen. Er muss sie über längere Zeit beobachtet haben, immerhin wusste er von Laurence Floß und dass er ihn für seine Zwecke nutzen konnte. Aber tat er es aus eigener Motivation? Ich denke nicht. Er befolgte Anweisungen seines Vaters.«

»Aber was war das Motiv?«, fragte Erik. »Hat er die Mädchen missbraucht?«

»Nein. Soweit wir wissen, gab es keine sexuellen Motive.«

»Was dann?«

»Aus Gideons Sicht? Er wollte seine Familie schützen. Und die bestand nur aus seinem Vater und ihm. Aus dem Verhalten seines Vaters hat er seine Schlussfolgerung abgeleitet, dass sie sterben müssen.«

»Und er hat das vielleicht schon einmal getan«, sagte Alex. »Möglicherweise hat er den Wohnungsbrand gelegt, bei dem seine Mutter und seine Schwester ums Leben kamen.«

»Und auch davon wusste Haberloh nichts?«, fragte Ruth. »Das nehme ich dem Prediger nicht ab. Kann er für seine manipulative Art wenigstens verurteilt werden?«

»Haberloh? Nein, wahrscheinlich nicht. Wir können nichts davon beweisen. Und die Morde hat Gideon begangen, nicht er.«

»Und was war das mit Andreas Kraft?«, wollte Erik wissen.

»Nike Mertens hat umfassend ausgesagt«, begann Malia. Sie selbst hatte das Verhör mit dem Mädchen durchgeführt. »Andreas Kraft hatte Interesse an Jana Mertens, das beruhte auf Gegenseitigkeit, und es kam zu einem Kuss. Den Gideon wahrscheinlich beobachtet und seinem Vater davon erzählt hat. Überhaupt hatte er durch seine Anstellung im Blumenladen ständig Kontakt zu den Zwillingen. Jedenfalls: Jana war wohl wirklich verliebt und sehr enttäuscht, als Andreas Kraft nichts mehr von ihr wissen wollte. Es war dann Nikes Idee, Kraft an jenem Nachmittag ins Moor zu locken, um kompromittierende Fotos zu machen, mit denen sie ihren Lehrer erpressen wollten. Dazu hatte sie Laurence Floß ins Boot geholt. Er war also dabei. Jana, die davon nichts wusste, verhinderte das aber und schickte Laurence fort.

Jana war darüber wohl sehr wütend, aber Nike hat sie beruhigen können. Letztendlich hatte sie sich ja für ihre Zwillingsschwester einsetzen wollen – wenn auch fehlgeleitet.

Die Zwillinge sind dann trotzdem noch ins Moor gegangen, um Content für ihren TikTok-Kanal zu erstellen. Dort wurden sie schließlich von Gideon angegriffen. Sie wussten allerdings nicht, wer da hinter ihnen her war.

Zu dem Zeitpunkt, als Andreas Kraft mit seiner Frau an dem Wanderparkplatz ankam, hörten die beiden die Schreie der Mädchen, flüchteten und fuhren Toma an.

Nike hat sich auf den Hochsitz retten und die Klappe verriegeln können. Als sie es vor Kälte nicht mehr ausgehalten hat, wollte sie hinuntersteigen, ist ausgerutscht, gefallen und mit dem Kopf gegen einen Balken geschlagen. Sie war wohl eine Weile bewusstlos und ist dann durchs Moor geirrt, bis sie auf Alex traf.«

»Zwei Geschichten, die auf den ersten Blick nichts miteinander zu tun haben, kreuzen sich an einer bestimmten Stelle und verursachen Leid und Tod«, sagte Alex. »Fast wie in einem Roman.«

»Nur, dass Leid und Tod hier sehr real sind«, sagte Malia.

Sie hätte Alex darauf hinweisen können, dass es drei Geschichten waren, die sich gekreuzt hatten – ihr eigene kam noch hinzu. Wahrscheinlich war er schon von selbst darauf gekommen, wollte aber niemandem aus der Sichler-Familie zu nahe treten. Alex hatte Taktgefühl, das hatte Malia schon bemerkt. Sie selbst musste sich auch zusammenreißen. Bislang hatte Ruth sich nicht an ihr

Versprechen gehalten, mit Malia über ihren Vater zu reden. Vielleicht brauchte sie noch Zeit, aber ewig warten konnte Malia nicht.

»Wie wird Nike damit fertigwerden?«, fragte Ruth.

»Es gibt einige Menschen, die mit sehr viel fertigwerden müssen«, sagte Malia. »Aber Nike trifft es wohl am schlimmsten. Sie gibt sich selbst die Schuld am Tod ihrer Schwester.«

»Und Haberloh kommt davon«, sagte Ruth grimmig. »Dabei ist er der einzige wirklich Böse. Das ist nicht fair.«

»Nur Geschichten enden fair«, sagte Alex. »Im wahren Leben passiert das leider selten. Da fällt mir ein, was ist eigentlich mit Hartmut Wolter, dem Tierarzt?«

»Der hat eine Liaison mit Malte Tönsing. Das geht wohl schon eine Weile, aber die beiden wollten es geheim halten und trafen sich häufig auf der Hohe Warth.«

»Malte und Hartmut sind ein Paar?«, fragte Ruth überrascht.

»Scheint so, ja. Stört dich daran etwas?«, wollte Malia wissen.

»Nein, ich wundere mich nur, dass ich davon nichts gewusst habe.«

12.

TAG 10
Abend

Weil Alex keine langen Strecken zu Fuß gehen konnte und nicht Auto fahren durfte, chauffierte Malia ihn nach dem Abendessen zurück zu seinem Haus.

Unter dem Walnussbaum angekommen, sagte er: »Ich habe Wasser, Kamillentee, Schmerzmittel und Rotwein … worauf hast du Lust?«

Malia entschied sich für ein Glas Wein und folgte ihm ins Haus.

Jeder ein Glas in der Hand, ließen sie sich vor dem Aquarium nieder. Im ansonsten dunklen Haus wirkte es geradezu magisch anziehend.

»Manchmal sitze ich stundenlang hier und schaue den Fischen zu«, sagte Alex. »Das hilft beim Nachdenken.«

»Schön sind sie ja«, meinte Malia.

»Schön und gefährlich. Ich halte sie für die Psychopathen unter den Fischen.«

»Also dienen sie dir zur Inspiration?«

»Nicht unbedingt. Dafür reicht ein Blick da raus.« Er deutete mit dem Weinglas aufs Fenster.

»Wohl wahr.«

Nach einem Moment des Schweigens sagte Malia: »Du bist Schriftsteller … du hast die Analogie bestimmt erkannt.«

»Zwischen den Haberlohs und dir und deiner Mutter?«

»Ja.«

»So ungleich die Fälle auch liegen, gibt es doch Überschneidungen. Niemand von uns lebt sein Leben ohne die Prägung der

Eltern. Und manchmal ist die eben destruktiv und zerstörerisch.«

»Was ist mit dem eigenen Willen?«

»Den gibt es, aber er hat Grenzen.«

»Hätte Gideon sie sprengen können?«

»Nein, ich glaube nicht, dass er dazu fähig war.«

Wieder schwiegen sie und schauten den Skalaren beim Schwimmen zu. Malia glaubte, einer von ihnen starre sie an.

»Ich sprenge meine«, sagte sie schließlich.

»Darauf lass uns anstoßen.«

Leise klirrten die Gläser aneinander.

»Wie geht es weiter zwischen dir und deiner Mutter?«, fragte Alex.

»Keine Ahnung. Aber eines steht fest: Es geht weiter.«

ANDREAS WINKELMANN
MORD IM HIMMELREICH
KRIMINALROMAN
SPIEGEL Bestseller
KNAUR

Andreas Winkelmann mal ganz anders:
Lernen Sie den SPIEGEL-Bestsellerautor mit dem Auftakt seiner Campingkrimi-Serie von seiner cosy Seite kennen!

ANDREAS WINKELMANN

MORD IM HIMMELREICH

So hat sich der ehemalige Schauspieler Björn Kupernikus seinen Ruhestand nicht vorgestellt – oder vielleicht doch? Kaum hat er sich auf dem idyllischen Campingplatz Himmelreich gemütlich eingerichtet, muss er einen kleinen Hund retten, der auf einem Paddleboard mitten im See treibt. Kupernikus zieht das Tier ans Ufer – und mit ihm eine Leiche, die aufwendig unter das Board geschnallt ist.
Zwar geht die Polizei von einem Unfall aus, sonderlich erfahren wirken die Beamten aber nicht. Wenn man zudem im Himmelreich etwas in Erfahrung bringen will, braucht man jemanden, der sich im Mikrokosmos Campingplatz bestens auskennt. Ganz klar, Kupernikus muss selbst ran, das Campen liegt ihm schließlich im Blut und auf die Rolle als Tatort-Kommissar hat er sich sein Leben lang akribisch vorbereitet. Unterstützt wird er von Annabelle, einer weitgereisten Künstlerin, die die kuriosesten Dinge weiß, vor Ort lebt und daher einen guten Draht zu den Einheimischen hat …

Cosy Krimi mit tollem Setting und liebenswerten Figuren

ANDREAS
WINKELMANN
ENTFÜHRUNG IM
HIMMELREICH
KRIMINALROMAN
SPIEGEL
Bestseller
KNAUR

Kluger Cosy Krimi auf einem der schönsten Campingplätze Deutschlands voller Originale

ANDREAS WINKELMANN

ENTFÜHRUNG IM HIMMELREICH

Der Campingplatz Himmelreich am Schwielowsee ist in Aufruhr: Der Bäcker ist verschwunden! Kein Bäcker heißt keine Brötchen, und das bedeutet schlechte Laune.
Dauercamper und Ex-Schauspieler Björn Kupernikus und Annabelle Schäfer, seine neue Partnerin »in crime« entdecken den Lieferwagen des Bäckers in der Nähe des Sees; die Schuhe des Vermissten stehen am Ufer. Prompt geht die Polizei von Selbstmord aus. Fall gelöst?
Sein Bauchgefühl sagt Kupernikus, dass mehr hinter der Sache stecken muss. Zumal es auch noch einen Einbruch in ein Hausboot gab. Dabei wurde die junge Besitzerin angegriffen. Von einem Motiv weit und breit keine Spur. Kupernikus und Annabelle beginnen Fragen zu stellen, die sie bald tief in einen verzwickten Fall verwickeln.

Ein Fest für alle, die lustige Krimis lieben

KNAUR